KRÜGER

Barbara Kunrath

# Wir für uns

ROMAN

KRÜGER

Hinweis:
Dieser Roman wurde vor dem Ausbruch von Covid-19 entwickelt. Als sich die Pandemie abzeichnete, war der Roman inhaltlich bereits abgeschlossen. Autorin und Verlag haben sich bewusst dazu entschieden, den Inhalt nicht zu verändern.

Aus Verantwortung für die Umwelt hat sich der S. Fischer Verlag zu einer nachhaltigen Buchproduktion verpflichtet. Der bewusste Umgang mit unseren Ressourcen, der Schutz unseres Klimas und der Natur gehören zu unseren obersten Unternehmenszielen.

Gemeinsam mit unseren Partnern und Lieferanten setzen wir uns für eine klimaneutrale Buchproduktion ein, die den Erwerb von Klimazertifikaten zur Kompensation des $CO_2$-Ausstoßes einschließt.

Weitere Informationen finden Sie unter: www.klimaneutralerverlag.de

FSC www.fsc.org MIX Papier aus verantwortungsvollen Quellen FSC® C083411

Erschienen bei FISCHER Krüger
2. Auflage Juli 2021



Satz: Pinkuin Satz und Datentechnik, Berlin
Druck und Bindung: CPI books GmbH, Leck
Printed in Germany
ISBN 978-3-8105-0054-0

*Colui che è nato angoloso non può morire in giro.*
*(Wer eckig geboren ist, der kann nicht rund sterben.)*

ITALIENISCHES SPRICHWORT

# PROLOG

Früher versuchte unser Vater, unsere Mutter mit zotigen Witzen und dem Satz *Lach doch mal* aufzuheitern, aber das führte nur dazu, dass sie noch schmalere Lippen bekam. Sie war es, die einer geregelten Arbeit nachging, das Essen kochte, den Staub und die Böden wischte und sich um unsere schmutzige Wäsche kümmerte, während er an Erfindungen bastelte, die kein Mensch brauchte und die auch nie wirklich funktionierten.

Irgendwann hörte unsere Mutter auf zu kochen, die Böden zu wischen und sich um unsere Wäsche zu kümmern, und packte ihre Koffer. Zuerst war unser Vater fix und fertig, aber er war ein unverbesserlicher Optimist. Bis zu seinem Ende glaubte er, sie würde zurückkommen. So, wie er auch an seine Erfindungen glaubte. Sein Lieblingssatz war: *Komödie oder Tragödie, es ist dein Leben, und du bist der Regisseur.*

Von meiner Mutter habe ich die schmalen Lippen geerbt, von meinem Vater den Optimismus. Zum Regisseur fehlt mir jegliches Talent. Es gibt auch kein Drehbuch für mein Leben. Ich glaube, das was passiert, passiert einfach. Jedenfalls mir.

# ERSTER TEIL

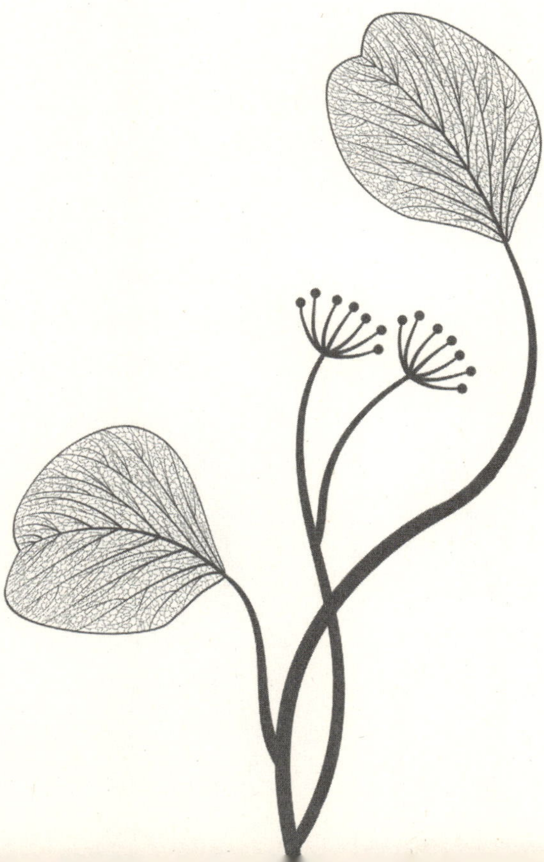

# *Josie*

Der Weg aus der Praxis führt über sechzehn Stufen. Ich habe sie gezählt, schon auf dem Hinweg. Ebenso die Schritte durch den Flur bis zur Eingangstür. Ich zähle alles Mögliche. Das hat irgendwann in der Pubertät angefangen und nicht mehr aufgehört. Manchmal multipliziere ich die Summen sogar oder subtrahiere sie voneinander, obwohl ich mit dem Ergebnis nachher nicht das Geringste anfangen kann.

Auf der untersten Stufe bleibe ich stehen und atme tief. Gegen den Schwindel und die leichte Übelkeit, die, wie ich jetzt weiß, ihren guten Grund hat. Der Arztbesuch hat amtlich gemacht, was der Test und mein Körper mir schon längst gesagt haben: Ich, Josefine Pankratz, einundvierzig Jahre alt und in halbfesten Händen, bin schwanger. Die Sache hat nur einen Haken. Nein, sogar mehrere. Erstens: In meinem Leben ist kein bisschen Platz für ein Kind. Zweitens: Ich bin auch gar nicht dafür gemacht. Und drittens (das wiegt am schwersten): Bengt will das Kind nicht. Auf gar keinen Fall. Bei diesem Gedanken schießen mir sofort wieder Tränen in die Augen. Das passiert mir im Moment ständig. Ich überfahre eine Maus und heule. Ich schaue mir einen Film über eine glückliche Familie mit drei Kindern an und wechsele den Kanal, weil mein eigener schon wieder überläuft. Es ist unglaublich, was diese kleinen Drüsen in den letzten Wochen an Feuchtigkeit ausgestoßen haben, ohne völlig entnervt wenigstens vorübergehend die Produktion einzustellen.

Mit verschwommenem Blick schaue ich mich um und sehe vertraute Umgebung. Ganz in der Nähe habe ich gewohnt, beinah acht Jahre lang. In dieser schönen kleinen Stadt, auch wenn sie gerade ziemlich grau wirkt. Wo ich heute, genauer seit knapp zwei Jahren, wohne, habe ich einen freien Blick übers Land. Wiesen, Felder und ganz viel Natur. Dort wirkt schlechtes Wetter irgendwie viel weniger grau, das fällt mir erst jetzt auf.

Ich bin damals wegen Florian in diese Gegend gekommen. Ich wollte in seiner Nähe sein. Ich dachte, ich würde mich nicht mehr so einsam fühlen, wenn mein Bruder um die Ecke wohnt. Vorher hatte ich ein paar Jahre in Freiburg gelebt. Da war es auch schön gewesen, aber wäre ich dortgeblieben, dann hätte ich Bengt nicht kennengelernt.

Ich wische mir erst über die Augen, dann über das Handy – keine Nachricht von ihm, überhaupt keine Nachrichten – und lenke meine Gedanken wieder auf mein *Problem.* Ist es überhaupt eins? Ich werde ein Kind nicht bekommen, das ich vorher auch nicht gehabt habe. Und mein Leben einfach genauso weiterleben wie bisher. Ich schiebe die freie Hand unter die Jacke und lege sie auf meinen Bauch. Versuche, etwas zu fühlen, eine Wölbung, eine

Bewegung, irgendetwas, aber da ist nichts. Und trotzdem ist es da. Noch da. Dieses winzige Stück Eiklumpen, das sich in meiner Gebärmutter eingenistet und schon sehr gemütlich gemacht hat. Und obwohl klar ist, dass es nicht mehr lange bleiben wird – es geht nicht, auf gar keinen Fall –, stehlen sich ständig Gedanken in meinen Kopf, die mich sofort wieder zum Weinen bringen. Dass ich lieber ein Mädchen hätte, zum Beispiel.

Als ich Bengt vor gut zwei Wochen das erste Mal von der noch mutmaßlichen Schwangerschaft erzählt habe, mit Sorge, aber auch einer ganz kleinen glückseligen Hoffnung, hat er mich sehr verständnisvoll in den Arm genommen und mir all die guten Gründe aufgezählt, die mir klarmachen sollten, dass solch ein Zustand unhaltbar ist.

»Wir waren uns doch einig«, hat er mit leiser, butterweicher Stimme gesagt. »Dieses Thema war von vornherein zwischen uns geklärt.«

»Es war ja auch nicht geplant«, habe ich heulend erwidert. Das stimmt. Ich habe nichts dergleichen geplant, sondern nur die Pille, die ich ewig genommen habe, plötzlich nicht mehr vertragen. Und gedacht, es wird schon nichts passieren, in dieser kleinen Lücke zwischen der einen und der nächsten, und nach all den Hormonen, die ich in den ganzen Jahren geschluckt habe.

»Es ist nur, ich meine, es ist doch vielleicht unsere letzte Chance …«

»Bitte, Josie.« Er hat sich von mir gelöst und mich zurückgeschoben. Ganz sanft. »Ich habe schon zwei Kinder.«

*Aber nicht mit mir*, hätte ich gerne gesagt, aber ich habe

mich nicht getraut. Es gibt einiges, was ich mich bei Bengt nicht traue. Nicht aus Angst, eher aus der Erfahrung heraus, dass ich bei Diskussionen sowieso meistens den Kürzeren ziehe.

»Und sei doch mal ehrlich«, setzte er noch nach. »Du und ein Kind? Wie soll das denn gehen? Außerdem bist du zu alt.«

Bengt ist acht Jahre älter als ich, also beinahe fünfzig. Das ist wirklich alt. Trotzdem hat er natürlich irgendwie recht. Ich meine: Wie soll es gehen? Ich bekomme mein eigenes Leben kaum geregelt, was soll ich also mit noch einem? Einem kleinen Leben, für das ich dann verantwortlich sein würde, ich ganz allein. Denn Bengt wird mich verlassen, wenn ich das Kind bekomme. So klar ist mein hormongeschwängerter Verstand noch, um dieser Tatsache in aller Deutlichkeit ins Auge zu sehen.

Meine Zukunft wird also eine sein ohne Kind. Dafür mit Bengt. Jedenfalls mit einem Teil von ihm. Der andere, größere Teil, ist nämlich schon weg. Vergeben an eine Frau, die vor mir in sein Leben getreten ist. Neun Jahre haben nicht gereicht, diesen Umstand endgültig als das zu akzeptieren, was er ist: unumstößlich. Mein ewiges Dilemma. Und jetzt habe ich noch eins.

Frustriert packe ich meine Brezel aus, verknülle die leere Tüte und stopfe sie in die ausgebeulte Tasche meiner Jacke. *Die ist noch handwarm*, hat die Verkäuferin heute Morgen gesagt, als sie mir die Brezel einpackte. Handwarm. So ist auch mein Leben. Zu wenig Feuer, zu wenig Leidenschaft – jedenfalls von Bengts Seite –, stattdessen ein seit Jahren gleichbleibender wöchentlicher Austausch von netten Sätzen (*Wie war deine Woche? – Gut. Deine?*) und Körperflüssigkeiten. Ich wüsste gerne, ob es mit *ihr* genauso ist, aber auch das traue ich mich nicht zu fragen.

Daran, dass Bengt mit einer anderen Frau verheiratet ist, habe ich mich inzwischen gewöhnt, aber egal ist es mir bis heute nicht. Im ersten Jahr habe ich noch fest geglaubt, etwas daran ändern zu können. In den nächsten Jahren immerhin noch gehofft. Inzwischen habe ich mich damit abgefunden. Manchmal, in sehr schwachen Momenten, denke ich, dass es mir vielleicht besser ginge ohne ihn. Aber meistens ist es umgekehrt.

Trotzdem ist Bengt per se kein schlechter Mensch, auch wenn mein Bruder ihn gerne so darstellt. Dass er seine Familie nicht verlässt, hat ja nichts mit mangelnder Liebe zu tun, sondern mit Verantwortungsbewusstsein.

Ich stopfe die Brezeltüte in einen Abfallkorb und sehe im letzten Moment, dass ein Zettel an ihr klebt. Mit spitzen Fingern fische ich die Tüte wieder aus dem Müll. Es ist der Abholschein der Reinigung für meine schwarze Jacke, die ich letzte Woche überall gesucht habe. Ich pflücke den Schein ab und begegne im gleichen Moment dem Blick einer Frau mit blasser Haut, dickem Schwangerschaftsbauch und roten Haaren. Sie sieht mich mitleidig an. Beschämt senke ich den Kopf und stürze halbblind auf die Straße.

Ich muss mich beeilen, mein Zug geht in zehn Minuten. Die Fahrt selbst dauert ungefähr eine Viertelstunde. Mit dem Auto brauche ich mindestens genauso lange, aber die Bahn ist trotzdem keine alltagstaugliche Alternative. Erstens muss man, wenn man einen Zug verpasst, eine geschlagene Stunde auf den nächsten warten, und zweitens liegt unser Bahnhof ungünstig. Von meiner Haustür bis zum Bahnsteig sind es ungefähr 3100 Schritte, jedenfalls bei meiner Schrittlänge. Im Moment habe ich allerdings keine Wahl. Weil ich ein rotes Warnlicht am Armaturenbrett übersehen habe, ist mein Wagen in der Werkstatt, und zwar mindestens noch bis Mitte übernächster Woche. *Du gehst nicht gut mit deinen Sachen um, du benutzt sie nur*, hat Bengt einmal zu mir gesagt. Das stimmt. Sachen haben bei mir keinen hohen Stellenwert, jedenfalls nicht in materieller Hinsicht. Bei Bengt sehe ich dafür jede rote Warnlampe, meistens schon bevor sie überhaupt nur ans Leuchten denkt, und tue dann alles dafür, damit es nicht dazu kommt. Aber Bengt ist ja auch keine Sache.

Im Zug herrscht freie Platzwahl. Ich habe mich kaum für einen Sitz entschieden, da kommt die rothaarige Schwangere und setzt sich schräg gegenüber auf die andere Seite des Ganges. Sie ist so mit ihrem Smartphone beschäftigt, dass sie mich nicht zu bemerken scheint. Erst als der Zug wieder anhält, schaut sie hektisch auf, schnappt ihre Tasche und kämpft sich aus dem Sitz. Dabei hält sie sich mit einer Hand den Bauch, der wie ein Fremdkörper herausragt. Was wiegt so ein fertiger Babybauch eigentlich? Fünf Kilo? Acht? Zehn? Oder mehr? Unsere Blicke treffen sich. Ich weiß nicht, ob sie mich erkennt, aber jetzt lächle ich mitleidig.

Noch zwei Haltestellen. Noch eine. Ich laufe zur Tür und stehe schon parat, den Finger auf dem roten Türöffner, bevor der Zug hält. Kein Mensch außer mir will hier aus-

oder einsteigen, ich habe Angst, dass er einfach weiterfährt. Aber er hält. Unser Bahnhof, wobei das Wort *Bahnhof* etwas hochgegriffen ist, ist als Halt im Fahrplan aufgeführt, auch wenn er nur aus einer wellblechüberdachten Sitzbank und einem Ticketautomaten (beides teilen wir uns mit dem Nachbarort) besteht.

Ich steige aus und schaue mich um. Ein roter Beetle und ein alter weißer Opel, sonst ist hier nichts. Der Weg vor mir ist voller Pfützen, der Himmel über mir dunkelgrau. Wie ein dichtgewebtes, schweres Tuch liegt er auf der Landschaft. Ich schließe fröstelnd meine Jacke und mache mich auf den Weg. Über die Straße bis zum Dorf sind es mindestens zwei Kilometer, aber ich kenne eine Abkürzung. Einen nur halb so langen, dafür sehr steilen, matschigen und vollkommen winteruntauglichen Pfad durch den Niederwald.

Schritt für Schritt für Schritt, stoisch und mit gesenktem Kopf laufe ich gegen den Berg und gegen den Matsch an. Auch gegen den Wind, der mir eisig ins Gesicht bläst, und gegen meine Gedanken, die sich immer wieder im Kreis drehen. Ich laufe und zähle Schritte, um nicht mehr zu denken, halte den Kopf gesenkt, bis mir ein dünner Ast ins Gesicht peitscht. So schmerzhaft und überraschend, dass ich aufschreie. Der Schrei ist wie ein Ventil. Etwas öffnet sich. Ich schreie noch einmal, jetzt laut und wütend. Ich schreie die krächzenden Krähen an, die auf den kahlen Ästen sitzen, den Wind, der mir immer noch ins Gesicht bläst und den Matsch unter meinen Füßen. Ich schreie, bis nichts mehr übrig ist und meine Stimme klingt wie die der Krähen, die längst das Weite gesucht haben. Und dabei wanke ich wie eine Betrunkene. Immer bergauf.

Das Dorf begegnet mir wie gewohnt. Nicht unfreundlich, aber auch nicht so, als würde ich dazugehören. Ich fühle mich geduldet, nicht zu Hause.

Eine Frau läuft mit ihrem Kind an mir vorbei. Ich kenne sie vom Sehen. Das Kind ist vielleicht sechs oder sieben Jahre alt und hat das Down-Syndrom. In der Medizin ist Syndrom die Bezeichnung für eine Kombination von verschiedenen Symptomen, das habe ich bei Wikipedia gelesen. Es ist ein Mädchen. Ihr Gesicht wirkt ein bisschen zerknautscht, aber sehr freundlich. Ihre Augen liegen weit auseinander, und ihr Mund steht offen.

Ich betrachte die Frau verstohlen. Ich schaue mir gerne Menschen an, die ich in irgendeiner Weise besonders finde. Besonders schön, besonders interessant, besonders blöd. Diese Frau finde ich besonders schön. Alles an ihr ist glatt und lang und schmal. Die Haare, die Beine, das Gesicht. Sie hat diesen interessanten, alternativen Touch, den ich so mag. So wäre ich auch gerne, aber ich wirke sofort verkleidet, wenn ich es versuche.

Im Vorbeigehen nicken wir uns zu und lächeln. Ich bemühe mich dabei, mein Lächeln in keiner Weise mitleidig wirken zu lassen. So ein Down-Syndrom ist schließlich keine schreckliche Sache. Ich bin mir noch nicht einmal sicher, ob es überhaupt eine ist oder ob wir es nur zu einer machen.

Ich lächle immer noch, als es wieder anfängt zu regnen.

Dicke, schwere Tropfen klatschen von jetzt auf gleich auf unsere Köpfe. Ich ziehe die Kapuze hoch, aber sie ist nicht wasserdicht. Das kalte Wasser läuft mir augenblicklich in den Nacken. Auch meine Füße sind nass. Falsche Jacke, falsches Schuhwerk, falscher Partner. Alles falsch. Ich würde vermutlich auch das falsche Kind bekommen. Gibt es das? Ein falsches Kind? Oder ein richtiges? Ist ein Kind mit Down-Syndrom falscher als eines ohne?

Bei schwangeren Frauen ab fünfunddreißig steigt das Risiko, das hat mir die Ärztin erklärt. *Wir können einen Test machen*, meinte sie. Aber braucht man einen Test für ein Kind, das man nicht bekommt?

Ich fange an zu rennen, aber schon nach ein paar Metern werde ich wieder langsamer und keuche. Meine Kondition ist im Eimer. Nicht, weil ich schwanger bin, sondern weil ich mich zu wenig bewege. Im Sommer jogge ich hin und wieder, aber gerade hat erst halbherzig der Frühling begonnen, und es ist noch ziemlich kalt.

Bevor Bengt in mein Leben trat, war ich topfit. Damals habe ich Badminton gespielt, und zwar gar nicht mal schlecht. Aber wir hatten immer dienstags und donnerstags Training, also genau an den Tagen, an denen Bengt Zeit für mich hatte. Deshalb habe ich aufgehört. Mittlerweile kann er nur noch dienstags. Heute ist Donnerstag. Ein Donnerstag war es auch, an dem unsere Geschichte begann. Ich hatte ihm auf dem Parkplatz eines Supermarkts eine Delle ins Auto gefahren. Sie war nur sehr klein, nicht der Rede wert, aber ich habe ihm trotzdem einen Zettel mit meiner Telefonnummer hinter den Scheibenwischer geklemmt. Er hat mich noch am gleichen Abend angerufen. Am nächsten Tag auch. Und am übernächsten. Nach einer Woche haben wir unsere Mailadressen ausgetauscht und angefangen, uns zu schreiben. Jeden Tag, sechs Wochen lang. Es war ein bisschen wie in diesem Buch, *Gut gegen Nordwind.* Später hat er mir gesagt, er habe sich schon in meine Telefonnummer verliebt (neongrün, ich hatte keinen Kuli bei mir, nur einen Marker). Er sagte, ich mache sein Leben bunt.

Ich schaue nach oben. Der Regen hat schon wieder nachgelassen und ist jetzt in ein gemächliches Nieseln übergegangen. Ich stopfe beide Hände in meine ausgebeulten Jackentaschen und stoße auf ein Sammelsurium von Dingen, von denen der größte Teil eigentlich in den Müll gehört. Gebrauchte Papiertaschentücher, alte Bons von Supermärkten, Büroklammern, nicht mehr funktionierende Feuerzeuge. Dazwischen mein Portemonnaie, eine Lesebrille, mein Handy. *Dein Chaos macht mich noch wahnsinnig*, sagt Bengt manchmal. Aber er sagt es mit so weicher Stimme, dass es sich anhört wie eine Liebeserklärung. Ich glaube, insgeheim wäre Bengt gerne ein bisschen mehr wie ich, aber als Mediziner kann er sich kein Chaos erlauben.

Wie *es* wohl sein würde? Unser Kind? So chaotisch wie ich? Oder so sortiert und geordnet wie er? Zahnarzt oder Sozialpädagogin? Besser wäre etwas dazwischen. Auch bei der Größe. Ich bin nur ein Meter 58, Bengt dafür ein Meter 98.

Nein, Bengt hat sicher recht: Ein Kind ist nichts für mich. Ein Kind ist etwas für Menschen, die Pläne haben und Ahnung. Verantwortungsbewusstsein und Pflichtgefühl. Familiensinn und ein geordnetes Leben. Ich habe höchstens einen halbwegs gut bezahlten Job, einen schönen Hintern und stabile Brüste. (Ich glaube, Letzteres ist es, was Bengt besonders gut an mir gefällt.)

Ich komme an eine kleine Kreuzung. Rechts geht's nach Hause, links zum Friedhof. Hier wurde offenbar gerade jemand beerdigt. Ich sehe die Trauergäste, die mit ihren dunklen Schirmen durch die Pforte strömen, und versuche, die Schirme zu zählen. Es klappt natürlich nicht, weil sich die Leute bewegen und weil die Schirme alle gleich aussehen.

Während ich noch an der Kreuzung stehe, reißt plötzlich die Wolkendecke auf. Direkt über mir ist ein Stück blauer Himmel und eine Sonne, die ihre Strahlen genau durch diese Lücke schickt und alles in ein warmes, goldenes Licht taucht. Ich ziehe das Telefon aus der Tasche und wische. Immer noch keine Nachricht von Bengt.

Die Schar der Trauergäste läuft geschlossen den Bürgersteig entlang. Ich sehe ihnen nach. Meine Wohnung ist nicht sehr weit von hier, keine zwei Minuten, höchstens vier, wenn man sich Zeit lässt, aber außer einem Dach über meinem nassen Kopf und einem Paar trockener Strümpfe gibt es nichts, überhaupt nichts, das mich dorthin zieht. Niemand, der mich erwartet. Kein warmes Essen, keine liebevolle Umarmung. Noch nicht einmal jemand, der mir Vorwürfe macht und fragt, wo ich denn so lange war.

Noch vor kurzem hätte ich mich mit einem einsamen Glas Wein und ein paar Zigaretten getröstet. Jetzt würde ich mich wenigstens mit ein paar Gummibärchen oder

Kaubonbons trösten, wenn ich welche hätte. Meine Hände wühlen sich weiter durch den Inhalt der Jackentaschen, auf der Suche nach was auch immer, und ich seufze erleichtert, als ich auf etwas stoße, das sich wie ein Bonbon anfühlt. Es ist ein altes Hustenbonbon. Ich versuche, es aus dem Papier zu wickeln, aber ein Teil bleibt hartnäckig an der Oberfläche kleben. Am Ende stecke ich es so, wie es ist, in den Mund und spucke das abgelutschte Papier wieder aus. Das Hustenbonbon ist scharf, viel schärfer, als ich erwartet habe, aber ich lutsche es trotzdem. Seit drei Wochen rauche ich nicht mehr. Das mit dem Aufhören war überraschend einfach. Von einem Tag auf den anderen. Ganz ohne Pflaster oder Akupunktur. Noch nicht einmal zugenommen habe ich, was meine größte Sorge war. Es sind allerdings auch erst drei Wochen, und ich könnte jederzeit wieder anfangen. Der Zellklumpen bleibt ja sowieso nicht mehr lange bei mir, es spielt also keine Rolle. Ich streiche über meinen Bauch und versuche, das wehe Gefühl in mir zu unterdrücken. Es ist besser so. Ich wäre keine gute Mutter, ich bin in vielem nicht gut. Im Job nerve ich alle mit meiner Mutter-Teresa-Art, meine Familie nerve ich mit meiner Vergesslichkeit. Und nicht einmal neun Jahre haben gereicht, um Bengt ganz für mich zu gewinnen. Ich kann nicht backen, nur mäßig kochen, und ich kaufe keine weiße Wäsche mehr, weil die nach spätestens zwei Waschgängen bestimmt nicht mehr weiß ist. Was ich ganz gut kann, bilde ich mir ein, ist, mich in meine Mitmenschen hineinzuversetzen und zu spüren, was sie gerade hören wollen oder brauchen. Eine Inselbegabung. Brotlose Kunst, würde meine Mutter sagen.

Ich denke, das habe ich von meinem Vater. Brotlose Künste beherrschte er aus dem Effeff.

Das Bonbon ist weggelutscht, mein Magen knurrt und verlangt nach mehr. Er hat heute außer der Brezel und diesem Bonbon noch nichts bekommen.

Die Sonne ist schon wieder verschwunden, der Friedhof liegt trostlos, leer und verlassen vor mir. Ich war schon oft hier, aber noch nie auf einer Beerdigung. Ich komme immer nur so, zum Spaß. Wenn ich in einer fremden großen Stadt bin und Zeit totschlagen will, frage ich fast immer nach dem Weg zum Friedhof, das ist mir lieber, als irgendwelche Sehenswürdigkeiten anzuschauen, die ich ja, einschließlich der dazugehörigen Informationen, genauso gut im Internet finde.

Das Paradoxe dabei ist: Eigentlich habe ich eine Riesenangst vorm Sterben. Und noch mehr vor unheilbaren Krankheiten. Schon der Gedanke an Schmerzen löst pure Panik in mir aus. Wenn ich abends allein im Bett liege, wird das kleinste Ziepen zum Drama. Vor kurzem dachte ich, ich hätte Gebärmutterhalskrebs, aber dann hat meine Kollegin mir zum Glück geraten, einen Schwangerschaftstest zu machen. Am liebsten würde ich mich einmal im Monat in eine Röhre legen und mich von Kopf bis Fuß durchchecken lassen, dann wäre ich beruhigt. Aber das kann ich keinem Arzt vermitteln.

Auf dem Friedhof steht eine Reihe großer Buchen mit mächtigen Kronen, aus denen es leise tropft. Ich schaue nach oben in das feuchte Blättergewirr, und das schlechte Gewissen nagt an mir. Ich bin gerne auf Friedhöfen, aber nur auf solchen, die nichts mit mir zu tun haben. Ich nehme mir zwar immer wieder fest vor, auch meinen Vater oder meine Schwester endlich einmal zu besuchen, aber bisher bin ich über gedachte Absichtserklärungen noch nicht hinausgekommen. Und die haben bei mir nichts zu bedeuten. Es gibt so einiges, was ich mir immer wieder fest vornehme. Meistens in Verbindung mit *bald* oder *irgendwann.*

Ich bin jetzt einundvierzig, das ist ungefähr Halbzeit. In noch mal neun Jahren werde ich fünfzig sein. Meine Mutter ist achtundsechzig und lebt seit fast dreißig Jahren allein. In einer kleinen Wohnung mit vielen Büchern. Sie brauche sonst nichts und niemanden, sagt sie oft und gerne, aber nicht, ohne Florian und mir gleichzeitig vorzuwerfen, dass wir uns viel zu wenig blicken lassen. Wahrscheinlich meint sie mit *nichts und niemanden* nur keinen neuen Mann.

Mein Vater starb ganz allein. Niemand, der bei ihm war in seinen letzten Stunden. Das letzte Mal habe ich ihn etwa drei Wochen vor seinem Tod gesehen. Er war nicht trauriger und nicht lustiger als sonst. Vielleicht etwas blasser und dünner. Aber ich war damals so sehr mit mir beschäftigt, dass ich ihm nur zu gerne geglaubt habe, als er erklärte, er sei nur deshalb so blass und dünn, weil er gerade ein Superprojekt abgeschlossen und vielleicht zu wenig frische Luft abbekommen habe.

Ein Bild kommt mir in den Sinn. Er und ich, allein in unserer Küche. Wir versuchen zu kochen, aber wir können es beide nicht. Das klingt lustig, war es aber nicht. Er konnte ziemlich wütend werden, wenn etwas nicht so lief, wie er es sich vorgestellt hatte. Trotzdem verbinde ich auch ein paar sehr schöne Erinnerungen mit meinem Vater. Da sind zum Beispiel die Ausflüge, die er ganz früher mit uns machte. Lange Wanderungen mit Rucksäcken, und wenn ich müde wurde, dann durfte ich auf seinen Schultern sitzen. Nur ich. Ich bin die Jüngste, knapp neun Jahre jünger als Florian. *Nesthäkchen*, hat mein Vater immer gesagt. *Unfall*, meine Mutter.

Es hat noch eine Schwester gegeben, Babette, irgendwann zwischen Florian und mir. Noch ein Unfall. Aber das ist eine andere Geschichte. Eine, über die um Himmels willen nicht geredet wird. Ein Kind, das gleich zweimal gestorben ist. Erst durch einen Unfall, dann wurde es totgeschwiegen.

Die Sonne bleibt hinter den Wolken verschwunden, aber es fängt nicht wieder an zu regnen.

Ich schiebe meine Hände zwischen Jacke und Bauch und atme tief ein und aus. Schön warm ist es da. Mollig warm. Solange *es* noch bei mir ist, soll es ihm gut gehen. Auch wenn ich keine Ahnung habe, wie lange das noch sein wird. Wie viel Zeit bleibt uns? Ein paar Tage? Eine Woche? Zwei? In jeder Sekunde werden weltweit vier Kinder geboren, das habe ich heute Morgen gelesen. In einer der Zeitschriften, die im Wartezimmer auf dem Tisch lagen. Gleichzeitig sterben natürlich auch Menschen, aber nur zwei. Im Hinblick auf die Überbevölkerung wird viel zu wenig gestorben. Wenn das so weitergeht, dann ist die Welt bald zu klein für uns alle, und vielleicht ist es in diesem Fall sogar ein eher guter Beitrag, *kein* Kind zu bekommen.

Vor mir auf dem Weg entdecke ich einen kleinen, runden, glänzenden Gegenstand. Es ist ein Ring, er lehnt an einem Randstein. Ich stupse mit der Fußspitze dagegen, er fällt mit einem leisen Klimpern um, ich bücke mich, und mein Telefon klingelt.

»Hallo? Bengt?«

»Hallo, Liebling. Ist alles in Ordnung?«

Noch immer, nach all diesen Jahren, klopft mein Herz sofort laut und unkoordiniert, sobald ich seine Stimme höre. »Ja.«

»Hast du eine Adresse? Ich meine …«

»Nein. Ich muss vorher noch zu einem Beratungsgespräch.«

»Bis zur siebten Woche besteht die Möglichkeit, die Schwangerschaft durch Medikamente zu unterbrechen, sagt Uwe. Wie weit genau bist du?«

Ich kneife die Augen zusammen. Der Ring sieht echt aus. »Ich glaube, schon drüber.«

»Du glaubst?«

Vielleicht ein Ehering? »Ich bin mir nicht sicher.«

»Wann war denn deine letzte Regel genau?«

»Vor … ich weiß es nicht mehr. Auf jeden Fall schon länger her.«

»Wie lange. Sechs Wochen? Sieben? Acht?«

»Acht. Glaube ich.« Ich höre ihn seufzen. »Ja, es sind acht.«

»Und wann ist der Beratungstermin?«

»Ich muss da noch anrufen. Die Ärztin hat mir eine Adresse gegeben.« Die kleine Karte. Habe ich die eingesteckt?

Ich taste mit der freien Hand in den Jackentaschen. Sie ist nicht da.

»Na gut«, sagt Bengt. »Du, ich muss Schluss machen. Sag mir Bescheid, wenn …«

»Bengt?«

»Hm?«

»Könnten … könnten wir uns vielleicht kurz sehen? Ich meine jetzt?«

Einen Moment ist es still.

»Bengt?«

»Schatz, du weißt, dass das nicht geht.«

»Bitte. Nur heute. Ausnahmsweise.«

»Mach es uns doch nicht noch schwerer.« Er klingt ungeduldig. Ich kenne diese Stimme. Er ist genervt von mir. Weil ich wieder mal das bin, was er als *anstrengend* bezeichnet.

»Schon gut. Tut mir leid.« Bei Bengt bin ich immer weniger ich selbst, weil ich mit aller Macht versuche, so zu sein, wie ich glaube, dass er mich haben will.

»Wir sehen uns am Dienstag, okay?«

Ich höre ihn atmen. »Ja. Am Dienstag«, sage ich und bemühe mich, meiner Stimme wieder diesen heiteren Klang zu geben, von dem ich weiß, dass Bengt ihn mag. »Ich freu mich.«

»Mach dir ein schönes Wochenende.« Er klingt nicht heiter. Nur müde.

»Mach ich«, sage ich und lege nicht auf. Ich hoffe auf ein Zeichen. Auf irgendetwas, ein liebes Wort oder einen Telefonkuss. Es kommt nichts. »Bengt?«

»Hm?« Kein sehr freundliches *hm.* Meine seismographischen Antennen lassen mich nie im Stich. Jede Stimmung, jede negative Emotion kommt ungefiltert bei mir an, auch wenn andere behaupten, da sei nichts. Aber da ist etwas, auch jetzt, das spüre ich ganz deutlich.

»Ach, nix, schon gut.« Vielleicht fehlt mir auch einfach nur so ein Scheißegal-Filter, wie meine Schwägerin ihn hat. Die bringt nichts so schnell aus der Ruhe. Noch nicht einmal ihre Schüler, die nach ihrer Aussage zu 75 Prozent einen Migrationshintergrund und nur sehr wenig Lernwillen haben.

»Ich muss jetzt wirklich Schluss machen. Das Wartezimmer ist voll.«

»Ja klar«, sage ich schnell und schicke vorsichtshalber selbst noch einen Kuss durch die Leitung.

»Halt mich auf dem Laufenden, ja?« Er legt auf.

Ich starre enttäuscht auf das Handy. *Halt mich auf dem Laufenden.* Aber ansonsten raus. Das ist die ganze traurige Essenz. Ich fühle mich auf einmal schrecklich schutzlos. Ein Kind *nicht* zu bekommen ist schließlich keine Kleinigkeit, jedenfalls, wenn es das Kind schon ein bisschen gibt.

Das Telefon vibriert leise in meiner Hand. Eine Nachricht von Bengt: *Wir stehen das durch, mein Liebling. Wir beide.* Zwei rote Herzen. Augenblicklich fühle ich mich getröstet. Ich probiere den Ring an (er ist ziemlich groß, das kann unmöglich der Ring einer Frau sein), streife ihn wieder ab und halte ihn vor mein Gesicht. Ich kneife die Augen zusammen. Auf der Innenseite ist eine Gravur, aber ich kann sie nicht entziffern. Ich zerre die Lesebrille aus meiner Tasche.

Zwei Buchstaben. *W* und *K.* Dazwischen das Symbol für Unendlichkeit. Und ein Datum: *4. 8. 1969*

# *Kathi*

Sie wirft die Blumen auf den Sarg und rümpft die Nase. Ausgerechnet Tulpen. Tulpen passen nicht zu Werner. Aber welche Blumen hätten denn zu ihm gepasst? Sie weiß es nicht. *Rosen, Tulpen, Nelken, alle Blumen welken.* Was bleibt von einem Leben? Was bleibt ihr von Werner? Außer Erinnerungen. Je weiter sie zurückliegen, desto klarer sind sie. Das Heute scheint ihr oft wie Wasser, es lässt sich nicht festhalten. Nur das Gestern ist auskristallisiert und steht auf festem Grund.

Fröstelnd knöpft sie ihren neuen Mantel zu, wickelt sich das Tuch fester um den Hals und denkt an den Ring. Werners Ring. Sie hat ihn eingesteckt, vorhin, bevor sie losgingen. Der Gedanke beruhigt sie. Es ist, als wäre damit ein Stück von ihm noch bei ihr.

Ein eisiger Wind fährt ihr ins Gesicht. Er zerrt an ihren Haaren, er zerrt an ihrem Tuch, er zerrt an ihrer Seele. Als wolle er ihr etwas sagen. Sie zwingen, ihre Trauer zu zeigen. *Heul doch*, haben sie als Kinder gerufen, meistens im Streit. Heul doch! Ganz wund und leer fühlt sie sich, aber weinen kann sie nicht. Es kommen keine Tränen. Später vielleicht.

Wenn das Begreifen einsetzt. Und wenn sie alleine ist. *Mach dich nicht lächerlich*, hat ihre Großmutter einmal gesagt, als sie sie dabei erwischte, wie sie um ein totes Eichhörnchen weinte. Da war sie dreizehn. Ein Mädchen, fast noch ein Kind, aber schon einen Meter achtundsiebzig groß und mit voll entwickelten Brüsten.

Ida sieht sie mitfühlend an und drückt ihr eine kleine Schaufel in die Hand, die Kathi schnell in die aufgestellte Schale mit Sand rammt. Dass Werner einfach so im Sessel eingeschlafen und nicht mehr wach geworden ist, nimmt sie ihm übel. So schleicht man sich nicht davon, das ist nicht richtig.

Wie wird es jetzt sein? Ohne ihn? Sie kann es sich nicht vorstellen. In den ersten Jahren stritten sie noch häufig, oft wegen Kleinigkeiten. Und dann versöhnten sie sich wieder, was durchaus seine Reize hatte. Später hatten sie keine Zeit mehr dazu. Vielleicht auch weniger Lust. Sie hatten sich längst aneinander gewöhnt, an die Eigenarten und Launen des anderen. Auch an die Meinungen, die selten die gleichen waren. Es spielte keine Rolle mehr. Trotzdem hatten sie ein gutes Leben zusammen. Er gab ihr Sicherheit und sie ihm Ruhe. Sie war keine nörgelnde Ehefrau, jedenfalls nicht per se. Wenn sie sich über etwas beschwerte, dann hatte sie immer auch einen guten Grund dazu.

Kathi schaufelt etwas Sand auf Werners Sarg. Er verteilt sich ungleichmäßig, das meiste davon rieselt an einer Seite wieder herunter.

Wenn sie jetzt überlegt, was sie besonders an ihrer Ehe gemocht hatte, dann fallen ihr die eingespielten Rituale der letzten Jahre ein. Morgens gemeinsam frühstücken und Zeitung lesen. Sonntags *Tatort*. Sie beide auf dem Sofa, er links, sie rechts, Diskussionen über das Fernsehprogramm. Ihr hatte es genügt.

Zwanzig Jahre früher, ja, da hätte sie von seinem Tod noch etwas gehabt. Da gab es den Laden noch, *ihren* Laden. Jetzt war da nichts mehr, noch nicht einmal ein Enkelkind. Mit einer ärgerlichen Bewegung wirft sie Werner noch eine Schippe Dreck hinterher. Ihre Gelenke knirschen. Arthrose im Knie, der Rücken macht auch Probleme. Das einst so feste Fleisch hat sich in weiches, unansehnliches Gewebe verwandelt. Manchmal, wenn sie in den Spiegel schaut, erschrickt sie und denkt: *Das bin nicht ich*. Aber sie ist es.

»Mein Beileid.«

»Danke.«

So viele Leute, die sie umarmen und ihre Hand drücken. Sie kennt noch nicht einmal alle.

Das offene Grab ist wie eine klaffende Wunde, die geschlossen werden will. Blumen und Sand auf dem Sarg, drumherum feuchte kühle Erde. Sie hat Werner geliebt, bis zum Schluss und trotz allem. Gesagt hat sie es ihm schon lange nicht mehr. Kathi seufzt leise. Nicht nachdenken über das, was war, und das, was kommt. Nicht nachdenken über die verpassten Gelegenheiten. Sie sucht nach anderen Gedanken, solchen, die nicht weh tun. Der neue Mantel fällt ihr ein. Schwarz, mit einem kleinen braunen Stehkragen. Er steht ihr gut.

»Katharina. Mein herzliches Beileid.«

»Danke.«

Den Mantel hat sie extra für die Beerdigung gekauft. Mit Idas Beratung. Er war teuer, Werner würde sich wahrscheinlich im Grab umdrehen, wenn er wüsste, was sie dafür ausgegeben hat. Und wenn er sich noch drehen könnte. Sie atmet tief. Ein unangenehmer, süßlicher Geruch dringt ihr in die Nase. Woher kommt der? Von den Blumen jedenfalls nicht, die riechen nach nichts, das hat sie schon getestet. Von Ida? Oder sind es die Lilien auf dem Nachbargrab? Auf Werners Grab wird sie Bodendecker pflanzen und sonst nichts. Wer soll sich denn kümmern, wenn sie es nicht mehr kann?

Um den Garten zu Hause hat sich vor allem Werner gekümmert. Er war es, der den Rasen gemäht und die Büsche gestutzt hat. Schwer vorstellbar, dass er nicht mehr da ist. Dass er tatsächlich dort unten liegt und nur noch still ist. Für immer.

»Kathi?«, flüstert Ida und hängt sich bei ihr ein.

»Was?«

Ihre Schwiegertochter zeigt auf die Schaufel.

»Ach so. Ja.« Die hat sie ganz vergessen. Sie reicht sie an den Nachbarn weiter. Max nickt ihr dabei mit leidvoller Miene zu. Wahrscheinlich hat er Angst, sich jetzt um sie kümmern zu müssen. Sie seufzt wieder und denkt an das, was ihr an Zukunft bleibt. Da ist nichts, worauf sie sich freut.

Ida streicht ihr über den Arm. »Geht's?«

Sie nickt und lächelt. Sie will Ida nicht enttäuschen.

Ihre Schwiegertochter ist eine gute Frau. Gut für Max, gut für die Familie. Als Max Ida kennenlernte, war er schon beinah dreißig, und sie war die erste Frau, die er mit nach

Hause brachte. Jetzt sind sie schon seit vierzehn Jahren verheiratet. Und immer noch kein Enkelkind in Sicht. Gerade erst hat Ida eine eigene Praxis als Psychotherapeutin eröffnet. Manchmal gibt sie ihr kostenlose Tipps. *Du musst lernen, deine eigenen Bedürfnisse zu erkennen*, hat sie erst vor ein paar Wochen gesagt. Da hat Werner noch gelebt und sie sich bei Ida beklagt, weil er so träge geworden war, vor allem im Winter und ohne die Arbeit im Garten. *Eigene Bedürfnisse erkennen*, denkt sie jetzt und schnaubt innerlich. Wie soll das gehen? Welche Bedürfnisse denn überhaupt? Das Bedürfnis, nicht alt und alleine zu sein? Das Bedürfnis nach Enkelkindern? An das eine muss sie sich gewöhnen, das andere akzeptieren. Ändern kann sie beides nicht.

Kathi verlagert ihr Gewicht auf das linke Bein. Die rechte Hüfte tut ihr weh vom langen Stehen. Sie klagt nicht, sie hat nie geklagt, das Klagen hat sie immer anderen überlassen. Das heißt aber nicht, dass sie keinen Grund dazu gehabt hätte. Sie weiß sehr gut, was es bedeutet, arm und bitter zu sein. Das hat sie als Kind in aller Härte erfahren. Damals musste ein ganzes Land wiederaufgebaut werden, da hatte niemand Zeit, sich um ein verlassenes Kind zu kümmern. Keine Zeit zum Trösten, und schon gar keine zum Trauern. Auch kein Recht. Man war ja selbst schuld, an all dem Elend – auch wenn man es nicht war.

Ida lächelt ihr aufmunternd zu und drückt ihr die Hand. So eine wie Ida hätte ihre Mutter damals gebraucht, vielleicht hätte sie sich dann für das Leben entschieden und nicht für den Tod. Sie war doch noch so jung gewesen. Noch nicht einmal dreißig.

Die Schlange, die sich neben dem Grab gebildet hat, setzt sich langsam in Bewegung. Nachbarn, Verwandte und Vereinskollegen. Schützenverein, Sportverein, Feuerwehr. Werner war ein geselliger Mensch.

»Aufrichtiges Beileid.«

»Danke.«

Kathi erträgt die vielen mitleidigen Blicke und Beileidsbekundungen und lächelt. Sie lächelt, bis ihre Gesichtsmuskeln schmerzen. Als ganz junges Mädchen war es ihr größter Wunsch, eine berühmte Schauspielerin zu werden, aber ihre Großmutter war dagegen. Sie war eigentlich gegen alles. Und damit das Gegenteil von ihrem Großvater. Der war immer freundlich und hilfsbereit. Kurz vor Kriegsende hat er zwei Deserteure, achtzehnjährige Burschen, im Keller versteckt, auch vor seiner eigenen Frau, und ihnen damit das Leben gerettet. Wäre das ein paar Wochen vorher aufgeflogen, hätte ihn diese Tat, für die er nach dem Krieg gefeiert wurde, zum Landesverräter gemacht und das Leben gekostet.

*Komm, Katinka,* hört sie ihn sagen. *Du schaffst das.*

*Katinka.* Niemand sonst hat sie so genannt.

»Es tut mir so leid.«

»Danke.«

»Sag Bescheid, wenn du Hilfe brauchst.«

Als sie Werner kennenlernte, damals vor beinah einundfünfzig Jahren, war sie noch so jung, noch nicht einmal zwanzig. Andererseits aber auch zu alt, um sich noch von ihrer Großmutter schlagen zu lassen. Vor ihm hatte es nur einen einzigen Verehrer gegeben, Heinrich, zwölf Jahre älter und nicht der Rede wert. Bei Heinrich hatte sie sich kurz in das Gefühl verliebt, begehrenswert zu sein, bei Werner in den ganzen Mann. Werner kam aus dem Ruhrgebiet, war mit einer Truppe Zimmerleute unterwegs und hatte schon halb Deutschland bereist. Ein Zufall hatte ihn nach Solbach verschlagen. Ein Zufall und das Kirchweihfest, das an diesem Wochenende gefeiert wurde. Sie hatte ihn gleich entdeckt. Er war so ein schöner Mann. Der schönste, den sie je gesehen hatte. In Solbach war das diesbezügliche Angebot eher begrenzt.

»Er war so ein guter Freund.«

»Danke.«

»Wir werden ihn alle vermissen.«

Irgendwann, in nicht so ferner Zeit, wird sie auch dort unten liegen. Neben ihm. An seiner Seite. Kathi hat keine Angst vor dem Tod. Sie ist siebzig, ihr Leben ist gelebt, was soll noch kommen? Sie hat schon viele alte Menschen gesehen. Manchmal geht es ganz gut bis zum Schluss, manchmal nicht. So wie bei Elfriede, ihrer besten Freundin. Acht Jahre älter als Kathi und schon lange nicht mehr bei sich. *Sie verliert sich immer mehr*, hat Werner einmal gesagt. Dass man sich selbst verlieren kann, hat Kathi vorher nicht gewusst. Jetzt ist Elfriede im Heim und weiß längst nicht mehr, wie sie heißt und wo sie ist.

Die Hände sind geschüttelt, die Blumen geworfen. Ida hängt sich bei ihr ein. »Komm, Mutter«, sagt sie. Kathi mag es nicht, wenn Ida sie *Mutter* nennt. Sie ist Max' Mutter, nicht Idas. Aber dann findet sie sich selbst kleinlich. Ida meint es doch nur gut. *Ein gutes Mädchen*, hat Werner oft gesagt. *Gutes Mädchen.* Aber nie *mein* Mädchen. Das war nur sie. *Sein* Mädchen.

Ihre Gedanken wandern zurück. Eine Woche Urlaub am Faaker See. 1985 war das. Das Wetter war durchwachsen, die Stimmung auch. Sie hatten sich ein Tretboot ausgeliehen und waren rausgefahren, nur sie beide. Mitten auf dem See waren sie in Streit geraten. Kathi weiß nicht mehr, worum es ging, auch nicht, wer angefangen hatte. Aber an alles andere erinnert sie sich noch sehr genau.

Sie hatte ihm den Rücken zugekehrt und saß wie eine Königin, während er hinter ihr schimpfte und zeterte. Seine Tiraden prallten an ihr ab, sein Zorn ließ sie unberührt. Nichts brachte ihn mehr auf die Palme, das war schon immer so. Und dann der Stoß. Sie schluckt eisiges Wasser, schnappt nach Luft, klammert sich ans Boot. Er hilft ihr wieder hinauf und reibt sie mit einem Handtuch trocken. *Du kleiner Schussel*, sagt er. *Was machst du nur für Sachen.* Das nasse Kleid klebt an ihrem Körper, sein Blick ändert sich. Sie nimmt seine Hand, führt sie. *Nicht*, sagt er. *Nicht hier.*

»Komm.« Eine hübsche Frau mit kurzen hellen Haaren und graublauen Augen zieht an ihrem Arm. Kathi blinzelt verwirrt. Einen Moment hat sie vergessen, wo sie ist. Und warum. Sie starrt auf das Grab, atmet den Tod und spürt wieder die Traurigkeit, die sich wie ein Stein auf ihre Brust gelegt hat.

»Kathi. Wir müssen jetzt wirklich los.«

»Wohin denn?«, fragt sie und blinzelt gegen die Sonne, die sich für einen Moment in eine Wolkenlücke schiebt.

»Ins Gasthaus. Das weißt du doch.«

»Ach so, ja.«

»Komm jetzt.« Ida zeigt nach vorn, und Kathi setzt sich in Bewegung. Sie laufen zu dritt, Ida und Max sind an ihrer Seite. Es ist nicht weit bis zum Gasthaus *Zum goldenen Krug.* Dort hätten sie im Sommer ihre goldene Hochzeit gefeiert, stattdessen feiern sie jetzt seinen Tod. Trauerfeier. Wie kann man Trauer feiern? Kurz vor dem Ziel wühlen sich ihre kalten Hände durch die Manteltaschen. Ihre Finger finden Taschentücher, den Schlüsselbund und ein Loch in der Naht. Keinen Ring. Der Schreck fährt ihr in die Glieder, ihr Blick tastet über den Boden, über Pflaster und Asphalt. Sie bleibt stehen. Und sieht Werner vor sich. So, wie er vor Jahren ausgesehen hat. Noch schlank, mit scharfer Hakennase und vollem Haar. Sie sieht seine dunklen Adleraugen, die sie zu fixieren scheinen. *Du kleiner Schussel.*

»Der Ring! Ich habe den Ring verloren. Wir müssen zurück!«, hört sie sich rufen.

Es dauert einen Augenblick, bis sie Max erklären kann, was passiert ist.

»Nimm sie mit rein«, sagt er zu Ida. »Ich gehe den Weg noch mal ab.«

»Bringst du mir den Ring?«

Sie sieht ihm nach. Alles verschwimmt, wird undeutlich und verliert die Konturen. Ist das immer so mit dem Altwerden? Dieses Auflösen und Zerfließen? Innen wie außen?

# *Josie*

Meine Wohnung empfängt mich mit einem seltsamen Blinken. Ein rotes Aufleuchten an der Telefonstation. Zuerst erfasse ich gar nicht, was das zu bedeuten hat, aber dann begreife ich: Jemand hat mir auf den Anrufbeantworter gesprochen. Mir hat ewig niemand mehr auf meinen Anrufbeantworter gesprochen. Es gibt WhatsApp, das ist viel einfacher und auch viel direkter. Man kann schreiben, reden, ja sogar Fotos oder kleine Filme verschicken. Die bisher letzte Nachricht auf dem Anrufbeantworter war von dem Handwerker, der meine Waschmaschine reparieren sollte und dem ich tagelang hinterhertelefoniert hatte.

Ich drücke auf die Wiedergabetaste und vergesse vor lauter hoffnungsvoller Anspannung beinah zu atmen. Es ist Bengts Stimme.

»Josie? Ich bin's. Was ist los mit dir? Dein Handy ist aus. Bist du sauer? Josie, wir müssen reden. Ich kann so nicht weitermachen. Ich bin bis halb fünf in der Praxis, ruf mich an.«

So wie sich mein Leben seit Jahren um Bengt dreht, und nur um ihn, so dreht sich der kleine Flur plötzlich um mich.

Ich lehne mich an die Kommode und versuche zu begreifen, was ich gerade gehört habe. *Ich kann so nicht weitermachen.* Was will er mir damit sagen? Dass er sein Leben anders leben will als bisher? Dafür gibt es genau zwei Möglichkeiten: erstens mit mir. Und zweitens ohne mich.

Hektisch zerre ich mein Smartphone aus der Handtasche, es ist tatsächlich aus. Akkunotstand. Ich stecke das Ladekabel ein, aber natürlich habe ich die PIN nicht im Kopf, sie steht auf einem Zettel, aber wo ist der Zettel? Ich öffne wahllos ein paar Schubladen und durchwühle sie. Der Zettel ist nicht da.

Zum Glück habe ich noch einen Festnetzanschluss. Viele meiner Freunde und Bekannten gehen mit ihrem Handy ins Bett und stehen mit ihm auf, sie haben alle lebenswichtigen Informationen darin gespeichert und erledigen ihre komplette Kommunikation über dieses eine Gerät. Sie brauchen gar nichts anderes mehr. Ich habe auch sehr viel in meinem Smartphone abgespeichert, aber die wichtigsten Nummern Gott sei Dank in meinem Kopf: die von Bengts Handy zum Beispiel. Und auch die von seiner Praxis. Diese Nummern habe ich abrufbereit, vermutlich bis an mein Lebensende. Ich beginne zu wählen, aber bevor ich die letzte der insgesamt zwölf Ziffern eingetippt habe, drücke ich alles wieder weg. Die Angst in mir bläht sich auf und lähmt mich. Was, wenn es zweitens ist? Was, wenn Bengt mir sagen will: *Das war's. Von nun an ohne mich.*

Meine Knie fangen an zu zittern. Ich setze mich auf einen Stuhl. Meine Beziehung ist zwar nicht perfekt, aber immerhin ist es eine. Noch dazu mit dem Mann, den ich liebe.

Seit beinahe zehn Jahren schon. Davor hatte ich auch Beziehungen, aber die haben nie länger als ein Jahr gedauert. Sie waren jedes Mal so eine Art Vollrausch mit anschließendem Kater. Erst mit Bengt habe ich erfahren, wie es ist, wenn man den *Richtigen* gefunden hat. Bei uns passt alles, außer dass er verheiratet ist.

Ich spüre etwas Hartes, das sich in meine Leistenbeuge drückt. Der Ring. Ich ziehe ihn aus der Hosentasche und lege ihn auf die Kommode. Ob er zu dem Mann gehört, der heute beerdigt wurde? Etwas versteckt hinter einer kleinen Hecke hatte sein frisches Grab gelegen, das gerade von den Friedhofsarbeitern zugeschaufelt wurde. Werner Bondorf. Ein schlichtes Holzkreuz, viele Kränze. Die hat es bei der Beerdigung von meinem Vater nicht gegeben, nicht einen einzigen, aber ein Kreuz hatte er auch. Ein ganz ähnliches. Dunkle Schrift auf hellem Holz.

Meine Finger streichen über die Gravur im Ring. Fast fünfzig Jahre. Ich kenne niemanden, der das geschafft hat. Meine Eltern nicht, und ich werde es wohl auch nicht mehr schaffen, es sei denn, Bengt wird morgen geschieden und heiratet mich übermorgen. Aber auch dann müsste ich mindestens einundneunzig und Bengt hundert Jahre alt werden. Ich fürchte, so lange wird er nicht durchhalten. Bengt ist kein Langstreckenläufer.

In meinem Bauch rumort es. Ich lege eine Hand auf die Stelle und lausche in mich hinein. Ist es das Kind? Kann man das jetzt schon spüren? Vermutlich nicht. Es wird wohl die Brezel sein. Oder die Kürbissuppe von gestern Abend.

Bengt wird mich natürlich nicht heiraten. Weder übermorgen noch in fünfzig Jahren. Nie. Das wird mir in diesem Moment sehr bewusst. Außer mit mir in die Kiste zu springen, hat er in all den Jahren noch keine weitreichenderen Pläne geäußert. *Ich hab nur eine Stunde Zeit, lass uns die nicht mit Reden vergeuden.* Außerdem hat er es in dieser ganzen Zeit auch nicht einmal geschafft, mich mit etwas zu überraschen. Mit Blumen zum Beispiel. Selbst wenn ich Blumen nicht besonders mag, jedenfalls nicht in Vasen, finde ich das ziemlich enttäuschend.

Es ist jetzt zwanzig vor fünf. Bengt ist sicher schon auf dem Weg nach Hause. Zu seiner Familie. Vor mir liegt dagegen ein langes, ungewisses und sehr einsames Wochenende. Plötzlich wird mir richtig übel. Ich renne ins Bad und übergebe mich. Erschöpft setze ich mich anschließend auf den Badewannenrand. Meine Schwägerin hat in den Anfängen ihrer Schwangerschaften nichts bei sich behalten und derart abgenommen, dass sie immer kurz davor stand, ins Krankenhaus eingeliefert zu werden. Erst ab ungefähr dem dritten Monat wurde es langsam wieder besser.

Ich spüle meinen Mund. Die Übelkeit ist weg, die Angst nicht. Sie breitet sich in mir aus wie ein schleichendes Gift. Sie lähmt mich.

17.20 Uhr. Ich laufe durch die Wohnung und weiß nicht wohin mit mir. Ich wandere von Zimmer zu Zimmer und werde immer dünnhäutiger. Zwischendurch erwäge ich, mit den Fingernägeln den Putz von den Wänden zu kratzen oder mir sämtliche Haare auszureißen. Ich muss an eine frühere Mitschülerin denken, die sich jahrelang mit Rasierklingen die Arme malträtiert hat. So weit würde ich nicht gehen, auch wenn mir jetzt jeder andere Schmerz besser scheint als der, den ich gerade in mir habe.

17.35 Uhr. Ich halte das Alleinsein in meiner Wohnung nicht länger aus und beschließe, an Bengts Haus vorbeizufahren. Vielleicht sogar zu klingeln. Wenn es sowieso vorbei ist mit uns, dann brauche ich auch keine Rücksicht mehr zu nehmen.

17.37 Uhr. Ich suche den Autoschlüssel, aber ich kann ihn nicht finden.

17.40 Uhr. Ich suche immer noch und werde noch verzweifelter, als ich es ohnehin schon bin.

17.42 Uhr. Mir fällt ein, dass mein Auto in der Werkstatt ist. Der Schlüssel auch.

17.43 Uhr. Ich ziehe meine matschigen Schuhe wieder aus und greife zum Telefon.

17.44 Uhr. Ich halte das Telefon immer noch in den Händen und weiß nicht, was ich tun soll. Wenn Bengt doch nicht Schluss machen will, dann würde ich mit einem Anruf bei ihm zu Hause vielleicht alles zwischen uns zerstören. Und das dann völlig unnötigerweise.

17.50 Uhr. Die Ungewissheit frisst sich schmatzend in meine Eingeweide. (Ich habe übrigens immer noch nichts gegessen.)

17.55 Uhr. Ich rufe Bengt zum hundertsten Mal nicht an. Stattdessen wähle ich jetzt Florians Nummer. Er nimmt gleich ab.

»Hey Josie.« Seine Stimme klingt beruhigend heiter. Florian hat immer gute Laune, egal wie beschissen es gerade läuft. Vielleicht tut er auch nur so. Ich tue auch oft so, nur nicht bei ihm. Mein Bruder ist der einzige Mensch, bei dem ich gnadenlos so bin, wie ich bin.

»Josie?«

Ich versuche, nicht zu weinen, aber natürlich gelingt es mir nicht.

»Hey. Was ist denn los?«

»Was … was machst du gerade?«, heule ich.

»Ich bin noch auf der Arbeit. Aber schon auf dem Sprung.«

»Wohin?« Seit er sich selbständig gemacht hat, ist er ständig unterwegs.

»Nach Hause.«

»Ach so.«

»Ich wollte eigentlich den Rest des Abends mit meiner Familie verbringen, aber so wie du klingst, wird das wohl nichts. Soll ich kommen?«

Jetzt nicke ich nur, weil sich der dicke Kloß, der in meinem Hals sitzt, nach oben verschoben und auf meine Stimmbänder gelegt hat.

»Josie?«

Ich schlucke und heule weiter. »Ja. Bitte komm.«

»Okay. Beweg dich nicht von der Stelle, ich bin gleich bei dir.«

»Und … und wenn ich mal muss?«, schniefe ich.

»Halt ein. Bin in fünfzehn Minuten da.«

Ich lege auf und schluchze jetzt haltlos. Trotz des Kummers bleibe ich weiter pragmatisch: Was ich jetzt schon mal weine, muss ich gleich nicht mehr weinen, wenn Florian da ist.

Ich habe mich schon oft gefragt, warum ich mich nicht in einen Mann wie ihn verliebt habe. In einen Mann mit offenem, aufrechtem Charakter und einer sensiblen Seele. Warum ausgerechnet in Bengt, an dem nichts passt, noch nicht einmal der Name. Bengt. So will doch kein Mensch heißen. Außer Bengt.

Florian mag ihn nicht. Er hat ihn von Anfang an nicht gemocht, mir aber nie reingeredet. »Deine Sache«, hat er einmal gesagt, als ich ihn nach seiner Meinung gefragt habe. Er hatte die Lage sofort erkannt: Niemand hätte mir Bengt ausreden können, auch er nicht. Ich hatte nur Bestätigung gesucht. Ich wollte, dass Florian diesen Mann genauso umwerfend fand wie ich. *Fand*? Habe ich das tatsächlich gerade gedacht?

Ich gehe in die Küche, putze mir die Nase und nehme eine Flasche Weißwein aus dem Kühlschrank. Ein Leben ohne Bengt. Kann ich mir das vorstellen? Nein.

Und ein Leben mit einem Kind? Seinem Kind? Die Ärztin heute war sehr verständnisvoll. Keine moralische Ansprache, keine versteckten Vorwürfe. Nur den Rat, dass ich mir die Sache sehr gut überlegen soll. In beide Richtungen.

Ich stelle die Weinflasche wieder zurück in den Kühlschrank und schenke mir ein Glas Milch ein. Milch ist nicht nur ein Getränk, sondern ersetzt auch eine Mahlzeit. Damit schlage ich gleich zwei Fliegen mit einer Klappe.

Keine Zigaretten, kein Alkohol. Und kein Bengt? *Ich kann so nicht weitermachen, ruf mich an.* Die Hoffnung stirbt zuletzt. Zwei Möglichkeiten. Ich nippe an meiner Milch und fange an, mich ein bisschen an die zweite zu gewöhnen.

Auf dem Weg ins Wohnzimmer komme ich an der Kommode vorbei. Der Ring liegt einsam und fremd zwischen meinen Sachen. Ich fange wieder an zu heulen.

Florian kommt und tut das, was zu tun ist: Er nimmt mich in den Arm. Und natürlich weine ich auch jetzt. Die ganze Vorarbeit hat überhaupt nichts genutzt. Es ist wie ein Pawlowscher Reflex. Arme um meinen Körper, mitfühlendes Brummen, und schon breche ich in Tränen aus. Ich kann nicht anders.

»Ich bin einundvierzig«, schluchze ich.

Florian streichelt meinen Hinterkopf. Er ist um einiges kleiner als Bengt (dem reiche ich nur bis unter die Brust), dafür deutlich kräftiger. »Das ist hart. Ich bin fast neunundvierzig.«

»Wie soll ich das denn schaffen? Ohne Bengt?«

Er scheint nicht einmal sehr überrascht. »Ach komm, Josie. Sei mal ehrlich. Was schaffst du denn mit ihm?« Er lässt mich los und marschiert in Richtung Küche. Ich wische mir über die Augen und laufe hinterher. Im Türrahmen bleibe ich stehen. Ich sehe ihm zu, wie er die Kühlschranktür öffnet, den flüchtig hineingedrückten Korken aus der Weinflasche zieht und angestrengt schnüffelt. »Wie lange ist der denn schon auf?«

»Weiß nicht. Zwei Wochen. Vielleicht auch drei.«

Florian kippt sich einen Schluck ins Glas und probiert vorsichtig. »Mmh. Noch gut.« Er sieht auf das Etikett. »Ein Luganer.«

Ich spüre, wie neue Tränen meinen ohnehin unscharfen

Blick weiter verschleiern. »Ach Flori. Was soll ich nur machen? Alles, was ich immer wollte, war eine normale Familie mit normalen Kindern und einem normalen Mann.«

»Und dann suchst du dir ausgerechnet diesen bigamistischen Zahn-Klempner aus?«

Ich ziehe ein Taschentuch aus meiner Hosentasche und putze mir die Nase. Florian hat seit jeher einen sehr einseitigen Blick auf Bengt. Er sieht, was ihn angeht, nur schwarz oder weiß. Also vor allem schwarz. Aber Bengt hat auch seine guten Seiten, wie ich sehr wohl weiß. Ich lasse die vergangenen Jahre Revue passieren, auf der Suche nach einem passenden Beispiel, aber bevor mir eins einfällt, holt Florian mich schon wieder zurück in die Gegenwart.

»Josie?«

Unsere Blicke treffen sich, und ich seufze. »Bengt ist kein schlechter Kerl. Er ist nur …«

»Verheiratet.«

»Ja. Aber darum geht es nicht.«

»Darum ging es bisher doch immer.«

»Aber jetzt nicht. Jetzt habe ich ein anderes Problem. Ich bin schwanger.«

Mein Bruder zuckt auch jetzt kein bisschen zusammen, was ich ihm hoch anrechne. »Aha«, sagt er und schenkt sich den Rest Wein ein. »Daher weht der Wind. Gehe ich recht in der Annahme, dass dein *Freund* das Kind nicht will?«

»Ach Flori. Jetzt muss ich zu pro familia.«

»Du musst gar nix.«

»Ich bin einundvierzig«, wiederhole ich mich.

»Ja und?«

»Das ist doch viel zu alt, um noch mit diesem Mutterding anzufangen.«

»Gianna Nannini war vierundfünfzig.«

»Echt?«

»Echt.«

Vierundfünfzig. Das ist wirklich alt. »Also, so lange warte ich auf keinen Fall.«

Er hält mir sein Glas hin, aber ich schüttle brav den Kopf.

»Was willst du denn selbst?«

»Na ja. Eben eine ganz normale Familie mit ganz normalen …«

»Jaja, das hatten wir schon. Ich meine, willst du das Kind, oder willst du es nicht?«

Ich hebe unschlüssig die Schultern.

»Josie. Ein Kind, das bedeutet sehr viel Arbeit. Es ist eine Riesenaufgabe. Aber du bekommst auch eine Menge zurück.«

»Ja. Ist klar.«

»Kinder zu haben ist keine Garantie für ein erfülltes Leben. Da steht ein bisschen Glück gegen ziemlich viel Stress. Aber trotzdem geben meine Jungs mir das Gefühl, dass es sich lohnt, morgens aufzustehen.« Er schwenkt den Wein im Glas und schaut dabei gedankenverloren, als müsse er über das gerade Gesagte noch einmal nachsinnen. »Außerdem, ich meine, gerade du. Du liebst doch Kinder.«

Natürlich liebe ich Kinder. Das ist kein Geheimnis. Ich war Benny und Lukas immer mehr als eine Tante, viel mehr. Niemand hat ihr Großwerden mehr bedauert als ich.

Als sie noch klein waren, habe ich sie oft übers Wochenende zu mir genommen, damit Florian und Juliane auch mal Zeit für sich hatten. Bengt musste sich ja sowieso um seine Familie kümmern, und so hatte ich auch zu tun. Und ich habe es ja auch gern gemacht. Ich erinnere mich noch gut an dieses wunderbare Gefühl, wenn sie schlafend in meinem Bett lagen, den Daumen im halboffenen Mund, die kleinen Gesichter verschwitzt. Dieser Anblick hat mich mit einem tiefen Frieden erfüllt.

Wenn ich ein Baby sehe, ist es jedes Mal so, als würde sich etwas in mir öffnen. Dann spüre ich unwillkürlich die leisen Schwingungen seiner Geschichte, die auch die Geschichte seiner Eltern, Großeltern, Urgroßeltern ist. Geschichten von Freude und Trauer, von Angst und Hoffnung, von Schmerz und Genesung, manchmal auch von Krieg, Hass, Gewalt oder Tod. Diese Geschichten werden weitergegeben, von Generation zu Generation. Jedes Kind, das geboren wird, trägt die seiner Familie in sich, und erst allmählich werden die Spuren blasser, überdeckt von der Gegenwart. Aber nie verschwinden sie ganz. Das war bei Benny und Lukas so. Das würde auch bei meinem Kind so sein. Aber macht mich das automatisch zu einer guten Mutter?

»Du solltest auf deinen Bauch hören«, sagt Florian und schwenkt sein Glas.

Ich höre in mich. Mein Bauch gibt mir die widersprüchlichsten Signale. Von *Mach dich nicht lächerlich* bis zu *Du schaffst das.*

»Also der macht gerade keine sehr klare Ansage«, murmele ich.

»Dann hörst du nicht genau hin.« Er schlürft laut und rollt den Wein im Mund ein paar Mal hin und her, bevor er ihn schluckt. »Oder du lügst.«

## *Kathi*

Kathi räumt den Schrank aus. Sie sortiert Werners Sachen in brauchbare und nicht mehr brauchbare. Was nicht mehr brauchbar ist (er konnte ja nichts wegwerfen), stopft sie in Tüten. Den Rest legt sie ordentlich in zwei bereitstehende Kisten. Aber wohin damit?

Sie nimmt eine alte Jacke und riecht daran. Versucht etwas einzufangen, was lange vorbei ist. Einen Geruch oder ein Gefühl. Aber es funktioniert nicht. Die Gerüche sind zu flüchtig, und an die Gefühle kann sie sich nicht mehr erinnern. Nur an Bilder. Werner mit dieser Jacke und Gummistiefeln im Garten. Oder am Mühlbach. Dort war er gern.

Ida taucht in der Tür auf. »Ach Kathi. Warum lässt du dir nicht noch etwas Zeit?«, fragt sie mit sanfter Stimme.

»Worauf soll ich denn warten?« Sie hält eine der Unterhosen in Übergröße in die Höhe. Groß war er immer, aber in den letzten Jahren war er auch noch dick geworden. »Darauf, dass einer kommt, dem das hier passt?«

Ida lächelt. »Soll ich dir helfen?«

»Nein, schon gut. Geh du in die Küche und setz schon

mal Kaffeewasser auf. Es ist auch noch was von dem Kuchen von gestern übrig.«

»Du solltest das nicht in dich hineinfressen. So ein plötzlicher Verlust …«

»Ida, bitte!« Das Letzte, was sie jetzt braucht, sind therapeutische Ratschläge von ihrer Schwiegertochter.

Ida presst die Lippen zusammen und dreht sich weg.

»Tut mir leid«, sagt Kathi und versucht, ihrer Stimme wieder etwas von der Schärfe zu nehmen, aber es fällt ihr schwer. »Mach dir keine Sorgen.«

»Nein, natürlich nicht«, sagt Ida leise.

Kathi sieht ihr nach, mit schlechtem Gewissen und schmerzendem Rücken. Sie setzt sich aufs Bett, neben ihr ist Werners Jacke. Es gibt so vieles, worum er sich immer gekümmert und wovon sie keine Ahnung hat.

*Mein Mädchen.*

*Ach, Werner.*

Im Radio wird über eine weltweite Protestaktion berichtet. Ausgelöst von einer jungen Schwedin namens Greta Thunberg. *1,8 Millionen Menschen nahmen daran teil*, sagt der Sprecher. Die Welt dreht sich weiter, auch ohne Werner. Nach den Nachrichten die Beatles. Sie steht auf, summt ein paar Takte von *Lady Madonna* mit und bewegt probehalber die Füße dazu. Seit Jahren hat sie nicht mehr getanzt, sogar seit Jahrzehnten. Ihr Mann war kein Tänzer. Er konnte es einfach nicht und hat sich immer geweigert, es zu lernen.

»Das glaub ich nicht!« Max steht in der Tür. Er hat feuchte Augen. »Papa liegt gerade einen Tag unter der Erde und du? Was machst du? Du sortierst ihn aus und tanzt.« Seine Stimme zittert.

»Ich tanze nicht. Ich bewege mich nur, damit meine Glieder nicht ganz taub werden vom vielen Bücken«, verteidigt sie sich matt. »Willst du noch was haben von seinen Sachen?«

Er schüttelt gequält den Kopf.

»Ach Max.« Sie geht hin zu ihm, legt ihre Hände auf seine Wangen. »Mein Junge.« *Mein Junge.* Das ist er doch immer noch. Aber er dreht den Kopf zur Seite und wendet sich ab. Lässt sie stehen mit Werners Kleidern und ihrem schlechten Gewissen.

»Wäre es dir denn lieber, ich würde alles hier so lassen, wie es ist?«, ruft sie ihm ärgerlich hinterher.

Max und Werner, Werner und Max. So viel Ähnlichkeit. Die dunklen Haare, die Hakennase, die Größe. Dabei ist Max doch auch ihr Sohn. Aber davon ist, bis auf die blauen Augen, nichts zu sehen.

Sie holt die letzten Unterhemden aus der Schublade und knäult sie in eine der Tüten. Der Ring ist nicht mehr aufgetaucht. Zweimal ist sie den Weg abgelaufen. Auch auf dem Friedhof hat sie gesucht. Vielleicht wurde er ins Grab geschaufelt. Dann wäre er wenigstens da, wo er hingehört.

*Manchmal muss man Vertrautes loslassen und nach vorne schauen*, hat der Pfarrer gesagt. Auch deshalb räumt sie Werners Sachen weg.

»Kaffee ist fertig«, ruft Ida.

»Es ist nicht fair«, murmelt Kathi.

»Kathi? Kommst du?«

»Jaja, fangt schon mal an. Ich komme gleich.«

Sie dreht sich um. An der Wand neben der Tür steht Werners Bücherregal. Hunderte von Reiseführern. Von A bis Zett. Er interessierte sich für viele Dinge, aber fremde Kulturen und fremde Welten waren seine größte Leidenschaft.

Zart streicht sie mit den Fingern über die Buchrücken. Bei Paris bleibt sie hängen. Drei Reiseführer nur für diese eine Stadt. Der älteste ist noch aus den Siebzigern. Was soll man damit bloß anfangen? Sie zieht das kleine Buch aus der Reihe und blättert darin. Viele Markierungen, dazu kleine Bemerkungen am Rand. *Beste Restaurant-Empfehlung* steht dort. Oder: *sehenswerter Park*. Werners Handschrift. Dabei war er nie dort. Wegen ihr. Sie konnte ja nicht weg, sie hatte den Laden. Nur alle zwei, drei Jahre, wenn sich eine Vertretung fand, für ein paar Tage. *Fahr doch allein*, hat sie gesagt. Aber er wollte nicht. *Was soll ich da ohne dich?*

Ein Umschlag fällt ihr vor die Füße.

»Mutti, kommst du?«, ruft Max.

Sie schiebt den Umschlag zurück und rappelt sich hoch. »Ja, ich komme.«

Auf einmal tut es ihr entsetzlich leid, ihm immer nur Socken oder neue Hemden geschenkt zu haben. Was gerade gebraucht wurde. Aber keine Reise. Keine einzige.

Die Tür ist angelehnt. Ida spricht leise, aber Kathi versteht trotzdem jedes Wort.

»Ich weiß auch nicht, warum alle Leute glauben, eine Psychotherapeutin sei allwissend und hätte für jedes Problem die passende Lösung.«

»Weil eine Psychotherapeutin jemand ist, die viel Geld dafür bekommt, die Probleme anderer Menschen zu lösen«, erwidert Max. Er klingt müde.

»Ich bin doch auch nur ein Mensch. Ich habe eigene Probleme. Mindestens genauso viele wie jeder andere.«

»Was ist denn los mit dir? Ich dachte, dir macht dein Job so viel Freude?«

»Macht er ja auch. Aber …«

»Was?«

»Nix.«

»Ida?«

»Deine Mutter …«

»Hör endlich auf damit.«

»Ich glaube, sie nimmt mir übel, dass …«

»Was?«

»Na ja, dass wir sie nicht zur Oma gemacht haben.«

Einen Moment ist es still.

»Es ist ja immer noch nicht ganz ausgeschlossen«, meint Max schließlich.

Sie lacht kurz auf. »Ach Max. Sogar wenn deine Spermien eins a wären, hätten sie nur dann eine Chance, wenn du sie wenigstens ab und zu auf den Weg bringen würdest.«

»Wir sind doch auch ohne Kinder glücklich. Wir haben beide einen Beruf, der uns ausfüllt. Reicht dir das nicht mehr?«

»Ich liebe meinen Beruf. Ich finde ihn ganz wunderbar. Aber ich bin erst achtunddreißig.«

»Ach Ida.«

»Ach Max.«

Kathi geht ein paar Schritte zurück, stößt laut hörbar gegen die Kommode und schimpft. »Au, verdammt!« Dann schiebt sie die Tür auf und lässt sich stöhnend auf die Bank fallen.

»Was ist denn passiert?«, fragt Max.

»Die Kommode war im Weg.« Sie schenkt sich Kaffee ein.

»Wie im Weg? Die steht doch immer da.«

»Aber nicht mehr lange, wenn sie so weitermacht«, sagt Kathi mürrisch. Sie schnappt sich die Tageszeitung und tastet nach der Lesebrille auf ihrem Kopf. »Braucht ihr ein paar Reiseführer?«

»Was? Warum?«, fragt ihr Sohn und sieht sie irritiert an.

»Das ganze Regal oben ist voll davon.«

»Dabei wart ihr nie weg.«

»Dein Vater wollte immer.«

»Aber du nicht«, erinnert Max sie. »Es gab jedes Mal Diskussionen.«

»Also bitte. Ich hatte den Laden.«

»Jaja, du und dein Laden. Den gibt es schon seit über zwölf Jahren nicht mehr.«

»Seitdem sind wir ja auch jedes Jahr weggefahren.«

»Stimmt. Nach Bayern und nach Österreich, wenn ich mich recht erinnere.«

»Ich will mich vernünftig unterhalten können, wenn ich wo bin. Ich will die Sprache sprechen können, und ich will sie verstehen.« Was nutzt es denn, wenn sie vor dem Kolosseum in Rom steht und nicht weiß, was *Klo* auf Italienisch heißt? »Außerdem waren wir auch einmal in der Schweiz.«

»Ach ja, ich erinnere mich. Ihr wolltet eine Woche bleiben und seid nach vier Tagen zurückgekommen.«

»Weil mir in Luzern meine Handtasche gestohlen wurde. Mit all meinen Papieren.«

»Streitet euch doch nicht«, sagt Ida versöhnlich. »Nicht heute, so kurz nach …«

»Außerdem hatte dein Vater achtundzwanzig Tage Urlaub im Jahr«, verteidigt sich Kathi. »Die Firma hat auch ohne ihn funktioniert und wahrscheinlich nicht schlechter. Aber ich konnte nicht so einfach weg. Das weißt du ganz genau.« Es ist so ungerecht. Vierundvierzig Jahre ihres Lebens an sechs Tagen in der Woche hat sie hinter der Theke gestanden, um Brot und Wurst und Mehl zu verkaufen. Und noch nicht einmal ein Dankeschön.

»Ist gut, Mutti«, sagt Max mit diesem speziellen Tonfall, den sie so gut kennt. *Ist gut, Kathi.* So hat Werner auch immer mit ihr gesprochen.

»Nein, ist es nicht. Jahrelang hat dein Vater mir Vorwürfe gemacht, und jetzt fängst du damit an.«

Wie oft hat sie mit Fieber im Laden gestanden, vollgepumpt mit Grippetabletten, während er sich beim kleinsten Schnupfen einfach ins Bett gelegt hat und von ihr pflegen ließ.

Max schüttelt den Kopf. »Ich mache dir keine Vorwürfe. Ich stelle nur fest. Außerdem hast du doch angefangen.«

»Da oben ist ein Regal voller Reiseführer. Ich wollte nur wissen, ob jemand Verwendung dafür hat.«

Er steht auf und streicht sein weißes Hemd glatt. »Haben wir nicht.« Er schaut zu Ida. »Kommst du?«

»Wollt ihr schon gehen?«

»Ich … ich muss noch mal im Betrieb vorbei.«

Der *Betrieb.* Das ist dieser geheimnisvolle Ort, an dem Max *Programme* entwickelt. *Software.* Er räumt die Tassen in die Spülmaschine.

»Ach?« Ida wirft ihm einen überraschten Blick zu. »Heute? Es ist Samstag.«

»Ja. Ich kann's nicht ändern«, sagt Max kurz angebunden. »Tschüs Mutti.«

»Tschüs.« Kathi lässt sich umarmen, zuerst von Max, dann von Ida, aber sie steht nicht auf. Sie fühlt sich plötzlich schrecklich müde. Regungslos sieht sie den beiden hinterher. Und dann ist sie allein. Allein in der Küche, die jetzt nur noch ihre Küche ist. Werner ist nicht mehr da. Er wird nie mehr da sein. Nicht oben, nicht nebenan, nicht im Garten. Wie soll das gehen?

Lange sitzt sie so auf ihrem Stuhl und versucht zu begreifen, was geschehen ist. Aber sie begreift es nicht. Es ist nicht zu begreifen. Wie konnte er ihr das antun?

Irgendwann, es ist schon dämmrig, steht sie auf, wickelt Papier um den Kuchen und verstaut ihn im Ofen. Ihre leere Kaffeetasse lässt sie stehen. Ein vertrautes Bild. Wie oft hat sie lamentiert, weil Werner sein Geschirr nicht wegräumte. Jetzt wäre sie froh, es wäre seine Tasse. Sie fühlt sich traurig und einsam und ist auch ein bisschen wütend. Und alles fühlt sich irgendwie falsch an.

# *Josie*

Ich bin eine ehrliche Haut. Trotz meines Schlafmangels stecke ich am nächsten Tag den Ring in meine Hosentasche und mache mich auf den Weg. Vielleicht hat die trauernde Witwe den Verlust ja schon bemerkt und ist schon ganz verzweifelt. Oder aber sie hat den Ring selber weggeworfen, weil sie froh ist, ihn los zu sein. Also den Mann. Ich habe keine Ahnung. Aber der Ring ist aus echtem Gold, da gäbe es doch sicher andere Möglichkeiten.

Die Frau wohnt an der Hauptstraße, das haben die beiden Männer gesagt, die das Grab zugeschaufelt haben (*Do wou frieher des kloane Geschäft woar, des kenne Sie net vefehle*). Das bedeutet einen Fußmarsch von ungefähr zehn Minuten. Höchstens. Solbach ist ziemlich überschaubar, mehr als zehn Minuten braucht man hier nirgends hin. Dabei ist es völlig egal, ob man sich nach links oder nach rechts wendet, alle Wege führen am Ende irgendwie zur Hauptstraße. Unterwegs gibt es auch nicht viel zu sehen. Außer einem Kindergarten, einem Spielplatz, einem Friedhof, einem halben Bahnhof, einer Hundepension und einer kleinen Kirche hat das Dorf nichts zu bieten. An der Hundepension komme ich gerade vorbei. Dort steht ein großer Schäferhund am Zaun und sieht mich mit ruhigen Augen an. Ein kleiner Mischling kommt kläffend dazu und springt mit seinen Vorderbeinen an den Zaun. Er führt sich auf wie ein zu klein geratener Berserker, rennt neben mir her und fletscht die Zähne, aber weil ein stabiler Zaun zwischen uns steht, lasse ich mich davon kein bisschen beeindrucken.

Große Hunde haben etwas Würdevolles, deshalb hätte ich auch gerne einen. Schon als Kind war das mein allergrößter Wunsch. Aber jetzt wäre es einem Hund gegenüber unfair. Ich muss arbeiten, er wäre den ganzen Tag allein in der Wohnung, und dienstags müsste ich ihn wegen Bengt am Abend auch noch im Keller einsperren. Bengt sagt, er sei allergisch.

Bengt! Ich denke seinen Namen, und schon fängt mein Herz wieder an zu holpern. Dabei hatte ich es gerade geschafft, einmal zwei Minuten lang nicht an ihn zu denken. Die ersten zwei Minuten in den letzten zwanzig Stunden. Die Nacht war komplett schlaflos und hat mich die unterschiedlichsten Gefühlszustände durchleben lassen. Von weinerlichen suizidalen Anwandlungen bis hin zu hysterischen Aggressionsausbrüchen. Ich wusste einfach nicht, wohin mit mir. Und nichts hat geholfen. Noch nicht einmal ins Koma saufen durfte ich mich.

Der einzige Lichtblick war Florian, mein großer Bruder. Er war sehr, sehr lieb und hat mir angeboten, mich mitzunehmen, aber das wollte ich nicht. Ich hatte ja immer noch die ganz leise, natürlich vergebliche Hoffnung, dass Bengt vielleicht doch noch vorbeikommen würde. Ich wollte ihn auf keinen Fall verpassen.

Der Ring steckt sicher in meinem Portemonnaie. Vierter August 1969. Das Datum geht mir nicht aus dem Kopf. Es hat sich dort festgesetzt wie ein Liedtext. Wie muss es sein, wenn man nach so langer Zeit seinen Partner verliert. Wenn man keine Aufgabe mehr hat, außer der, weiterzumachen. Bis zum Schluss. Vielleicht ist es ja so gesehen doch besser, gleich alleine zu bleiben. Dann ist man wenigstens daran gewöhnt. Aber ich *bin* nicht alleine, denke ich. Ich habe Bengt. Jedenfalls einen Teil von ihm. Einen kleinen Bruchteil, der aus drei bis vier Stunden an jedem Dienstagabend besteht. Ganz selten sehen wir uns auch spontan zwischendurch. Wenn er es einrichten kann. Den Rest der Woche verbringe ich dann damit, auf Dienstag zu warten. Und auf seine Anrufe. Auf ein liebes Wort oder ein spontanes *Vielleicht*, das nicht auf einen Dienstag fällt. In den ersten Jahren unserer Beziehung hat Bengt noch jede freie Sekunde genutzt, um mich zu sehen, auch wenn es nur für einen schnellen Kuss gereicht hat. Das kommt jetzt nur noch selten vor. Es sei ihm zu anstrengend, hat er mir erklärt, als ich wagte, ihn darauf anzusprechen. Und Anstrengung würde auf Dauer jeder Beziehung nur schaden.

Wenn ich offiziell nach meinem Status gefragt werde, antworte ich immer mit *Single*. Wenn ich ein Formular ausfüllen muss, kreuze ich *ledig* an. Aber ich fühle mich nicht gut damit. Ich fühle mich, als wäre ich nur ein halber Mensch. Es ist mir peinlich. Mit fünfundzwanzig hatte ich damit noch kein Problem, auch nicht mit fünfunddreißig.

Aber jetzt bin ich einundvierzig und kann noch nicht einmal auf eine Scheidung verweisen. Es ist ein bisschen so, als hätte ich keinen abgekriegt.

Bei meiner Mutter ist es etwas anderes. Sie lebt auch alleine, mittlerweile seit beinahe dreißig Jahren, aber sie tut es freiwillig und gerne. Nach meinem Vater gab es keinen Mann mehr in ihrem Leben. Noch nicht einmal einen Hund.

Obwohl unsere Eltern sich viel gestritten haben, war es für mich schrecklich, als sie sich trennten. Für Florian überhaupt nicht, aber der war zu dieser Zeit auch schon erwachsen. Er fand sogar, es sei besser so. Heute, mit dem nötigen Abstand, denke ich, mein Bruder hatte recht. Es hat nicht mehr funktioniert mit den beiden. Sie sprachen kaum mehr miteinander, und wenn sie einmal im selben Zimmer waren, dann war der ganze Raum erfüllt von negativer Energie. Ich kenne ein Paar, Freunde von Florian, die sich auch permanent gestritten haben und dachten, ein Kind würde etwas daran ändern. Aber das hat nicht funktioniert. Mittlerweile ist das Kind acht, und sie streiten immer noch. Und das jetzt meistens *wegen* des Kindes. Man kann eben nichts wiedergutmachen, was nicht mehr gutzumachen ist, daran kann auch ein Kind nichts ändern. Und unser Kind schon gar nicht. *Es wird uns nicht zusammenhalten, es wird uns trennen, ohne überhaupt geboren zu sein.* Dieser Gedanke schießt durch meinen Kopf, und schon werden meine Augen wieder feucht. Schnell wische ich die Tränen mit dem Handrücken weg und fange an, meine Schritte zu zählen. Eins, zwei, drei und so weiter. Ich laufe am Spielplatz vorbei. Nur ein einziges Kind, das Mädchen von gestern, sitzt auf der Schaukel. Die blonden Zöpfe fliegen vor und zurück, während seine Mutter es immer wieder anschubst. Als ich selbst noch klein war, hatte ich auch Zöpfe. Nur waren meine Haare nicht so glatt und auch nicht blond. Sie waren lockig und braun. Das sind sie bis heute. Mausbraun hat Bengt einmal dazu gesagt. So nennt er mich auch: Maus.

Das Kind schreit: »Mehr.«

Die Mutter schubst, ich komme durcheinander und weiß nicht mehr, ob ich bei 29 oder 30 Schritten bin. Im Zickzack laufe ich um ein paar Pfützen herum, es sind sieben, und bekomme Seitenstechen. Das kommt vom Falschatmen, hat Bengt mir erklärt.

»MEHR!«

»Es reicht jetzt, Nela.«

Ich denke: *Nela, was für ein ungewöhnlicher Name,* und zähle weiter. 31, 32, 33. An einer Bank bleibe ich stehen. Mit einer Hand drücke ich auf die schmerzende Stelle. Ich würde mich gerne kurz setzen, aber die Bank ist nass.

»MEHR, MEHR«, brüllt Nela.

Die Arme der Mutter entwickeln einen eigenen Rhythmus. Strecken, beugen, strecken, beugen. Sie sagt noch ein paar Mal: »Es reicht jetzt, Nela.« Allerdings ohne sichtbare Konsequenz.

Diese Art von Verhalten zahlt sich selten aus, wie ich aus meinem eigenen langjährigen Berufsleben weiß. Ich berate Familien, die mit ihren Kindern nicht mehr klarkommen. Wenn es sein muss, schicke ich einen Familienhelfer hin. Es muss ziemlich oft sein. Vor allem, wenn in den Familien auch noch der Vater fehlt. Auch ziemlich oft. Aber immer noch besser ein fehlender Vater als einer, der zu Gewaltausbrüchen neigt.

Es genügt nicht, ein Kind nur lieb zu haben. Ich erlebe Mütter, die ihre Kinder lieben und sie trotzdem vernachlässigen. Weil sie überfordert sind oder weil ihnen aufgrund der Umstände keine Wahl bleibt. Mir bricht der Schweiß aus. Obwohl es absolut müßig ist, sich darüber Gedanken zu machen (ich werde es ohnehin nie erfahren), kann ich nicht aufhören, mir vorzustellen, wie es wäre, wenn. *Würde, wäre, hätte.* Mein Leben mit dem Konjunktiv.

Unser Kind *wäre* bestimmt sehr vernünftig und folgsam (auch wenn ich jetzt nicht weiß, von wem genau es das *haben könnte*), und es *würde* vermutlich so klug sein wie Bengt. Der hat nämlich einen messerscharfen, analytischen Verstand. Ich dagegen bin nicht sehr analytisch, ich bin eher emotional. Meine Schulkarriere war im Vergleich zu seiner ein einziges Fiasko. Abbruch nach der zehnten Klasse, Bürolehre, dann Fachabitur. Am Ende habe ich Sozialpädagogik studiert. Mit einem vernünftigen Abitur hätte ich natürlich noch ganz andere Möglichkeiten gehabt, aber solche Einsichten kommen ja meistens zu spät.

Ich wische mir über die Augen und bin genervt von mir selbst. Ein paar vorübergehende Gramm in meiner Gebärmutter, und ich mache mir Gedanken übers Abitur. Wenn ich nicht aufpasse, fange ich auch gleich wieder an zu heulen. Ich wühle in meinen Taschen nach frischen Papiertüchern, vielleicht auch nach Zigaretten, obwohl ich ja nicht mehr rauche. Es ist eher so ein Reflex. Ich finde natürlich keine und auch nur ein paar gebrauchte Taschentücher. Mit dem am wenigsten feuchten putze ich mir die Nase und wische anschließend damit über die Bank. Aber es ist aussichtslos, ich verteile das Wasser bloß.

Ein ohrenbetäubender Schrei reißt mich aus meinen Gedanken. Nela ist von der Schaukel gefallen, jetzt liegt sie wie ein Käfer auf dem Rücken und brüllt wie am Spieß. Bei dieser Lautstärke tippe ich mindestens auf einen Armbruch, vielleicht sogar schlimmer. Wieder bricht mir der Schweiß aus. Zum Glück bleibt die Mutter gelassen. Sie nimmt das Kind auf den Arm, schiebt ihm einen Keks in den Mund und putzt ihm die kleine Knubbelnase. Ich muss keine erste Hilfe leisten.

Das Kind beruhigt sich schnell, zwei Kekse, und seine kleine Welt ist wieder in Ordnung. Es hängt jetzt im Arm seiner Mutter, wie ein kleines Affenjunges, kaut mit offenem Mund und sieht mich dabei an. Wir starren beide mit unseren roten Augen. Ich lächle ihm zu und frage mich, ob es das ist, was das Muttersein ausmacht. Naseputzen, Trösten, Kekse verteilen? Vielleicht noch Fieber messen, Geschichten vorlesen, Spaghetti mit Tomatensoße kochen? Ich versuche, mich selbst in dieser Rolle zu sehen, aber es geht nicht. So bin ich nicht, so kann ich nicht sein. Oder doch? *Das werde ich erst wissen, wenn es so weit ist*, denke ich. Bis mir wieder einfällt, dass es gar nicht so weit kommen wird.

Plötzlich lächelt das kleine Mädchen zurück. So unvermutet und dabei so strahlend und offen, dass mir trotz der Kälte ganz warm wird. Auch die Mutter lächelt. Schnell wende ich mich ab, hebe zum Abschied kurz die Hand. Es passiert mir manchmal, dass wildfremde Menschen auf mich zukommen und ihr ganzes Leben vor mir ausbreiten, und dann dauert es in der Regel nicht lange, bis ich erfahre, was sie an ihrem Partner stört oder was sie in ihrer Kindheit Schreckliches durchgemacht haben. Nur umgekehrt, umgekehrt funktioniert es nicht. Ich kann nicht über mich reden, oder nur, wenn ich jemanden sehr gut kenne und ihm vertraue.

Das Haus erkenne ich schon von weitem. Ein altes Fachwerkhaus mit Holzschindeln auf der Wetterseite. So sehen hier viele Häuser aus. Ich bin schon oft daran vorbeigefahren, es steht mitten im Dorf, direkt an der Hauptstraße. Bis jetzt habe ich mir allerdings nie Gedanken um seine Bewohner gemacht.

Was nicht so recht passt, ist der kantige, hässliche Anbau auf der rechten Seite. Darin war früher ein kleiner Lebensmittelladen. Früher heißt in diesem Fall: vor meiner Zeit. Also bevor ich hierhergezogen bin. An der Seite hängt noch ein rotes Schild mit der Aufschrift *Spar* und einer grünen Tanne auf der Seite. *Spar.* Das klingt wie ein Befehl.

Die Tür am Haus geht auf. Ein dunkelhaariger, sehr gut aussehender Mann und eine blonde Frau kommen heraus. Sie laufen über die Straße zu einem Auto, es ist ein Škoda. Die Frau ist ärgerlich, das sehe ich. Der Mann hat den Kopf gesenkt und hebt in hilfloser Geste die Schultern. Sie reden nicht, es ist ein wortloser Streit. Ich sehe ihnen nach und warte, bis das Auto aus meinem Blickfeld verschwunden ist und mein Herz seinen ruhigen Rhythmus wiedergefunden hat. Dann gehe ich an die Tür und drücke meinen Daumen auf die Klingel. Eine große, schlanke Frau mit eisgrauen Haaren und sehr blauen Augen öffnet mir und sieht mich fragend an.

»Guten Tag. Sind Sie Frau Bondorf?«, frage ich unsicher. Sie entspricht so gar nicht der kleinen gebeugten Witwe in meiner Vorstellung.

»Wer will das denn wissen?«, fragt sie zurück.

Eine blöde Frage. »Ich.«

»Aha. Und warum?«

Ich strecke ihr meine geöffnete Hand mit dem Ring entgegen. »Deshalb. Gehört der vielleicht Ihnen? Also, ich meine, gehörte der Ihrem Mann?«

Sie runzelt die Stirn, die nur zum Teil von sehr glatten Ponyfransen bedeckt ist. »Woher haben Sie den?«

»Gefunden.«

Jetzt ist ihr Blick voller Misstrauen. »Und wie kommen Sie auf mich?«

»Er lag direkt vor dem Friedhof.«

»Ja und?«

»Na ja, ich habe die Gravur gesehen, und auf dem Friedhof gibt es nur ein frisches Grab. W wie Werner. Verstehen Sie?«

»Ach so, ja.« Endlich lächelt sie. Ein nettes Lächeln in einem, wie ich finde, immer noch sehr schönen Gesicht. Ein bisschen erinnert mich diese Frau an eine Schauspielerin aus alten Filmen. Barbara Rütting, glaube ich. »Das ist nett, vielen Dank!« Sie greift nach dem Ring und will die Tür schon wieder schließen.

Das geht mir jetzt ein bisschen zu schnell. Ich stelle meinen Fuß dazwischen. »War er Ihr Mann?«

Sie streicht sich eine Strähne aus dem Gesicht und murmelt leise »Ja«.

»Das tut mir sehr leid. Mein Beileid.«

»Danke.«

Verlegen ziehe ich meinen Fuß wieder zurück. »Tja. Also dann …«

Einen Moment stehen wir uns etwas hilflos gegenüber. Plötzlich reißt sie die Tür weit auf und fragt: »Möchten Sie einen Kaffee?«

Ich sehe in einen hell gefliesten langen Flur und fühle mich etwas überrumpelt. »Ich äh … nein danke, keinen Kaffee.«

»Sie können auch Tee haben.«

»Tee, ehm, ja gerne.«

Ich folge ihr in die Küche. Eine Küche, die sich sehr wohltuend von dem unterscheidet, was gerade so in Mode ist. Statt sterilem Weiß und gerader Kanten gibt es hier alte Holzmöbel und dicke, duftende Büschel mit getrockneten Kräutern an der Decke.

Etwas unsicher bleibe ich stehen, während sie Wasser in den Kocher füllt, zwei angeschlagene blaue Tassen aus dem Schrank nimmt und eine verbeulte Blechdose vom Regal daneben. Vielleicht denkt sie ja, dass ich nur wegen des Finderlohns gekommen bin.

»Früchtetee oder Kräuter?«, unterbricht sie meine Überlegungen.

»Äh … Kräuter. Aber Sie müssen mir …, also ich will nichts haben.«

Sie stellt die verbeulte Dose ab und sieht mich an. »Wie? Wollen Sie jetzt doch keinen Tee?«

»Doch, doch. Ich meine …«

Wieder heften sich ihre blauen Augen fragend auf mich.

»Ich meine, also wegen des Rings«, erkläre ich sehr hochdeutsch.

Sie winkt ab und zaubert eine Platte mit Kuchenstücken hervor. »Setzen Sie sich erst einmal. Wie heißen Sie eigentlich?«

»Josefine Pankratz. Aber alle sagen Josie zu mir.«

Sie reicht mir die Hand. »Ich heiße Katharina. Aber alle sagen Kathi zu mir.«

Ich setze mich und sehe, wie sie etwas von den getrockneten Kräutern in ein Teesieb gibt und anschließend heißes Wasser aufgießt. Sie stellt Kandiszucker und Kuchen auf den Tisch, und ich schaue mich weiter um. Genauso habe ich mir als Kind immer die Küche vorgestellt, in der ich gerne sitzen und meine Hausaufgaben machen würde. Mit einer Packung Ferrero Küsschen auf dem Tisch und einer Mutter, die mir Tee macht. Oder Kartoffelbrei. Eine Küche, in der sich die Familie zum Abendbrot versammelt und die außerdem auch noch genau so riecht wie diese hier.

Kathi zeigt auf den Kuchen. »Bitte. Bedienen Sie sich. Sie wohnen oben, beim alten Pfeiffer.« Das ist eine Feststellung, keine Frage.

»Ja. Seit knapp drei Jahren«, erwidere ich und wähle ein

Stück Streusel mit Aprikose. »Vorher habe ich in der Stadt gewohnt. Aber dann hat der Eigentümer Eigenbedarf angemeldet, und es war keine bezahlbare Wohnung mehr zu finden, also für mich bezahlbar, deshalb …«

»Er ist manchmal ein bisschen seltsam«, unterbricht sie mich.

»Wer? Ach so. Also, wir kommen eigentlich ganz gut miteinander aus.«

Sie nimmt das Kräutersieb aus der Kanne und schenkt mir Tee ein. »Seine Frau ist vor vier Jahren gestorben.«

»Ich weiß.«

»Sie hat sich immer um alles gekümmert.«

»Ab und zu bringe ich ihm ein paar Lebensmittel aus der Stadt mit, wenn ich von der Arbeit komme«, sage ich kauend, allerdings ohne zu erwähnen, dass er dafür im Gegenzug nicht so pingelig ist, wenn ich vergesse, das Treppenhaus zu putzen. Ich glaube, er merkt es gar nicht.

»Wenn die Frauen vor den Männern sterben, ist es immer ein Drama.«

»Und umgekehrt nicht?« Ich schlürfe vorsichtig am Tee und verbrenne mir die Zunge.

»Frauen kommen besser damit zurecht.« Sie seufzt. »Jedenfalls die meisten.«

»Warum?«

Sie überlegt einen Moment. »Vielleicht weil sie lebenstüchtiger sind«, sagt sie dann in einem Ton, als müsste sie sich selbst noch davon überzeugen. »Oder auch einfach nur pragmatischer. Wohnen Sie allein?«

»Ja.« Jetzt senke ich den Blick. Bengt! Wie lange habe ich

es geschafft, nicht an ihn zu denken. Fünf Minuten? Sechs? »Aber ich habe einen Freund und …«

»Keine Kinder?«

Ich schüttele den Kopf und spüre, wie mir das Blut hineinschießt.

Sie zuckt mit den Achseln. »Kinder zu haben ist auch nicht immer ein Segen.«

»Ich … ich bin schwanger«, rutscht es mir heraus.

Sie sieht mich überrascht an. »Ach so?«

»Aber mein … mein Freund möchte das Kind nicht«, sage ich und ärgere mich im nächsten Augenblick. Ich kenne diese Frau überhaupt nicht.

»Und Sie?«

»Ich weiß es nicht. Aber das spielt auch gar keine Rolle. Ich finde, ein Kind sollte man nur bekommen, wenn es auch wirklich erwünscht ist. Alles andere wäre doch unfair. Also ich meine … dem Kind gegenüber.«

Sie sagt nichts dazu. Aber was soll man dazu auch sagen. Ich seufze und greife verlegen zur Tasse. Der Tee ist immer noch heiß. Solange ich damit beschäftigt bin, hineinzupusten und vorsichtig zu schlürfen, schaffe ich es vielleicht, einfach mal meinen Mund zu halten. Mein uraltes Dilemma. Das, was ich zu sagen habe, versteht niemand. Und das, was andere von mir hören wollen, begreife ich nicht.

»Ein Kind zu bekommen oder nicht zu bekommen, das ist keine Frage von Fairness«, sagt sie.

»Nein. Natürlich nicht«, sage ich verlegen und zeige auf den alten Küchenschrank. »Der gefällt mir. Woher haben Sie den?«

»Von meiner Großmutter.«

»Wirklich schön. Also, ich meine, er ist schlicht, aber trotzdem …«

Wieder unterbricht sie mich. »Entscheidend ist doch, was *Sie* selbst wollen.«

»Ja«, seufze ich. »Klar.« Ich kann ihr ja schlecht erklären, dass das, was ich gerne hätte, gar nicht zu haben ist.

»Darüber müssen Sie sich erst einmal klar werden.«

»Ich weiß«, flüstere ich und seufze wieder. Mein Weg war noch nie ein einfacher. Bei mir lief immer schon alles anders als bei anderen. Über Umwege. Und nur selten zum Ziel.

»Es ist nicht immer einfach, das zu erkennen«, sagt sie leise. »Wenn man erst einmal anfängt, über sich nachzudenken …« Sie schüttelt den Kopf und gibt ein kurzes Schnauben von sich. »Mein Gott. Jetzt klinge ich schon wie meine eigene Schwiegertochter.«

Die Tasse in meiner Hand ist endlich leer. Ich stelle sie entschlossen auf den Tisch.

»Möchten Sie noch Tee?«

»Nein, danke. Ich muss jetzt los.«

Ich stehe auf, und sie begleitet mich zur Tür.

»Danke für den Ring. Ich bin sehr froh, dass ich ihn wiederhabe.« Sie drückt meine Hand.

»Gern geschehen«, sage ich. »Auf Wiedersehen.«

Den ganzen Heimweg lang bin ich so sehr damit beschäftigt, über Kathi nachzudenken, dass ich darüber sogar zeitweise Bengt vergesse. Kathi ist alt, und sie hat gerade ihren Mann verloren, weshalb sie vielleicht etwas verloren wirkt, aber sie scheint nicht schwach, ganz im Gegenteil. Sie hat etwas an sich, so eine Art Ausstrahlung oder persönliche Würde, die mir gut gefällt. So wäre ich später auch gerne. Ich denke, es hat etwas mit dem Alter zu tun. Wenn man alt ist, dann braucht man keine Bestätigung mehr von außen. Dann kann man einfach so sein, wie man tatsächlich ist. Eigentlich ein guter Grund, alt zu werden. Bisher hatte ich noch keinen.

Aber dann schnaube ich verächtlich und tippe mir mit einem imaginären Finger an die Stirn. Immer dasselbe mit mir. Immer will ich so sein, wie andere sind. Ein Siegertyp wie Bengt, so schön wie Angelina Jolie (obwohl mir persönlich Jennifer Aniston noch besser gefällt), so schlagfertig und unterhaltsam wie Barbara Schöneberger, so belesen wie meine Mutter, so kreativ wie mein Vater. Und jetzt eben so würdevoll wie Kathi. Aber ich bin es nicht. Ich bin nichts von alledem. *Ich* bin eigentlich nur eins: anders.

Als ich noch ein Kind war, sollte ich (jedenfalls nach dem Willen meiner Oma) mit Puppen spielen und rosa Kleider lieben, aber ich konnte mit beidem nichts anfangen. Die Mädchen in meinem Alter konnten deshalb wiederum mit *mir* nichts anfangen. Ich hatte keine beste Freundin. Ich hatte überhaupt keine Freundin. *Du bist irgendwie anders.*

Ich schließe die Tür zu meiner Wohnung auf, und mich empfängt nichts als dumpfe Einsamkeit. Noch immer kein Ton von Bengt. Es ist nicht immer einfach, zu erkennen, was man selber will. Das hat Kathi gesagt.

Ich will nicht mehr anders sein. Kein bisschen. Ich habe die Nase sogar gestrichen voll davon.

Endlich ist er da, der ersehnte Dienstagabend. Nach langem Zaudern und Zögern und einem schlaflosen Wochenende, habe ich Bengt gestern endlich – Gott sei Dank – in der Praxis erreicht. Wir konnten natürlich nicht viel und auch nur sehr oberflächlich reden, er war ja nicht allein, aber am Ende hat er leise *Bis morgen* gesagt, und an diesen Satz habe ich mich die letzten siebenundzwanzig Stunden geklammert.

Jetzt ist es kurz vor sieben, ich stehe in der Küche und bereite das Abendessen vor. Ich bestreiche einen fertigen Flammkuchenteig mit Schmand und belege ihn anschließend mit klein geschnittenen Zwiebeln und Schinkenstreifen. Kochen nach Zahlen, nennt Bengt meine Bemühungen. Ich bin sicher, dass Andrea, seine Frau, eine Koch-Koryphäe ist.

Bengt kommt wie immer sehr pünktlich. Ich höre den Schlüssel und schiebe mit wummerndem Herzen den Flammkuchen in den Ofen.

»Hallo Maus«, begrüßt er mich und umarmt mich kurz von hinten.

»Hallo«, sage ich zittrig. Dieses ganze gefühlsmäßige Auf und Ab und die Ungewissheit am Wochenende haben mich ganz brüchig gemacht.

Er schnuppert und lässt sich müde auf mein grünes Ikea-Sofa fallen. »Hhm. Riecht gut.«

»Flammkuchen. Ist gleich fertig.«

Er sieht mir zu, wie ich Teller und Besteck auf dem Tisch platziere.

»Möchtest du ein Glas Wein?«, frage ich und finde selbst, dass ich klinge wie eine höfliche Kellnerin.

Er nickt lächelnd. Ich öffne einen Riesling, der Luganer ist alle.

Beim Essen schweigen wir, und auch danach fällt mir nichts ein, was ich sagen könnte. Kein geistreicher Beitrag und schon gar nichts Lustiges. Bengt dreht den Stil seines Weinglases in der Hand und schaut an mir vorbei. Ich höre, wie er tief atmet und sich räuspert.

»Was ist?«, frage ich, als ich es nicht mehr aushalte.

Er sieht mich an. »Ich lasse eine Vasektomie machen.«

»Eine Vasek… was?«

»Vasektomie. Sterilisation. Ich habe kurz darüber nachgedacht, ob ich dich darum bitten soll, aber bei Männern ist es einfacher. Außerdem will ich mich generell nicht mehr mit diesem Thema belasten.«

Meint er mit *generell* Andrea? Oder mich? Ich weiß es nicht, aber nur ein paar Wochen früher hätte ich es vermutlich noch als Beweis seiner Liebe gesehen, dass er nicht *mich* darum bittet.

»Bengt?«

»Hm?«

»Könnten wir …«

»Was?«

»Könntest du dir vorstellen, dass ich das Kind bekomme?« Ich hatte nicht vor, ihn das zu fragen, es ist eher so eine spontane Eingebung. Jetzt halte ich gespannt die Luft an.

»Bist du verrückt?«

Darauf kann ich keine eindeutige Antwort geben.

»Ich meine, eigentlich müsste sich doch gar nicht viel ändern. Also für dich.«

Bengt steht auf und versucht, hin und her zu laufen. Es klappt nicht. Mein Wohnzimmer hat nur knapp vierzehn Quadratmeter, zu wenig für Bengts Schrittlänge. Vor dem Fenster bleibt er stehen und verschränkt die Arme.

»Auf gar keinen Fall.«

Ich stehe ebenfalls auf und stelle mich hinter ihn.

»Bengt. Ich bin einundvierzig. Wenn ich dieses Kind nicht bekomme, dann war's das. Ein für alle Mal.«

Er schüttelt den Kopf und starrt aus dem Fenster. Ich merke, wie mir der Schweiß ausbricht. Seit Jahren überdeckt die Angst, ihn zu verlieren, alles andere.

»Neun Jahre, Bengt«, sage ich leise. »Ich finde, dass ich nach neun Jahren ein bisschen mehr Respekt verdient habe.« Ich ärgere mich über das leise Zittern in meiner Stimme.

Endlich wendet er sich mir zu, endlich nimmt er mich in den Arm. Er beugt sich runter.

»Ich respektiere dich doch«, murmelt er in meine Haare. »Ich liebe dich sogar. Aber ich will kein Kind mehr. Auf gar keinen Fall. Komm, Maus«, er hebt mein Kinn. »Mach es uns doch nicht so schwer.«

Aber ich mache es uns schwer. Plötzlich kann ich nicht anders. »Du könntest uns immer dienstags besuchen, genauso wie jetzt auch«, sage ich in diesem jammernden Ton, den er nicht mag.

»Ich könnte ihr sagen, dass du ein guter Freund bist und wir …«

»Ihr?«

»Oder ihm.« Mir steigen schon wieder Tränen in die Augen. »Lass es uns doch wenigstens versuchen.«

Er lässt mich los. »Was ist das denn für eine unsinnige Aussage? Man kann doch nicht *versuchen*, ein Kind zu haben. Entweder man hat eins oder man hat keins.«

Ich lasse meinen Kopf an seine Brust fallen und mache sein schönes Jackett nass.

»Schsch. Ist ja schon gut, jetzt beruhig dich mal«, murmelt er und streicht mir über den Rücken.

Aber ich kann mich nicht beruhigen. Ich schluchze haltlos, so lange, bis Bengt mich zum Sofa zieht, mir die Socken abstreift und anfängt, meine Füße zu massieren.

»Wir stehen das zusammen durch«, meint er weich, und ich nicke.

»Wir haben doch schon so viel zusammen geschafft.«

Ich nicke wieder.

»Uwe hat da eine Adresse von einer Klinik im Schwarzwald. Da kennt uns niemand. Komm, Maus, jetzt putz dir mal die Nase. Uns geht es doch auch ohne Kind gut. Sogar viel besser, glaub mir.«

»Im Schwarzwald?«

»Ja. Wir machen uns ein paar schöne Tage. Nur du und ich.«

Ein paar schöne Tage, nur wir beide. Seit Jahren hat Bengt mich höchstens mal zum Essen ausgeführt. Und das auch nur noch sehr, sehr selten und nur dann, wenn er sich ganz, ganz sicher war, dass ihn dort niemand, aber auch wirklich niemand kannte. Ich putze mir die Nase.

»Ein paar Tage? Nur wir beide?«

»Ja. Ein paar Tage. Und nur wir beide.«

»Und Andrea?«

»Das wird schwierig. Ich muss mir etwas einfallen lassen. Vor allem haben wir ja nicht mehr viel Zeit.« Er zieht mich auf seinen Schoß und knöpft meine Bluse auf. »Apropos Zeit.«

# *Kathi*

Kathi sitzt am Küchentisch. Mit einer Tasse heißem Tee, einem Wurstbrot und den alten Fotos, die sie in der großen Blechkiste aufbewahrt. Jetzt will sie sie endlich einkleben, dafür hat sie vor ein paar Wochen extra Alben gekauft. Da hat Werner noch gelebt.

Es sind nicht viele, vielleicht fünfzig oder sechzig Bilder. Hochgerechnet ist das noch nicht einmal ein Foto pro Jahr. Ganz früher brauchte man einen Fotografen und später immerhin noch einen guten Grund, um eines zu machen. Geburtstag oder Weihnachten. Man musste extra einen Film kaufen und den dann entwickeln lassen. Das war teuer.

Sie legt Stapel an: einen für Max, einen für die Familie, einen für sich und Werner und einen für die Fotos ihrer Eltern und Großeltern. Auf den meisten Bildern ist Max, auf einigen ist er mit ihr zusammen, meistens im Laden. Von Werner gibt es nur wenige. Und noch weniger solche, auf denen sie beide zusammen drauf sind. Ihr Lieblingsbild legt sie zur Seite. Sie beide, Arm in Arm, er schaut lächelnd auf sie herunter. Es gehörte schon Größe dazu, um auf sie herunterlächeln zu können. Sie wird es rahmen lassen und aufhängen. Auch das alte Schwarz-Weiß-Foto von ihm. Es wurde von einem Fotografen aufgenommen. 1968 war das. Das Jahr, in dem sie sich kennengelernt haben.

Das Telefon klingelt. Sie steht auf, eine Hand auf der schmerzenden Hüfte, in der anderen Werners Bild. Das Telefon ist im Flur.

»Max?«

»Hallo, Mutti. Es tut mir leid, wir können am Sonntag doch nicht kommen. Ich … ich muss ins Büro.«

»Am Sonntag?«

»Ja. Es geht nicht anders.«

»Aber … ich habe doch extra Rouladen eingekauft und …« Sie hört ein leises Weinen im Hintergrund. »Na ja. Ich kann sie einfrieren. Vielleicht beim nächsten Mal.«

»Ja, vielleicht. Ich melde mich. Mach's gut.«

»Du auch. Schöne Grüße.«

Einen Moment bleibt sie noch reglos und mit schwerem Herzen stehen. Es war Ida, die geweint hat, und Ida weint sicher nicht, weil Max am Sonntag ins Büro muss oder sie so scharf auf Kathis Rouladen ist. Etwas stimmt nicht mit den beiden. Schon lange.

*Nun lass die jungen Leute mal. Sie leben ihr Leben und du lebst deins.*

Fast sieht sie Werner am Tisch sitzen, die Zeitung aufgeschlagen, die Lesebrille auf der Nase.

»Jaja. Du hast gut reden, da wo du bist«, seufzt sie ärgerlich. In der Küche stellt sie sich ans Fenster und schaut hinaus. Eine kleine Frau mit dunklen Locken kommt von rechts und starrt in ihre Richtung. Kathi bleibt hinter den

Gardinen und kneift die Augen zusammen. Das runde Gesicht, die großen staunenden Augen. Diese Frau hat etwas Kindliches und Rührendes an sich, etwas, das den meisten Menschen abhandengekommen ist, wenn sie die Pubertät hinter sich gelassen haben. Kathi schiebt schnell die Gardine zur Seite, klopft gegen die Scheibe und winkt. Josie winkt zurück. Sie zögert und bleibt stehen. Kathi versucht, das Fenster zu öffnen, aber es klemmt. Als sie es endlich schafft, ist Josie schon um die Ecke.

Leise Enttäuschung macht sich breit. Dazu ein Ärger, der sich jetzt langsam nach oben frisst. Ob Max tatsächlich am Sonntag ins Büro muss? Noch dazu, wo sein Vater gerade mal eine knappe Woche unter der Erde liegt? Seit letzten Samstag hatte sie nichts mehr von ihm gehört. Es ist Ida, die jeden Tag anruft, um zu fragen, wie es ihr geht. Dabei war *er* doch ihr Kind. Er hat doch auf ihrem Schoß an der Kasse gesessen und mit seinen kleinen Fingern auf die Tasten gedrückt, die sie ihm vorher gezeigt hatte.

Früher haben sie sich gut verstanden, waren sich nah und vertraut gewesen. Erst als er älter wurde, hat es sich verändert. Am Anfang hat sie es kaum gespürt, es waren Kleinigkeiten. Sein Kopf, der sich zur Seite drehte, wenn sie ihm über die Haare strich. Sein Blick, der sich verlegen senkte, wenn sie ihn auf den Scheitel küsste. Immer öfter schlug er sich auf die Seite seines Vaters und immer seltener auf ihre. *Papa hat recht*, sagte er auch, als Werner sie drängte, den Laden zu schließen. Max, ihr Max, der als kleiner Junge so gerne zwischen den Regalen gesessen und mit seinen Matchbox-Autos gespielt hatte. Das war ihr wie ein doppelter Verrat erschienen. Sie sieht noch, wie er mit seinen dunklen, verwuschelten Haaren auf dem Boden saß und seine Spielzeugautos zwischen die Regale schob. Ab und zu ist er aufgesprungen, um sich eins von den Pfefferminzbonbons abzuholen, die sie immer in der Tasche hatte. Dann hat sie ihm die Haare noch mehr verwuschelt und ihn an ihre Brust gedrückt. *Mein großer Junge.* Manchmal kam er auch, weil er etwas beobachtet hatte.

*Mutti, Mutti, ich muss dir was sagen.*

*Nicht jetzt.*

*Ist aber wichtig.*

*Geh spielen!*

*Aber ich hab genau gesehen, wie die Tante Helga …*

*Max! Kein Wort mehr jetzt, verstanden!*

Sie setzt sich wieder an den Tisch. »Was hätte ich denn tun sollen?«, fragt sie und schaut dabei auf seinen Fotostapel. Die Polizei holen, weil Gundula die Seife nicht aus dem Korb genommen hat? Anzeige erstatten, wegen eines Päckchens Bandnudeln, das Helga unter ihrem Pullover verschwinden ließ? Gundula war alt, arm und mit beginnender Demenz geschlagen, das war ein offenes Geheimnis. Und Helga hatte zwei Kinder, keinen Mann und einen schlechtbezahlten Job.

Sie klebt das letzte Bild ein und schaut in die Kiste. Ganz unten liegen noch die uralten Schwarz-Weiß-Fotografien. Die hat sie schon lange nicht mehr angesehen. Eine Frau mit dunklen, hochgesteckten Locken und ernstem Gesicht blickt ihr entgegen.

Kathi hat keine Erinnerung mehr an ihre Mutter, sie

starb, als sie knapp drei Jahre alt war. Auch nach Ähnlichkeiten sucht sie vergebens. Nichts passt, nicht die Haare, nicht die Größe, nicht die Augen. Nur das Blut, aber das kann man nicht sehen. Auf dem Hochzeitsbild ist sie zusammen mit dem Vater. Den hat Kathi gar nicht mehr kennengelernt, aber bei ihm findet sie eine gewisse Ähnlichkeit. Er war lang und dünn, genau wie sie. Viele seiner Kameraden waren *im Krieg geblieben*. So hieß das damals. Im Krieg geblieben. Es klang besser als: zerfetzt von Granaten oder durchlöchert von Gewehrsalven. Ihr Vater blieb nicht im Krieg, er kam zurück. Äußerlich war er heil, zerfetzt war nur seine Seele, und dagegen gab es kein Mittel. Vielleicht hat er sich auch aufgehängt, genauso wie ihre Mutter. Oder von einer Brücke gestürzt. Sie weiß es nicht. Niemand hat es ihr je erzählt. *Etwas Besseres als den Tod findest du überall*, heißt es bei den Bremer Stadtmusikanten, aber ihre Eltern hatten wohl nichts Besseres mehr gefunden. Vielleicht hatten sie auch nicht danach gesucht. Sie waren keine Kämpfer gewesen. Sie hatten die lähmende Angst vor Bombenangriffen überlebt, die Eiseskälte und den Wahnsinn an der Front und dann doch noch aufgegeben, als das Schlimmste eigentlich schon vorbei war. Das hat sie nie verstanden. Kathi seufzt. Immerhin hatten sie noch geheiratet, bevor sie geboren wurde. Bei ledigen Kindern stand auf der Geburtsurkunde immer das Sternchen in Klammern, und Kinder mit einem Sternchen in Klammern waren noch schlechter dran gewesen.

Ein paar Bilder gibt es auch noch von ihren Großeltern. Ob sie die überhaupt noch aufheben soll? Immer sind sie zu zweit drauf. Dabei hatten sich die beiden doch schon lange nichts mehr zu sagen gehabt. Jedenfalls nichts Gutes. Sie hebt eines der Fotos hoch und studiert das Gesicht ihres Großvaters.

*Na, Katinka.*

*Bitte, Opa. Lass mich nicht allein.*

*Ich bin doch da.*

Ich bin doch da, das hat er immer gesagt, wenn sie nach den Schlägen der Großmutter zu ihm in die Werkstatt geflüchtet war. Dann wischte er ihr die Tränen ab und ließ sie auf der Werkbank sitzen, wo er ihr zeigte, wie man einen krummen Nagel wieder geradebog. Er ließ sie von seinem Butterbrot abbeißen, das so dick war wie ein Buch, und strich ihr mit seinen großen Händen über den Kopf. *Ich bin doch da.* Es war das einzige Versprechen, das er nicht gehalten hatte.

Seit beinah sechzig Jahren ist er jetzt schon tot, aber losgelassen hat sie ihn nie. Die Erinnerungen an ihn hat sie konserviert. Sein Bild, seinen Geruch, seine Stimme. Wenn sie sich anstrengt, dann kann sie ihn noch sehen. Vor seiner Werkbank, eine Feile in der Hand, das Gesicht in konzentrierter Anspannung. Er war ein Handwerker, ein Schlosser, seine Hände waren nicht nur groß, sie waren auch geschickt. Es gab nichts, was er nicht konnte. Nach dem Krieg gründete er seinen eigenen kleinen Betrieb. Später kam dann noch das Geschäft dazu. *Unser Laden*, so nannte er ihn. Aber er hatte sie dabei angesehen und nicht die Großmutter. Die hatte nur wenig Freude daran gehabt. Ungefähr so wenig, wie an dem *nutzlosen Balg*.

*Unser Laden.*

Viele Solbacher hielten damals große Stücke auf ihn. Sie brachten ihm ihre hoffnungslosen Kinder, damit er etwas aus ihnen machte. Auch daran erinnert Kathi sich. *Gib ihm ordentlich eins hinter die Löffel, wenn er nicht spurt*, sagten sie. Aber ihr Großvater schlug die Kinder nicht, er formte sie lieber auf seine Weise. An seinen Geburtstagen kamen sie alle. Sie brachten ihm ein Ständchen und klopften ihm verlegen auf den Rücken, wenn sie versuchten, ihm ihre Zuneigung mit einer ungeschickten Umarmung zu zeigen. Und auf seiner Beerdigung, da weinten sie.

Bei ihrer Großmutter wurde nicht geweint. Warum auch? Kathi packt die Schere. Sie war eine ungerechte Frau. Widerworte waren nicht erlaubt, sonst setzte es was. Niemand mochte sie, noch nicht einmal ihr Mann. Er nannte sie die *Miss*, weil sie so war. Missmutig, missgünstig, misstrauisch.

Kathi drückt die Scherenblätter zusammen.

Aber das Leben hatte ihr natürlich auch übel mitgespielt. Selbst elternlos aufgewachsen, der Sohn, als psychisches Wrack aus dem Krieg gekommen, hat sich gleich wieder davongemacht, die Schwiegertochter im Keller erhängt, und dann das unbequeme Balg am Hals. Immer krank, immer Widerworte. Kathi sieht die hagere Frau mit den knochigen Händen vor sich, die Jahre sind mit einem Mal hinter einer Wand aus Nebel verschwunden. Sie hört die dunkle Stimme, die immer böse klang, nie freundlich. *Pass doch auf, wo du hintrittst, was träumst du schon wieder am helllichten Tag.* Beinah spürt sie auch den Schlag am Hinterkopf, der solchen Sätzen unwillkürlich folgte. Im Gegensatz zum Großvater hatte ihre Großmutter es mit dem Prügeln nie so genau genommen.

Die Werkstatt gibt es schon lange nicht mehr. Nachdem der Großvater tot war, hatte niemand mehr Verwendung dafür gehabt. Sie wurde abgerissen und dafür der Laden angebaut. Der war vorher im Wohnhaus gewesen, aber nach Max' Geburt wurde es zu eng für sie alle. Damals lebte die Großmutter noch und beanspruchte zwei Zimmer für sich allein. Selbst dann noch, als sie fest im Bett lag und nur noch eins gebraucht hätte.

Ein Scheppern holt Kathi wieder zurück in ihre Küche. Die Schere ist ihr aus der Hand gefallen. Sie lauscht in die Stille. Nur das leise Ticken der Uhr an der Wand, sonst nichts. Auch mit Werner war es oft still, sie hatten nicht viel geredet (es war ja auch längst alles gesagt), aber es gab Geräusche. Zeitungsrascheln, Husten, Gähnen, die Frage nach dem Essen. Die Stille jetzt ist eine andere. *Totenstille.* Das Wort fällt ihr ein.

Sie hebt die Schere auf, die Augen ihrer Mutter verfolgen sie. Schon auf dem Hochzeitsfoto sieht sie nicht glücklich aus. Das war noch vor Kathis Geburt. Warum konnte ihre Mutter sich nicht an ihr erfreuen? So wie sie selbst sich an Max erfreut hat?

Kathi nippt an ihrem Tee. Er ist längst kalt. Das Wurstbrot liegt unangetastet auf dem Teller. Josie fällt ihr wieder ein. Noch eine, die sich nicht über ihr Kind freuen kann. Sie erinnert sich an ihre eigene erste Schwangerschaft. Damals waren sie und Werner noch nicht verheiratet gewesen. Ihre

Großmutter hätte ihr das Kind aus dem Leib geprügelt, wenn sie es gewusst hätte. Aber sie hatte es nicht gewusst, und das Kind war sowieso nicht bei ihr geblieben. Sie hatte es verloren, noch bevor sie richtig begriffen hatte, dass es überhaupt da war. Weh getan hatte es trotzdem.

Ein Foto liegt auf dem Boden. Ein Bild von Max. Aufgenommen an seinem Geburtstag. Das sieht sie an dem Kuchen, der auf dem Tisch vor ihm steht. Sie hat ihm immer Rührkuchen gebacken, mit Kerzen drauf. Kathi kneift die Augen zusammen und versucht, die Kerzen zu zählen, aber die Aufnahme ist zu undeutlich.

Max sieht nicht nach einem fröhlichen Geburtstagskind aus. Er sieht vielmehr so aus, als hätte er geweint. Vielleicht hatte er das auch. An seinen Geburtstagen gab es oft Tränen, weil er keine Kinder einladen durfte. Es ging nicht, sie musste ins Geschäft.

*Du und dein Laden.*

Sie legt die Uraltfotos zurück in die Kiste. Werner hatte gut reden. Niemand wäre je auf die Idee gekommen, ihm seine Arbeit vorzuwerfen, am wenigstens sie selbst. So war es eben: Man hat gearbeitet, das Kind großgezogen und sich auf später vertröstet. Auf die Zeit, wenn das Kind erwachsen und die Arbeit getan sein würde. Das Kind ist erwachsen, die Arbeit getan, schon lange, aber getröstet fühlt sie sich nicht.

Gab es eine Zeit in ihrem Leben, in der sie wirklich glücklich gewesen ist? Sie versucht, sich zu erinnern. Als Werner und sie frisch verliebt waren. Ja, da war sie glücklich. Sehr sogar. Und später? Es gab immer Sorgen. Auch jetzt. Sie hat

Angst, sich selbst irgendwann nicht mehr helfen zu können, die Welt nicht mehr zu begreifen. Und dann?

*Was soll ich dann machen?*

*Dann kommst du zu mir.*

Eine einfache Lösung, wenn es einfach geschieht. Aber was, wenn nicht?

*Hilf mir.*

*Ich bin da.*

War das jetzt Werner? Oder ihr Großvater? Die Gesichter der Männer schieben sich übereinander.

»Lasst mich nicht allein«, flüstert sie und streicht mit dem Zeigefinger über Werners Bild.

*Ich bin da.*

Es gibt Leute, die glauben, es ist ein Zeichen von Demenz, mit Toten zu reden. Aber das stimmt nicht. Es ist ein Zeichen von Liebe.

Kurze Zeit später wirft Kathi den Einkaufskorb auf die Rückbank und setzt sich hinters Steuer. Es nutzt ja nichts, das Leben geht weiter, und essen muss sie schließlich trotzdem.

Der Supermarkt ist im nächsten Dorf. Ein *Discounter.* Schon das Wort klingt wie eine Bedrohung. Ein Massenangebot an allem. Dazu die ganzen Produkte, mit denen ihrer Meinung nach längst nicht mehr der Hunger gestillt, sondern viel eher ein Lebensgefühl bedient werden soll. Lactosefrei, vegetarisch, vegan. Als wäre Essen kein natürliches Grundbedürfnis mehr, sondern eine Gesinnung.

Im Wagen sitzt eine verfrühte Fliege. Umständlich kurbelt Kathi das Fenster runter und scheucht das kleine Tier ins Freie. Vielleicht sollte sie sich ein neues Auto kaufen, eines mit elektrischen Fensterhebern. So ein kleines, wie ihre Nachbarin gegenüber es hat. Was soll sie noch mit diesem großen Kombi, der noch dazu mehr als zwanzig Jahre auf dem Buckel hat? Leichen transportieren? Andererseits hat sie selbst noch nie ein Auto gekauft. Sie müsste Max bitten, ihr zu helfen. Aber Max hat keine Zeit. Noch nicht einmal sonntags.

Kathi startet den Motor. Mit einer ärgerlichen Bewegung legt sie den Rückwärtsgang ein und gibt Gas.

»HEY!«

Der laute Schrei fährt ihr in die Glieder. Erschrocken tritt sie auf die Bremse. Eine Fußgängerin, direkt vor ihrer Hofeinfahrt. Wer kann denn damit rechnen? Sie zieht die Brauen zusammen, um den Blick zu schärfen, aber erst als die Frau direkt neben ihr steht, erkennt sie Josie.

»Wollen Sie jemanden umbringen?«, fragt die junge Frau aufgebracht.

»Warum stehen Sie denn auch genau vor meiner Ausfahrt?«

»Ich habe nicht gestanden, ich bin hier vorbeigegangen. Das hier ist ein öffentlicher Bürgersteig. Da gehen Menschen manchmal drauf.«

»Wollen Sie zu mir?«

»Was? Warum? Nein. Ich gehe spazieren, also ich bin zufällig …«

Kathi schaut ihr prüfend ins blasse Gesicht. »Ist alles in Ordnung?«

»Ja.«

»Sicher?«

»Natürlich.«

»Soll ich Sie nach Hause fahren?«

Ein kurzes Zögern.

»Ich sitze ja jetzt sowieso schon im Auto. Und zum Supermarkt muss ich auch in die Richtung. Es macht also keinen großen Unterschied.«

»Ach? Sie fahren zum Einkaufen?«, fragt Josie matt.

»Ja.« Kathi betrachtet sie kritisch. *Wie ein Ballon, der ein kleines Loch hat und langsam Luft verliert,* denkt sie.

»Was ist jetzt? Wollen Sie mitkommen?«

»Zum Einkaufen?«

»Von mir aus auch zum Einkaufen.«

»Da müsste ich aber zuerst noch mein Portemonnaie holen«, sagt Josie, ohne sich vom Fleck zu rühren.

»Ja und? Wo liegt das Problem?«

»Ich will Sie nicht aufhalten.«

»Gute Frau, steigen Sie ein oder lassen Sie es. Wenn Sie allerdings da stehen bleiben und weiter mit mir darüber debattieren, ob Sie mich aufhalten, dann halten Sie mich tatsächlich auf«, sagt Kathi und ärgert sich im nächsten Moment über sich selbst und ihre spröde Art. Warum kann sie nicht einfach nett sein, wenn sie es nett meint.

»Kommen Sie schon«, versucht sie es noch einmal, freundlicher jetzt. »Es macht mir wirklich nichts aus.«

# *Josie*

Ich stelle die große Kiste mit Lebensmitteln ab, und Kathi fängt sofort an, die Sachen zu verstauen. Die Küche ist völlig überheizt, aber ihr scheint die Hitze nichts auszumachen, jedenfalls kann ich ihr nichts anmerken. Mit geübten Griffen räumt sie Milch und Käse in den Kühlschrank, schiebt ein Päckchen Kaffee ins Regal daneben und gibt Birnen in ein Sieb, während ich die ganze Zeit nur untätig danebenstehe und ihr zuschaue. Ich fühle mich fremd und weiß selbst nicht so recht, was ich hier eigentlich tue. Ob ich gehen soll oder bleiben.

»Setz dich doch«, sagt Kathi, während sie die Eier aus der Packung nimmt.

Immer noch unentschlossen, wähle ich einen Platz mit Blick aus dem Fenster und lege eine Hand auf meinen Bauch. Dort rumort es verdächtig, schwer zu sagen, ob es der Zellklumpen ist oder mein Frühstück.

Kathi nimmt eine Packung Kekse, öffnet sie und stellt sie auf den Tisch. »Hier, bedien dich.«

Ich schüttle den Kopf, bleibe weiter unentschlossen sitzen und schaue ihr dabei zu, wie sie ihre Einkäufe routiniert verstaut. Das Du ist noch etwas ungewohnt und holprig. Kathi hat es mir vor einer knappen halben Stunde angeboten, und ich fand es auch sofort vollkommen okay, von ihr geduzt zu werden, aber es fällt mir schwer, es auch umgekehrt zu tun. Vielleicht, weil sie so viel älter ist als ich. Ich glaube, sie ist sogar älter als meine Mutter.

Kathi wirft mir einen prüfenden Blick zu. »Ist wirklich alles in Ordnung? Du bist ganz blass.«

»Nein. Ja, also es ist alles gut.«

Sie stellt ein Glas Wasser vor mir ab und betrachtet mich skeptisch.

»Wirklich?«

»Ja, wirklich. Danke«, behaupte ich und merke, wie mir schon wieder neue Tränen in die Augen schießen. Ich finde mich selbst zum Kotzen. Mir geht diese ständige Heulerei auf die Nerven, ich glaube mir selbst nicht. Umständlich taste ich nach einem Taschentuch, aber natürlich finde ich nur gebrauchte. Kathi schiebt mir die Küchenrolle zu.

»Danke«, sage ich wieder und schnäuze mich geräuschvoll. Das Gefühl der Fremdheit verstärkt sich. Plötzlich sehne ich mich nach Florian. Nach seinem lapidaren Blick auf Probleme, die für mich unlösbar scheinen. Oder wegen mir auch nach Mama, die mir Suppe kocht und mir sagt, dass ich das schon irgendwie hinbekomme. Oder nach Bengt. Aber nein, Bengt kommt nicht in Frage. Er will das Kind nicht, für ihn ist das Thema erledigt. Noch nicht einmal, wenn klar wäre, dass es vollkommen gesund ist. Was er zu einem kranken Kind sagen würde, möchte ich mir lieber gar nicht erst ausmalen.

Kathis Blick hat sich an meinem Gesicht festgeheftet. »Dein Freund hat seine Meinung nicht geändert, oder?«

Ich starre auf den Tisch und schüttle den Kopf.

»Und du?«

*Ich habe keine*, hätte ich um ein Haar gesagt. »Auch nicht. Wir sind uns einig.«

Einen Moment fixiert sie mich noch, dann löst sie den Blick und sieht sich suchend um. »Wo sind eigentlich die Tomaten? Habe ich keine Tomaten gekauft?«

»Doch. Hier.« Froh über den Themawechsel zeige ich auf die Tomaten, die sich hinter zwei Großpackungen Klopapier, vier Flaschen Essigreiniger, fünfmal Spüli und drei Packungen Waschmittel versteckt haben. »Für wen ist das denn alles?«, frage ich.

»Was meinst du?« Sie legt die Tomaten in eine Schale.

»Na, das.« Mit einer ausladenden Handbewegung deute ich auf die Flaschen und Packungen.

»Ach, so. Das ist nur Vorrat.«

Mir hat mal jemand gesagt, dass Menschen, die den Krieg miterlebt haben, dazu neigen, Vorräte anzulegen. Aber so alt sieht Kathi nun auch wieder nicht aus.

Sie packt die Sachen in eine Kiste und zeigt auf das Klopapier. »Kannst du das nehmen?«

»Klar.«

Sie führt mich durch den Flur in den Laden. Er ist groß, viel größer, als es von außen scheint. Jede Menge Regale, Körbe und vorne eine elektrische Kasse. Ich stelle das Klopapier ab und streiche mit den Fingern über die staubige, glatte Tastatur. »Funktioniert die noch?«

»Ja, natürlich.«

Kathi räumt die Sachen in ein Regal, das schon voller Sachen ist. Vier Packungen Spülmaschinentabs, zweimal Waschmittel, zuzüglich der drei gerade gekauften, fünfmal Neutralseife, achtmal WC-Reiniger. Außerdem noch sechs Großpackungen Papiertaschentücher und (ebenfalls zuzüglich der gerade gekauften) vier und eine halbe Packung Klopapier. Um die Ecke, da wo es dunkler ist, erkenne ich Unmengen von gefüllten Einmach- und Marmeladengläsern.

»Wofür brauchst du so viel?«, frage ich noch einmal. Vielleicht habe ich etwas nicht mitbekommen. »Ich meine, du wohnst doch alleine.«

Sie schiebt das Waschmittel an seinen vorläufigen Platz.

»Oder willst du hier vielleicht ein Hotel aufmachen?«, versuche ich es mit einem Scherz.

»Die Sachen halten sich«, murmelt sie.

Und da endlich begreife ich: gefüllte Regale. Die Ahnung von dem, was hier einmal war.

»Sag mal, warum hast du das Geschäft eigentlich aufgegeben?«

»Es hat sich nicht mehr gelohnt.«

»Aha.« Ich versuche, den Raum mit ihren Augen zu sehen. Versuche, mir vorzustellen, wie es hier einmal war. Ein Geschäft voller Menschen, die man kennt. Freunde, Nachbarn, Dorfbewohner. Leute, die immer wieder kommen, nicht nur zum Einkaufen.

»Also, ich hätte eigentlich ganz gerne so einen Laden hier im Ort. Fände ich sehr schön. Und auch praktisch.«

Das meine ich ganz ehrlich. Ich hasse diese großen Supermärkte, in denen es immer laut und hektisch zugeht und wo man minutenlang vor den Nudeln steht, weil man sich vor lauter Überangebot nicht entscheiden kann.

»Im Moment gibt es so eine Art Revival von solchen Läden.«

»Eine Art was?«

»Na ja, so ein Comeback für kleine Läden. Letzte Woche habe ich einen Artikel darüber gelesen. Ein paar junge Leute haben eine Genossenschaft gegründet und einen Dorfladen aufgemacht. Das war vor fünf Jahren. Jetzt beschäftigen sie schon drei Angestellte und haben gerade angebaut, weil der Platz nicht mehr gereicht hat.«

Sie sieht mich an. »Ach? Und wo ist das?«

»Keine Ahnung. In Norddeutschland, glaube ich. Die bieten auch noch andere Sachen an. Zum Beispiel Housesitting, wenn Leute im Urlaub sind. Brötchendienst und …«

»Ts«, macht Kathi und schüttelt den Kopf. »Und das funktioniert?«

»Scheint so.«

»Hast du die Zeitung noch?«

Ich überlege. »Ich glaube, die war im Wartezimmer von meiner Frauenärztin. Ich kann das nächste Mal nachsehen, ob sie noch da ist. Vielleicht darf ich sie sogar mitnehmen, ich glaub, die war etwas älter.«

Aber da winkt Kathi auch schon wieder ab. »Spar dir die Mühe. Es ist nicht wichtig.«

Ich setze mich auf eine kleine Trittleiter und sehe zu ihr

hoch. Wenn jemand auf diese Weise behauptet, dass ihm etwas nicht wichtig ist, dann ist meistens das Gegenteil der Fall. »Wann hast du den Laden denn zugemacht?«

Sie rückt das Waschmittel gerade und seufzt. »Vor zwölf Jahren.«

»Das ist dir bestimmt sehr schwergefallen.«

»Ja, natürlich. Aber am Ende ist es wie bei einer schlechten Beziehung. Man hängt daran, man investiert und bemüht sich, bis man sich irgendwann eingestehen muss, dass es nicht mehr geht.«

»Das habe ich auch schon erlebt. Da ist es wirklich besser, man trennt sich.«

»Der Meinung war Werner auch.«

»Dein Mann?«, frage ich überrascht. »Ich dachte, ihr wart bis zum Schluss ...«

»Er wollte den Laden nicht. Er wollte ihn nie. Wenn es nach ihm gegangen wäre ...«

»Ach so? Du hast den Laden aufgegeben, weil dein Mann das so wollte?«

»Es hat sich nicht mehr gelohnt. Das habe ich doch schon gesagt.«

Ich überschlage die Raumgröße. Ungefähr achtzig Quadratmeter, schätze ich. »Also ich fände es jedenfalls ganz prima, wenn es hier ein Geschäft gäbe und ich nicht für jede Kleinigkeit mit dem Auto fahren müsste«, sage ich wieder und zeichne mit einem Finger kleine Kreise in die verstaubte Fläche neben der Kasse. »Und ich bin mir sicher, dass ich da nicht die Einzige bin.«

»Jaja. Genau die sind das Problem.«

»Was?«

»Die Kleinigkeiten. An denen lässt sich nichts verdienen.«

Ich bin um 400 Euro ärmer, um keine Erfahrung reicher, aber endlich wieder mobil. »Lassen Sie einfach regelmäßig eine Inspektion machen, dann passiert so etwas nicht«, sagt der Mann aus der Werkstatt, und ich nicke brav. Ich nehme es mir auch fest vor, aber ich kenne mich. Ich habe mir schon viele Dinge im Leben fest vorgenommen und sie nachher doch wieder vergessen.

Ich mache mich auf den Weg in die Stadt, weil heute der Beratungstermin ist. Eigentlich brauche ich ja gar keine Beratung, ich brauche nur diesen Schein, aber ohne Beratung keinen Schein.

Eine gute halbe Woche allein mit Bengt. Nur er und ich. Das ist mehr, als wir beide je zusammen hatten. (Bisher hat es jedenfalls nur für einige wenige gemeinsame Wochenenden in meiner Wohnung gereicht, und zwar immer dann, wenn seine Frau mit den Kindern bei einer Freundin war.) Aber die Aussicht löst beileibe keine Euphorie in mir aus. Ich habe Angst. Riesige Angst. Sowohl vor dem Eingriff als solchem als auch vor dem, was danach kommt. Ich stelle es mir ein bisschen wie Kranksein vor. Bengt hat mich zwar gerne im Bett, aber nicht, um mir Tee zu bringen. Andererseits ist er selbst Mediziner, er wird die Situation also einschätzen können. Deshalb begleitet er mich schließlich. *Es ist die Angst, die ihn treibt, nicht die Liebe*, höhnt mein Verstand. *Es ist die Liebe, es ist die Liebe*, hält mein Herz dagegen.

Außerdem werden meine Zweifel mit jedem Tag gefräßiger. Schon morgens, wenn ich aufwache, sitzen sie da und wetzen ihre Messer, und erst irgendwann nachts, wenn ihr Hunger endlich nachlässt, darf ich erschöpft einschlafen. Aber oft genug auch nicht.

Ich steuere das alte City-Parkhaus an und rede mir selbst gut zu. *In zwei Wochen hast du's hinter dir.* Die Schranke hebt sich mit einem Quietschen. Im Parkhaus schraube ich mich auf der Suche nach einem freien Platz immer weiter nach oben. Ich finde keinen. Schließlich lande ich wieder in der ersten Etage und stelle mich auf einen Parkplatz für Mütter mit Kinderwagen.

Meine Beraterin heißt Frau Kleemann-Bause. Sie trägt eine dunkle eckige Brille und begrüßt mich mit einem sehr offenen Lächeln. Ein bisschen erinnert sie mich an Nana Mouskouri. Nana Mouskouri in jung und blond.

»Bitte setzen Sie sich doch.« Sie zeigt auf einen Korbstuhl. »Was führt Sie zu mir?«

Ich setze mich und erkläre ihr, dass ich einfach nur gerne diesen Schein hätte und sonst nichts. »Ich brauche keine Beratung, ich habe mir das alles schon gut überlegt.«

»Wollen Sie mir nicht erst einmal die Situation schildern? Damit ich mir ein Bild machen kann?«

»Ich bin einundvierzig, mein Freund ist fünfzig. Wir kennen uns seit neun Jahren. Wir wollen das Kind nicht.«

»Wir? Oder Sie?«

»Es ist so … also, wir sind zwar schon sehr lange zusammen, aber er … er ist mit einer anderen Frau verheiratet.

Das ist auch kein Problem, verstehen Sie mich nicht falsch. Das war immer klar zwischen uns und nie ein Thema.«

Sie richtet ihren Blick auf mich. »Also möchte Ihr Partner das Kind nicht?«

Ich nehme den Fußboden ins Visier, helles Laminat, sehr freundlich.

»Und Sie? Was ist mit Ihnen?«

»Wir beide möchten es nicht.«

»Sprechen Sie bitte nur für sich.«

Ich komme mir vor wie in der Schule. »Ich möchte das Kind nicht.«

»Und wenn Ihr Partner es gerne hätte? Würde das etwas ändern?«

»Das steht doch gar nicht zur Debatte.«

»Ich versuche nur zu erkennen, ob es auch wirklich *Ihre* Entscheidung ist.«

Ich winde mich und versuche, Worte zu finden für das, was ich fühle. Aber was fühle ich? In mir breitet sich das bekannte Chaos aus. »Na ja, wenn er es gerne hätte, dann vielleicht schon. Aber wie gesagt, das steht nicht zur Debatte. Die Entscheidung ist getroffen.« Ich sehe sie an. »Und zwar von uns beiden.«

»Das ist in Ordnung.« Sehr ruhig erwidert sie meinen Blick. Einen Augenblick lässt sie diesen Satz so stehen, und ich beginne, mich zu entspannen. Ich sehe mich um. Die Wände sind weiß. Auf einem Plakat steht fett das Wort *Selbstbestimmung*.

»Geht es Ihnen gut damit?«, setzt Frau Mouskouri ihre Befragung fort.

Ich seufze tief. Geht es mir gut damit? Nein. Es geht mir nicht gut. Aber auch das steht nicht zur Debatte.

»Frau Pankratz?«

»Ehrlich gesagt … also, ich hätte vielleicht gerne noch etwas Zeit. Aber die haben wir nun mal nicht.«

Sie schaut in Ihre Unterlagen. »Sie sind in der neunten Woche?«

»Fast zehnte.«

»Wie müssten denn die Bedingungen sein, damit Sie das Kind bekommen?«

Allmählich werde ich ärgerlich. »Können Sie mir nicht einfach diesen Schein geben?«

»Den bekommen Sie. Aber bis jetzt habe ich nur verstanden, dass Ihr Freund das Kind nicht will. Mich interessiert, was Sie wollen.«

Wir drehen uns im Kreis. Aber ich erkenne natürlich, was sie von mir hören will, und gebe ihr in Gottes Namen die gewünschte Antwort. »*Ich* will das Kind auch nicht.«

»Und wenn er sich zu Ihnen bekennen würde? Und zu dem Kind? Was wäre dann?«

»Was soll das? Das ist keine Option.«

»Tun Sie einfach so, als wäre es eine.«

»Ja, vielleicht«, sage ich und verdrehe die Augen. »Dann wäre es … vorstellbar.«

»Wünschen Sie sich das?«, fragt sie und trifft bei mir damit punktgenau ins Schmerzzentrum.

»Ich wünsche mir auch, dass es das Christkind gibt.«

Sie lächelt milde. »Stellen Sie sich eine Skala vor. Von null bis zehn. Null ist Abbruch, zehn ist das Kind. Wo sehen Sie sich?«

Ich gehe in mich und versuche, es mir vorzustellen. Ein blutiges Ende von etwas, das es noch gar nicht wirklich gibt. Der Inhalt meiner Gebärmutter sieht allerdings jetzt schon ein kleines bisschen aus wie ein Baby und nicht mehr nur wie ein Alien, das habe ich im Internet recherchiert.

Die Alternative wäre ein zwar unblutiges, aber unendlich schmerzhaftes Ende meiner Beziehung, in die ich neun Jahre meines Lebens investiert habe. Mir bricht der Schweiß aus. *Ich wollte, ich könnte mich in einen wie dich verlieben*, habe ich vor ein paar Tagen zu meinem Bruder gesagt. *Das wäre nichts für dich*, war seine Antwort. *Du brauchst Abstand. Keinen, der dir auf die Pelle rückt.* Ist das mein Dilemma? Brauche ich deshalb einen Mann wie Bengt? Einen Mann auf Distanz?

»Fünf«, sage ich schließlich und kann nicht verhindern, dass mir Tränen in die Augen schießen.

»Sie müssen sich nicht rechtfertigen. Ich möchte nur erkennen, dass es auch wirklich Ihre Entscheidung ist. Und dass Sie sich der Tragweite bewusst sind.«

Ich sage nichts dazu. Mir fällt nichts ein.

»Was macht Ihr Freund denn? Ich meine beruflich?«

»Er ist Zahnarzt.«

»Sie sind beide Akademiker?«

»Ja und?«, erwidere ich ungehalten. Was spielt denn jetzt unser soziokultureller Status für eine Rolle?

»Sie hätten Recht auf Unterhalt.«

»Das ist mir bewusst.«

»Sie selbst haben studiert und einen sicheren Job bei einer Behörde, der Vater Ihres Kindes verdient ebenfalls gut.

Das sind zumindest in finanzieller Hinsicht keine schlechten Voraussetzungen.«

»Was wollen Sie? Mir sagen, dass ich das Kind bekommen soll?«

Sie lächelt. »Nein. Ich möchte nur, dass Sie zu einer eigenen Entscheidung kommen und nicht die Ihres Partners übernehmen. Und falls es finanzielle oder existenzielle Ängste sind …«

»Die sind es nicht.«

»Jede Frau hat das Recht, ein Kind nicht zu bekommen, das sie nicht bekommen möchte, verstehen Sie mich hier bitte nicht falsch. Ich möchte nur, dass Sie selbst hinter dieser Entscheidung stehen.« Sie sieht mich durchdringend an. »Das will ich spüren. Aber bis jetzt spüre ich es nicht.«

Ich hebe hilflos die Schultern. Ich hatte es mir viel leichter vorgestellt. Nina, eine Arbeitskollegin von mir, hat mit zwanzig abgetrieben, und es war überhaupt keine große Sache. Sie spricht ganz offen darüber. Das mit dem Schein sei dabei das Unkomplizierteste gewesen, hat sie mir einmal erzählt. Keine zehn Minuten. Ich schaue auf die Uhr. Ich sitze seit zwanzig ergebnislosen Minuten hier.

»Möchten Sie noch einen zweiten Termin?«

»Sie geben mir den Schein also nicht?«, frage ich mit zittriger Stimme.

»Ich mache Ihnen nur ein Angebot«, erwidert sie. »Nächste Woche?«

Ich will gerade ergeben nicken, da fällt mir ein, dass ich nächste Woche im Schwarzwald bin. Dass *wir* im Schwarzwald sind. »Das geht nicht. Ich bin ab Dienstag weg.«

»Dann sehen wir uns Montagfrüh? Selbe Uhrzeit? Einverstanden?«

Plötzlich werde ich wütend. Warum muss alles in meinem Leben so verdammt kompliziert sein? Mein Bauch gehört mir, genau wie mein Gewissen. Ich allein werde damit leben müssen, auch mit allen Langzeitfolgen. »Ich will keinen Termin mehr. Und ich will mich auch nicht rechtfertigen. Ich will einfach nur diesen Schein.«

Sie sieht mich weiter an, und schließlich nickt sie. »Gut. Falls Sie es sich anders überlegen oder doch noch ein Gespräch möchten, können Sie mich anrufen.«

Am Dienstagmittag stehe ich nach weiteren schlaflosen Nächten pünktlich und mit gepackten Koffern am Fenster und warte. Bengt war am Wochenende zweimal außer der Reihe für jeweils eine Stunde bei mir. Eigentlich ein Grund, noch länger schwanger zu bleiben. Er habe alles arrangiert, sagte er. Ich müsse mich um nichts kümmern.

Der Arzt ist ein Cousin von Uwe, und Uwe ist ein Kollege von Bengt. Außerdem sein bester Freund und das Dienstagabend-Alibi. Er ist der Einzige, der ganz offiziell von uns weiß. Außer Bengt und mir natürlich.

Während ich warte, stöbere ich mit meinem Handy im Internet nach Erfahrungsberichten von Frauen, die abgetrieben haben und es nicht bereuen. Davon gibt es eine Menge. Es gibt natürlich auch die anderen, aber die ignoriere ich. *Ich habe abgetrieben, weil ich meinem Kind diesen Vater ersparen wollte*, lese ich.

Bengt kommt zehn Minuten zu spät. Er hält mit laufendem Motor vor dem Haus und hupt. Ich winke aus dem Fenster und gebe ihm damit das Zeichen, dass ich ihn gesehen habe und auf dem Weg bin.

»Hallo«, sage ich und lasse mich auf den Beifahrersitz fallen.

»Alles okay?«

Eigentlich will ich *ja* sagen, aber stattdessen breche ich in Tränen aus.

»Hey.« Sanft nimmt er mich in den Arm und wiegt mich. Ich lasse mich einlullen von der Wärme und den gemurmelten Worten. Zwei Minuten lang umarmt er mich einfach und fordert nichts. Dann schiebt er mich zurück und streicht mir eine Locke aus dem Gesicht.

»Wir müssen.«

»Ich weiß. Tut mir leid«, schniefe ich.

»Schschsch. Wir schaffen das.«

»Hmm.« Ich nicke unter Tränen. Er hat recht. Wir haben schon mehr Krisen hinter uns als gemeinsame Jahre und es bis jetzt immer irgendwie geschafft.

»Du kannst dich unterwegs ausruhen.« Er reicht mir ein Taschentuch. »Wir fahren direkt in die Praxis. In ein paar Stunden hast du's hinter dir.«

Ich putze mir die Nase und nicke wieder. Mein Mantra. *Noch zwei Wochen, noch eine, noch vier Tage, noch ein paar Stunden, dann hast du's hinter dir.*

Im Auto sitze ich ganz still und schaue aus dem Fenster. Die Sonne scheint, es ist beinah sommerlich warm, und draußen findet jede Menge Frühling statt. Alles erwacht zu neuem Leben. Dieser Gedanke treibt mir schon wieder neue Tränen in die Augen. Es erscheint mir wie ein Verrat. Ich weine leise vor mich hin. Und dann schlafe ich tatsächlich ein. Ich schlafe tief und traumlos und werde erst zwei geschlagene Stunden später wieder wach, und zwar als Bengt scharf bremst. »Mist«, murmelt er.

Ich sehe eine Schlange roter Bremslichter vor und ein Raststätten-Schild direkt neben uns (noch fünfhundert Meter bis zur Ausfahrt). Verschlafen richte ich mich auf.

»Bengt? Kannst du hier rausfahren?«

Er sieht mich fragend an.

»Ich muss mal.«

Wortlos seufzend setzt er den Blinker.

Die Raststätte ist ziemlich voll, aber wir haben Glück: Bengt findet einen Parkplatz direkt neben dem Eingang. Ich steige aus, stolpere über zwölf Stufen der Toilette entgegen und krame dabei in meinem Portemonnaie nach Münzen. Es kostet 70 Cent, wenn man auf Deutschlands Raststättentoiletten pinkeln möchte. 50 Cent davon bekommt man als Gutschein zurück und kann den anschließend in einen Kaffee investieren, den man eigentlich gar nicht getrunken hätte, weil er auch nach Abzug der 50 Cent noch dreimal so teuer ist wie in einem ganz normalen Café.

Auf der Toilette riecht es nach Urin, billigem Parfüm und Desinfektionsmittel. Ich setze mich. Die Brille wird nach jedem Gang mit Wasser gereinigt, sie ist noch feucht. Ich versuche zu pinkeln, aber es geht nicht. Der Urin bleibt hartnäckig in meiner Blase. Ich verändere die Stellung leicht und presse. Nichts. Ich denke an eine grüne Wiese mit Schmetterlingen. Jetzt gehen ein paar einsame Tropfen ab, aber das volle Blasengefühl bleibt.

Zurück im Gastraum halte ich Bengt den Gutscheincoupon hin. »Holst du mir bitte einen Cappuccino?«

Er nimmt den kleinen Zettel und sieht auf die Uhr. »Wir sind schon spät dran«, sagt er. Ich höre die leise Ungeduld in seiner Stimme.

»Ach so.« Ich lasse den Kopf sinken und marschiere zum Ausgang.

»Schon gut. Ein Kaffee ist wohl noch drin.«

»Nein, nein. Ist nicht so wichtig.«

»Soll ich dir einen zum Mitnehmen …«, ruft er mir nach, als ich schon an der Tür bin.

»Ach, vergiss es einfach«, murmle ich und trete ins Freie.

Vor seinem Auto bleibe ich stehen. Alles in mir sträubt sich einzusteigen. Es ist eine so ganz und gar körperliche Erfahrung, dass mir der Schweiß ausbricht.

Bengt kommt. Er hat einen Pappbecher mit Kaffee in der Hand. »Was ist los? Warum steigst du nicht ein?«, fragt er und klingt gleichzeitig genervt und besorgt.

Er öffnet die Tür. Aus dem Auto strömt mir Pfefferminzgeruch entgegen. Mir wird schlecht. Ich drehe mich zur Seite und stöhne.

»Josie?« Er stellt den Becher auf das Autodach und nimmt mich in den Arm. »Was hast du?«

Sein Pfefferminzatem trifft meine empfindliche Nase. »Nichts.« Ich schüttele den Kopf und atme hektisch gegen die Übelkeit. Wieder spüre ich Harndrang. Ich weiß selbst nicht, ob ich mich gleich übergeben oder pinkeln muss, aber ich weiß, dass ich nicht mehr viel Zeit habe. Ich renne zurück zum Rasthaus.

»Hey Josie? Was ist denn jetzt schon wieder los?«, ruft er mir hinterher.

Die gleiche Kabine wie eben und das gleiche Prozedere. Endlich gibt meine Blase nach. Ich seufze vor Erleichterung. Danach stehe ich vor dem Waschbecken und betrachte mein angeschlagenes Spiegelbild. Dabei versuche ich, mich selbst mit anderen Augen zu sehen, also so, als würde ich mich nicht kennen. Was sehe ich? Eine kleine Frau mit großen olivgrünen Augen (vielleicht sind sie auch hellbraun), einem Kopf voller brauner Locken und einem runden Gesicht, das beinah kindlich wirkt. Bengt findet mich *niedlich*. Schöne Haut. Kaum Falten. Vierzig ist das neue dreißig, sagt man.

Ich gewinne dem Seifenspender einen letzten Tropfen ab und strecke mir selbst die Zunge raus. Ich will nicht niedlich sein. Ich bin eine Femme fatale. Die neue Mata Hari. Unabhängig und kinderlos glücklich.

Auf dem Rückweg komme ich an einem Ständer mit Büchern vorbei. Mein Blick bleibt auf einem Cover hängen, das ein leeres Nest zeigt und den Titel *Das Kind in dir muss Heimat finden* trägt. Ich nehme es aus dem Regal und schlage es auf. *Jeder Mensch braucht einen Ort, an dem er sich geborgen, sicher und willkommen fühlt*. Ich klappe das Buch zu und lasse mich auf den Boden sinken.

Eine junge Frau sieht mich besorgt an. »Brauchen Sie Hilfe?«

Ich schüttle den Kopf und bleibe hocken, bis Bengt kommt. »Josie?« Er sieht mich erschrocken an. »Um Gottes willen. Was machst du denn für Sachen?«

»Ich kann es nicht«, sage ich und blicke in sein verständnisloses Gesicht.

»Aber …«

»Ich bin nicht Mata Hari.«

Eine Weile sieht er mich stumm an. Dann dreht er sich um und geht in Richtung Ausgang. Ich sehe ihm nach. Unter normalen Umständen hätten mich sein gesenkter Kopf und seine hängenden Schultern dazu bewogen, aufzugeben. Aber meine Umstände sind nicht normal.

Die Rückfahrt ist lang und schrecklich. Ich starre aus dem Fenster und bemühe mich, mir meine Gebärmutter wie ein kleines warmes Nest vorzustellen, um mir nicht Bengts Gesicht vorstellen zu müssen. Ich habe versucht, ihm zu erklären, was ich fühle, aber ich glaube nicht, dass er mich verstanden hat.

Kurz bevor wir wieder zu Hause sind, werfe ich ihm noch einen vorsichtigen Blick zu. Sein Kopf ist nach vorn geschoben, das Gesicht verkniffen. Seine schmale Nase bebt, die Lippen sind blutleer. Er starrt auf die Straße. Einen Moment spiele ich mit dem Gedanken, eine Hand in seinen Nacken zu legen und seinen Haaransatz zu kraulen, so wie ich es schon oft getan habe, aber ich tue es nicht. Ich kann ihn weder trösten noch seinen Zorn wegstreicheln. So wenig, wie er mich trösten oder meine Angst wegstreicheln konnte. Wir können beide nichts füreinander tun. Nur abwarten.

Am nächsten Tag ruft Bengt an. Auch am übernächsten. Er lockt und macht mir Versprechungen und wird schließlich ärgerlich, weil ich (zu meiner eigenen Überraschung) hart bleibe. (Ich nehme es mir nicht vor, ich nehme mir überhaupt nichts vor, ich kann nur nicht anders.)

Zwischendurch überlege ich, mich bei Florian zu melden, aber dann beschließe ich, auf weitere Beratungen, egal von welcher Seite, zu verzichten und meinem eigenen Bauchgefühl zu vertrauen. Das hat zur Folge, dass ich zwar immer noch nicht schlafen, aber wenigstens wieder etwas freier atmen kann.

Nach vier Tagen ist Schluss. Das Telefon bleibt still. *Er muss sich in der neuen Situation erst einmal zurechtfinden*, rede ich mir selbst gut zu. Ich muss ihm Zeit lassen. Dienstag ist bereits der dritte Tag, an dem ich nichts von Bengt gehört habe. Ich fühle mich wie eine Glasscheibe unter Spannung. Eine Berührung, und ich zerspringe in tausend Scherben.

Als es abends pünktlich um sieben Uhr klingelt, bin ich unendlich erleichtert und vergesse vor lauter Erleichterung, mich zu wundern, weil er ja eigentlich einen Schlüssel hat. Ich laufe zur Tür und reiße sie auf. Vor mir steht nicht Bengt, sondern ein Mann, der mir irgendwie bekannt vorkommt.

»Hallo«, sagt er.

»Hallo«, sage ich und bin erstaunt, wie normal meine Stimme klingt.

»Ich bin Uwe.«

Uwe. Bengts Freud. Natürlich. Ich habe sein Bild schon unzählige Male auf der Praxis-Webseite gesehen (die schaue ich mir immer an, wenn meine Sehnsucht nach Bengt mich übermannt, also ungefähr fünf- bis sechsmal die Woche). Uwe ist schon auf dem Foto ein hässlicher Mann mit Glatze und dicker Nase, aber in echt sieht er noch viel hässlicher aus. Mit einem leisen Klimpern hält er mir einen Schlüssel vor die Nase. »Den soll ich hier abgeben.«

Ohne nachzudenken, greife ich nach dem Schlüssel und sage: »Danke.«

»Tja«, meint er verlegen, als erwarte er noch etwas von mir. Als ich nichts sage, murmelt er »Also dann«, dreht sich um und geht. Ich sehe ihm nach. Hänge den Schlüssel an einen Haken und warte auf den Schmerz. Er kommt nicht. *Mutti, Mutti, er hat überhaupt nicht gebohrt.* Ein Satz aus einer Zahnpasta-Werbung meiner Kindheit. Ich gehe ins Wohnzimmer und schalte den Fernseher ein. Ein surreales Gefühl der Gleichgültigkeit lullt mich ein und wiegt mich in Sicherheit. Erst in der Nacht, als ich allein mit dem endgültigen Begreifen im Bett liege, kommt der Schmerz.

# ZWEITER TEIL

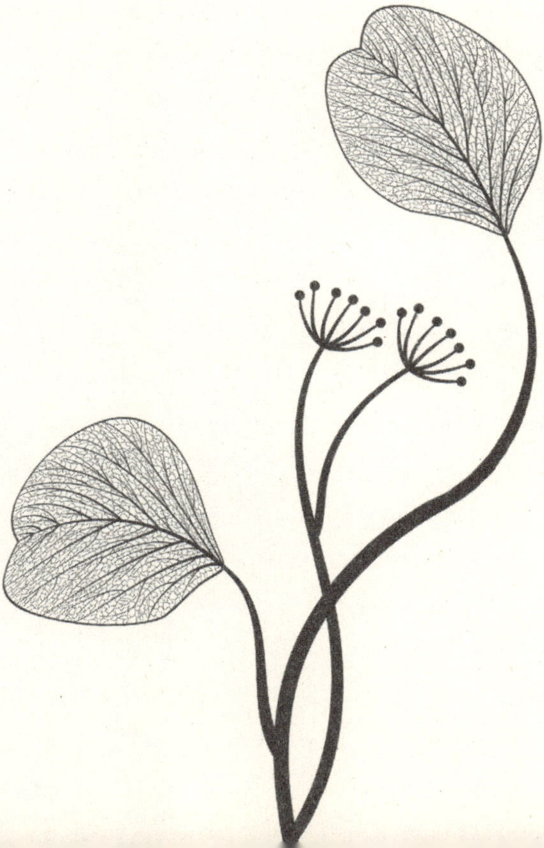

# *Kathi*

Kathi verlässt das Haus und blinzelt in die Sonne. Es ist gerade erst Anfang April, aber seit ein paar Tagen ist es ungewöhnlich warm, beinah schon sommerlich. Ob es wieder so ein Hitzerekordjahr wird wie das letzte? Das letzte Jahr. Kathi seufzt tief. Wie lange ist das her? Schwer zu glauben, dass es nur ein paar Monate sind.

Sie schlüpft in ihre Gartenschuhe und greift zum Besen. Das Leben ohne Werner ist nicht leichter geworden, nur etwas erträglicher. An manchen Stellen hat sie alte Rituale beibehalten, an anderen neue entwickelt. Alt ist der Tatort am Sonntag. Das Zeitunglesen beim Frühstück. Neu ist, dass sie die Zeitung jetzt für sich alleine hat und nicht mehr warten muss, bis Werner den Sportteil ausgelesen hat. Neu ist auch die Stille. Niemand mehr, der ihr sagt, was sie tun soll. Sie hat mehr Zeit, deshalb geht sie jetzt ab und zu in die Kirche. Das hat sie ganz früher auch schon getan. Damals war sie vor der Großmutter geflohen, jetzt flieht sie vor der Einsamkeit. In der Kirche ist es auch still, aber anders. Es ist eine friedliche Ruhe, die nicht weh tut. Und Werners Grab ist auch gleich nebenan. Werners Grab: ein Holzkreuz und davor ein paar Kränze mit verwelkten Blumen. Ganz anders als sein Garten. Der sprüht nur so vor Leben. Als wäre nichts geschehen. Als wäre alles noch genauso, wie es immer war.

Sie atmet tief ein und aus. *Du musst positiv denken*, sagt Ida immer. *Denk an was Schönes.* Die Sonne scheint, die Vögel zwitschern, und es riecht nach Frühling. Dieser typische Geruch nach feuchter Erde und modriger Wärme, der einen den Winter endgültig vergessen lässt. Sie nimmt den Besen und fängt an, den Hof zu kehren. *Die Sonne scheint, die Vögel zwitschern*, denkt sie und schaut auf. Es wird eine Menge Früchte geben in diesem Jahr. Kirschen, Mirabellen, Äpfel. Die Bäume hängen voller Knospen und Blüten. Nicht mehr lange, dann muss das ganze Obst geerntet werden. Aber wer soll das tun? Und für wen? Im Laden stehen jetzt noch Marmeladen- und Einmachgläser aus den letzten Jahren. Am besten lässt sie den Garten neu anlegen. Alles raus und dann überall Steine hin, das ist jetzt modern. Da hat man dann auch keine Arbeit mehr.

Werner hat es nie etwas ausgemacht, der Garten war sein Hobby. *Ein schöner Ausgleich für das viele Sitzen im Büro*, hat er immer gesagt. Stundenlang konnte er Beete bearbeiten und Rasenkanten schneiden. Auf den Millimeter. Oder Kirschen und Mirabellen pflücken. Sie sieht ihn auf der Leiter stehen. *Der Eimer ist voll, bring mir mal einen neuen.* Ihre Aufgabe war es, die Früchte zu entkernen und sie zu Marmelade zu verarbeiten oder einzukochen.

»Hallo?«

Kathi zuckt zusammen. »Du liebe Güte, Ida? Hast du mich erschreckt. Was machst du hier?«

»Ich habe geklingelt. Hast du das nicht gehört?«

»Nein. Ich habe nichts gehört. Ist was passiert?« Wenn Ida sie besucht, ohne Ankündigung und ohne Max, dann bedeutet das nichts Gutes.

»Nein, nein. Keine Sorge«, sagt Ida beschwichtigend. »Ich … ich wollte nur mal nach dir sehen.«

»Ach?« Argwöhnisch mustert Kathi ihre Schwiegertochter. »Einfach so?«

Ida hebt die Schultern. »Hast du ein paar Minuten?«

»Natürlich.« Kathi sieht auf die Uhr. Gleich zwölf. Ihr Magen knurrt. Seit ein paar Tagen hat sie einen ungewöhnlichen Appetit. Als müsste ihr Körper nachholen, was sie ihm nach Werners Tod verweigert hat.

»Ich habe Hunger, lass uns reingehen. Magst du auch etwas essen?«

Ihre Schwiegertochter zögert. »Ich … also …«, beginnt sie. Aber dann gibt sie sich einen Ruck. »Ja, eigentlich schon.«

*Eigentlich. Was für ein seltsames Wort in diesem Zusammenhang*, denkt Kathi. Entweder man will etwas essen, oder man will es nicht. »Magst du Rührei mit Brot? Viel mehr kann ich dir leider nicht anbieten.« Die Rouladen liegen noch unangetastet im Gefrierschrank.

»Rührei mit Brot wäre wunderbar.«

In der Küche öffnet Kathi den Kühlschrank, greift nach den Eiern und schlägt sie in einer Schüssel auf. Sie gibt etwas Salz, Pfeffer und Mineralwasser dazu und verquirlt das Ganze mit dem Schneebesen.

*Ich habe das beste Gulasch gemacht, weißt du noch? Mit vielen Zwiebeln.*

Werner konnte gut kochen, das muss man ihm lassen. Beinah so gut wie sie selbst. In seiner Generation gibt es nicht viele, die das können.

*Und die besten Bratkartoffeln.*

Langsam lässt Kathi den Eierschaum in die heiße Butter laufen und nimmt den Holzschieber zur Hand. Am Ende hat sie oft mit ihm geschimpft, weil die Portionen im Laufe der Jahre größer geworden waren, jedenfalls seine. Mehr als hundertzehn Kilo brachte er schließlich auf die Waage.

»Also?«, fragt sie. »Was ist los? Ist was mit Max? Ist er krank?«

»Nein.«

»Und du?«

»Auch nicht.« Ida lächelt, aber es ist kein fröhliches Lächeln. »Keine Sorge. So dramatisch ist es nicht.«

Kathi verteilt das Rührei auf die beiden Teller, streut etwas klein geschnittenen Schnittlauch darüber und setzt sich. »Jetzt schieß schon los.«

Idas Finger spielen nervös mit einem Kugelschreiber. »Lass uns erst einmal essen.«

»Du bist doch nicht schwanger?«

»Schwanger? Ich?« Ida lacht. Ein kurzes, beinah hysterisches Lachen. »Nein.«

Kathi unterdrückt die leise Enttäuschung. »So etwas soll vorkommen«, murmelt sie und fängt an zu essen. Ida sitzt ihr gegenüber. Sie stochert lustlos in ihrem Ei.

»Schmeckt's dir nicht?«, fragt Kathi und nimmt sich noch eine Scheibe Brot.

»Doch, doch.« Schnell schiebt Ida eine Portion Rührei

auf die Gabel. »Es schmeckt sehr gut.« Aber schon nach ein paar Bissen legt sie das Besteck wieder zur Seite.

Mit einem Stück Brot wischt Kathi über ihren Teller, schiebt es sich in den Mund und deutet auf Idas Essen. »Magst du das nicht mehr?«

Ihre Schwiegertochter schüttelt den Kopf. »Tut mir leid. Ich bin wohl doch nicht so hungrig, wie ich dachte.«

Wortlos tauscht Kathi die Teller. *Hauptsache, er ist glücklich*, hatte sie einmal zu Werner gesagt, als nach fünf Jahren Ehe noch immer kein Enkel in Sicht war und sie nicht wussten, woran es lag. Sie isst schweigend, wischt sich dann die Finger am Geschirrtuch ab und schiebt die leeren Teller zur Seite. Ida starrt die ganze Zeit abwesend aus dem Fenster und zupft dabei mit fahrigen Bewegungen an einer Papierserviette. Es haben sich dunkle Wolken vor die Sonne geschoben, gerade fängt es an zu regnen. Zuerst nur ein paar Tropfen, aber schnell wird ein heftiger Schauer daraus. Wütende Tropfen, die gegen die Scheibe prasseln. *Ida ist nicht glücklich*, denkt Kathi, während sie ihre Schwiegertochter betrachtet. *Sie sind es beide nicht.* Das ahnt sie schon lange, aber so bewusst gedacht hat sie es noch nie.

»Jetzt sag schon!«, entfährt es ihr laut, als das Schweigen unerträglich zu werden droht. *Jetzt mach dich mal nicht verrückt*, hört sie Werner sagen. *Du kennst sie doch.* Er hat recht. Ida macht die Dinge gerne dramatischer, als sie es am Ende sind. »Also, was ist los? Warum bist du hier?«

Ida schiebt die Serviettenfetzen auf einen Haufen. »Ich muss dir etwas sagen. Es tut mir leid, ich weiß, dass es gerade jetzt nicht einfach ist für dich, aber …«

»Aber?«

»Ich … ich trenne mich von Max.«

»Aha. Und warum?«, fragt Kathi ruhiger, als ihr zumute ist.

»Ich glaube, das besprichst du besser mit deinem Sohn.«

»Der ist nicht hier.«

Ida schüttelt wortlos den Kopf.

Kathi steht auf und bringt die Teller zur Spüle. Als wollte sie Abstand schaffen zwischen sich und der Situation. Zeit gewinnen, um das Gehörte zu begreifen. Sie dreht sich wieder um. »Jeder streitet sich doch mal. Das gehört dazu.«

»Mit Max kann man nicht streiten. Das weißt du doch selbst.«

»Warum willst du ihn dann verlassen?«

»Max hat …« Sie seufzt tief. »Er hat schon lange kein Interesse mehr an mir. Also, ich meine körperlich.«

Er will nicht mehr mit ihr schlafen, stellt Kathi nüchtern und beinah erleichtert fest. Dieses Problem ist ihr nicht ganz unbekannt. Vielleicht ein genetischer Defekt in der Familie? Auf jeden Fall kein Weltuntergang. »Ihr seid vierzehn Jahre verheiratet«, sagt sie. »Das ist doch normal.«

»Wir haben seit vier Jahren nicht mehr miteinander geschlafen.«

Vier Jahre. Das ist allerdings lange. Dafür sind die beiden eigentlich noch zu jung. »Und … und wenn du ihn vielleicht einmal mit einem romantischen Abendessen empfängst? Du weißt schon. Mit Champagner und Musik und …«, fängt sie an, unterbricht sich aber gleich wieder, als sie das ironische Lächeln sieht. Natürlich, das ist Idas Ressort. Da kennt sie sich besser aus. »Was ist denn mit dir?«, fragt sie. »Ich meine, also …« *Liebst du ihn noch?* will sie fragen, aber dieser Satz kommt ihr so abgedroschen und groschenheftverdächtig vor, dass es ihr schwerfällt, ihn auszusprechen. »Magst du ihn denn noch?«

»Max ist einer der wichtigsten Menschen in meinem Leben«, sagt Ida mit großem Ernst. »Und das wird er auch immer bleiben.« Die Worte sind trivial, aber so klingen sie nicht.

Kathi räumt das Geschirr in die Spülmaschine. Es klappert verdächtig. *An guten wie an schlechten Tagen*, denkt sie. »Er hat eine Affäre«, sagt sie. Es ist eine Feststellung, keine Frage.

Ohne zu antworten, streicht Ida sich eine blonde Strähne aus der Stirn. Glatte, helle Haut, sehr große Augen. Eine schöne Frau, auch wenn sie jetzt müde aussieht. Warum lässt es einen immer so müde und elend aussehen, wenn man verraten wird?

»Glaub mir, so etwas erledigt sich meistens …«

»Es ist … etwas komplizierter. Es gibt da etwas …«

»Ja?«

Ida schüttelt den Kopf.

»Was?«

»Max ist … er hat … ach, das muss er dir schon selber sagen.«

Kathi beugt sich vor. »Was muss er mir schon selber sagen?«

Ida schlägt sich die Hände vors Gesicht.

»Was, Ida?«, fragt sie drängend. »Oder bist du es? Hast du dich in einen anderen verliebt?«

»Nein«, schluchzt Ida trocken.

Eine uralte, lange verbannte Erinnerung drängt an die Oberfläche. Der siebzehnjährige Max, der sich plötzlich von allem absondert und sich stundenlang in seinem Zimmer einschließt. Und Tom, sein bester Freund, der genauso plötzlich nichts mehr von ihm wissen will. *Haben sich wohl ins gleiche Mädchen verguckt*, war Werners lapidare Erklärung. *So was kommt vor.* Aber dann waren da plötzlich diese Gerüchte. Und der Anruf von Toms Eltern.

»Komm schon, Ida. Er hat jemanden kennengelernt.«

»Frag ihn.«

*Wie soll ich ihn danach fragen?* denkt sie. *Ich bin seine Mutter.* Kathi liebt Max, natürlich tut sie das. Aber sie sieht auch seine Fehler und Schwächen. Die hat sie immer gesehen. Seine Verschlossenheit, die Unfähigkeit, sich Konflikten zu stellen. Er ist ein typisches Einzelkind, vielleicht deshalb. Nach seiner Geburt war klar, dass es nicht aussichtslos war, aber dass es schwierig werden würde mit Geschwistern. Er war ein Frühchen, musste geholt werden, und sie hörte danach einfach nicht auf zu bluten. Es stellte sich heraus, dass ihre Gebärmutter bei der Geburt verletzt worden war.

»Er hat halt auch viel um die Ohren. Viel Stress«, sucht sie nach einer Erklärung, mit der sie zurechtkommt.

»Ich weiß.« Ida rührt unbehaglich in ihrer Tasse.

»Was sagt Max denn dazu? Ich meine, dass du dich trennen willst?«

»Er weiß es noch nicht. Ich habe ihm einen Brief geschrieben«, sagt Ida. »Er liegt auf der Küchentheke. Max wird ihn heute Abend finden, wenn er von der Arbeit kommt.« Sie steht auf. »Danke für das Rührei und den Kaffee.«

»Einen Brief«, sagt Kathi missbilligend. »Findest du das richtig?«

»Sprich mit ihm«, meint Ida und geht zur Tür. »Danach kannst du mich jederzeit anrufen. Ich bin immer für dich da, daran ändert sich nichts.«

Bevor sie den Raum verlässt, dreht sie sich noch einmal um. »Bitte, Kathi. Bitte, tu mir den Gefallen und melde dich bei ihm.«

Kathi nickt gegen ihre Überzeugung. Was soll sie ihm denn sagen? *Hallo Max, kannst du mir mal erklären, warum du nicht mehr mit Ida schläfst? Was ist es denn, was dir an deiner Frau fehlt?*

»Max war ein Frühchen. Oft krank. Und ich hatte das Geschäft. Ich glaube, seine Kindheit war nicht immer einfach«, versucht sie zu erklären, was sie selbst nicht begreift.

»Ich weiß.«

»Ich konnte nach ihm keine Kinder mehr bekommen.«

»Das weiß ich auch.«

»Vielleicht ist sein Problem … psychischer Art?« Es klingt wie eine Frage. Dafür ist Ida doch die Expertin.

»Ja«, sagt Ida nur. »Vielleicht.«

Kathi sieht ihrer Schwiegertochter nach und seufzt. Die jungen Leute werfen viel zu schnell die Flinte ins Korn. Sie hatte sich während ihrer Ehe auch oft untergeordnet, das gehört dazu. Werner war der bessere Redner, gegen ihn kam sie nicht an. Wenn es Probleme gab, dann war es am

Ende sowieso immer ihre Schuld und nie seine. *Wenn du dich auch immer nur um deinen Laden kümmerst.*

Erst als Max auszog, um zu studieren, wurde es wieder besser zwischen ihnen. Es gab keinen Grund mehr zu streiten. Auch keinen mehr zum Reden. Irgendwann konnten sie es auch gar nicht mehr. Es ist wie mit dem Klavierspielen. Man verlernt es ohne Übung. Man hört noch, ob Töne richtig oder falsch sind, aber man findet die passenden Tasten nicht mehr. Sie hatten sich eingerichtet in ihrer Sprachlosigkeit, und es hatte ihnen nicht geschadet. Sie verstanden sich auch so. Vielleicht sogar besser als in ihren jungen Jahren. Ein Blick, eine Geste. Einfach nur zusammen sein, bei einer Tasse Kaffee oder einem Glas Wein. *Man muss viel gesprochen haben, um gemeinsam schweigen zu können.* Dieses Zitat hatte sie einmal gelesen und sich gemerkt. Es hatte ihr gefallen. Sie hatte es extra aufgeschrieben.

*Rede mit ihm*, hat Ida gesagt. Sie seufzt. Max ist nicht wie sein Vater, auch wenn er so aussieht. Sie nimmt das Telefon und wählt seine Nummer.

»Hallo, Mama.«

»Hallo, Max.«

»Was ist?« Er klingt müde.

»Bist du schon zu Hause?«

»Ja.«

»Ida war hier.«

Einen Moment ist er still. »Dann weißt du es schon?«

»Ich weiß nur, dass Ida dich verlassen will. Aber nicht warum. Sie sagt, ich soll dich fragen.«

»Ach ja?«

»Also?«

»Was?«

»Warum will sie dich verlassen?«

Er stöhnt. »Das kann ich dir jetzt nicht so einfach am Telefon …«

»Dann komm her.«

»Es ist spät. Ich bin müde.«

»Gut«, sagt Kathi. »Dann morgen. Nach der Arbeit.«

»Ich komme am Wochenende. Am Sonntag.«

»Ich verlasse mich drauf.«

»Das kannst du.«

Kathi hebt die Klöße aus dem Topf und gibt sie in eine Schüssel. Zwischendurch schaut sie immer wieder auf die Uhr. Kurz vor eins. Die Rouladen schmoren seit fast zwei Stunden. Wo bleibt er nur?

Das Telefon klingelt. »Ich komme zehn Minuten später, auf der Autobahn war Stau.«

»Das Essen ist fertig«, sagt sie unnötigerweise.

»Ich beeil mich.«

Sie stellt die Schüsseln und Töpfe in den Ofen und setzt sich ans Fenster. Max wohnt jetzt in Frankfurt. Bei einem Freund. Vorübergehend, wie er sagt.

»Was ist das für ein Freund«, hat sie ihn gefragt.

»Ein guter.«

Sie macht sich Sorgen, natürlich tut sie das, und starrt auf die Küchenuhr. Unaufhörlich wandert der Sekundenzeiger weiter. Eins, zwei, drei. Aus einer Minute werden zwei. Aus zehn Minuten werden dreißig.

»Tut mir leid«, sagt Max, als er endlich da ist.

»Schon gut. Du kannst ja nichts dafür.«

Sie setzen sich einander gegenüber an den Küchentisch und fangen an zu essen. Es schmeckt aufgewärmt.

»Also? Was ist los mit euch?«

»Was …« Er räuspert sich. »Was hat Ida dir denn gesagt?«

»Nichts. Nur, dass sie sich trennen will.«

Er nickt.

»Max!«, sagt sie. »Ihr seid vierzehn Jahre verheiratet. Das setzt man nicht leichtfertig aufs Spiel. Reiß dich in Gottes Namen zusammen und … und bring das in Ordnung.«

»Ja«, sagt er ganz ruhig und legt sein Besteck zur Seite. »Genau das versuche ich gerade.«

Am Abend liegt Kathi noch lange wach. Eigentlich hat sie es längst geahnt. Vor ein paar Jahren hatte sie bei Werner sogar einmal eine vorsichtige Andeutung in diese Richtung gemacht, aber er hatte sie nur ausgelacht und gemeint, sie solle sich nicht lächerlich machen.

Aber es war trotzdem da. All die Jahre. Seit dieser Sache mit Tom. Wie eine latente Bedrohung. Hätte man es aufhalten können? Verhindern? Ändern? Unterdrücken? Ida ist Therapeutin, sie muss es doch wissen. Aber nein, das ist ungerecht. So etwas lässt sich nicht einfach ändern. Es gibt keinen Schalter, den man umlegen kann, um das Problem zu lösen. Unruhig wälzt Kathi sich auf die andere Seite und zieht an Werners Decke. Sie knüllt sie zusammen, bis es so aussieht, als würde er dort liegen. Vielleicht sollte sie sich ein Einzelbett besorgen, sie kann schließlich nicht bis an ihr

Lebensende seine Bettdecke knüllen. Ob Ida das auch tut? Mit Max' Decke? Arme Ida. Und arme Josie. Warum sind es immer die Frauen, die bezahlen müssen?

Sie döst ein, wird wach, döst wieder, ist wieder wach. Sie hat von leeren Regalen und von Werner geträumt. Er hat gesagt: *Es tut nicht weh,* und sie hat ihn angeschrien.

Die Helligkeit, die durch ihre geschlossenen Augenlider dringt, sagt ihr, dass die Nacht vorbei ist. Es ist der Gedanke an Max, der sie endgültig in die Gegenwart holt und die Augen aufschlagen lässt. Sie setzt sich auf den Bettrand und angelt nach ihren Pantoffeln. Es ist kurz nach sieben.

*Nur gut, dass er in Frankfurt wohnt*, denkt sie. *Frankfurt ist groß.*

# *Josie*

Die ersten Tage meines bengtlosen Lebens sind sehr, sehr schlimm, aber aushaltbar. Anders die Nächte. Die sind die Hölle. Während ich mich am Tag noch irgendwie durchschleppen und mich mit Arbeit und dummen Sendungen im Fernsehen ablenken kann, bleibt mir nachts nichts anderes übrig, als die Qual einfach auszuhalten. Ich kann nicht schlafen, ich kann nichts essen, und ich kann keinen geraden Gedanken denken. Nur an Bengt.

Eines Morgens, ich bin eine halbe Stunde zu spät im Büro, stürmt meine Chefin ins Zimmer. Sie knallt mir eine Akte auf den Tisch und schnauzt mich an: »Wo warst du?«

Mir wird abwechselnd heiß und kalt, als ich den Aufdruck lese. Ich habe einen wichtigen Termin versäumt und es noch nicht einmal bemerkt. Was ich aber jetzt sehr wohl bemerke, ist, dass auch ihre beinahe grenzenlose Geduld damit ein Ende hat.

»Josie, was auch immer es ist, bitte tu mir einen Gefallen und nimm Urlaub oder lass dich von mir aus krankschreiben, aber komm erst wieder, wenn das vorbei ist. So nutzt du hier niemandem, so bist du uns nur im Weg.«

Sie verschwindet so schnell, wie sie gekommen ist, und ich packe meine Sachen. Unterwegs rufe ich meinen Bruder an. Ich habe Angst, zu allem Elend jetzt auch noch mit dem Kind auf der Straße leben zu müssen.

»Du musst etwas tun«, sagt er, und ich höre die Sorge in seiner Stimme.

»Ich weiß.«

»So kann es nicht bleiben.«

Das ist mir auch klar, aber ich bin viel zu müde, zu traurig und auch zu überfordert, um etwas daran zu ändern. »Jaja. Mach dir keine Sorgen«, sage ich trotzdem. »Ich schlaf mich jetzt erst einmal aus, dann geht's bestimmt schon wieder.« Gleichzeitig ärgere ich mich. Ich habe Florian angerufen, weil ich selber Trost brauche. Und nicht umgekehrt.

Am nächsten Tag steht meine Mutter vor der Tür. Sie ist nicht unbedingt eine Koryphäe, was das Trösten angeht. Aber ich habe keine Wahl.

Mama sieht mich mit ihrem durchdringenden Blick an. »Wie heißt dein Frauenarzt?«

»Es ist eine Ärztin.«

»Wie heißt sie?«

»Rausche«, sage ich und verschwinde wieder auf dem Sofa.

Sie läuft mir nach. »Florian sagt, du hast heute einen Termin?«

»Der war gestern.«

Sie geht in den Flur, und ich höre sie telefonieren. »Wir fahren jetzt dahin«, sagt sie, als sie zurückkommt.

»Was soll ich da?«

Mama marschiert ins Schlafzimmer und wirft mir wenig später eine Jeans und ein frisches Shirt vor die Füße. Sie erinnert mich ein bisschen an früher, als sie versuchte, den Laden am Laufen zu halten, während unser Vater einer wichtigen Entdeckung auf der Spur war. Das Leben hat es nicht immer gut mit ihr gemeint, aber man sieht es ihr kaum an.

»Nachdem du dich für dieses Kind entschieden hast, musst du auch dafür sorgen, dass es ihm gut bei dir geht.«

Sie hat mit Florian gesprochen, schlussfolgere ich richtig und reagiere bissig. »Ach? Der Ratschlag von einer Expertin.«

Sie wird blass. Ich auch. Einen Moment habe ich Angst, dass sie wieder abfährt und mich allein lässt mit meinem Elend. Aber sie bleibt.

»Beeil dich. Ich warte draußen.«

Mir wird Blut abgenommen, Druck gemessen und ein Ultraschall von meinem Kind gemacht. Man könne es jetzt schon ziemlich deutlich erkennen, behauptet Frau Rausche und zeigt mit dem Finger auf eine hellgraue Linie im wabernden Dunkelgrau. »Das ist der Rücken.« Sie druckt mir ein Bild aus.

Ich nehme das erste Foto meines Kindes entgegen und ziehe mich wieder an.

Auf der Hinfahrt hatte ich eine ziemlich hitzige Auseinandersetzung mit meiner Mutter, weil sie partout wollte, dass ich diesen Test mache. »Mama, ich habe mich gerade für dieses Kind entschieden und dafür mein ganzes Leben auf den Kopf gestellt. Wenn ich jetzt einen Test mache und sich rausstellt, dass etwas nicht in Ordnung ist, dann …« An dieser Stelle hatte ich meine Ausführungen unterbrochen, weil ich nicht die geringste Ahnung hatte, was dann sein würde.

»Eben«, hatte sie erwidert.

Die Ärztin schreibt mir etwas gegen Übelkeit auf und mich für eine Woche krank. Seit Beginn der Schwangerschaft habe ich vier Kilo abgenommen. »Kommen Sie nächste Woche wieder rein.«

Ich nehme das Rezept und drehe es unschlüssig in meinen Händen. Sie sieht mich aufmerksam an. »Haben Sie noch eine Frage?«

»Würden Sie mir raten, diesen … diesen Test zu machen?«

Sie weiß sofort, was ich meine, und zeigt mit der Hand auf einen Stuhl. »Setzen Sie sich.«

Sie faltet die Hände und legt sie auf meine geöffnete Akte. »Sie sind einundvierzig. Ab fünfunddreißig gehören Frauen zur Risikogruppe. Und das Risiko für eine Trisomie steigt mit zunehmendem Alter der Mutter sogar noch weiter.«

»Das ist keine Antwort.«

»Es gibt verschiedene Formen. Trisomie 21, also Down-Syndrom, kennen Sie. Das ist die häufigste Form. Aber es gibt auch noch andere. Trisomie 13 oder 18 zum Beispiel. Die sind … erheblich …«

»Also ja?«

Sie hebt die Schultern. »Meine Nichte hat ein Down-Syndrom. Ich weiß nicht, ob meine Schwester das Kind bekommen hätte, wenn sie es gewusst hätte, aber jetzt ist Sofia da, und wir lieben sie alle sehr. Sie macht unser Leben tatsächlich jeden Tag ein bisschen bunter. Aber sie hat gesundheitliche Beeinträchtigungen. Sie kam mit einem Herzfehler auf die Welt und musste schon mit zwei Monaten operiert werden. Betroffene Kinder leiden oft unter einer Vielzahl gesundheitlicher Einschränkungen und Autoimmunerkrankungen, deshalb ...« Sie zögert und seufzt. Dann klappt sie mit einiger Entschiedenheit meine Akte zu. »Wenn ich an Ihrer Stelle wäre ... ja, dann würde ich diesen Test machen.«

Meine Mutter ist da. Sie bleibt, solange ich sie brauche, hat sie gesagt. Sie kocht mir Hühnersuppe und verfrachtet mich ins Bett, aber da bleibe ich nicht. Im Schlafzimmer gibt es keinen Fernseher. Ich lege mich aufs Sofa, esse Hühnerbrühe und sehe mir alte Soaps an. Damit sind zumindest die Tage ganz erträglich.

Außer essen und fernsehen tue ich nichts. Meine Mutter hat verhältnismäßig viel Geduld mit mir. So kenne ich sie gar nicht. Aber irgendwann reicht es ihr doch. Sie kommt ins Wohnzimmer, setzt sich auf die Sofakante und redet mir ins Gewissen.

»Jetzt lass dich doch nicht so hängen. Schau mal, draußen ist das schönste Wetter.«

Ohne zu antworten, beuge ich mich zur Seite, sehe an ihr vorbei und zappe mich weiter durchs Programm. Im Dritten läuft gerade eine Talkshow.

»Josie«, macht meine Mutter noch einen Versuch.

Einer der Gäste ist Martin Rütter, der Hunde-Experte. Gerade vergleicht er die Erziehung der Vierbeiner mit der von Kindern.

»Stellen Sie sich vor, Sie sagen Ihrem Kind, montags darfst du bei Grün über die Straße, aber dienstags nicht. Wird schwierig. Genauso ist es bei Ihrem Hund. Sie können ihm nicht vermitteln, dass er Sie anspringen darf, wenn sie schmutzige Gartenklamotten anhaben, aber nicht, wenn Sie im Abendkleid vor ihm stehen. Das kann er nicht begreifen.«

»Sie haben selbst fünf Kinder«, sagt die Moderatorin. »Aber soviel ich weiß, nicht aus einem Wurf.«

Das Publikum lacht.

»Ich sach mal so«, meint der Experte. »Das ist ja schnell gemacht.«

»Josie!«, sagt Mama wieder, und ich höre die leise Ungeduld in ihrer Stimme. »Jetzt mach doch mal die Kiste aus.«

»Das ist der Martin Rütter. Ich mag den.«

»Bit-te!«

Ich werfe ihr einen schrägen Blick zu. Sie ist so ganz anders als ich. Zwar auch klein, aber an ihr ist nichts Rundes. Weder das Gesicht noch die Schultern, noch die Nase. Alles an ihr ist eher schmal und zart. Die einzige Übereinstimmung ist die Farbe unserer Haare, wobei ich mir nicht sicher bin, ob ihre noch echt ist. Sie fängt meinen Blick auf. Wäre das hier ein amerikanischer Spielfilm und wir die Schauspielerinnen, dann wäre sie jetzt nicht ungeduldig. Dann wäre sie voller Verständnis. Und ich würde ergeben seufzen und den Apparat ausstellen. Unsere Blicke würden sich treffen (so wie sie es tatsächlich gerade tun), und wir würden uns tränenüberströmt in die Arme fallen. Aber all das passiert nicht. Das hier ist das Leben und kein Film. Dabei liegt es nicht an mir, ich hätte kein Problem damit, im Gegenteil. Meine Mutter hat eins. Ein Berührungsproblem, schon immer.

Stattdessen versucht sie, mir jetzt die Fernbedienung abzunehmen. Ich kralle mich daran fest. Martin Rütter erklärt den Postboten dieser Welt, dass beißende Hunde es nicht persönlich meinen, sondern lediglich ein Territorium-Problem haben. Das habe ich auch. Wir sind gleich klein, auch ungefähr gleich stark und ringen weiter, bis Mama plötzlich so überraschend aufgibt, dass ich beinah von der Couch falle.

»Du wirst es vielleicht nicht glauben, aber es gibt Menschen, denen geht es noch schlechter als dir«, meint sie resigniert und verlässt den Raum.

Das Ganze erinnert mich an eine Szene, die sich vor vielen, vielen Jahren einmal zwischen uns abgespielt hat. Der Bengt von damals hieß Jörg. Auch diese Beziehung scheiterte, und ich fühlte mich ähnlich wie jetzt, nur nicht so schlimm. *Du musst dich zusammenreißen, du bist schließlich noch jung*, hatte meine Mutter gesagt. Das Wort *jung* ist mittlerweile zwar nicht mehr Bestandteil ihrer Vorhaltungen, aber im Kern sind sie dieselben. Nur habe ich dieses Mal kein Buch von ihr bekommen, so wie damals. Da schenkte sie mir das Buch einer todkranken Krebspatientin, die ihre Erfahrungen aufgeschrieben und der Krankheit den

Kampf angesagt hatte. Ein *Mutmachbuch*, wie Mama sagte. *Lebe jeden Tag, als sei es dein letzter*, war in etwa die Quintessenz dieses literarischen Werks. Ich habe dann auch wirklich kurz versucht, so zu leben, aber das Ergebnis war so niederschmetternd, dass ich die Sache schnell wieder abgebrochen habe. Mir vorzustellen, dies sei mein letzter Tag, führte nur dazu, dass ich mich noch elender fühlte, als ich es ohnehin schon tat. Ich meine, was soll man denn einem Tag noch abgewinnen, wenn man davon ausgehen muss, dass es der letzte ist?

Irgendwann, es ist schon später Nachmittag, höre ich das Telefon klingeln. Kurz darauf die Stimme meiner Mutter.

Ich kann nicht verstehen, was sie sagt, und stelle den Ton leiser. Jetzt schnappe ich ein paar Brocken auf.

»… geht ihr schon besser.«

Pause.

»Den Test …« Undeutliches Gemurmel.

Pause.

»Das weiß ich nicht, sie hat …« Undeutliches Gemurmel. Dann: »Das ist mehr als vierzig Jahre her.«

Pause

»Ich weiß… jaja … schon gut.« Sie klingt jetzt müde.

Eine Weile ist es ganz still, dann kommt sie ins Zimmer.

»War das Florian?«, frage ich, obwohl ich es schon weiß.

»Hm.« Sie nickt. »Ich soll dir schöne Grüße sagen.«

»Was ist mehr als vierzig Jahre her?«

Sie zuckt zusammen. »Was?«

»Das hast du gerade gesagt.«

»Ach so. Dass ich mit dir schwanger war.«

»Ach so«, wiederhole ich ihre Worte. Gleichgültig widme ich mich wieder dem Fernsehprogramm. »Kann ich noch was von der Suppe haben?« Heute gibt es Linsensuppe mit Würstchen. Mama kann nur Suppe.

Aus dem, was ich gerade aufgeschnappt habe, schließe ich, dass sie mit meinem Bruder über diesen Test gesprochen hat. Gestern habe ich auf ihr Drängen hin doch noch in der Praxis angerufen. Und jetzt warte ich auf deren Rückruf wegen eines Termins. Ich verstehe nicht, warum meine Mutter sich solche Sorgen macht. Für mich ist Trisomie nichts weiter als ein abstraktes Wort. Es hat nichts mit mir zu tun, macht mir also auch keine Angst. Angst machen mir die Nächte.

An diesem Abend schlafe ich plötzlich und völlig überraschend auf dem Sofa ein. Zum ersten Mal seit Wochen schlafe ich eine ganze Nacht durch. Tief und traumlos. Irgendwann werde ich von alleine wach und bin ganz überrascht, weil ich etwas anderes um mich herum sehe als graue Dunkelheit. Und weil ich auch etwas anderes fühle. Vielleicht liegt es an der Sonne, die durch das Fenster scheint. Vielleicht auch an der Tatsache, dass ich endlich wieder einigermaßen ausgeschlafen bin. Ich atme vorsichtig, um das angenehme Gefühl nicht zu verjagen. Ich traue ihm nicht und warte darauf, dass es wieder verschwindet. Aber es bleibt. In mir ist tatsächlich Freude. Nicht nur über die Sonne, die durchs Fenster scheint, und über den gesunden Schlaf. Auch über die Nacht, die hinter mir liegt. Und über die Decke, die jemand auf mich gelegt hat. Über den Kaffee, den meine Mutter mir gerade bringt. Und über ihr zartes Lächeln. Auch darüber, dass sie da ist.

An diesem Nachmittag bekomme ich zwei Anrufe. Der erste ist von der gynäkologischen Praxis. Ich stelle den Lautsprecher an, damit meine Mutter mithören kann. Sie ist sehr blass.

»Kommen Sie morgen früh rein, zur Blutabnahme«, sagt die Sprechstundenhilfe mit blecherner Stimme.

»Um wie viel Uhr?«

»Zwischen acht und zehn.«

»Geht es auch später?«, frage ich, um noch etwas Zeit zu gewinnen.

»Nein. Sonst schaffen wir es nicht mehr mit dem Labor.«

Meine Mutter lächelt und nickt zufrieden, als sie mich »Gut, dann bis morgen« sagen hört.

Der zweite Anruf ist von Bengt.

»Ich vermisse dich so sehr. Es tut mir schrecklich leid, wie das alles gelaufen ist«, sagt er.

Mir tut es auch leid. Ich fange an zu weinen und will ihm das auch sagen. Doch bevor ich es kann, redet er schon weiter: »Bitte, Josie. Es nutzt doch nichts. Wir müssen uns den Realitäten stellen. Sei doch vernünftig. Es ist noch nicht zu spät.«

Wortlos lege ich auf und kann nur noch weinen. Und schlafen.

Ich schlage die Augen auf. Wieder habe ich durchgeschlafen. Von nachmittags bis zum nächsten Morgen. Es ist noch früh, noch nicht einmal sieben, und ich denke: Bengt! Sofort bin ich hellwach. Zugegeben: Als er mich angerufen und mir gesagt hat, dass er mich vermisst, ganz schrecklich sogar, war es für mich wie ein Sieg nach einem verzweifelten Tie-Break. Aber dann kam der Satz: *Es ist noch nicht zu spät.* Und damit die Erkenntnis, dass sich, wenn ich jetzt nicht hart bliebe, nichts ändern und ich auch den Rest meines Lebens auf ihn warten würde. Von Dienstag bis Dienstag bis Dienstag.

Aber jetzt ist da noch etwas anderes, das ich spüren kann. Nichts Greifbares, eher so ein diffuses Gefühl. Nachdem Bengt neun Jahre lang der Nabel meiner Welt war und alle meine Gedanken nur um ihn kreisten, hat sich nun etwas verschoben. Er hat sich verschoben. Ohne dass ich es bemerkt habe, ist er weggerückt, an eine Stelle, die nicht mehr so mittig ist. Am Nabel meiner Welt ist jetzt etwas anderes.

Auf leisen Sohlen tappe ich zum Schreibtisch, nehme mir ein Blatt und einen Stift. Er liebe mich, hat Bengt gesagt, aber er könne nicht wieder ganz von vorne anfangen, auch nicht mir zuliebe.

*Lieber Bengt,*
*nach reiflicher Überlegung bin ich zu dem Schluss gekommen, unsere Beziehung zu beenden. Ich sehe einfach keine gemeinsame Zukunft mit dir.*
*Ich danke dir von Herzen für die vielen Dienstagabende der vergangenen neun Jahre, von denen besonders die ersten beiden wirklich sehr schön waren. Ich danke dir auch für deine unvergleichlichen Fußmassagen.*

*Wenn du irgendwann einmal den Wunsch verspürst, unsere Tochter (oder unseren Sohn) kennenzulernen, dann lass es mich wissen. Errechneter Geburtstermin ist der 7. November.*

*Mit sehr freundschaftlichen und immer noch sehr liebevollen Grüßen*
*(Ehemals) Deine Josie*

Ich höre meine Mutter, die in der Küche hantiert, fahre schnell mit der Zunge über den Rand und klebe den Umschlag zu. Das Verschließen des Umschlags hat fast schon einen symbolischen Charakter. Ein wichtiger Lebensabschnitt ist unwiderruflich zu Ende. *Kein Mann mehr in meinem Leben. Nie wieder!*, schwöre ich mir. Es lohnt sich nicht. Jedenfalls für mich hat es sich nie gelohnt, kein einziges Mal. Trotzdem bin ich nicht böse oder verbittert, ich fühle mich sogar sehr versöhnlich. Großmütig und edel.

Ich versehe den Brief mit Bengts Adresse, der privaten, und ertappe mich dabei, dass ich mich dann doch und trotz aller versöhnlich-edlen Gefühle insgeheim daran erfreue, mir vorzustellen, wie er das seiner Frau erklärt.

Meine Mutter klopft an die Tür. »Josie? Kommst du frühstücken?«

»Ich komme«, sage ich und ziehe mir schnell ein leichtes Sweatshirt über meinen Schlafanzug. Zum ersten Mal seit Wochen habe ich Appetit.

»Du bist ja noch gar nicht angezogen. Ich dachte, wir fahren gleich nach dem Frühstück los?«, begrüßt mich Mama.

Ich lächle und setze mich. Der Tisch ist schön gedeckt.

»Hast du denn gut geschlafen?«, ändert sie ihre Taktik.

»Ja danke, sehr gut«, sage ich freundlich. Und das Seltsame ist, es stimmt. Seit ein paar Tagen, genau genommen seit zwei Nächten, schlafe ich tatsächlich wie ein Stein. Trotz allem.

»Das freut mich.«

Ich betrachte meine Mutter, während sie mir Kaffee einschenkt. Glatte braune, relativ kurze Haare, graue Augen und ein schmales, blasses Gesicht.

Früher ging es ihr oft schlecht. Ob sie jetzt glücklicher ist, weiß ich nicht. Ich weiß überhaupt nicht viel von ihr. Vielleicht ist sie kreuzunglücklich und zeigt es nur nicht mehr. Das war früher anders. Wenn es ihr da schlecht ging, dann bekam das ihr Umfeld auch zu spüren. Und oft genug war ihr direktes Umfeld ich.

»Mama?«

»Hm?«

»Ich will dieses Kind haben. Also ich meine, auch dann, wenn es nicht ganz perfekt ist.«

Sie stellt ihre Tasse ab. Ich sehe, dass ihre Hand leicht zittert. »Jetzt machst du erst einmal den Test.«

»Das meine ich ja. Ich brauche eigentlich gar keinen.«

»Mach den Test, dann sehen wir weiter.«

Ich starre auf den Tisch.

»Josie. Es ist doch so schon schwer genug. Du bist allein, wie soll das denn alles werden, wenn …«

»Ich krieg das schon hin.«

»Das sagst du immer. Ein Kind ist so schon eine große Verantwortung. Wenn sich herausstellt, dass es …« Ihre Augen fangen an zu schwimmen.

Ich lege meine Hand auf ihre. »Ach, Mama. Das wird schon alles. Du wirst sehen.«

Sie wendet sich ab und weint in ihr Taschentuch. Ich heule zwar selbst gerne und auch oft, kann aber verhältnismäßig schlecht damit umgehen, wenn andere es tun. Insbesondere, wenn es dabei um meine Mutter geht. Ihr Weinen ist für mich das größte Totschlagargument überhaupt, dagegen komme ich nicht an.

»Also gut«, seufze ich und reiche ihr ein frisches Tuch. »Dann mache ich eben den Test. Aber es ändert nichts, das sage ich dir gleich.«

»Nein. Natürlich«, sagt sie und lächelt mich verheult und erleichtert an.

Frau Dr. Rausche sitzt mir in ihrem weich gepolsterten Bürostuhl gegenüber und sieht mich aufmunternd an. Auf ihrem Schreibtisch liegen Stapel mit Broschüren von Untersuchungen, die man selbst bezahlen muss und von deren Notwendigkeit vor allem die Pharmaindustrie überzeugt ist, aber Dr. Rausche ist zum Glück integer genug, nur das zu empfehlen, was sie selbst für wichtig hält. Auch deshalb halte ich ihr seit vielen Jahren die Treue.

»Ich weiß nicht, ob es richtig ist«, versuche ich, in Worte zu fassen, was in mir vorgeht. »Ich meine, es hat so etwas von Gott spielen«, füge ich hinzu, obwohl das nicht mein primäres Problem ist. Mein Problem ist vielmehr die Erwartung, die andere an mich haben. Die Erwartung, das Kind in mir zu töten, wenn es eben nicht der allgemeingültigen Norm entsprechen sollte. Oder die Angst, mich nicht mehr uneingeschränkt freuen zu können. Andererseits habe ich dieses Problem mit der Freude ja eigentlich jetzt schon. Weil ich es eben *nicht* weiß.

»Tun Sie sich schwer mit dieser Untersuchung? Oder mit der Idee eines möglichen Abbruchs? Ich meine, beides ist am Ende Ihre Entscheidung.«

Ich schüttele hilflos den Kopf.

»Der NIPT ist ein für die Patienten ganz einfaches und völlig unproblematisches Verfahren.«

»Der was?«

»NIPT. Die Abkürzung für nichtinvasiver pränataler Test.« Ihr Lächeln vertieft sich. »Dabei wird im Blut die zellfreie DNA des Kindes herausgefiltert, und anhand derer wird eine Chromosomenanalyse durchgeführt.«

»Und damit kann man erkennen, ob das Kind …« Ich stocke.

»Ja. Das kann man damit erkennen. Der Test ist zwar nicht ganz so genau wie eine Fruchtwasseruntersuchung, aber sehr gut und sehr unkompliziert. Im Moment werden dafür nur leider noch nicht die Kosten von der Krankenkasse übernommen. Die befürchten wohl, dass es dann zu viele Abbrüche gibt, was natürlich Quatsch ist.«

»Und wenn ich es nicht möchte? Also jetzt noch nicht? Könnte ich den Test auch noch später machen?«

Sie nickt.

»Wie lange noch?«

»Noch relativ lange. Also eigentlich, wenn es nur um das Erkennen geht, bis zum Schluss. Aber Sie sollten …«

»Und wenn ich ihn später mache und sich dann herausstellt, dass … etwas nicht Ordnung ist? Was dann?«

»Wenn Sie den Test später machen – sagen wir mal in acht, zehn oder zwölf Wochen – und das Ergebnis positiv ist, dann würden wir eine Fruchtwasseruntersuchung vornehmen.«

»Und wenn dann wieder … ich meine, wenn …«

»Es ist und bleibt Ihre Entscheidung.«

»In zwölf Wochen? Kann man so spät denn noch einen Abbruch machen?«

»Das kann man, wenn sich herausstellt, dass das Kind eine Trisomie hat.«

»Aber dann ist es doch bestimmt viel schwieriger? Ich meine, dann ist es doch schon viel größer und …«

Sie nickt. »Dem Fötus würde in dem Fall Kalium ins Herz gespritzt und die Geburt eingeleitet.«

Sofort habe ich unschöne Bilder in meinem Kopf.

»Frau Pankratz, Sie sind eine gesunde Frau. Die Wahrscheinlichkeit, dass auch Ihr Kind gesund ist, ist weitaus höher als umgekehrt. Das Ultraschallbild zeigt keinerlei Auffälligkeit.«

Die Sache mit der Nackenfalte und der Kopfform. Das hat sie mir bereits erklärt.

»Was ich sagen möchte: Ein negativer Bluttest könnte Ihnen doch auch etwas von Ihrer Sorge nehmen. Und anderenfalls … ich meine, es gibt wie gesagt unterschiedliche

Formen. Das Down-Syndrom ist die bekannteste Form, aber diese Kinder sind lebensfähig. Kinder mit Trisomie 13 oder 18 hingegen sind sehr, sehr krank und haben keine hohe Lebenserwartung. Das ist so. Und je später man sich für einen Eingriff entscheidet, desto größer wird er.«

# *Kathi*

Kathi stellt den Eimer ab und zieht mit dem Finger eine Spur in den Staub. Früher hat es hier einmal nach frischem Brot, Schinken und erdigen Kartoffeln gerochen, jetzt riecht es nur noch nach Vergänglichkeit und Staub. Entschlossen kippt sie einen Schuss Allesreiniger ins Wasser. Sie muss in Bewegung bleiben, etwas tun, sich ablenken und beschäftigen. Das hat ihr immer geholfen. Schon damals, nachdem der Großvater gestorben war.

*Na, komm,* hört sie Werner sagen. *Der Junge berappelt sich schon wieder.* Wenn sie das doch nur glauben könnte. Aber Max ist kein Junge mehr. Er ist fünfundvierzig.

Kathi fängt an zu wischen. Sie kennt hier jeden Quadratzentimeter, jeden Kratzer im Boden. Das Geschäft war immer ihr Zufluchtsort gewesen, hier hat sie sich sicher gefühlt, auch in unsicheren Zeiten. Aber das Gefühl will sich heute nicht einstellen. Und der Großvater lässt sich auch nicht blicken. Er hatte ihr den Laden vererbt, gegen den Willen seiner Frau. Und die hatte sich, als Kathi dann volljährig wurde und ihr Erbe antrat, gleich mit einem Schlaganfall gerächt. Legte sich ins Bett und stand nicht mehr auf.

Kathi richtet sich auf und drückt beide Fäuste ins Kreuz. *Denk an was Schönes.* Sie versucht, den Raum so zu sehen, wie er früher einmal war. Mit vollen Regalen, zwischen denen sich Menschen bewegen. Sie schließt die Augen. Die alten Bilder heraufzubeschwören wird immer schwieriger, aber sie sind noch da. Elfriede, Margret und Gundula. Helga, Anni und Hilde. Manchmal schickten sie ihre Männer. Man kannte sich, teilte Freud und Leid und tauschte Neuigkeiten aus. Sie selbst war nicht sehr gesprächig, das war sie nie, aber sie konnte für sich behalten, was man ihr anvertraute, und das wussten ihre Kundinnen zu schätzen.

Es war der große Supermarkt im Nachbardorf, der ihr den Todesstoß versetzte. Mit dieser Auswahl und den Schnäppchenpreisen konnte sie nicht mehr mithalten. Am Ende war sie für die Solbacher nur noch so eine Art Ersatzteillager gewesen. Und zwar eines, das rund um die Uhr zur Verfügung stand. Oft genug hatte man sie noch am späten Abend aus dem Wohnzimmer geklingelt, weil man Zucker vergessen hatte oder eine Tüte Milch. *Das Geld gebe ich dir beim nächsten Mal.* Nur eine Handvoll Kunden war überhaupt noch regelmäßig zum Einkaufen gekommen. Die meisten davon schon alt und ohne Auto. Einige auch ohne Geld. Bei ihr konnte man anschreiben. Bei ihr konnte man Kartoffeln oder Eier auch mal einzeln kaufen. Manchmal, wenn sie die Not kannte, die dahinterstand, hatte sie noch etwas extra eingepackt. Ein paar Scheiben Salami oder ein Stück Käse.

Werner hatte das nicht gerne gesehen. Er sei Kaufmann, kein Sozialarbeiter, hat er immer gesagt. Und *Sei doch ver-*

*nünftig*, als er versuchte, sie zum Aufgeben zu überreden. Am Ende war es Max, der ihr die Entscheidung abnahm. »Papa hat doch recht«, hatte er ihr an den Kopf geworfen. »Was hat er denn von dir?«

»Ach, was weißt du denn schon? Du wohnst doch schon lange nicht mehr hier und kommst mit Ida alle Jubeljahre mal reingeschneit.«

»Das stimmt«, hatte Max entgegnet. »Ich weiß aber noch sehr gut, wie es ist, hier zu wohnen. Und nur im Weg zu sein.«

Kathi wirft den Lappen in den Eimer. Sie findet hier heute keinen Trost. Stattdessen geht sie nach oben und setzt sich auf Werners Bett. Sie tastet nach dem Ring, der jetzt an einer Kette an ihrem Hals hängt. Der Ring, die Fotos, ihre Erinnerungen. Bindeglieder zwischen seiner Welt und ihrer.

»Max war mir nicht im Weg«, murmelt sie. »Und du warst es auch nicht.« Sie putzt sich die Nase und greift nach Werner Kissen. Es riecht nicht mehr nach ihm. Sie hat den Bezug gewaschen, es ging nicht mehr anders. Seine Spuren verlieren sich. *Loslassen. Nach vorne schauen.*

Im Nachttisch ist noch alles so, wie es war. Oben die Schublade mit seinen Tabletten, unten die Bücher. Krimis, dazwischen zwei, drei Biographien. Sie nimmt ein Buch in die Hand. Ein Schatten, ein Messer, Blut. Schon das Cover verrät, um was es hier geht. Auf dem nächsten ist eine Maske mit einem Riss und wieder Blut. Auf einem weiteren eine düstere Landschaft und die brennende Silhouette eines Hauses. Sie liest Titel und Klappentexte, liest von

Rache, Mord und Verrat, ohne etwas aufzunehmen. In der Schublade die Tabletten. Gegen Bluthochdruck und gegen Rheuma. Auch Taschentücher aus Stoff, ordentlich von ihr gebügelt und gefaltet. Und das letzte Buch, in dem er gelesen hat. Es liegt obenauf. Das Lesezeichen steckt noch drin. Seite 193.

Es klingelt. Sie will die Schublade wieder schließen, aber die hat sich verklemmt. Sie tastet an der Unterseite und zieht einen Umschlag hervor. Die drei langen Klebestreifen, mit denen er befestigt war, haben sich gelöst. Es ist etwas Flaches darin, das kann sie fühlen.

Es klingelt wieder. Sie sieht aus dem geöffneten Fenster und erkennt Josies Locken.

»Ich bin gleich da«, ruft sie zu ihr hinunter und reißt den Umschlag auf. Ein Sparbuch. Auf ihren Namen. Mit Eintragungen von Einzahlungen über beinah vierzig Jahre.

# *Josie*

Kathi sitzt vor mir und legt ihre Hand auf meine. »Kommst du denn klar, ich meine finanziell?«

Ich nicke. Eigentlich wollte ich ihr nur kurz die Zeitschrift geben, die ich bei meiner Frauenärztin habe mitgehen lassen (*da liegen so viele, das fällt bestimmt nicht auf*), aber jetzt sitze ich seit einer geschlagenen halben Stunde in ihrer Küche und rede wie ein Wasserfall. Über meine Zweifel, die Schwangerschaft, meine Mutter und natürlich auch über Bengt. Ich habe ihr von unserer Trennung erzählt, davon, dass ich nach neun Jahren das Gefühl hatte, es lohne sich nicht mehr, noch länger zu warten. Ich kann gar nicht mehr aufhören mit dem Reden. So etwas kenne ich sonst nicht von mir.

»Eigentlich sollte ich einen Test machen. Wegen Trisomie und so.«

»Eigentlich?«

»Na ja, ich bin einundvierzig. Da besteht ein erhöhtes Risiko.«

»Einundvierzig. Das ist doch noch kein Alter.«

»Für eine Erstgebärende schon.«

»Ich würde den Test auch nicht machen«, sagt sie.

Ich schaue sie überrascht an. »Echt?«

»Ich finde, man darf kein Leben aussortieren, nur weil es nicht den allgemeinen Anforderungen entspricht.«

»Meine Mutter sieht das leider etwas anders«, sage ich und lächle müde. »Ich glaube, sie macht sich Sorgen um mich. Dass ich das nicht schaffe. Vielleicht hat sie ja recht.«

»Unsinn. Der Mensch wächst an seinen Aufgaben.«

»Ich bin mir ja selbst nicht sicher. Ich meine, ich als Mutter? Das kann ich mir überhaupt nicht vorstellen.«

»Ach was. Du wirst das schon gut machen«, sagt Kathi leise und zwirbelt ihr Taschentuch.

»Dazu müsste ich erst einmal wissen, was *gut* ist«, sage ich und lege eine Hand auf meinen Bauch. Schon jetzt bilde ich mir ein, dort leise Bewegungen zu spüren. So, wie das Flattern von Schmetterlingsflügeln. Es ist kein Fötus und schon gar kein Zellklumpen mehr. Es ist jetzt ein Embryo, etwas größer als eine Kirsche. Eine *Sie* oder ein *Er*, das steht schon fest, auch wenn man es noch nicht sehen kann. Ich will es auch gar nicht wissen. Alles was ich will, ist dieses eine Wort: *unauffällig*. Solange ich dieses Wort habe, brauche ich keinen Test.

Kathi sitzt in sich versunken auf ihrem Stuhl. Sie scheint mit ihren Gedanken ganz woanders zu sein. Mit schlechtem Gewissen stehe ich auf. Sie hat sicher ganz andere Sorgen. So kurz nach dem Tod ihres Mannes. »Tut mir leid. Ich will dich nicht länger aufhalten.«

»Unsinn. Das tust du nicht«, sagt Kathi, folgt mir aber sofort in den Flur. »Du kannst mich jederzeit besuchen. Ich freue mich, wenn du kommst.« Sie hebt die Hand mit der Zeitschrift. »Und danke dafür.«

Ich öffne die Tür und will gerade gehen, da fällt mir noch etwas ein. »Kennst du eigentlich ein Kind, das Nela heißt?«

»Nein«, sagt Kathi überrascht und schüttelt den Kopf. »Sollte ich?«

Ich zucke die Schultern. »War nur so ein Gedanke.« Sie steht so dicht vor mir, dass ich ihren leicht blumigen Duft einatme. Und plötzlich, ohne erkennbaren Grund, schießen mir Tränen in die Augen. Ich wische sie schnell weg.

»He«, sagt Kathi und legt eine Hand an meine Wange. Der Damm bricht. Ich heule los wie ein Schlosshund.

»Schscht«, macht Kathi und nimmt mich in den Arm.

Ich mache mich ganz klein. Wie ein geprügelter Hund, der nach Berührung lechzt. Bis Kathi mich zurückschiebt und mir ein Papiertaschentuch in die Hand drückt. »Jetzt mach dir mal nicht so viele Gedanken. Du wirst sehen, das wird schon.«

Ich nicke und schnäuze mich.

»Du kannst mich jederzeit besuchen.«

Ich nicke wieder.

Kaum auf der Straße, klingelt mein Handy.

»Hallo?«

»Hallo, Josie«, meldet sich meine Mutter. »Was ist los? Hast du geweint?«

»Nein. Nur Heuschnupfen«, sage ich und drehe mich noch einmal um. Von Kathi ist nichts mehr zu sehen. »Was gibt's?«

»Ich wollte dich nur fragen, ob du über Ostern etwas vorhast?«

»Klar. Ich fliege mit meinem Mann und unseren vier Kindern nach Portugal.«

»Sehr gut«, sagt Mama mit einem leisen Lachen. »Dann halte dich am Samstagfrüh ab zehn Uhr bereit. Ich hol dich ab.«

Wir hocken auf einer Bank im Schatten der Hauswand, starren auf die flimmernde Straße und die dahinter träge dahinfließende Mosel. In zehn Minuten, hat Frau Jonnek, unsere Wirtin gesagt, seien die Zimmer fertig.

»Schön«, seufzt Mama.

»Ja, schön«, stimme ich zu. »Vor allem schön warm.«

Sie sieht mich an, und ich verschlucke das Lachen, das mir in der Kehle sitzt.

»Was ist daran so lustig?«, will Mama wissen, die es natürlich trotzdem merkt.

Ich antworte nicht, weil es Dinge gibt, die sich mit Worten nicht erklären lassen. Es gibt auch keinen Grund zu lachen, jedenfalls nicht darüber, aber das Lachen kitzelt mich, seit wir vor knapp zwei Stunden von zu Hause losgefahren sind. Vielleicht liegt es daran, dass ich gestern wieder bei meiner Ärztin war und sie dieses Wort benutzt hat: *unauffällig.* Oder daran, dass Kathi mich umarmt hat. Vielleicht aber auch daran, dass ich mit Mama hier sitze. Nur wir beide. Einfach so zum Spaß. Das ist eine Premiere.

Mama spricht hartnäckig von Urlaub, obwohl es nur drei Tage sind. Drei Tage an der Mosel, zu denen sie mich eingeladen hat. Ein bisschen Angst ist auch dabei. Wir sind nicht sehr geübt darin, nur so zum Spaß zusammen zu sein.

Ich lege die Hände auf meinen Bauch, strecke beide Beine aus und schiele vorsichtig zur Seite. Mama hat die Augen geschlossen, den Kopf zurückgelegt und sieht sehr entspannt aus. Ich betrachte sie genauer. Meine Mutter ist zwar immer noch schön, aber es haben sich tiefe Furchen in ihre Mundwinkel gegraben. Seit wann? Ich weiß es nicht. Ich weiß überhaupt nur sehr wenig von ihr. Das Einzige, was ich weiß, ist, dass ich eigentlich nichts weiß.

Plötzlich schlägt sie die Augen auf, unsere Blicke treffen sich. Sie lächelt. Wir lächeln beide, wortlos und etwas verlegen. So lange, bis Frau Jonnek kommt und uns den Schlüssel überreicht. Sie erklärt: Der große Schlüssel ist für das Zimmer, der kleine für die Haustür. Frühstück gibt's von halb acht bis zehn, im Flur steht ein Kühlschrank mit Getränken. Wer sich etwas nimmt, soll das bitte auf einer Liste vermerken. Im Keller ist eine Sauna. Wenn wir die benutzen wollen, müssen wir ungefähr eine Stunde vorher Bescheid sagen.

»Rauchen ist im Haus nicht gestattet, nur auf den Balkonen, da sind auch Aschenbecher. Wenn Sie noch etwas brauchen oder Fragen haben, finden Sie mich unten«, beendet Frau Jonnek ihre Ausführungen.

Unsere Zimmer liegen nebeneinander. Ich nehme das vordere Zimmer, Mama das hintere. Schön sind sie beide nicht. Dafür aber relativ groß und auch hell. Ich schiebe meinen Rollkoffer in die Ecke und sehe mich um. Die Einrichtung ist spartanisch: in der Mitte ein Doppelbett, auf der rechten Seite ein Schrank, auf der linken ein Tisch mit zwei Stühlen. Auf dem Boden liegt der gleiche blau-grau gemusterte Teppichboden wie schon im Flur, an der Decke hängt überall Nut und Feder, und die Tapeten mit dem Schilfmuster sind ebenfalls die gleichen, die ich auch unten schon gesehen habe.

Wir wollen gleich die Umgebung erkunden, Mama will sich vorher aber noch umziehen. Sie habe ja sonst nur selten Gelegenheit, ihre *guten* Sachen zu tragen, meint sie. Um mir die Zeit zu verkürzen, streife ich meine Sandalen ab und trete barfuß auf den Balkon, der auch von Mamas Zimmer zugänglich ist. Vor dem Grundstück verläuft eine breite Straße, dahinter fließt träge die Mosel. Gerade legt eine kleine Personenfähre an, die den Fluss im Minutentakt quert. Menschen steigen aus. Ich beobachte ein Pärchen, das sich küsst, und muss an Bengt denken. Daran, dass wir so etwas nie hatten. Nie irgendwo zusammen waren, noch nicht einmal im Schwarzwald. Nur im Bett.

Ich denke jetzt zwar nicht mehr so oft an Bengt wie noch vor ein paar Wochen, aber ich schaffe es auch nicht, ihn ganz aus meinem Kopf zu bekommen. Und wenn ich dann an ihn denke, spüre ich gleich wieder diesen Kloß im Hals, so wie jetzt, auch wenn der schon viel kleiner geworden ist. Neun Jahre lassen sich nun mal nicht so einfach runterschlucken.

So viele *hätte* und *wäre*, die sich angesammelt haben, und schon fängt mein Gedankenkarussell wieder an, sich zu drehen. Es hört einfach nicht auf. Manchmal wünschte ich,

ich wäre in dieser Hinsicht ein bisschen mehr so wie eine Arbeitskollegin von mir. Sie heißt Anne und ist Mitglied einer digitalen Kontaktbörse, was dazu führt, dass sie sich sehr oft und jedes Mal auch sehr heftig verliebt. Nach jedem Beziehungsende (ihre Beziehungen dauern allerdings in der Regel auch nie länger als ein paar Monate) macht sie dann Tabula rasa. Das bedeutet, sie räumt alles aus der Wohnung, was mit dem jeweiligen Exfreund zu tun hat, löscht sämtliche digitalen Nachrichten, einschließlich Fotos und Telefonnummern, und loggt sich dann wieder ein. Neues Spiel, neues Glück.

So bin ich nicht. In meiner Wohnung ist allerdings auch nichts, was sich wegräumen ließe. Keine Zahnbürste, kein Einwegrasierer, kein T-Shirt. Was mir von Bengt geblieben ist, sind Erinnerungen. Davon gibt es allerdings ziemlich viele, und die meisten davon sind sehr schön, trotz allem. Dabei fällt mir die Kette ein, die Bengt mir vor Jahren einmal geschenkt hat. Der Anhänger ist eine silberne Scheibe mit lauter kleinen Sternen um einen großen Stern in der Mitte. »Das bist du«, sagte er damals. Ich habe es aufgeschrieben, in mein Tagebuch, weil ich so gerührt war.

Ich kann mir wirklich nicht vorstellen, mich jemals wieder zu verlieben. In Solbach ist es natürlich auch schwer, überhaupt jemanden kennenzulernen. Hier gibt es keine Szenekneipen oder Kulturstätten. Hier gibt es überhaupt nichts außer einem Bürgerhaus, wo man sich montags zum Yoga und an Fasching zum Fremdgehen trifft. Vielleicht lernen viele von den jüngeren Solbachern auch jemanden über eine Internetkontaktbörse kennen. Das könnte helfen, inzestuöse Beziehungen zu vermeiden. Denn in so einem Dorf ist ja wahrscheinlich beinah jeder mit jedem verwandt. Mein Ding ist es trotzdem nicht. Es ist nicht ehrlich. Entweder man lügt selbst oder man wird belogen. Wie soll sich denn unter diesen Voraussetzungen eine funktionierende Beziehung entwickeln?

Man kann ja über Bengt sagen, was man will, aber belogen hat er mich nie. Er hat mir von Anfang an gesagt, dass er verheiratet und, was das angeht, nicht mehr zu haben ist. Ich habe es ihm nur nicht geglaubt.

Die Fähre ist schon wieder auf dem Weg ans andere Ufer. Sie fährt immer hin und her, hin und her, ohne Umwege und ohne je ihr Ziel zu ändern. Das erinnert mich ein bisschen an mein Leben. Da geht es auch immer hin und her und vor und zurück. Nur fehlt mir das Ziel.

Unsere Pension liegt etwas außerhalb. Wir folgen einem Weg an der Mosel entlang und der Beschilderung, die uns zum Ortskern führen soll. Der Weg ist breit genug für uns beide, trotzdem ist es schwierig, nebeneinander zu laufen, weil wir immer wieder von Fahrradfahrern auseinandergeklingelt werden. Im Gänsemarsch laufen wir an einer Bank unter einer großen Kastanie vorbei, auf der ein Paar sitzt, das zwei Kindern beim Spielen zuschaut. Die Kinder versuchen immer wieder, flache Steine über das Moselwasser springen zu lassen, und haben, ebenso wie ihre Eltern, gelbe Schirmmützen auf dem Kopf. Das Gelb erinnert mich an das Lieblingseis meiner Kindheit, benannt nach einer italienischen Insel, bei der die rote Sonne im Meer versinkt. Ich war nie dort, aber mein Vater sang das Lied immer, wenn er mich dieses Eis essen sah, und ich stellte mir die rote Sonne vor, wie sie ins Meer eintauchte.

Ein paar Meter weiter zeigt ein Hinweisschild mit der Aufschrift *Zentrum* nach rechts. Wir verlassen die Mosel, queren die breite Straße und erreichen gleich darauf über eine schmale Gasse den kleinen Dorfplatz. Ringsherum alte, sehr schön hergerichtete Fassaden mit Blumenkästen auf den Fensterbänken, auf der rechten Seite hübsch eingedeckte Tische vor einem Café und ein großer wasserspeiender Brunnen. Links ein altes Steinhaus mit einem angebauten Turm. Der obere Teil wird nicht mehr genutzt, das kann ich an den fehlenden Fensterscheiben erkennen, aber im unteren ist ein Restaurant, und daneben führt eine schmale ausgetretene Treppe zwischen Häuserfronten nach oben. Geradewegs in den azurblauen Himmel, in dem jede Menge Mauersegler segeln.

»Wie schön«, sage ich.

Mama nickt versonnen. Sie hat ein helles Leinenkleid an, das ich nicht kenne, und sieht darin sehr jung aus.

»Fast wie im Film.«

»Hier wurde auch mal einer gedreht. Mit Heinz Rühmann, glaube ich«, sagt sie und bleibt vor der Speisekarte stehen. »Spätzlepfanne mit Schinken und Champignons. Oder Hüftsteak mit Bratkartoffeln.« Sie dreht sich zu mir um. »Oder hättest du lieber ein Eis?«

Ich überlege, aber noch bevor ich antworten kann, biegt die Capri-Familie um die Ecke und lenkt mich ab. Die beiden Kinder, ein Mädchen und ein Junge, rennen zum Brunnen. Sie bespritzen sich mit Wasser und klettern auf den Rand. Der Junge befüllt eine Spritzpistole. Das Mädchen richtet sich auf. Es balanciert ganz konzentriert, die Arme ausgestreckt, wie eine kleine Primaballerina entlang der Rundung.

»Beides. Eis zum Nachtisch«, sage ich und bewundere die grazilen Bewegungen. Plötzlich geht alles ganz schnell. Ein falscher Tritt, das Kind fällt in den Brunnen. Platsch. Wasser spritzt. Ich sehe verschwommen das kleine Gesicht des Mädchens, das für einen Augenblick untergetaucht ist, und die Mutter, die es blitzschnell wieder herauszieht. Das Ganze hat sich in nur einem Augenblick ereignet, aber alle stehen wir für einen endlosen Moment starr vor Schreck. Erst als das Mädchen anfängt zu schreien, die Mutter schimpft und der Vater ein Handtuch aus dem Rucksack zieht, kommt wieder Bewegung in die Szene.

Ich drehe den Kopf und sehe meine Mutter an. Sie ist leichenblass und zittert.

»Mama?«

Wortlos macht sie auf dem Absatz kehrt und läuft in eine schmale Gasse.

»Mama!«, rufe ich ihr hinterher. »Was ist denn los?«

Fluchend folge ich ihr und verabschiede mich innerlich von Hüftsteak und Eis.

»Jetzt bleib doch mal stehen!«, rufe ich. Über einem Schaufenster hängt ein großes gelbes Schild, auf dem in grüner Schrift *Dorflädchen* steht. Ich überlege kurz, mir wenigstens ein belegtes Brötchen zu besorgen, aber der Abstand zwischen Mama und mir wird schon so immer größer.

»Mama«, rufe ich wieder und fange an zu rennen. Mama rennt jetzt auch. Ich hole sie erst ein, als wir an der Pension ankommen.

»Was soll das?«, keuche ich. »Was hast du denn?«

Sie keucht auch und schüttelt den Kopf. »Ich mag doch nichts essen. Tut mir leid, ich bin zu müde. Ich glaube, ich lege mich kurz hin.«

Mit zittrigen Fingern öffnet sie ihre Tasche und zerrt einen Zwanzig-Euro-Schein aus ihrer Geldbörse.

»Hier. Geh ohne mich, du hast sicher …«

Ich schnaube aufgebracht, drehe mich um und laufe den ganzen Weg wieder zurück, während ich mir vorstelle, wie sie dort steht und mir nachblickt. Mit dem Geldschein in der Hand.

Es ist Nacht. Im Zimmer ist es schrecklich warm, ich lasse das Fenster aber trotzdem geschlossen, weil wir an einem Fluss sind und ich Angst vor Stechmücken habe.

Seit Stunden liege ich unbeweglich auf einer viel zu weichen Matratze, in die ich tief einsinke, und kann nicht einschlafen. Ich fühle mich tonnenschwer, zum ersten Mal empfinde ich meine Schwangerschaft wie eine körperliche Last, dabei bin ich erst in der zwölften Woche und nicht im neunten Monat. Ich starre im Halbdunkel an die Decke.

*Ein gutes Leben hat man, wenn man morgens aufsteht und sich auf den Tag freut, auch wenn es ein Scheißtag wird,* hat mein Vater oft gesagt. Aber nicht, wie das gehen soll. Er war vor allem auch niemand, der das konsequent vorgelebt hätte. Dazu war er viel zu unberechenbar. Er konnte alles sein: in einem Moment der unverbesserliche, gutgelaunte Optimist, im nächsten ein wütender Tornado.

Als ich am Nachmittag wieder zurückgekommen war, hatte meine Mutter sich eingeschlossen und mein kurzzeitiges Hochgefühl sich genauso verabschiedet wie meine Wut. Ich hatte uns ein paar belegte Brötchen mitgebracht, die ich allerdings alleine essen musste, denn als ich bei ihr klopfte, sagte sie durch die geschlossene Tür, dass sie keinen Hunger habe und immer noch müde sei. Der Tag ging schließlich in einen quälend langweiligen Abend über, und es war genauso wie früher: eine verschlossene Tür, leises Weinen und mein heißes Ohr am kühlen Holz.

*Es ist wegen Babette*, denke ich. Wenn es meiner Mutter schlecht geht, ist es immer wegen Babette. Ich würde sie gerne fragen, aber das geht nicht. Über Babette wird in unserer Familie nicht gesprochen, das ist ein ungeschriebenes Gesetz. Trotzdem weiß ich, dass es sie gab. Und das weiß ich eigentlich schon, seitdem ich denken kann. Sie muss also irgendwann einmal Thema eines Gesprächs gewesen sein, das ich als kleines Kind mitbekommen habe. Ich kann mich nur nicht mehr daran erinnern. Woran ich mich aber noch sehr gut erinnere, ist das Schweigen. Es war ein ganz besonderes Schweigen, und es trat jedes Mal ein, wenn einer sie auch nur im Entferntesten erwähnen könnte. Babette war Tabuzone. Ich wurde in dem Bewusstsein erzogen, dass alles verboten war, was mit ihr zu tun hatte. Es war verboten, nach ihr zu fragen. Es war sogar verboten, an sie zu denken.

*Arme Mama*, hat Papa einmal gesagt, als sie sich nach

einem Streit gerade wieder versöhnt hatten und er Mama eine Tasse Tee ans Bett brachte.

»Warum ist Mama arm?«, wollte ich wissen, aber ich bekam keine Antwort, und damit war klar: Sie war arm, wegen Babette. Sie ist es bis heute.

Meine unbekannte Schwester wurde in Heidelberg begraben, auch das habe ich als Kind einmal aufgeschnappt. Und es nie mehr vergessen. In Heidelberg hat meine Familie damals wohl gewohnt. Aber sosehr ich mich auch bemühe, mir fällt einfach der Name des Dorfs nicht ein, in dem mein Vater liegt. Eschenbach? Eichenbach? Ich weiß es nicht. Es war ein Zufall, der ihn für seine letzten Lebensjahre dorthin verschlagen hatte. Am Ende war er vermutlich nur deshalb dageblieben, weil er fürs Weiterziehen schon zu krank gewesen war.

Auch wenn mir der Name des Dorfes nicht einfällt, an seine Beerdigung erinnere ich mich noch sehr gut. Der Pfarrer hatte eine sehr schöne und persönliche Predigt gehalten, und wir hatten alle drei geweint. In einem Zustand zwischen Seligkeit und Trauer hatte ich mir anschließend fest vorgenommen, dem Pfarrer einen Brief zu schreiben und das Grab, das eigentlich nur ein Stück Wiese war, hin und wieder zu besuchen. Absichtserklärungen, die sich bisher natürlich nicht erfüllt haben.

Nach der Beerdigung sind wir damals noch in einer kleinen Kneipe gewesen. Die einzige Art Gaststätte im Dorf. Wie hieß es bloß? Eisenberg? Erlendorf? Irgendwas mit *E*, da bin ich mir sicher. Mama hatte Kaffee und zwei Blechkuchen bestellt, aber außer unserer Familie und ein paar wenigen Freunden war niemand da gewesen. Und außer Mama und mir wollte auch niemand Kaffee und Kuchen. Die Freunde unseres Vaters jedenfalls nicht. Sie waren ziemlich schnell zu Bier mit Schnaps übergegangen, Gedeck, so nannten sie das, und am Ende hatten sie Arm in Arm *So ein Tag, so wunderschön wie heute* gesungen. Mama hatte noch mit dem Wirt wegen der Rechnung diskutiert, aber es hatte natürlich nichts genutzt. Den übrig gebliebenen Kuchen hatten wir mitgenommen. *Kann man ja einfrieren*, hatte sie gesagt.

Ich strample die Decke weg und drehe mich mühsam auf die Seite. Wie spät ist es eigentlich? Ich könnte den Arm nach meinem Handy ausstrecken und nachschauen, aber dann würde ich vermutlich noch wacher werden. Es fällt allerdings bereits ein erster heller Schimmer durch das Fenster, die Nacht scheint also ohnehin fast vorbei zu sein.

Der Schimmer lässt die Schatten an der Wand tanzen. Ich versuche, sie zu zählen, komme aber immer wieder durcheinander, weil ich gleichzeitig an meinen Vater und an Babette denken muss.

An meinen Vater habe ich immerhin noch Erinnerungen. An meine Schwester dagegen keine. Keine Bilder und keine Geschichten. Ich habe nur einen Namen und das Wissen, dass es sie einmal gegeben hat.

Mir fällt ein Film ein, den ich vor vielen Jahren einmal gesehen habe. Javier Bardem hat darin einen Mann verkörpert, der nach einem Badeunfall vom Hals abwärts gelähmt ist und nichts mehr bewegen kann, noch nicht einmal seine Finger. Er will lieber sterben, als so zu leben, aber man lässt ihn nicht. Um der Tristesse und Hoffnungslosigkeit seines Lebens zu entgehen, stellt er sich vor, seinen Körper verlassen und fliegen zu können. Er fliegt über kleine Dörfer und Landschaften und über ein tiefblaues Meer, frei wie ein Vogel. Manchmal gelingt mir das auch, aber meine Bilder sind nie so schön, und ich fühle mich dabei auch nicht frei. Ich fliege über Autobahnen und Fabriktürme und habe permanent Angst, abzustürzen. Unter mir lauert der Tod, und vor mir ist ein Fabrikturm. Er kommt näher. Er sieht aus wie eine Spritze. An der Seite steht in fetter Schrift: *Kalium*. Ich versuche, abzudrehen und in eine andere Richtung zu fliegen, aber es geht nicht. Der Turm ist wie ein Magnet, und ich habe schon ein ziemliches Tempo drauf. Ich schreie. Gleich werde ich abprallen und zu Boden stürzen.

»Nicht«, schreie ich. »NEIN!«

»Josie!«

Eine Stimme dringt in mein Bewusstsein. Ich werde wach. Mama sitzt auf meiner Bettkante und rüttelt mich am Arm. »Josie. Hey, wach auf.«

»Was ist los? Ist es schon so spät?« Ich setze mich auf und bin sofort hellwach. Mein Herz rast.

»Nein. Du hast geträumt.«

Ich lasse mich wieder zurückfallen.

»Schlaf noch ein bisschen«, sagt sie und will wieder gehen. »Es ist noch früh.«

Panik überfällt mich. »Bitte, geh nicht«, sage ich weinerlich vor Angst, dass sie sich gleich wieder einschließt.

Sie streicht sich die Haare aus der Stirn und sieht mich unentschlossen an.

»Bitte«, versuche ich es noch einmal.

»Na gut.« Sie legt sich neben mich ins Bett.

Ich drehe mich auf die Seite, stütze meinen Kopf auf die Hand und versuche, ein bisschen näher zu rücken. »Mama?«, flüstere ich.

»Hm?«

»Was war das Schönste, das dir je passiert ist?«

Ihr Gesicht liegt im Dunkeln. »Das Schönste?«, fragt sie.

»Ja.«

»Als ich mich in deinen Vater verliebt habe, vermutlich.«

»Und das Zweitschönste?«

»Als ich Florian bekam, ich glaube, das war sogar noch schöner.«

Noch immer kann ich ihr Gesicht nicht deutlich erkennen, aber ich weiß, dass sie lächelt. Ich höre es am Klang ihrer Stimme. »Sollen wir die Reihenfolge also ändern?«, frage ich.

Sie nickt.

»Aber dann war ich doch auch das Zweitschönste?«

Sie zögert, aber nur den Hauch eines Augenblicks. »Du und Florian, ihr beide«, sagt sie.

»Und Babette?«

»Ja.« Sie seufzt sehr tief.

Ich nehme allen Mut zusammen. »Mama?«

»Was?«

»Die Sache heute Mittag … war das wegen … Babette.«

Ich höre sie leise stöhnen und sehe eine schwache Bewegung im Halbdunkel. Sie hat die Hand gehoben und auf ihre Stirn gelegt. Als wollte sie sich gegen etwas schützen.

»Hat sie ...«, mache ich noch einen Versuch.

»Bitte nicht!«

»Ich will doch nur wissen ...«

»Bitte, Josie! Lass es!«

Ich habe Angst, dass sie wieder geht, und sage nichts mehr. Wir sagen beide nichts, bis Mama irgendwann ihren Kopf in meine Richtung dreht. »Es tut mir leid«, sagt sie.

»Hm.«

»Sei mir nicht böse.«

»Ich bin dir nicht böse.«

Wieder hebt sie eine Hand, und einen Moment denke ich, sie will mich streicheln, aber sie streichelt nur die Bettdecke. »Was hast du denn geträumt?«

»Keine Ahnung. Ich hab's vergessen«, behaupte ich.

Sie sieht mich an. »Josie, bitte, sei mir nicht böse«, sagt sie wieder. »Ich kann nicht darüber reden, okay?«

»Okay.«

Es wird wieder still zwischen uns. Draußen ist es inzwischen taghell, mir fallen trotzdem die Augen zu. Aber ich will jetzt nicht einschlafen. Wenn ich einschlafe, dann geht sie. »Was machen wir heute?«

»Was würdest du denn gerne machen?«

»Weiß nicht. Einen Ausflug?«

»Und wohin?«

»Egal. Mit dem Schiff«, murmele ich und gähne. Mitten im Gähnen spüre ich etwas. Ein leichter Tritt gegen meine Bauchdecke. »Hey.«

»Was ist?«

»Ich glaube, es strampelt. Willst du mal fühlen?«

Ich sehe ein schwaches Lächeln. »Ach Josie. Dazu ist es doch noch viel zu klein.«

»Nicht, wenn es nach Bengt kommt …«

Sie lacht. »Freust du dich?«

»Ja. Na klar.«

»Wirklich?«

»Wirklich!«

Sie starrt an die Decke. »Muss ich mir Sorgen machen?«

»Warum?«, frage ich alarmiert. Ich habe sie in dem Glauben gelassen, den Test gemacht zu haben.

»Na ja, du bist allein und …«

»Na und?«, gebe ich gleichermaßen beruhigt wie genervt zurück. »Das bist du doch auch.«

»Ja. Aber ich weiß auch, wie schwer es ist. Mit einem Kind und …«

»Na und? Millionen Frauen kriegen Kinder und ziehen sie alleine groß.«

»Was hättest du eigentlich gemacht? Ich meine, wenn der Test …« Sie unterbricht sich, aber ich weiß natürlich, was sie meint: Was hättest du gemacht, wenn der Test positiv gewesen wäre? Wobei in diesem Fall positiv eben negativ bedeutet. Und wobei es in meinem Fall gar keinen Test gibt, was Mama aber nicht weiß. Ich suche trotzdem nach einer ehrlichen Antwort. Ich finde keine. »Ich weiß es nicht.«

»Ich bin jedenfalls sehr froh, dass …«

»Ich weiß«, unterbreche ich sie.

»Tja«, sagt sie und gibt einen kleinen Laut von sich. »Es liegt wahrscheinlich im Wesen von Müttern, sich Sorgen zu machen.«

»Also, wenn ich mich so zurückerinnere, kann ich nicht feststellen, dass du dich da besonders verausgabt hast«, erwidere ich und bin plötzlich wieder bissig.

Sie schlägt die Decke zurück und setzt sich auf. Ich kann die Betroffenheit in ihrem Gesicht sehen.

»Bitte bleib, es tut mir leid«, sage ich und halte sie am Arm.

»Mir auch«, sagt sie. Und geht.

# *Kathi*

*Ein Dorf und sein Laden – Eine Erfolgsgeschichte.* Kathi legt die Zeitung zur Seite und schiebt die Lesebrille nach oben. Sie hat den Artikel bereits zweimal gelesen. Von bürokratischen Kämpfen im Vorfeld ist darin die Rede. Von internetfähigen Kassen, angepassten Öffnungszeiten, ehrenamtlichen Helfern und zusätzlichen Angeboten. Postschalter, Reinigung, Kaffee zum frischen Croissant. Siebzehn Genossenschaftler sind beteiligt. Sie hat bereits nach der Hälfte den Überblick verloren.

Sie schaut sich um. Hier ist alles wie immer, aber sie muss nur die Augen schließen, schon sieht sie andere Bilder. *Man müsste gar nicht viel verändern*, denkt sie. Etwas Farbe, eine neue Kühltheke. Und, ja, vielleicht auch eine *internetfähige* Kasse.

*Du spinnst*, hört sie Werner sagen.

*Sei du nur still!*

Was hat sie denn schon groß zu verlieren? Außer Geld. Und davon ist genug da. Jahrelang hieß es immer nur sparen, sparen, sparen. Nichts haben sie sich gegönnt, sogar auf ihre Gefriertruhe, eine wirklich nützliche Erfindung, musste sie lange warten. Den Laden musste sie aufgeben, weil er angeblich nichts mehr abwarf. Und jetzt das: beinah hundertsiebzigtausend Euro auf einem Sparkonto, von dem sie keine Ahnung hatte. Angelegt auf ihren Namen.

Sie öffnet die Augen wieder und trifft auf Werners Blick. Ärgerlich nimmt sie sein Foto von der Wand und legt es auf die Theke.

Nachdem sie im Nachttisch den Umschlag mit dem Sparbuch gefunden hatte, ist ihr ein anderer wieder eingefallen. Einer, der zwischen den Reiseführern steckte und den sie am Tag nach der Beerdigung entdeckt, aber zwischenzeitlich wieder vergessen hatte. Ein großer Umschlag voll mit Liebesbriefen, alle geschrieben im Jahr 1966 und unterschrieben mit: *V., für immer.* Von Liebe ist darin die Rede. Und von einer gemeinsamen Zukunft.

*V., für immer.* Werner hat nie von einer anderen Frau gesprochen, einer Frau, die vor ihr in seinem Leben war. Überhaupt ist er, was sein ganzes früheres Leben anbelangt, für sie wie ein unbeschriebenes Blatt. Die Eltern waren schon gestorben, als sie ihn kennenlernte, und Geschwister gab es keine. Niemand, der ihn vermisste, niemand, den er vermisste. Er war mit ein paar jungen Männern unterwegs, verdiente sich hier und da ein paar Mark, weil er ein guter Handwerker war und charmant. Die Frauen ließen ihn ins Haus, wenn ihre eigenen Männer nicht da waren. Damit er Dächer reparierte oder den Garten umgrub. Das war alles, was Kathi wusste. Für sie begann sein Leben mit dem Tag, an dem sie sich kennenlernten. Am 11. Juni 1968. Sie erinnert sich genau. An den ersten Blick, den ersten Satz. Auch an den ersten Kuss.

Im Umschlag, zwischen all den Briefen, war das Foto einer Frau. Sie war sehr jung, mit glatten, langen Haaren. Die Lippen geöffnet. Hatte Werner diese Lippen auch geküsst?

Kathi seufzt. Sie hat Werner nie einen Brief geschrieben, nicht einen einzigen. Sie hat ihn geliebt, aber ihm ihre Liebe nie erklärt, jedenfalls nicht schriftlich. Er kam nach Solbach und ist geblieben, warum hätte sie ihm schreiben sollen?

*V., für immer.* Warum hat er all diese Briefe aufgehoben? Und das Bild?

Sie dreht sein Foto um. Mit dem Gesicht nach unten. Verbannt ihn in die Dunkelheit. »Wer warst du eigentlich?«, flüstert sie und weiß selbst nicht, wen sie meint. Den Mann, mit dem sie fast fünfzig Jahre verheiratet war? Oder die Frau, deren Briefe sie gelesen hat?

Und dann ist sie wieder da, diese leise, latente Wut, die eigentlich immer da war, in all den Jahren. *Warte nicht auf mich, es kann spät werden.* So viele Überstunden. Nie hat sie gezweifelt, nie etwas hinterfragt.

Sie erfuhr es erst, als die Spatzen es bereits von den Dächern pfiffen. Eine Arbeitskollegin, Elke, zehn Jahre jünger als sie selbst. Von ihr gibt es kein Foto. Auch keinen Brief. Sie hat nichts von dieser Frau, nur den Namen und ein paar dünne Informationen. Nicht verheiratet, keine Kinder. Keinen Nachnamen, auch keine Geschichte dazu und keine Antworten auf ihre Fragen. Jedenfalls nicht auf die, die ihr wichtig waren.

*Liebst du sie?*

*Nein. Du und Max, ihr seid das Wichtigste für mich.*

So viele Versprechungen.

*Es war nur einmal.*

*Es kommt nie wieder vor, das verspreche ich dir.*

*Ich verspreche dir, von jetzt an …*

*Ich verspreche dir.*

Wäre Max nicht gewesen. Er war ja erst acht. Ihr Junge. *Ihr Junge.* Damals war er das noch.

*Einen einmaligen Ausrutscher*, hatte Werner es genannt. Und sie hat ihm geglaubt. Sie hat es zumindest versucht. Sie wollte keine von diesen eifersüchtigen Ehefrauen sein, die die Taschen ihrer Männer kontrollieren und die ihnen nur nahekommen, um fremde Gerüche zu erschnüffeln. Wie Spürhunde.

Sie geht in die Wohnung und ruft Josie an. Der Anrufbeantworter meldet sich: *Nachrichten nach dem Piep.*

»Josie. Ich bin es, Kathi. Danke noch mal für den Artikel. Ich habe ihn gelesen, aber … ich weiß nicht, vielleicht, … wenn du magst, dann komm doch noch mal auf einen Tee vorbei, ich würde gerne mit dir …, also melde dich bitte, wenn du Zeit hast.«

Sie legt auf und schämt sich für ihr unklares Gestammel. Aber wie soll man denn auch mit einer Maschine reden?

»Tut mir leid, dass ich mich nicht gleich gemeldet habe, aber ich war über Ostern mit meiner Mutter unterwegs«, sagt Josie und hält ihr einen Strauß Narzissen entgegen.

»Kein Problem«, sagt Kathi leichthin. Dabei hatte es tatsächlich schon an ihr genagt, weil Josie tagelang nicht auf ihren Anruf reagiert hatte.

»Danke für die Blumen. Das wäre aber nicht nötig gewesen.« Sie nimmt eine Vase aus dem Regal und füllt sie mit Wasser.

»Wir waren in Beilstein.«

Von einem Ort mit diesem Namen hat Kathi noch nie gehört. Aber sie ist in geographischen Fragen auch nicht sehr bewandert. Werner hätte sicher sofort gewusst, wo genau er liegt und was genau es dort zu sehen gibt.

»Das ist an der Mosel«, erklärt Josie da auch schon, als hätte sie ihre Gedanken gelesen. »Wir sind gewandert und einmal auch auf einem Schiff gefahren.«

»Schön.«

»Ja«, sagt Josie in einem Ton, den Kathi kennt. Es ist genau der Ton, den Leute haben, wenn sie über etwas sprechen, worüber sie eigentlich gar nicht sprechen wollen.

»Und du?«, fragt sie da auch schon. »Denkst du vielleicht doch darüber nach, den Laden wieder zu eröffnen?«

Kathi stellt die Blumen auf den Tisch. »Nein.«

»Schade. Ich finde ja immer noch, dass es eine tolle Sache wäre. Könnte ich mir gut vorstellen. So ein netter Dorfladen mit frischen Brötchen morgens und …«

»Das ist vielleicht ein bisschen zu kurz gedacht«, sagt Kathi schroff. »Entschuldige. Das ist nicht böse gemeint. Es ist nur, ich meine, das Ganze ist ziemlich komplex. Und man muss es doch auch realistisch sehen. Ich bin nicht mehr die Jüngste. Und ich bin allein.«

»Du bist doch nicht allein«, sagt Josie »Du hast einen Sohn. Und ich würde dir auch helfen.«

»Das ist sehr lieb von dir, aber Max hat gerade ... ziemlich viel um die Ohren und du ..., also ich glaube, du hast keine Vorstellung davon, ich meine, allein die Renovierung«, versucht sie, ihre Bedenken in Worte zu fassen. »Außerdem bist du schwanger.«

»Na und?«, empört sich Josie. »Was hat das denn damit zu tun. Also wirklich, Kathi. Du kannst auf mich zählen.«

Kathi seufzt. Sie hat schon lange auf niemanden mehr *gezählt*. Und schon gar nicht auf Max. Einen Moment lang ist sie versucht, Josie von ihm zu erzählen.

»Natürlich wären da ein paar Hürden«, unterbricht Josie ihre Überlegungen. »Ich meine, es würden einige Kosten auf dich zukommen, und es wäre auch eine Menge Arbeit, aber du hast die Räumlichkeiten, und du hast Ahnung. Also, ich finde, das sind schon mal ganz gute Voraussetzungen.«

»Die Kosten wären nicht das Problem. Werner hat mir etwas vererbt.«

»Das ist doch toll«, freut Josie sich, als wäre es ein persönlicher Verdienst. Was es unterm Strich ja tatsächlich auch ist.

»Das ändert nichts. Es gab gute Gründe, warum wir den Laden damals geschlossen haben.«

»Ja. Schon klar«, sagt Josie unbeirrt. »Aber das ist zwölf Jahre her. Ich glaube, dass sich die Leute in ihrem Kaufverhalten verändert haben. Es ist nicht mehr *nur* der Preis, der entscheidet. Also jedenfalls nicht bei allen.«

»Glaubst du wirklich, dass das reicht?«

»Na ja. Wenn sich erst herumgesprochen hat …«

»Und außerdem.« Mit einer resignierten Geste hebt Kathi die Hand. »Es müsste so viel gemacht werden. Allein im Laden, du hast ihn doch gesehen.«

»Also, ich bin eine Koryphäe im Wändestreichen, ich habe sogar einmal eine ganze Wand neu gefliest. Das war in Freiburg, die Wohnung war …«

»Das ist wirklich ganz lieb von dir«, sagt Kathi wieder und schaut dabei auf Josies Bauch. »Aber das kann ich dir nun wirklich nicht zumuten.«

»Hey! Lass das mal getrost meine Sorge sein.«

»Warum ist es dir eigentlich so wichtig?«, fragt Kathi, allmählich irritiert von Josies Hartnäckigkeit.

»Weil ich glaube, dass du eigentlich willst. Und nur jemanden brauchst, der dich schubst.«

# DRITTER TEIL

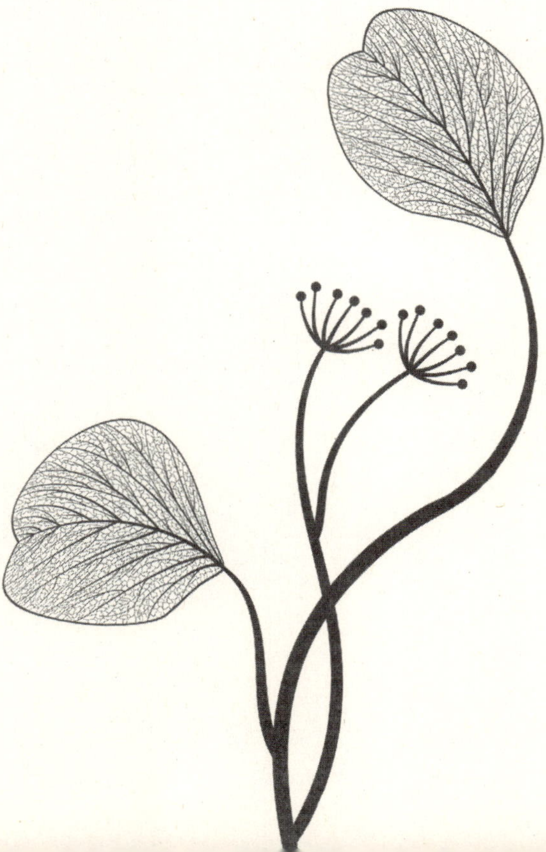

## *Josie*

Heute beende ich meinen Bürotag schon zeitig. Eigentlich will ich sogenannte Umstandsmode kaufen, aber als ich aus dem Gebäude trete, verschlägt mir die Hitze beinahe den Atem, und ich verschiebe mein Vorhaben wieder. Obwohl ich schon im vierten Monat bin, lässt sich meine Schwangerschaft noch ganz gut mit offenen Reißverschlüssen, Stretch und weiten Blusen kaschieren.

Bis jetzt kann ich mir noch kein bisschen vorstellen, wie es sein wird, wenn mein Kind einmal da ist. Wenn ich es nicht mehr nur im Bauch fühle, sondern tatsächlich *habe.* Also bei mir habe. So ein Kind ist keine Sache. Nichts, das man bei Nichtgefallen wieder zurückgeben kann. Ähnlich wie bei einem Haustier. Man entscheidet sich dafür, und dann bleibt es bei einem, in der Regel über viele Jahre. Bei Hunden geht man von etwa zwölf Jahren aus, das ist die erwartete Lebenszeit. Bei Kindern dauert es länger. Wenn auch nicht die Lebenszeit, aber die Zeit, die man zusammenlebt und sich kümmert. Mit etwa zwanzig ziehen sie dann aus, und dann kann man sehen, was man selbst mit seinem Restleben noch macht. Bis dahin werde ich über sechzig sein. Das kann ich mir kaum vorstellen. Andererseits konnte ich mir mit zwanzig auch nicht vorstellen, einmal vierzig zu sein.

Auf dem Heimweg fahre ich an einem Wald vorbei, an dessen Rand ein alter Sportplatz liegt. Manchmal halte ich hier an und gehe spazieren. Ich stelle auch heute meinen Wagen auf die geschotterte, mit Unkraut übersäte Fläche neben dem Platz und steige aus. Hier weht ein leichter, angenehmer Wind, trotzdem ist es mir zum Spazierengehen doch noch zu heiß. Ich atme die warme Luft ein und schaue mich um. Der Platz wird schon lange nicht mehr benutzt, jedenfalls nicht zum Sport. Nur manchmal treffen sich hier noch ein paar Leute zum Joggen oder eben zum Spazierengehen. Der Untergrund ist aus Rotasche (aber nicht mehr rot) und an den Seiten stehen mehrere verwitterte, moosbewachsene Steinbänke.

Ein paar der Bänke stehen im Schatten. Ich wähle eine aus, lege mich auf den Rücken und starre nach oben. Die Bank ist hart, aber das Moos weich und angenehm kühl. Blätter rascheln im Wind, Vögel zwitschern ihren flügge werdenden Kindern hinterher, neben mir höre ich ein leises Knacken. Durch eine Lücke im Blätterdach sehe ich in den wolkenlosen Himmel. Mehrere Kondensstreifen kreuzen sich weit oben, was ein interessantes Muster ergibt.

Müde blinzle ich gegen das Licht. Die letzten Monate waren ziemlich anstrengend, in jeder Hinsicht. Das Ende meiner Beziehung, die Schwangerschaft, die Probleme mit Mama und dann noch die Renovierungsarbeiten in Kathis Laden. Sie hat sich tatsächlich entschlossen, ihn wieder zu eröffnen, und wie versprochen, helfe ich ihr jetzt, so gut ich kann.

Meine Lider werden schwer, ich schließe die Augen. Das helle Sonnenlicht dringt durch meine Lider, lässt mich orange Kreise sehen. Die Kreise werden kleiner und dunkler, werden erst lila und dann schwarz und enden schließlich als winzige Punkte. Als ich wieder zu mir komme, kann ich es kaum glauben: Ich habe fest und traumlos geschlafen. Dabei sind kaum zwanzig Minuten vergangen, wie ich feststelle, als ich auf meine Uhr schaue.

Ich bleibe liegen, angenehm matt und ruhig. Erst ein Tritt von innen gegen meine Bauchdecke lässt mich zusammenfahren, und aus einem surrealen Gefühl wird ein reales. Es ist wirklich da. Lächelnd lege ich meine Hand auf meinen Bauch und versuche, mir mein Kind vorzustellen. Das Leben mit ihm. Die ersten fünf bis acht Jahre werden wahrscheinlich kein Problem sein. Zuerst ist es noch ganz winzig, es braucht zu essen, einen trockenen Hintern und viel Liebe, das scheint mir machbar. Dann wird es sitzen, stehen, laufen lernen, später kommt noch sprechen dazu. Es wird anfangen, Fragen zu stellen und über Langeweile zu jammern, vielleicht Probleme in der Schule haben (jedenfalls, wenn es nach mir kommt) und sich irgendwann abends herumtreiben. Es wird frech und aufmüpfig werden und, wenn ich Pech habe, auf die schiefe Bahn geraten. Aber das alles nur vorausgesetzt, es ist mit der gewünschten Anzahl von Chromosomen ausgestattet. Und schon fühlt es sich wieder surreal an.

Ich glaube, eine Zeitlang hatte meine Mutter diese Sorge

mit der schiefen Bahn auch bei mir. Ich war von jeher kein einfaches Kind. Als ich noch klein war, konnte man mich, wenn ich unbequem wurde, ins Zimmer oder zum Spielen nach draußen schicken. Doch mit vierzehn hatte ich keine Lust mehr auf Spielen und andere Dinge im Kopf. Lange schienen meiner Mutter die frühen Eskapaden mit Jungs, Hasch und Alkohol nicht aufzufallen. Bis eines Abends die Polizei vor unserer Haustür stand und ich mit einer leichten Alkoholvergiftung im Krankenhaus lag.

Ich atme warme, seidige Luft ein, die nach Kiefernnadeln und Waldboden schmeckt. Eine leise Erinnerung steigt in mir hoch. Ich sitze auf einer Schaukel, es ist heiß, der Boden unter mir staubig. Mein Vater hatte mir die Schaukel gebaut, als ich ungefähr acht oder neun Jahre alt war, und sie in einem Kirschbaum aufgehängt. Leider war der Ast, wie sich bald herausstellte, nicht so stark, wie er wirkte. So wie die Kirschen auch nie so süß waren, wie sie aussahen. Und wenn sie es endlich wurden, dann hatten sie Würmer.

Ich rapple mich auf, gehe zurück zum Auto und fahre Richtung Solbach. Nichts ist so verlässlich wie die Kehrseite. Diese Erfahrung zieht sich durch mein Leben wie ein roter Faden.

Spontan beschließe ich, Kathi noch einen Besuch abzustatten. Der Schlaf hat mir neue Energie gegeben, selbst die Hitze erscheint plötzlich erträglich. Ich parke direkt vor dem Laden und steige aus. Die Tür ist nur angelehnt, ich höre leise Stimmen.

»Hallo?«, rufe ich und laufe durch eine Reihe leerer Regale. Dabei atme ich den jetzt schon so vertrauten Geruch nach frischer Farbe und Holz ein. »Kathi?«

Die Stimmen sind immer noch leise, doch ich komme ihnen näher. Ich biege um die Ecke und stehe vor Kathi und einem Mann.

Sie zuckt zusammen. »Josie! Mein Gott, hast du mich erschreckt!«

»Tut mir leid. Das wollte ich nicht. Ich habe gerufen, aber …«

Ihre Lider zucken nervös. »Ich bin … wir haben gerade …«, stottert sie.

»Tut mir leid«, sage ich wieder.

»Hallo. Ich bin Max«, sagt der Mann, der neben ihr steht. Er hat eine tiefe, rauchige Stimme, die ich sehr angenehm finde, und mustert mich aus blauen Augen. Es sind Kathis Augen.

»Josie«, stelle ich mich vor und starre ihn an. Max. Kathis Sohn, natürlich. Ich habe ihn schon einmal gesehen, allerdings nur ganz kurz und auch nur von weitem. Es war am Tag nach der Beerdigung, als ich den Ring zurückgebracht habe. In der Küche hängen ein paar Fotos von seinem Vater, dem er sehr ähnlich sieht. Nur jünger und besser. Viel besser sogar. Optisch gesehen ist Max eine echte Überraschung. Eine, mit der ich nicht gerechnet habe.

Kathi redet nicht viel über ihren Sohn. Eigentlich, fällt mir jetzt auf, ist Max ein Thema, das sie sogar lieber meidet. Ich weiß nur, dass er Informatiker ist. Ausgerechnet. Informatiker sind in der Regel eher langweilig und sehen für gewöhnlich auch nicht so gut aus. Jedenfalls die, die ich kenne. Ich reiße mich von seinem Anblick los und wende mich wieder Kathi zu. Sie steht vor mir, mit hängenden Schultern, und strahlt hoffnungslose Resignation aus.

»Was ist denn los? Geht's dir nicht gut?«, frage ich besorgt.

»Nein, nein.« Sie schüttelt den Kopf.

Mit dieser Antwort kann ich nicht viel anfangen. Sie kann alles Mögliche bedeuten. *Nein, es ist nichts.* Oder: *Nein, es geht mir nicht gut.* Oder auch: *Nein, das sieht nur so aus.* Ich zermartere mir den Kopf und überlege, was ich sagen kann. Irgendetwas Aufmunterndes, etwas, worüber sie sich freut und was sie weniger resigniert aussehen lässt. Aber mir fällt auf die Schnelle nichts ein.

»Ich äh … ich wollte nur kurz vorbeischauen«, erkläre ich stattdessen und ärgere mich gleichzeitig darüber. Erstens muss ich mein Kommen schon lange nicht mehr erklären, und zweitens stimmt es auch gar nicht. Jedenfalls nicht nur. Ich bin gekommen, weil ich gerne hier bin. Weil mir Kathi etwas gibt, das mir offenbar fehlt, auch wenn ich nicht sagen kann, was genau das ist. »Und sehen, ob es noch etwas zu tun gibt«, füge ich matt hinzu.

Ich blicke mich um. Die große Wand hinter mir muss noch gestrichen werden. Aber dazu müsste man zuerst die Regale abbauen. Und die müssen ebenfalls noch gestrichen werden.

»Ich könnte rasch die Wand …«

»Nein, nein. Das musst du nicht. Es ist doch auch viel zu heiß, und du hast schon so viel gemacht«, winkt sie ab.

»Jetzt komm«, sage ich betont munter. »Das bisschen

Streichen. Außerdem helfe ich dir gerne, das weißt du doch.« Noch während ich das sage, streife ich ihren Sohn mit einem tadelnden Seitenblick. Der hat bisher durch nichts geglänzt, außer durch sein Aussehen und seine Abwesenheit.

»Wenn Max mir rasch hilft, dann könnten wir das Regal abbauen und …«

»Nein, wirklich. Das ist lieb, aber …« Kathi schluckt, ihre Lider flattern nervös. Sie wirft Max einen unruhigen Blick zu. Und plötzlich begreife ich: Die beiden haben irgendein Problem miteinander, eins, das mich nichts angeht.

»Oh. Ich äh … ich kann auch morgen wiederkommen. Oder nächste Woche.«

»Das wäre gut«, meint Kathi, sieht dabei aber so unglücklich aus, dass ich ihr unmöglich böse sein kann.

»Okay, also, dann … dann geh ich mal wieder.«

Ich drehe mich um und stoße versehentlich eine Kiste mit Streichholzschachteln aus dem Regal. Augenblicklich verteilen sich die Schachteln über den ganzen Fußboden. Max und ich bücken uns gleichzeitig.

»Lassen Sie mich das machen«, sagt er und sieht mir dabei tief in die Augen.

»Nein, nein, es war ja meine Schuld.«

Wir sammeln sie zusammen auf. Es sind siebenundvierzig Schachteln.

Vor meiner Haustür bleibe ich unentschlossen im Auto sitzen. Solbach liegt wie ausgestorben vor mir. Hinter mir auch. Dieses Dorf hat etwas grundsätzlich Ausgestorbenes. Das bringt mich auf eine Idee: Ich war lange nicht mehr auf dem Friedhof. Vielleicht gibt es ein paar neue Gräber, die ich mir anschauen kann. Sonst hat man hier ja nur sehr wenig Abwechslung. Als ich aber auf dem Weg dorthin am Spielplatz vorbeikomme, ändere ich meinen Plan wieder. *Spielplatz für Kinder unter 14 Jahren* steht auf einem Schild. Von *verboten* steht da nichts. Der ganze Platz ist eingezäunt, das Tor zu, aber nicht abgeschlossen.

Die Sitzfläche der Schaukel ist aus Hartgummi und sehr heiß. Um mir die nackten Beine nicht zu verbrennen, ziehe ich meinen Stretch-Rock so weit es geht nach unten und quetsche mich zwischen die beiden Metallketten. Ich stoße mich ab und muss wieder an die Kirschbaum-Schaukel denken, weil die rostigen Ketten so sehr quietschen, dass ich Angst habe, sie könnten reißen und mich fallen lassen. Ich schaukle vorsichtig, schwinge leicht vor und zurück und zähle. Eins, zwei. Vor und zurück. Drei, vier. Ich schaukle mich in ein gleichmäßiges Tempo, zähle und schließe die Augen. Der Wind streicht mir zart über die Wangen. Vor und zurück, vor und zurück. Achtzehn. Neunzehn. Schaukeln ist wie meditieren. Man denkt, ohne darüber nachzudenken, was man denkt. Früher und heute, gestern oder morgen, alles vermischt sich und läuft ineinander. Wie bei feuchten Wasserfarben.

Erst ein lauter Schrei holt mich wieder zurück. Ich reiße die Augen auf und sehe mich erschrocken um. Es ist *das Kind*. Wie heißt es noch? Nora? Nein, Nela.

»Haallooo. Ich bin da«, schreit es, als wollte es sichergehen, dass ich es auch wirklich bemerke.

*Kinder sollte man möglichst nicht hören, dann ist das Sehen kein Problem*, hat der Pfarrer gepredigt, der mich damals konfirmierte. So war ich nicht. So ist auch Nela nicht.

»Hallo. Du musst nicht so schreien.« Ich schaue mich um. Ich habe Nela zwar schon öfter hier auf dem Spielplatz gesehen, aber noch nie ohne ihre Mutter. »Bist du ganz allein?«

Sie setzt sich auf die Schaukel neben meiner und stößt sich mit beiden Füßen ab. Dabei bewegt sie ihren Oberkörper mit großem Einsatz. »Du bist doch da.«

»Ja, aber ich meine … wo ist denn deine Mama?« Tatsächlich ist von der weit und breit nichts zu sehen. Von einem möglichen Vater auch nicht. Kann das sein? Kann man ein Kind wie dieses alleine und unbeaufsichtigt lassen? Was mache ich, wenn sie wieder von der Schaukel fällt? Ich habe keine Kekse, noch nicht einmal ein Gummibärchen. Höchstens ein paar Taschentücher, und die sind gebraucht.

»Ich hab dich gesehen«, sagt Nela, als wäre damit alles beantwortet. Sie klingt, als hätte sie etwas im Mund.

»Ach ja?«

»Ja? Von da.« Sie nimmt eine Hand von der Schaukel und zeigt mit dem Finger auf ein Haus.

»Hey. Halt dich lieber fest«, warne ich.

»Mach ich doch.«

»Mit beiden Händen. Wohnst du da?«

»Jaaaa. Wie heißt du?«

»Josie. Und du?«, frage ich zurück, obwohl ich es eigentlich schon weiß.

»Nela.«

»Schöner Name. Wo ist denn deine Mama?«

»Drin. Ich hab ihr nicht gesagt, dass ich rausgeh.« Sie stößt sich wieder ab.

»Aber was ist, wenn sie dich sucht?«

»Mama sucht mich immer hier. Ich geh sonst nirgendwohin.«

»Und warum hast du ihr nicht einfach Bescheid gesagt?«

Ihre Augen werden ganz schmal, und ich sehe eine kleine Konzentrationsfalte auf ihrer Stirn. Entweder weil sie das Schaukeln anstrengt oder weil sie sich überlegt, was sie auf meine Frage antworten soll.

»Weil ich sonst warten muss, bis sie fertig ist. Und dann bist du vielleicht nicht mehr da.«

Das ist einleuchtend.

»Nela!«

Nelas Mutter kommt auch schon angelaufen und bleibt kurz vor der Schaukel stehen. Sie schimpft. »Du sollst mir doch Bescheid sagen, wenn du rauswillst.«

Nela lacht. »Ich bin doch da.«

»Aber du sollst mir Bescheid sagen«, wiederholt die Frau und wendet sich an mich. »Hallo, ich hoffe, Nela hat dich nicht genervt? Ich bin Melanie.«

»Nein, kein bisschen«, sage ich und akzeptiere das vertraut klingende Du. »Ich bin Josie.«

»Sie liebt diesen Spielplatz, weißt du. Am liebsten wäre sie den ganzen Tag hier.«

»Dann ist es ja gut, dass ihr gleich nebenan wohnt.«

»Tja, Fluch und Segen«, meint Melanie und setzt sich auf die letzte freie Schaukel. »Puh«, stöhnt sie. »Es ist einfach viel zu heiß.«

Ich lächle höflich und erfahre im Verlauf der nächsten Viertelstunde eine ganze Menge über diese Familie. Zum Beispiel, dass Nela knapp sieben Jahre alt ist und dass es noch einen sechzehnjährigen Bruder namens Hendrik gibt. Auch dass der Vater die Familie vor drei Jahren verlassen hat.

»Die Sache war ihm zu anstrengend«, meint Melanie. »Na ja. Wenigstens zahlt er, und noch nicht einmal schlecht. Damit geht es mir besser als den meisten verlassenen Frauen mit Kindern.«

Ich mache ein interessiertes Gesicht. Das führt, wie ich aus Erfahrung weiß, meistens dazu, nicht selbst reden zu müssen.

»Ich hatte eigentlich einen sehr guten Job, weißt du. Ich war Marketingberaterin«, bestätigt Melanie meine Strategie. »Bei *Naturland*. Ein Traumjob. Aber als Mutter von zwei Kindern, und dann noch mit einem Kind wie Nela.« Sie seufzt. »Da geht nur Teilzeit, am besten noch mit flexiblen Zeiten. Und das ist in diesem Bereich natürlich völlig utopisch.«

Ich lächle wortlos.

»Jetzt bin ich selbständig und arbeite von zu Hause aus.« Sie seufzt. »Na ja.«

Ihr *Na ja* klingt nach wenig Erfolg. Ich puste mir eine Locke aus dem Gesicht.

»Und du? Was machst du so?«, fragt Melanie, der meine Wortlosigkeit jetzt doch aufzufallen scheint.

»Ich arbeite beim Jugendamt«, erkläre ich lapidar.

Nela schreit: »Anschubsen!«

»Du bist Sozialarbeiterin?«

»Ja.«

»Und dein Mann?«

»Anschubsen!!«

»Es gibt keinen.«

»Ah.« Melanie nickt verstehend. Sie schubst und deutet mit den Augen auf meinen Bauch. »Wann ist es denn so weit?«

»Anfang November.«

»Weißt du schon, was es wird?«

Ich schüttle den Kopf. »Meine Frauenärztin hat es gesehen, aber ich will es nicht wissen.« So wenig, wie ich wissen will, ob das Kind so sein wird wie Nela. Oder sonst irgendeinen *Defekt* hat. »Wusstest du es vorher?«

»Bei Hendrik nicht. Bei Nela schon.«

»Und … wusstest du auch, dass sie …?«

»Nein.« Ihr Gesicht nimmt jetzt einen verschlossenen Ausdruck an.

»Aber es gibt doch diesen Test. Habt ihr …«

»Nein«, sagt sie kurz. »Haben wir nicht.« Sie wendet sich ab und ruft: »Komm, Nela. Das Essen ist gleich fertig.«

Essen ist für Nela offenbar das richtige Stichwort. Sie hüpft von der Schaukel und freut sich. »Es gibt Nudeln. Nudeln, Nudeln, Nudeln.«

Ich sehe den beiden nach. Ich weiß, dass ich etwas gesagt habe, das sich für Melanie falsch angehört hat. Aber ich habe es aus richtigen Gründen gesagt. Nur konnte ich ihr die nicht mehr erklären.

Am Abend sitze ich vor dem Fernseher und schaue mir eine Dokumentation über Braunbären an. Ich glaube jedenfalls, dass es Braunbären sind. Ich kann mich nicht konzentrieren, weil sich immer wieder Kathis Gesicht dazwischenschiebt. Sie hat heute ausgesehen, als ob jemand gestorben wäre. Vielleicht jemand aus der Familie? Aber was hätte es für einen Grund gegeben, mir das nicht zu sagen. Nein, es muss etwas anderes sein. Aber was? Ich fühle mich ausgeschlossen, und das ärgert mich. Dabei habe ich gar keinen Grund, mich so zu fühlen. Auch kein Recht. Max ist Kathis Sohn, ich dagegen gehöre noch nicht einmal im Entferntesten zur Familie.

Ich lege die Füße auf den Tisch und bewege meine Zehen. Braune Füße, rote Nägel. Mein Magen macht sich durch leises Knurren bemerkbar. Was habe ich noch zu essen im Haus? Nicht viel, fürchte ich. Ich bin ein Grünesser, und der Supermarkt hat bis 21 Uhr auf, aber mich jetzt noch einmal ins Auto zu setzen, um Brokkoli und Salat einzukaufen, scheint mir ein zu hoher Preis. Im Kühlschrank sind noch zwei Eier. Und ein bisschen Schinken. Das reicht für einen strammen Max. Bei diesem Gedanken muss ich grinsen. Schon allein deshalb finde ich diesen Namen so albern. Er passt auch so gar nicht zu Kathis Sohn. Ich finde, wenn jemand so cool aussieht wie er, dann sollte er eigentlich auch so heißen. Lars oder Harry zum Beispiel. Oder Alexander.

Kathis Sohn erinnert mich an diesen Marlboro-Mann aus der Werbung, die es früher immer im Kino gab. Diesen Typ mit dem wunderbar schrägen Blick, der immer eine lässige

Kippe im Mundwinkel hatte. Jedenfalls bevor er an Lungenkrebs starb. Ich versuche, Ähnlichkeiten mit Bengt zu finden, aber es klappt nicht. Es gibt kaum Gemeinsamkeiten. Die beiden sind in etwa gleich groß. Das ist aber auch schon alles, was mir dazu einfällt. Max' Gesicht ist dunkel und kantig, seine Nase beachtlich. An Bengt dagegen ist alles eher blass und wenig beachtlich. Dafür sehr solide.

Ich seufze ärgerlich. Bengt schafft es immer wieder, sich ungefragt in meine Gedanken zu schleichen, besonders dienstags. Dabei habe ich mich eigentlich schon sehr gut an ein Leben ohne ihn gewöhnt. Er fehlt mir nicht mehr, jedenfalls nicht so sehr. Was mir fehlt, sind hin und wieder ein paar Streicheleinheiten. Wahrscheinlich zieht es mich auch deshalb zu Kathi. Sie scheint zu spüren, wenn ich die brauche, und dann nimmt sie mich in den Arm oder streicht mir über den Rücken. Dabei ist Kathi keine Frau der großen Gesten oder Worte. Niemand, der auf Anhieb und sofort Sympathiepunkte vergibt. Ihre Zuneigung muss man sich verdienen, und irgendwie scheint mir das gelungen zu sein, auch wenn ich nicht genau sagen kann, wie.

Manchmal frage ich mich, woher diese Bedürftigkeit bei mir kommt. Ich erkläre es mir so: Meine Eltern waren beide nicht so wirklich mütterlich oder väterlich. Sie waren zwar für mich da, wenn ich Hilfe brauchte, das schon, aber eben nicht *so*. Mein Vater hat mit mir zum Beispiel einmal einen politischen Aufsatz für die Schule verfasst (über die RAF, die er bis zum Schluss verehrte), für den ich eine Eins bekam (ich glaube, mein Politiklehrer war auch ein RAF-Sympathisant). Und als wir für einige Zeit alleine zusammenwohnten, da durfte ich (wenn er eine gute Phase hatte oder eine schlechte wiedergutmachen wollte) sein Auto auf Feldwegen fahren. Als ich dann aber später wieder bei Mama war, hat er meistens vergessen, mich an unseren Wochenenden abzuholen. Er hat es nicht böse gemeint, aber so war er eben. Aus den Augen, aus dem Sinn.

Sowohl meine Mutter als auch mein Vater haben mir schon früh sehr viele Freiheiten gelassen (worum mich meine Mitschülerinnen beneideten), aber eigentlich nur, um nicht in ihrer Bequemlichkeit gestört zu werden. Ich weiß noch, wie ich einmal nach einer Party nicht wusste, wie ich nach Hause kommen sollte (meine Mitfahrgelegenheit hatte sich einfach aus dem Staub gemacht). Daran, dass meine Eltern mich abholen würden, war nicht zu denken gewesen, also hatte ich mich mitten in der Nacht auf die Straße gestellt und das erstbeste Auto angehalten, das in die richtige Richtung fuhr. Das einzig Positive, das sich im Nachhinein dazu sagen lässt, ist, dass ich diese Fahrt überlebt habe. Am Steuer saß nämlich mein Biologielehrer, und der hatte, wie allgemein bekannt, ein Alkoholproblem.

Aber dann muss ich auch wieder daran denken, dass Mama mit mir an der Mosel war. Und dass sie, als es mir wegen Bengt so schlecht ging, zur Stelle war und mir jede Menge Suppen gekocht hat. Irgendwie sind das doch auch Umarmungen. Auf jeden Fall Zeichen von Zuneigung. Dass meine Mutter ein Umarmungsproblem hat, bedeutet ja nicht zwangsläufig, dass sie mich nicht liebt. Aber trotzdem schürte das von klein an immer wieder Zweifel in mir und daher wahrscheinlich eben auch meine große Liebesbedürftigkeit.

Ich rapple mich hoch und mache mich auf den Weg in die Küche. Als ich die beiden Eier aus dem Kühlschrank nehmen will, klingelt es an meiner Tür. Vor Überraschung vergesse ich, den Kühlschrank wieder zu schließen.

»Hallo, Josie«, sagt Bengt und sieht mich aus flackernden Augen an. Gerade so, als wäre das hier ein ganz normaler Dienstagabend und als hätte es die letzten ungefähr fünf Monate nicht gegeben. »Wie geht's dir?«

Ich bin so perplex, dass ich darauf nicht ad hoc antworten kann.

»Josie?«

»Äh. Gut, danke«, stottere ich endlich und taste mit den Augen sein Gesicht ab.

»Kann ich reinkommen?«

Ich öffne die Tür, trete zur Seite und beobachte, wie er zögernd im Flur steht und sich umsieht, als wäre das alles hier neu für ihn.

Er macht einen Schritt auf mich zu und hebt seinen Arm. »Josie.« Ich höre ein leichtes Zittern in seiner Stimme. »Ich … wir müssen reden.«

»Warum?«, frage ich und denke: *Warum jetzt? Nach all den Wochen?*

»Es ist doch auch mein Kind.«

»Ja? Und?« Ich atme tief ein und richte mich auf. »Das hat doch auch keiner bestritten.«

»Bitte, Josie. Ich meine, wie stellst du dir das denn vor?«

Keine Ahnung. Ich weiß immer noch nicht so genau, was

er von mir will. Worauf das hier hinausläuft. »Was soll ich mir denn vorstellen?«

»Na ja, mit dem Kind und … uns?«

»Bengt!« Ich lächle gequält. »Es gibt gar kein uns mehr, schon vergessen? Das Einzige, was *uns* noch verbindet, ist deine hoffentlich regelmäßige Überweisung auf mein Konto, wenn das Kind da ist.«

»Josie.« Er sieht mir tief in die Augen und legt eine zittrige Hand an meine Wange. (Das hat früher immer gewirkt, nur hat sie da nicht gezittert.) Ich fühle mich wie eine Beobachterin. Ich stehe abseits und beobachte uns. Sehe Bengt, der sich in seiner vollen Größe und mit blasser Haut vor mir aufrichtet. Und ich sehe mich. Nicht so groß und nicht so blass, dafür sehr gerade.

»Hast du vielleicht ein Glas Wasser für mich?«, fragt er, als er merkt, dass seine Hand nichts ausrichtet.

»Ja klar«, nicke ich und zeige zur Küchentür. »Du kennst dich ja aus.«

Ich selbst marschiere erst einmal schnurstracks ins Bad und starre mich einen Moment lang im Spiegel an, bevor ich meine Stirn gegen das glatte, kühle Glas lege.

»Die Kühlschranktür steht auf«, höre ich ihn rufen. »Hat das einen Grund?«

Ich schüttle den Kopf und spüre in mich hinein. Ich suche nach etwas, aber da ist nichts. Kein Ärger, keine Trauer, auch kein Jubel. Einfach nichts. Ich kann es kaum glauben. Was ist mit meinem ganzen Leiden, meiner Leidenschaft? Jetzt, wo Bengt leibhaftig hier ist, in meiner Wohnung, nur durch eine dünne Rigips-Wand von mir getrennt, kann ich jedenfalls nichts mehr davon fühlen. Ich atme tief und versuche, mich zu erinnern. An die Aufregung vor jedem Treffen, an mein klopfendes Herz bei jedem Anruf, an das Sich-Auflösen bei jeder Berührung. Das habe ich mir doch nicht nur eingebildet. Das war doch real.

Was das Ende unserer Beziehung betrifft, da hat Bengt sich nicht gerade mit Ruhm bekleckert. Als er meinen Brief bekommen hat, hat er mich angerufen und ohne Pause auf mich eingeredet. Ein Monolog, an den ich mich nur sehr ungern erinnere. Die Unterstellung, ein krankes Hirn zu haben, ist nur eine von vielen unschönen Formulierungen, die mir noch in Erinnerung sind. *Damit ist die Sache für mich erledigt. Ein für alle Mal!,* hat er am Ende gesagt, ohne mich auch nur einmal zu Wort kommen zu lassen und ohne zu berücksichtigen, dass es von meiner Seite da schon gar keine *Sache* mehr gab.

Es klopft. »Josie?«

»Was?«, rufe ich zurück, lauter als nötig.

»Ist alles in Ordnung?«

»Ja.« Ich spritze mir eine Ladung kaltes Wasser ins Gesicht und öffne die Tür. Bengt steht vor mir.

»Ist wirklich alles in Ordnung?«, fragt er mit wackliger Stimme. Er ist nervös. Zum ersten Mal erlebe ich ihn derart unsicher.

»Jaja«, sage ich. »Alles gut.«

»Du … du wirst es vielleicht schon gehört haben: Ich habe mich getrennt.«

Er hat sich von seiner Frau getrennt. Das hatte ich mir so lange erhofft. Der Traum meiner schlaflosen Nächte ist wahr geworden. Ich bleibe ruhig stehen, atme tief ein und schließe kurz meine Augen. Es macht nichts mit mir. Ich seufze und schaue ihn an. »Du? Oder Andrea?«

»Wir.«

»Nein«, sage ich seltsam unbeteiligt. »Ich habe nichts dergleichen gehört.«

»Ich will dich jetzt auch nicht mit unschönen Details …«

»Bengt, ich weiß nicht, was du erwartest, aber … für mich ist es vorbei. Ganz ehrlich«, sage ich freundlich, und doch auch eine Spur ängstlich. Das ist die endgültig, endgültig letzte Chance. Danach gibt es definitiv kein Zurück mehr. Ich warte auf einen Paukenschlag. Irgendwas. Aber es kommt nichts.

Er sieht aus, als würde er in sich zusammensacken. »Aber was … was ist denn mit …«, murmelt er.

»Wenn du wissen willst, ob du, also, keine Ahnung, das Kind sehen darfst, Kontakt haben oder so: Ja. Das darfst du.«

»Wie soll das denn alles gehen? Wie stellst du dir das …«

»Bengt!«

»Es ist doch auch mein Kind.«

Es kommt mir fast so vor, als hätten wir die Rollen getauscht.

»Ist ja wirklich sehr schön, dass du dich wieder daran erinnerst, aber doch ein bisschen spät. Also echt jetzt«, sage ich mit, wie ich finde, sehr berechtigter Empörung.

Er legt wieder seine Hand an meine Wange. Wieder spüre ich das leichte Zittern. »Bitte Josie, bitte, gib uns doch noch eine …«

Es reicht. Ich will ihm nichts mehr geben. Ich habe neun Jahre lang nichts anderes getan, als ihm etwas zu geben. »Bengt! Hör auf!«, rufe ich ärgerlich und schiebe seine Hand weg. »Ich glaube, es ist besser, du gehst jetzt.«

»Können wir denn nicht einmal mehr miteinander reden wie zwei erwachsene Menschen?«

Ich seufze abgrundtief. »Doch, natürlich. Aber …« Er sieht mich an. Ein Bild des Jammers. »Aber nicht jetzt.«

»Warum nicht jetzt?«

»Weil ich *jetzt* keine Zeit habe. Ich … ich muss gleich los.«

»Wohin?«

»Ich will noch …« Was will ich eigentlich? »Eine Freundin besuchen«, erkläre ich endlich und ärgere mich gleichzeitig auch schon wieder.

»Eine Freundin?«, fragt er sofort mit Betonung auf der letzten Silbe.

Ich antworte nicht darauf. Es scheint mir unter meiner Würde. Auch unter seiner.

»Na gut«, gibt er endlich auf. »Dann … bis nächste Woche?«

»Wieso bis nächste Woche?« Hat er mich nicht verstanden?

»Ich dachte, ich könnte vielleicht ab und zu vorbeikommen und … nach euch sehen.«

»Nein«, sage ich, und wundere mich selbst über die Entschiedenheit, mit der ich das sage. »Das möchte ich nicht.« Jedenfalls nicht so, denke ich. *Ab und zu*, das ist mir viel zu vage. Das kann dreimal die Woche bedeuten, oder aber auch nur zweimal im Jahr. Am Ende fange ich an, mich wieder an ihn zu gewöhnen, und dann geht das ganze Theater von vorne los. Aber dann fällt mir etwas ein.

»Weißt du was? Ich komme nächste Woche bei *dir* vorbei.« Ich klappere mit meinen Zähnen. »Zur Vorsorge.«

## *Kathi*

Mit halbem Ohr hört sie Josie zu und geht dabei die Listen durch. Sie hakt ab. Obst, Gemüse, Kartoffeln, Milchprodukte. Eine kleine Auswahl an Käse und Wurst. Eine kleine Auswahl von allem. Für mehr fehlt der Platz.

»Ich war völlig perplex«, sagt Josie gerade.

»Was?«

»Na ja, ich habe einfach überhaupt nicht damit gerechnet. Und dann steht er einfach so vor meiner Tür und will da weitermachen, wo wir vor Monaten aufgehört haben. Der spinnt doch.«

Haken, Haken, Haken. Die Arbeit ist Kathi auch nach zwölf Jahren noch vertraut, sie geht ihr leicht von der Hand. Ein paar alte Lieferkontakte hat sie bereits reaktiviert. Einen neuen Bäcker bräuchte sie noch, den alten gibt es nicht mehr. Sie will keine von diesen Großbäckereien, die nur mit Backmischungen arbeiten, sie will richtiges Handwerk, so wie früher, aber so etwas ist rar in der Gegend.

Sie schiebt die Brille nach unten und schaut Josie über den Rand hinweg an. »Bedeutet er dir denn noch etwas?«

»Na ja. Schon. Er ist der Vater meines Kindes. Aber …«

Sie schüttelt sich. »Ehrlich gesagt, kann ich mir eine Beziehung mit ihm gar nicht mehr vorstellen. Komisch, oder?«

»Finde ich nicht.« Erschöpft lässt Kathi sich auf einen Stuhl sinken.

Josie mustert sie. »Ist alles in Ordnung?«

»Jaja.«

»Wirklich?«

»Ich bin nur müde. Schlecht geschlafen«, murmelt sie und versteckt ihr Gesicht hinter der Liste.

»Du darfst dir die Sache mit Max nicht so zu Herzen nehmen. Eine Trennung ist kein Weltuntergang«, sagt Josie.

»Nein. Natürlich. Du hast recht.« Sie hatte Josie von Max' Trennung erzählt, aber nichts vom wahren Grund.

»Was sagt er denn eigentlich dazu?«

»Wozu?«

»Na, zum Laden.«

Sie zuckt die Achseln. »Nicht viel.«

*Du spinnst*, war Max' spontaner Kommentar, als sie ihm davon erzählte. *Du bist verrückt*, sagt auch Werner, was ja in etwa auf das Gleiche rauskommt. Nur Ida hat Verständnis. Sie findet die Idee sogar gut.

»Er ist sehr beschäftigt. Die Arbeit und … dann sucht er noch eine neue Wohnung und …«, entschuldigt sie Max.

»Hey. Du bist auch sehr beschäftigt«, schnaubt Josie.

Kathi hört den leisen Vorwurf und seufzt. Max meldet sich kaum noch bei ihr. Außerdem will sie ihn im Moment auch lieber nicht hier haben. Womöglich würde er seinen Freund mitbringen.

»Na ja«, sagt sie und sieht sich um. »Bald haben wir's ja geschafft.«

Die Sache nimmt tatsächlich Form an. All das wochenlange Auf- und Abbauen, das ganze Streichen. Dazu die unzähligen Telefonate und der ganze Behördenkram. Ihr Blick bleibt an Josie hängen. »Aber ohne dich …«

»Schon gut«, sagt Josie schnell und senkt verlegen den Kopf, während sie angestrengt über einen Farbfleck wischt. »Hab ich gerne gemacht.«

Kathi legt die Liste zur Seite. »Das weiß ich«, sagt sie warm. »Trotzdem ist das nicht selbstverständlich.«

Auch Ludger und Edgar, ihre langjährigen Nachbarn, haben ihr geholfen, aber erstens nicht umsonst und zweitens ohne emotionale Beteiligung. Sie hat Angst, aber das sagt sie nicht. Die Welt ist so digital geworden. Und dann ihr Alter.

*Du kannst das, Katinka, du kannst alles. Mach die Augen zu und flieg*, hört sie den Großvater flüstern.

*Mach dich nicht lächerlich*, hält Werner schon wieder dagegen. *Du verplemperst doch nur das schöne Geld.*

»Ich verplempere das Geld nicht. Ich investiere es«, flüstert sie und hört sein schepperndes Lachen. *Du hast doch überhaupt keine Ahnung von solchen Dingen.*

»Natürlich verplemperst du es nicht«, empört Josie sich. »Wer sagt denn so was? Max?«

»Was? Nein, ich … ich hab nur laut gedacht«, lacht sie verlegen. Ganz unrecht hat Werner ja nicht. Um Geld hat sie sich nie gekümmert. Aber es ist ihr Geld, wie sie zwischenzeitlich herausgefunden hat. Es sind Einnahmen aus dem Laden, die Werner all die Jahre auf das Sparkonto eingezahlt hat. Ohne je ein Wort darüber zu verlieren. Das Einzige, was sie von ihm zu hören bekommen hatte, waren seine Beschwerden, weil der Laden nichts mehr abwarf. Dabei hat sich, auch wenn die Beträge in den letzten Jahren tatsächlich nicht mehr der Rede wert waren, über die lange Zeit doch eine sehr beachtliche Summe angesammelt. Kurz wallt Dankbarkeit in ihr auf, aber dann denkt sie wieder an den Umschlag und an sein jahrelanges Drängen, den Laden aufzugeben. Und auch an Max, der sein Leben lebt und sich kaum noch blicken lässt.

Sie nimmt sich die Liste wieder vor und macht da weiter, wo sie vor wenigen Minuten aufgehört hat. Bei den Haken.

# *Josie*

Die Sonne wirft helle Strahlen in den Raum, es riecht nach frischer Farbe, und im Radio läuft Ed Sheeran. Ich bewege mich im Takt, während ich die letzte Wand streiche, und summe leise mit. Durch die Tür sehe ich Edgar und Ludger, Kathis Nachbarn. Sie streichen auch. Die Bretter von den Regalen. Wir haben alle Papierhüte auf dem Kopf, die Ludger aus alten Zeitungen gefaltet hat.

Langsam schiebe ich die Rolle mit der Farbe über die Wand, und dabei strömen die Gedanken durch meinen Kopf. Ich muss an Kathis Sohn denken. Daran, dass ich eigentlich nicht weiß, warum er und seine Frau, sie heißt Ida, sich getrennt haben. Ich weiß nur, dass Kathi gar nicht gut mit der Trennung klarkommt. Sie hat mal so nebenbei gesagt, dass sie Enkelkinder jetzt wohl vergessen könne. Wahrscheinlich deshalb.

Lauter getrennte Paare, denke ich weiter. Bengt und seine Frau, Max und seine Frau. Bengt und ich. Und auch Melanie. Meine Eltern. Sogar Kathi. Bei den einen ist es ein anderer Partner, bei anderen die fehlende Liebe. Und bei manchen der Tod.

Ich tauche meine Rolle in den Farbeimer und ziehe eine taubenblaue Bahn über das letzte Stück Weiß. Hoch und runter, hoch und runter. Streichen ist eine sehr befriedigende Arbeit. Man hat sofort ein Ergebnis. Hoch und runter. Das Zimmer, in dem mein Kind bald wohnen wird (ich hoffe nur, es hält sich an den errechneten Geburtstermin), habe ich mit der gleichen Farbe gestrichen. Das Babybett werde ich auch noch streichen, aber weiß. Es stand über Jahre bei Florian und Juliane auf dem Speicher, dafür sieht es allerdings noch ganz passabel aus. Die nötigen Schrauben und Verbindungsteile sind in eine kleine beschriftete Kiste gepackt und kleben an der Seite. Für so viel organisierte Ordnung verdient Juliane wirklich Bewunderung. Auch meine.

*Genderneutral* hat Florian die Farbe genannt, als er das Bett brachte. Aber deshalb habe ich sie nicht ausgesucht. Sie gefällt mir, und außerdem war sie gerade im Angebot. Diese ganze Gender-Diskussion geht völlig an mir vorbei. Ich würde meiner Tochter blumige Rüschenkleider und rosa Mützchen bis zum Abwinken kaufen, wenn sie es wünscht. Meinem Sohn auch.

Meine Mutter war schon genderneutral, als es diesen Begriff noch gar nicht gab. Sie hatte damals bestimmt gar keine Ahnung, wie weit sie ihrer Zeit voraus war. Jedenfalls hatte ich als Kind kein einziges Blümchenkleid. Ich hatte überhaupt kein Kleid, ich hatte nur die abgelegten Hosen meines Cousins, der ein Jahr älter ist als ich und damals in Bottrop wohnte. Meine Tante schickte regelmäßig Care-Pakete.

Soweit ich mich erinnern kann, habe ich mir, bis ich vierzehn war, zu jedem Geburtstag einen Hund gewünscht, nur einmal auch ein Kleid (ich hatte es bei C&A gesehen, und ich wollte wohl einfach mal so aussehen wie alle anderen Mädchen auch). Aber am Ende bekam ich weder einen Hund noch das Kleid, nur einen Satz Guppys für mein neues Aquarium. Meine Versuche, die Fische zu streicheln, endeten tragisch.

»Die Kartoffelsuppe ist fertig.« Kathi lugt durch den Türspalt in den mit Pappe und Zeitungspapier ausgelegten Raum und begutachtet die Fortschritte. Sie kennt meine Vorliebe für Suppen.

»Komme gleich«, sage ich und ziehe eine weitere Bahn über die Wand. »In fünf Minuten bin ich fertig.« Ich drehe mich zu ihr um. »Gefällt's dir?«

»Sehr«, sagt sie und geht. Sie ist schlecht drauf, schon seit längerem. Vielleicht auch wegen der Hitze.

Der Raum ist durch die Farbe völlig verändert. Frisch und hell und freundlich sieht er aus. Nachdem der letzte kleine helle Fleck unter meiner Farbrolle verschwunden ist, lasse ich den Arm sinken, trete drei Schritte zurück und begutachte mein Werk. Die frisch gestrichenen Stellen glänzen noch feucht und heben sich dunkel ab. Und noch etwas Dunkles fällt mir auf. Ein Schatten, der direkt neben mir auf die frisch gestrichene Wand fällt. Erschrocken drehe ich mich um. Hinter mir steht plötzlich ein Mann, den ich nicht kenne. Braune Haare, Dreitagebart, ein wettergegerbtes Gesicht und sehr klare graue Augen. Eins, zwei Sekunden stehen wir einfach nur da und sehen uns an. Sekunden, die sich immer weiter ausdehnen. Dann wandert sein Blick nach unten, auf meinen Bauch. Wir räuspern uns beide.

»Suchen Sie jemanden?«, frage ich.

»Tom Angerbach.« Er streckt mir seine Hand entgegen.

»Äh. Den gibt's hier nicht.«

»Das ist mein Name.«

»Ach so«, sage ich peinlich berührt und wische meine Hand an der Hose ab, bevor ich seine ergreife. »Josie Pankratz.«

Ich starre ihn an, während mein Kopf fieberhaft arbeitet. *Tom Angerbach, Tom Angerbach.* Sowohl das Gesicht als auch der Name kommen mir bekannt vor.

»Ist Ludger da? Seine Frau hat mir gesagt ...«

»Der ist im Hof.«

»Ah.« Er nickt und sieht sich um. »Sie macht den Laden also tatsächlich wieder auf«, stellt er fest.

»Ja.«

»Und wann?«

»In knapp fünf Wochen, wenn alles klappt«, antworte ich brav. Ich bin so konditioniert, Fragen, soweit es mir möglich ist, anstandslos zu beantworten. »Sonst vielleicht auch erst einen Monat später.«

»Kennen Sie Kathi schon länger?«

Ich fange an nachzurechnen, aber ein schriller Handyton aus seiner Tasche unterbricht mich, bevor ich zum Ergebnis gekommen bin und sagen kann, wie lange genau.

»'tschuldigung.« Tom entfernt sich ein paar Meter. Ich höre ihn etwas murmeln und dann entnervt sagen: »Okay, okay, ich bin gleich da.«

Ludger steht mit Edgar im Türrahmen. »Wos is? Kommste zum Ejse?«

»Ja, gleich«, nicke ich und zeige mit dem Kopf zur Seite. »Da will jemand was von dir.«

Ludger grinst breit. »Ach?«

Tom kommt und begrüßt die Männer per Handschlag. »Hallo, alles klar?«, fragt er im gleichen jovialen Ton, den ich auch von Ludger schon kenne.

»Unkraud vergejt net«, ruft der, als würde er mit Amerika telefonieren und rollt auch das r, als käme er von dort. »Was moachst dou dann hej?«

»Es gibt ein Problem mit dem Mähdrescher, ich muss schon wieder los. Ich wollte dich nur kurz fragen, ob das mit nächster Woche klappt. Ich könnte Hilfe bei der Ernte gebrauchen.«

»Des is gebongt. Mer senn hej souweid doarsch.«

»Was ist mit dir, Edgar?«

Der Angesprochene nickt bedächtig. Edgar ist das Gegenteil von Ludger. Äußerlich und auch sonst. »Ich bin dabei.«

»Sehr gut.«

»Wie geht's dir denn?«, fragt Edgar und bemüht sich dabei um eine klarere Aussprache.

»Na ja. Viel Arbeit. Ich komme im Moment zu nichts«, seufzt Tom. »Der Hof, die Jungs …«

»Tja, nicht so einfach, so ganz allein.«

Tom nickt und hebt zum Abschied die Hand. »Also dann. Ich muss.«

Ich sehe ihm nach. Er sieht nicht ganz so gut aus wie Max, aber immer noch ziemlich gut.

»Wej long eises donn noch?«, holt Ludger mich wieder zurück und deutet mit einem Blick auf meinen Bauch. Dabei fährt er sich mit einer Hand durch seine spärlichen Haare.

»Anfang November. Und bei dir?«, frage ich zurück.

Er lacht. »Ejch krejsch en Elefont.«

»Na ja, dann wollen wir mal, Kathi wartet sicher schon«, sage ich schnell, bevor er mir noch sagen kann, dass der Rüssel schon rausschaut.

»Abber dann bleibste daheim?«, will Edgar wissen. Mir ist natürlich sofort klar, was er damit meint. Dass ich aufhöre zu arbeiten und mich ausschließlich um die Familie kümmere. Nur, dass es die so nicht gibt und es so nicht geht.

»Erst einmal schon«, murmele ich, weil ich nicht sagen will, dass ich zwar ein Kind haben werde, mir aber der Mann dazu fehlt. *Erst einmal* heißt: die ersten acht Wochen. Wenn mein Kind *gesund* ist. Wenn nicht, dann zwölf. Und dann?

Ich wische mir mit dem Handrücken den Schweiß von der Stirn, wickle ein Stück Folie um die Rolle und seufze. Ich weiß noch nicht einmal, ob ich das Leben mit einem *gesunden* Kind geregelt bekomme, von einem Leben mit einem *kranken* ganz zu schweigen. Aber jetzt ist es ohnehin zu spät, um daran noch etwas zu ändern.

## *Kathi*

»Hallo, Max.« Sie versucht, sich die Überraschung nicht anmerken zu lassen.

»Ich war gerade in der Nähe.«

»Aha.«

Sein Blick fängt an zu flackern. »Bei einem Kunden.«

In der Küche steht ein großer Eimer mit Mirabellen. Sie hatte gerade angefangen, die Früchte zu entkernen. Ludger hat sie gepflückt. Edgar die Kirschen vier Wochen vorher. Sie bezahlt die beiden dafür. Für das Pflücken, für das Streichen, für die ganze Hilfe. Das ist ihr wichtig. Nur Josie will nichts haben, sie lehnt jede Bezahlung kategorisch ab. Kathi kann nicht sagen, warum, aber bei Josie macht es ihr nichts aus.

»Störe ich?«, fragt Max in ihre Überlegungen hinein und sieht sie mit diesem fragenden Blick an, auf den sie keine Antwort hat. Genauso wie Werner früher, wenn er mit einer Situation nicht zufrieden war, aber auch nicht wusste, wie er sie hätte ändern können. Max redet sogar wie sein Vater. Die gleiche tiefe Stimme. Wie kann das nur sein? Und wie kann es sein, dass sie nichts bemerkt hat? In all den Jahren?

»Nein. Du hast dich lange nicht mehr blicken lassen.«

»Ich weiß.« Er steckt sich eine Mirabelle in den Mund und nickt. »Ich hatte viel zu tun und …«

»Und?«

»Und nicht das Gefühl, dass du mich vermisst.«

Kathi wirft ihm einen Blick zu, aber sie sagt nichts.

»Wie geht's dir?«

»Gut, danke.«

»Hier hat sich ja allerhand getan.«

Im ersten Moment denkt sie, er meint sie beide. Das letzte halbe Jahr. Aber dann wird ihr klar, dass er vom Laden spricht. Sie nickt.

»Du willst es also wirklich durchziehen?«

Sie will nichts durchziehen. Sie will ihren Laden wiederhaben. »Ich will nur den Laden wieder aufmachen, das ist alles.«

Max verzieht das Gesicht, als ob er Schmerzen hätte. »Hoffentlich hast du dir das gut …«

»Max. Bitte.«

Er hebt beide Hände. »Schon gut.«

Der Eimer ist halb leer, die erste Schüssel voll.

»Wer hat dir eigentlich geholfen? Also beim Renovieren?«

»Edgar und Ludger«, murmelt Kathi, den Blick auf die Mirabellen geheftet. »Und Josie«, fügt sie noch hinzu und kann den leisen Vorwurf in ihrer Stimme nicht ganz unterdrücken.

»Josie?«

»Ja. Die junge Frau …«

»Ach ja. Die Schwangere. Ich erinnere mich.«

Die Mirabellen sind gelb und saftig. Sie nimmt eine nach der anderen, immer weiter. Eine monotone Arbeit.

»Was soll ich tun?«, fragt Max in das hilflose Schweigen. »Für immer aus deinem Leben verschwinden?«

»Unsinn.« Sie richtet sich auf, nimmt ein Papiertuch aus ihrer Schürzentasche und schnäuzt sich. Früher waren da immer Pfefferminzbonbons für ihn drin. »Natürlich nicht.«

»Dann rede mit mir.«

Was soll sie ihm denn sagen? Dass sie enttäuscht ist? Dass sie sich seit Jahren nichts mehr gewünscht hat als ein Enkelkind? Sie will ihm nicht reinreden, will nicht enttäuscht von ihm sein, aber es ist schwer für sie. Dass er einen Mann küsst, ihn berührt und … nein, mehr will sie sich gar nicht vorstellen. Sie öffnet den Mund, klappt ihn wieder zu und schluckt ihre Enttäuschung.

Max steht auf. Er holt zwei Gläser und eine Flasche Wasser. »Trinkst du denn genug?«

Kathi antwortet nicht. Sie lässt ihn nur ein leises Schnauben hören, als er ihr ein volles Glas zuschiebt. Er hat sich noch nie um ihre Trinkgewohnheiten gekümmert.

Sie steckt sich eine Mirabelle in den Mund. »Die sind ganz süß«, sagt sie und versucht, ihrer Stimme einen versöhnlichen Ton zu geben.

Er schüttelt den Kopf und seufzt hörbar.

»Klappt das mit deiner neuen Wohnung?«, fragt Kathi nach einer Weile, weil es diese Frage ist, die ihr nun einmal auf den Nägeln brennt. *Wir wollen es langsam angehen lassen*, hat er letzte Woche zu Ida gesagt, und Kathi hatte ihm extra die Seite mit den Wohnungsannoncen aufgehoben.

»Ja. Ab ersten September.«

Sie seufzt erleichtert und greift wieder in die Schüssel. Es hat wenig geregnet in diesem Sommer, aber die Früchte sind trotzdem schön saftig. »Und was … was macht er so? Also dein …?« Das Wort *Freund* kommt ihr nicht über die Lippen.

»*Er* heißt Adrian. Und er ist Musiklehrer.« Sein Gesicht hat jetzt wieder einen verschlossenen Ausdruck.

»Musiklehrer. Aha. Und wo unterrichtet er denn?«

»Er gibt privat Unterricht. Klavier, Geige, Gitarre.«

»Und davon kann man leben?«

»*Er* lebt davon.«

»Und wie geht es Ida?« Sie setzt jetzt vor alle ihre Fragen ein *und* und nickt zu allem, was er sagt, wie ein aufgezogenes Spielzeug.

Er seufzt. »Ida geht's gut.«

*Arme Ida,* denkt Kathi und weicht seinem Blick aus. Die würde er auch noch lieben, hat er beim letzten Mal gesagt, nur nicht *so.* Bilder schieben sich in ihren Kopf. Max in der Pubertät. Seine verstockten Reaktionen, wenn Mädchen ihnen die Tür einrannten und Werner Max damit aufzog. Ida war seine erste und einzige Freundin.

»Wir wollen dich zum Essen einladen. Wann hast du denn Zeit?«

»Du und Ida?« Damit hat sie nicht gerechnet.

»Nein. Adrian und ich. Er kocht sehr gut. Beinah so gut wie Papa.« Er verzieht den Mund zu einem schiefen Lächeln und schiebt schnell noch hinterher: »Aber natürlich nicht so gut wie du.«

»Ach so«, sagt Kathi enttäuscht. Sie zeigt auf den Eimer. »Willst du welche mitnehmen?«

»Was?«

»Mirabellen.«

»Nein, danke. Passt es dir morgen?«

»Morgen?« Sie tut, als müsse sie überlegen. »Nein. Morgen geht es nicht.«

»Nächste Woche?«

Nächste Woche, nächsten Monat, nächstes Jahr. Im nächsten Leben. Sie hebt die Schultern. »Ich weiß nicht. Ich habe im Moment viel zu tun.« Sie macht eine ausholende Bewegung. »Der Laden, der Garten, du siehst ja selbst …«

»Ich verstehe«, murmelt Max gepresst und steht auf. »Sag einfach Bescheid, wenn es dir passt.«

Kathi sieht ihm hinterher. Sieht, wie er aus ihrem Blickfeld verschwindet. Gleich wird er das Haus verlassen. Dann wird er sich ins Auto setzen, wegfahren und sich nicht mehr bei ihr melden, sondern darauf warten, dass sie ihn anruft. Sie schließt die Augen. Im Sudan müssen sich die Menschen an Hunger gewöhnen, in Australien an die Buschbrände. Warum kann sie sich nicht daran gewöhnen, dass ihr Sohn einen Mann liebt? *Ich bin schwul, Mama*, hat er gesagt. *Schwul.* Was für ein hässliches Wort.

»Max!«, ruft sie. »Max, es … es tut mir leid.«

Er sagt nichts, aber er ist noch da. Sie hätte die Tür gehört, wenn er gegangen wäre. Müde rappelt sie sich auf und geht ihm nach. Er steht im Flur und schaut aus dem Fenster.

»Max, bitte bleib, ich hab's nicht so gemeint«, sagt sie leise und legt eine Hand auf seine Schulter. »Ich komme gerne zum Essen. Nächste Woche passt es mir gut.«

Er dreht sich um, nimmt ihre Hand und hält sie fest. »Ich will endlich mein Leben leben, verstehst du? Ohne schlechtes Gewissen.«

Sie kämpft mit sich und gegen die Tränen. »Das will ich doch auch.«

## *Josie*

Ich schließe meine Bürotür und wuchte meinen immer noch kleinen, aber nicht mehr ganz so zierlichen Körper ins Auto. Vorsichtig bugsiere ich den Wagen aus der Parklücke und fädele mich in den kaum vorhandenen Verkehr. Es ist früher Nachmittag und sehr heiß, die Stadt ist um diese Zeit wie ausgestorben.

Als ich vor meiner Wohnung parke, sehe ich, dass Bengt versucht hat, mich anzurufen. Ich stecke das Telefon ein und nehme mir vor, ihn später zurückzurufen. Damit ich es nicht vergesse, wickle ich einen Haargummi um meinen rechten Daumen.

Bengt meldet sich etwa zweimal die Woche, und dann führen wir sehr vernünftige und freundschaftliche Gespräche, bei denen es um Blutwerte, Senkwehen und Hausgeburten geht. Wie alte Freunde und nicht wie ein Paar, das gemeinsam Eltern wird.

Ich wundere mich selbst immer noch, aber der Gedanke an Bengt löst nichts mehr in mir aus. Nicht das Geringste. Kein Herzklopfen, auch keine schweißnassen Hände. Überhaupt keine bemerkenswerten Emotionen. Dabei konnte ich mir noch vor wenigen Monaten ein Leben ohne ihn gar nicht vorstellen (obwohl das Leben *mit* ihm zum größten Teil ja auch *ohne* ihn stattfand). Aber es ist so: Mir fehlt nichts, noch nicht einmal der Sex. Vielleicht liegt es an den Hormonen. Der Unterleib ist mit wichtigeren Dingen beschäftigt. Ich glaube, ein anderer Sinn steckt am Ende sowieso nicht dahinter.

Meine Schwangerschaft schreitet voran, der Termin der Geburt rückt unaufhörlich näher, aber ich schiebe ihn gedanklich noch weit weg. Ich habe noch überhaupt keinen Plan. Weder von dem Vorgang als solchem noch von der Zeit danach. Das macht mir eigentlich auch nichts aus, ich bin es gewohnt, keinen Plan zu haben (und wenn ich mal einen habe, dann kommt es meistens sowieso anders), aber an den Fragen aus meinem Umfeld merke ich, dass es gewisse Erwartungen in dieser Richtung gibt.

Seufzend will ich die Autotür öffnen, als ich im gleichen Moment auf der anderen Straßenseite diese Frau sehe, Melanie, mit ihrer kleinen Tochter. Augenblicklich ducke mich wieder tief in meinen Sitz. Gleichzeitig ärgere ich mich über mich selbst. Diese Haltung ist unbequem, und ich habe ja auch nichts verbrochen. Außerdem knallt die Sonne erbarmungslos auf das Autodach, mir steht der Schweiß auf der Stirn, die Haare kleben mir feucht im Nacken. Aber erst nachdem Melanie und Nela um die nächste Straßenecke verschwunden sind, richte ich mich wieder auf. Ich nehme den Haargummi von meinem Daumen und bündle meine verschwitzen Haare zu einem Pferdeschwanz. Dabei fällt mir ein, dass er, also der Haargummi, mich an irgendetwas erinnern sollte. Aber ich weiß nicht mehr, woran.

Was mir dafür aber wieder einfällt, ist etwas, das Florian einmal zu mir gesagt hat, als ich ihm vor ein paar Jahren wegen Bengt wieder einmal die Ohren vollgeheult habe. Er sagte: *Es gibt zwei Sorten von Irrtümern. Die, die sich nicht mehr ändern lassen. Und die anderen.*

Das Haus sieht nicht sehr einladend aus: Der Putz ist grau und schmutzig, das Glas in der Haustür hat einen Sprung und der Vorgarten ist nur noch eine braune, vertrocknete Fläche.

Einen Augenblick bleibe ich noch vor der Tür stehen, dann drücke ich zaghaft auf die Klingel. Gleich darauf ertönt auch schon das Summen des Öffners. So brüchig und unentschlossen, wie ich selbst mich fühle.

Im Treppenhaus schlägt mir ein schaler, warmer Geruch nach abgestandener Luft entgegen. Die Fliesen auf dem Boden haben Risse, die Wände Feuchtigkeitsflecken und die Fenster schon lange keinen Putzlappen mehr gesehen.

»Hallo?«, ruft eine Stimme von oben.

»Hallo. Ehm, ich bin's.«

Melanie hängt über dem Geländer, die langen Haare vor dem Gesicht. »Ja?«

»Ich … also, es tut mir leid, dass ich … ich glaube, du hast da etwas falsch verstanden«, versuche ich zu erklären, was mich hertreibt.

»Was?«, fragt sie irritiert.

»Ich wollte nur …«

»Okay«, unterbricht sie mein Gestammel. »Jetzt komm erst mal hoch.«

Ich steige die Stufen nach oben, entlang einer Reihe von Kunstdrucken mit Katzen (Rosina Wachtmeister), vorbei an einer Wohnungstür, vor der ein Strohkranz mit rotem Band hängt, und einem Kübel mit einer traurigen Topfpflanze. Oben steht Melanie vor ihrer geöffneten Wohnungstür und sieht mich fragend an. Sie trägt ein königsblaues Shirt und eine Leinenhose mit einem klitzekleinen Riss über dem Knie, der ihr Gesamtbild aber kein bisschen stört.

»Also, ich finde Nela toll. Ganz ehrlich«, sage ich endlich, was mir auf der Seele brennt. »Das wollte ich dir nur sagen.«

Melanie starrt mich einen Moment lang an, dann bricht sie in Lachen aus. Eine Art Intervall-Lachen, das leise anfängt, anschwillt, laut ist, dann wieder leiser wird und schließlich abrupt aufhört.

»Na, Gott sei Dank«, meint sie, als sie sich wieder beruhigt hat. »Und ich dachte schon, du bist doof.« Sie nimmt ihre langen dunklen Haare und schlingt sie im Nacken zu einem losen Knoten. »Komm rein, aber schau dich bloß nicht um. Ich habe keinen Besuch erwartet.«

Ich folge ihr durch einen langen, schmalen, dunklen Flur, dessen Einrichtung vor allem aus Schuhregalen zu bestehen scheint. Im Wohnzimmer sitzt ein Junge auf einem großen, grauen, sehr gemütlich aussehenden Sofa und telefoniert.

»Hallo«, sage ich leise, um ihn nicht zu stören.

Er würdigt mich nur eines kurzen Blickes ohne Interesse.

»Jakob war auch dabei«, höre ich ihn ins Handy sagen. Seine gegelten Haare glänzen im Sonnenlicht.

»Magst du etwas trinken?«, fragt Melanie.

»Ja, gern.«

»Kaffee? Oder Wasser?«

»Wasser.«

»Setz dich. Ich bin gleich wieder da.«

Vor dem Fenster steht ein runder Tisch mit fünf Stühlen. Darauf türmen sich Spielsachen und Kleider, dazwischen liegt eine Katze und schläft. Ich warte, bis Melanie zurückkommt. Sie stellt Flasche und Gläser auf den Tisch, scheucht das Tier mit einer geübten Geste von ihrem Platz und räumt mit wenigen Handgriffen die Sachen zusammen.

»Hier, Freundchen. Wegräumen«, sagt sie und legt einen Klamottenstapel auf den Schoß ihres Sohnes.

Ungerührt gibt der ihr mit einem Handzeichen zu verstehen, dass er auch etwas zu trinken haben möchte, während er gleichzeitig wem auch immer mitteilt, dass er am Abend vorher zuerst auf einer Party und dann bei McDonald's gewesen ist. »Megageil.«

»Hendrik! Geh in dein Zimmer zum Telefonieren«, sagt Melanie. »Und räum die Sachen weg.«

»Warum ich?«, mault er empört.

»Los jetzt!«

»Du nervst. Nein, nicht du. Meine Mutter«, sagt er ins Telefon und grinst Melanie dabei sehr nett an.

Melanie schüttelt den Kopf. »Als ich so alt war wie du, da war ich schon auf Demos und Mitglied bei Greenpeace.«

»Sehr witzig«, sagt er, verdreht die Augen und steht auf. »Außerdem ist Greenpeace sowieso voll scheiße.«

»Tür zu«, ruft sie ihm nach.

Ich schaue verlegen auf den Boden und fühle mich zunehmend fremd und deplatziert. Längst bereue ich meinen Besuch. Was um alles in der Welt hat mich da geritten? Es hätte doch auch genügt, sie bei nächster Gelegenheit auf der Straße anzusprechen, um ihr zu sagen, was ich zu sagen habe.

Melanie scheint nichts von meinem Dilemma zu bemerken. Sie schenkt uns Wasser ein und lässt sich stöhnend auf einem der Stühle nieder. »Wenn man Kinder hat, die McDonald's megageil und Greenpeace voll scheiße finden, dann hat man wahrscheinlich alles richtig gemacht«, sagt sie.

Ich lächle verlegen und greife zum Glas, wie ein Ertrinkender nach dem Rettungsring. Was die meisten Menschen aus dem Effeff und ohne große Anstrengung beherrschen, nämlich mit Fremden smalltalken, übers Wetter oder die politische Lage, das ist für mich wie ein Buch mit sieben Siegeln.

»Also, wegen dem, was ich da auf dem Spielplatz gesagt habe … wegen dem Test …« *Wegen des Tests*, höre ich meine Schwägerin im Geist sagen. »Ich wollte dir nur …«

»Schon gut.«

»Ich habe ihn auch nicht gemacht, obwohl ich es eigentlich sollte, weil ich doch schon einundvierzig bin und …« Ich starre auf die Tischkante. »Weil man mit zunehmendem Alter doch … meine Krankenkasse würde es sogar …« Ich verfranze mich immer mehr.

»Ja?«

»Ich könnte es einfach nicht ertragen, wenn, also wenn mein Kind irgendein Syndrom hätte und man deshalb von mir erwarten würde, es *nicht* zu bekommen«, erkläre ich schließlich mit einem Ausatmen und bin damit unversehens im Epizentrum meiner größten Angst gelandet. Ich wende den Blick von der Tischkante und fange an, die Bücher im Regal zu zählen.

Melanie nimmt ihr Wasserglas und prostet mir zu. »Ein Glas Bier wäre mir zwar lieber, aber ich trinke grundsätzlich nicht allein«, sagt sie. »Besser, man gewöhnt sich das gar nicht erst an.« Sie weiß auch nicht, wohin mit sich.

Ich atme aus. Etwas von mir preiszugeben ist immer wie eine Prüfung, und meistens falle ich durch. Weil ich Erwartungen nicht erfülle oder in keine gängige Schablone passe. Das macht unsicher. Offenbar nicht nur mich.

»Mama!«

»Nela?«

Das Kind steht in der Tür. Barfuß und im hellen, fleckigen Sommerkleid. Der blonde Zopf, dieses Mal ist es nur einer, ist ordentlich geflochten und passt so gar nicht zum Rest. »Wann gehen wir endlich auf den Spielplatz?«

»Gleich, Spätzchen. Sag erst einmal *Hallo* zu Josie.«

»Hallo«, sagt Nela. »Ich kenn dich schon.«

»Hallo. Ich kenn dich auch.«

Sie kommt und hält mir einen Stoffhund vor die Nase. »Hier. Du darfst ihn mal halten.«

»Mäuschen, kannst du bitte noch zwei Minuten in deinem Zimmer spielen?«, fragt ihre Mutter mit seidenweicher Stimme.

»Ich bin schon fertig mit Spielen.«

Ich nehme den Hund. »Wie heißt er denn?«

»Bernd.«

»Der heißt Bernd?«, frage ich überrascht.

Sie nickt.

»Bernd war früher unser Nachbar. Er hat sich ab und zu um Nela gekümmert und ihr zum Abschied den Hund geschenkt«, erklärt Melanie.

»Aha.«

»Der macht nix«, sagt Nela.

»Er ist wirklich sehr lieb«, sage ich zustimmend und streichle Bernd. Bernd hat hellbraunes Plüschfell, dunkle Schlappohren und sieht sehr freundlich aus.

Beim Streicheln berühren sich unsere Hände. Ich gebe ein leises *Wuff* von mir. »Oh. Hat er vielleicht Hunger?«

Nela holt die Cornflakes-Packung vom Tisch und fängt an, Bernd und sich selbst mit Cornflakes zu füttern.

»Wohnst du eigentlich schon lange in Solbach?«, fragt Melanie.

»Seit zwei Jahren.«

»Wie wir. Und vorher?«

»In Limburg.«

»Wir haben in Frankfurt gewohnt.«

»Das war bestimmt eine ganz schöne Umstellung.«

»Ach, eigentlich nicht. Ich habe früher schon auf dem Land gewohnt. Nur Jens konnte sich das überhaupt nicht vorstellen. Ich wollte eigentlich nie in die Stadt, aber …« Sie wirft einen Seitenblick auf ihre Tochter.

»Hm«, nicke ich, weil ich sofort weiß, was sie meint. Ich

habe schließlich auch viel zu lange alles Mögliche nur Bengt zuliebe getan und mich selbst dabei ganz vergessen.

»Spätzchen, sei doch so lieb und spiel noch ein bisschen in deinem Zimmer. Nachher gehen wir dafür auch ganz lange raus, versprochen.«

Das Kind wirft einen Blick auf seine Spielzeugarmbanduhr. »Und wann?«

»In einer Viertelstunde.«

»Na gut. In einer Viertelstunde!«, sagt Nela ganz ernst, dann zeigt sie auf mich. »Und du kommst mit.«

»Du, das geht heute leider nicht«, sage ich und bin irgendwie ganz gerührt. Beinah hätte ich auch noch ein *Spätzchen* drangehängt. »Aber an einem anderen Tag ganz bestimmt. Versprochen.«

»Warum geht das heute nicht?«

»Nela. Sei nicht so neugierig.«

»Weil ich heute noch etwas vorhabe.«

»Was hast du denn noch vor?«

»Ich möchte jemanden besuchen.«

»Und wen?«

»Nela!«

»Eine Freundin.«

»Das nächste Mal kommst du aber mit. Das hast du versprochen.«

»Ja, versprochen.«

Melanie wartet, bis ihre Tochter das Zimmer verlassen hat, bevor sie sich wieder mir zuwendet. »Ich spreche nicht so gerne über Jens, wenn die Kinder dabei sind.«

»Klar.«

»Ich bin nicht böse auf ihn oder so. Er kann eben auch nicht aus seiner Haut.« Sie zieht ein Bein hoch, legt ihr Kinn auf das Knie und schenkt uns Wasser nach. »Jens war noch sehr jung, als wir geheiratet haben. Er ist drei Jahre jünger als ich. Bei Hendriks Geburt war er erst vierundzwanzig.« Sie trinkt einen Schluck, dann noch einen, als bräuchte sie noch etwas Zeit, für das, was jetzt kommt. »Mit ihm ist er auch noch klargekommen, aber …«

»Mit Nela nicht«, beende ich den Satz.

Sie schüttelt den Kopf. »Er wollte schon kein zweites Kind mehr. Es gab Streit deswegen. Dann zwei Fehlgeburten. Und als ich endlich wieder schwanger wurde, da war schon ziemlich bald klar, dass etwas nicht stimmte.«

Ich weiß, was das bedeutet. Wenn man schwanger ist und etwas nicht stimmt, dann ist es das Gegenteil von *unauffällig*.

»Jens wollte, dass ich eine Fruchtwasseruntersuchung machen lasse. Aber warum hätte ich das tun sollen?«, erklärt sie. »Erstens wäre diese Untersuchung nicht ganz ungefährlich gewesen und zweitens … es hätte sowieso nichts geändert.« Sie dreht ihr Glas und starrt in die klare Flüssigkeit. »Jens hat es versucht, wirklich, aber er … er hat Nela einfach nicht ausgehalten.«

Ich frage mich, was es da auszuhalten gibt. Die Verantwortung, die Melanie jetzt ganz alleine trägt? Die Sorge darum, dass immer alles irgendwie funktionieren muss? Schule, Haushalt, Pubertät? Kinder brauchen Unterstützung. Jeden Tag. In der Schule und im Leben. Sie brauchen frische Wäsche und etwas Ordentliches zu essen. Jemanden, der ihre Sorgen ernst nimmt.

Mir fällt etwas ein, das Florian einmal gesagt hat, als Juliane mit ihrem ersten Sohn schwanger war. Er sagte: *Sie kann so vieles, und vieles davon macht sie gleichzeitig. Und dann schafft sie es auch noch wie nebenbei, ein Leben in sich wachsen zu lassen.*

»Egal.« Melanie fegt ein paar Cornflakes vom Tisch. Die Geste wirkt wie ein Satzzeichen. Punkt. »Für mich ist jetzt alles gut, so wie es ist. Auch wenn mir eine vernünftige Arbeit fehlt und Hendrik gerade in der Pubertät ist und Nela … natürlich ist es manchmal sehr anstrengend. Aber Hendrik ist ein tolles Kind und ein toller Bruder. Und Nela …«

»Nela ist prima«, sage ich spontan.

»Ja, das stimmt. Nela ist prima«, sagt Melanie und atmet tief. »Sie ist genau die Tochter, die ich mir gewünscht habe.«

Am Samstag laufe ich über die vor Hitze flimmernde Straße und wische mir die Stirn. Dieser Sommer fängt allmählich an, mich zu nerven. Selbst für Mamas Geschmack ist er zu heiß und zu trocken, erst recht für meinen. Ich mag keine Hitze. Auch keine Kälte. Am liebsten sind mir dreiundzwanzig Grad und Sonnenschein, dann geht's mir gut.

Ich schaue in den Himmel. Alles blau. Keine Abkühlung in Sicht. Auch kein Regen. Sogar die Bäume fangen vor lauter Verzweiflung schon an, ihre Blätter abzuwerfen, dabei ist es erst August. Alle Welt redet jetzt vom *Klimawandel*. Der war natürlich auch vorher schon da, aber nicht so penetrant. Auf einmal reicht es nicht mehr, der Umwelt nichts Böses zu wollen. Man muss es ihr auch zeigen.

Ein Tagpfauenauge setzt sich auf meine Schulter. Ich

bleibe stehen und puste es sanft an. Es fliegt weiter, seinem unbekannten Nektarziel entgegen. Als Kind habe ich gerne Schmetterlinge gefangen und sie dann in der Höhle meiner Hände gehalten. So lange, bis das Flattern weniger wurde und irgendwann ganz aufhörte. Mir gefiel die weiche Berührung ihrer Flügel, es war wie Streicheln. Aber dann hat Florian mir erklärt, dass die Tiere sterben, wenn ich das tue. Weil sich dann überlebensnotwendiger feiner bunter Staub aus ihren Flügeln löst. Ich denke, so ähnlich ist es auch mit der Umwelt. Im übertragenen Sinne.

Auf der anderen Straßenseite, genau gegenüber von Kathis Haus, steht ein großes, dunkles, fremdes Auto. Ein SUV. Das lässt mich gleich wieder an Tom denken, der ja Landwirt ist. Zu ihm würde ein solches Auto passen. Andererseits ist er Biobauer, also vielleicht auch wieder nicht.

Ich habe mir seit unserer Begegnung ein paarmal ausgemalt, wie es wäre, Tom wiederzutreffen. Ganz zufällig. Beim Einkaufen, oder in der Stadt. Sein Blick, das Wiedererkennen, die erste Verabredung. Und dann?

Natürlich sind wir beide keine unbeschriebenen Blätter mehr, einen guten Teil an gelebtem Leben haben wir schon hinter uns und unsere bisherigen Erfahrungen unabhängig voneinander gemacht. Einen Teil meines gelebten Lebens trage ich sogar deutlich sichtbar in mir. Ich müsste ihm die Sache mit Bengt erklären, der ja als Vater ebenfalls ein Teil meines Lebens bleiben wird. Ich schüttele den Kopf. So weit bin ich schon, dass ich mir all diese Gedanken mache, dabei habe ich noch kaum ein Wort mit ihm gewechselt. Von wegen ich will keinen Mann mehr in meinem Leben.

Plötzlich muss ich an Felix denken, einen ehemaligen Kommilitonen. Felix hatte ein einziger Blick auf eine hübsche Frau genügt, um sich auszumalen, wie das erste Date mit ihr verlaufen würde, wie sie die erste gemeinsame Nacht verbringen und später die Wohnung einrichten würden. Er machte sich Gedanken darüber, ob sie kirchlich oder besser nur standesamtlich heiraten sollten und ob zwei Kinder genug seien. Dabei bezog er uns alle wortreich in diese Überlegungen mit ein. Erst die Frage, ob er denn einen Namen, eine Adresse oder wenigstens eine Telefonnummer habe, brachte ihn wieder auf den Boden zurück.

Ich betrachte mein Spiegelbild im Glas der Schaufensterscheibe und sehe ein senfgelbes, sehr sommerliches und nagelneues Umstandskleid. Die Farbe steht mir. Aber meine Frisur ist scheiße. Ich habe mir vor ein paar Tagen den Pony selbst geschnitten, seitdem sieht mein Kopf aus, als wäre er zweigeteilt. Und als hätten die beiden Teile nicht wirklich etwas miteinander zu tun. Mit Spucke versuche ich ein paar Strähnen über der Stirn in die Länge zu ziehen, aber die Spucke trocknet gleich wieder, und die Strähnen rutschen wieder nach oben. Ich seufze ärgerlich. Manchmal wünsche ich mir, eine von den Frauen zu sein, die immer einen Lippenstift, einen Spiegel und einen Kamm in der Handtasche haben. Aber so bin ich nicht. Ich habe noch nicht einmal eine Handtasche. Was ich habe, das sind zwei vollgestopfte, ausgebeulte Taschen in meinem – immerhin – neuen Schwangerschaftskleid.

Kathi öffnet mir die Tür. Sie sieht verstört aus.

»Hallo Kathi. Was ist los? Ist etwas passiert?«

»Nein, nein. Es ist nichts.«

Ich werfe einen prüfenden Blick ins Innere des Hauses, aber ich kann nichts Auffälliges erkennen, alles sieht aus wie immer. Aber es riecht nach Rasierwasser.

»Hast du Besuch?«

Sie schüttelt den Kopf und nickt, beinahe gleichzeitig, und einen Moment stehen wir uns etwas ratlos gegenüber.

»Soll ich vielleicht ein anderes Mal …«

»Nein, nein, schon gut. Komm rein.«

In der Küche steht ein Eimer mit entkernten Mirabellen und Max vor der Anrichte. Er versucht, Kaffeepulver mit Augenmaß zu dosieren. Kathi nimmt ihm die Packung ab.

»Das ist doch viel zu viel«, mosert sie und findet für einen Moment wieder zu ihrer alten Form.

Max dreht sich zu mir um. »Hi.«

»Hi.«

Kathi schüttet das Kaffeepulver zurück in die Packung, zählt dann laut fünf Löffel ab und setzt die Maschine in Gang. Die nimmt anstandslos ihre Arbeit auf und fängt augenblicklich an zu röcheln. Max lehnt mit verschränkten Armen am Schrank und mustert mich aus seinen blauen Augen. Die Augen hat er von Kathi, nicht aber die auffallende Nase und die dunklen, welligen Haare.

»Wohnen Sie auch hier im Ort?«, fragt er.

»Ja. Aber erst seit zwei Jahren. Davor habe ich in Limburg gewohnt und davor in Freiburg und davor …« Ich unterbreche mich und lächle verlegen. Es macht keinen Sinn, all die Orte aufzuzählen, an denen ich schon gewohnt habe.

Sein Blick ist skeptisch. »Und wie … ich meine, woher kennen Sie meine Mutter?«

Ich erkläre ihm die Sache mit dem Ring.

»Ach, übrigens, Kathi«, sage ich und wühle in meinen Taschen. »Ich habe hier die Adresse von einer Bekannten. Die ist auf der Suche nach Arbeit.«

Melanie fände einen Job im Ort super, möglichst einen, zu dem sie Nela notfalls auch mal mitnehmen kann, sagt sie. Ich habe keine Ahnung, ob das funktioniert, noch dazu mit einem Kind wie Nela, aber Kathi sucht eine Aushilfe, und sie hat mir erzählt, dass Max als Kind oft mit im Laden war und dort gespielt hat. Vielleicht passt es ja.

Kathi sieht mich fragend an.

»Ich habe ihr von deinem Laden erzählt, und sie findet die Idee toll«, plappere ich, während meine Hände weiterwühlen. »Sie sucht wie gesagt gerade einen Job. Vielleicht kannst du sie dir ja mal anschauen.«

Die Kaffeemaschine gibt einen letzten Seufzer von sich, und ich werde endlich fündig.

»Also, vorausgesetzt, du hast nichts gegen flexible Arbeitszeiten. Sie hat nämlich eine kleine Tochter mit Downsyndrom«, erkläre ich weiter, unterbreche meine Ausführungen dann aber. Sie scheint mir überhaupt nicht zuzuhören. »Kathi?«

»Was?«

»Hast du gehört, was ich gesagt habe?«

»Ja, natürlich.«

Ich halte ihr den Zettel hin. »Hier. Die Telefonnummer steht auch mit drauf.«

Sie nimmt ihn und faltet ihn auseinander. »Melanie Fricke. Ist das so eine Brünette mit langen Haaren?«

»Ja. Genau. Kennst du sie?«

»Vom Sehen. Was stellt sie sich denn vor?«

»Ich habe keine Ahnung. Melanie war jedenfalls sehr interessiert, als ich ihr von deiner Idee erzählt habe. Vielleicht so eine Art Minijob? Am besten rufst du sie an.«

Kathi nickt wenig entschlossen und schenkt Kaffee aus.

»Kann ich machen«, sagt sie. »Magst du Tee? Oder Wasser?«

»Nein. Nichts, danke.«

Max trinkt seinen Kaffee schwarz und Kathi nur mit Milch. Zwei, drei Minuten schweigen wir wenig einträchtig, dann steht Max auf. »Tja, ich muss dann mal wieder.« Er räumt seine Tasse in die Spülmaschine und bleibt noch kurz und zögernd vor Kathi stehen. »Bis nächste Woche?«, fragt er, und ich höre die leise Hoffnung, die darin mitschwingt.

Sie nickt, etwas matt, wie ich finde, und wir sehen ihm beide hinterher.

»Was ist denn los mit euch? Habt ihr Streit?«, frage ich.

»Nein. Wieso?«

»Irgendein Problem?« Vielleicht geht es ja um Erbschaftsangelegenheiten. So etwas kann die stabilsten Familien erschüttern.

Sie schüttelt den Kopf.

»Also, ich finde, Max sieht deinem Mann sehr ähnlich«, sage ich freundlich. »Wo sind eigentlich die ganzen Fotos?«

»Weg.«

»Und warum?«

Sie zuckt mit den Schultern.

»Kathi? Was ist denn los? Du hast doch was! Ist es wegen dem Laden? Hast du es dir wieder anders überlegt? Oder hat Max ein Problem damit?«

»Nein, nein.«

»Hast du denn eins mit Max?«

Sie seufzt.

»Bist du traurig, weil er und seine Frau sich getrennt haben?«

Sie seufzt wieder.

Ich lege meine Hand auf ihren Arm. »Hey. Was ist denn los? Du kannst es mir doch sagen.«

»Max wohnt bei Adrian«, sagt sie leise und lässt den Kopf hängen. »Also vorübergehend.«

Bei Adrian, aha. Warum erzählt sie mir das? Müsste ich den kennen? »Na ja, irgendwo muss er ja wohnen.«

Sie rollt ein Stück Papier zu einem Kügelchen. »Adrian ist sein Freund.«

Was soll ich mit dieser Information anfangen? Ich stehe total auf dem Schlauch.

»Er … er ist der Grund …«, druckst Kathi herum, und ich starre sie verständnislos an. »Na ja, er ist der Grund, weshalb Ida sich von Max getrennt hat.«

Endlich fällt der Groschen. »Du meinst, dein Sohn ist schwul?«, frage ich.

Bei dem Wort *schwul* zuckt Kathi zusammen und wird noch eine Spur blasser. »Ich kann es auch nicht begreifen«, murmelt sie gedämpft. »Ich hatte doch keine Ahnung. Und Ida auch nicht.«

»Echt jetzt?«, sage ich. »Ich meine, er sieht gar nicht so aus und …« *Und normalerweise merke ich so was gleich*, wollte ich noch sagen. Aber das hätte Kathi nicht verstanden. So wie ich nicht verstehe, warum ich in diesem Fall nichts, wirklich überhaupt nichts gemerkt habe. Ich kenne eine Reihe schwuler Männer, die kein bisschen schwul aussehen und auch keinerlei schwule Attitüden haben, und trotzdem wusste ich von Anfang an, dass sie schwul sind. Ich kann nicht sagen, warum, ich habe es einfach gefühlt. *Intuitive Intelligenz* hat mal jemand gesagt.

Ich schaue in Kathis immer noch trauriges Gesicht und reiße mich zusammen. Für sie ist es offenbar ein schwerer Schlag. Zumindest begreife ich jetzt, warum sie das Thema Max die ganze Zeit gemieden hat.

»Na komm!«, sage ich und tätschle ihren Handrücken. »Dein Sohn ist schwul, nicht krank.«

Sie sieht mich aus trostlosen Augen an.

»Hey«, sage ich. »Das ist doch wirklich nichts Schlimmes. Ich meine, wir leben im 21. Jahrhundert. Guck doch mal, wer alles schwul ist. Elton John, Klaus Wowereit, Hape Kerkeling. Sie dürfen alles, sogar heiraten und Kinder adoptieren«, sage ich und schäme mich im gleichen Augenblick für das Wort *sie*. Es grenzt ab, das merke ich selbst. Auch wenn ich das gar nicht möchte.

Kathi senkt den Kopf und starrt auf ihre Hände. Ihr Blick ist fiebrig. Eine Weile sitzen wir schweigend voreinander, dann sieht sie mich wieder an. »Manchmal habe ich das Gefühl, ich kenne ihn gar nicht mehr.« Sie seufzt. »Werner habe ich auch nicht gekannt.«

»Kann man jemanden überhaupt richtig kennen?«, frage ich. »Ich meine, jeder hat doch seine Geheimnisse.«

Sie geht zum Schrank, nimmt einen Umschlag aus der Schublade und legt ihn vor mich.

»Was ist das?«

»Schau es dir an.«

Ich öffne den Umschlag und ziehe einen Stapel Briefe heraus.

»Die habe ich gefunden«, sagt Kathi. »In Werners Sachen.«

Gleichmäßige, weiche Handschrift. Die Briefe sind von einer Frau, vermute ich. Aber sehr alt. »1966. Wart ihr da schon zusammen?«

»Da haben wir uns noch nicht einmal gekannt.«

»Na also. Wo ist das Problem?«

»Er hat sie aufgehoben. Würdest du Briefe aufheben von jemandem, der dir nichts bedeutet hat?«

*Wohl kaum*, denke ich, ohne es zu sagen. »Na ja, vielleicht hat er den Umschlag einfach nur vergessen.«

Sie schüttelt den Kopf.

»Hattest du denn in diesen ganzen fünfzig Jahren, die ihr verheiratet wart, das Gefühl, dass er jemandem hinterhertrauert?«

»Das Leben besteht aus vielen verpassten Chancen, hat er einmal zu mir gesagt.«

»Und? Glaubst du, dass diese Frau eine für ihn war?«

Sie seufzt schwer.

»Ach Kathi.« Ich versuche, aufmunternd zu lächeln, und schiebe die Briefe zusammen. »Dich hat er geheiratet, also hör auf zu grübeln und denk lieber an eure schönen Zeiten.

Ich meine, du hattest doch bestimmt auch ein paar Verehrer vor ihm.«

»Einen.«

»Na, siehst du«, sage ich und entdecke zwischen den Briefen ein Foto. Ich nehme es heraus. Es ist eine alte Schwarz-Weiß-Fotografie von einer Frau. Oder vielmehr von einem Mädchen. Vielleicht sechzehn, siebzehn Jahre alt. Ich betrachte das sehr zarte Profil und drehe das Bild um. Auf der Rückseite steht: Mai 1966. Und darunter: *V. Für immer.*

# *Kathi*

Heute ist der Tag, heute wäre ihre goldene Hochzeit. Sie muss kein Wort darüber verlieren, wer außer ihr weiß das schon? Die Frau, die ihren Laden inspiziert und einen Notizblock in der Hand hält, ganz sicher nicht. Sie hat Werner ja noch nicht einmal gekannt.

»Melanie Fricke, aber nennen Sie mich doch einfach Melanie«, hat sie sich am Telefon vorgestellt.

*Fricke*, denkt Kathi. *Fricke.* Das ist kein Name aus der Gegend.

»Möchten Sie vielleicht einen Kaffee?«

Melanie schüttelt den Kopf und streicht sich die langen Haare hinter die Ohren. »Nein, danke.«

»Ein Glas Wasser?«

»Auch nicht, danke.« Sie lächelt.

Fünfzig Jahre. Ein paar Tage bevor er starb, haben sie noch über die Feier gesprochen. Ungefähr vierzig Leute. Warmes Bufffet und Sektempfang. Stattdessen steht sie jetzt hier und plant ihr neues altes Leben.

Melanie steht vor der Theke. Sie lässt ihren Blick schweifen und nickt zur Wand. »Sehr schöne Farbe.«

»Hm.«

»Haben Sie sich denn schon ein Konzept überlegt?«

Kathi hebt die Schultern. Ein Konzept? Was soll das sein? Sie weiß nicht viel über *Marketing* und dergleichen. Das war auch nie nötig. Die Leute sind zu ihr gekommen, um Dinge einzukaufen, die sie brauchten. Nudeln, Butter, Eier, auch mal eine Tafel Schokolade oder Waschmittel. Was gibt es da zu überlegen?

»Was ist der Benefit?«, fragt Melanie, die ja laut Josie eine Expertin auf dem Gebiet ist. »Ich meine, warum sollten die Leute hier bei Ihnen einkaufen und nicht im Supermarkt?«

»Zum nächsten Supermarkt sind es fast sechs Kilometer.«

»Richtig. Warum noch?«

Kathi zuckt mit den Achseln.

»Kommen Sie. Da muss noch mehr sein.«

»Tja. Der persönliche Kontakt vielleicht. Oder die Beratung.«

»Genau. Supermärkte sind nichts anderes als große, leblose Hallen. Da fehlen der persönliche Bezug und die Ansprache. Hier kennen sich die Leute. Sie kommen nicht nur, um einzukaufen, sie wollen auch Neuigkeiten erfahren und sich austauschen.« Melanie fährt mit der Hand über die auf Hochglanz polierte Theke und nimmt eine Banane aus ihrer Tasche. »Der Schwerpunkt sollte auf regionalen Produkten liegen. *Brutal regional*, das wäre ein guter Slogan.«

»So wie Ihre Banane?«, fragt Kathi spöttisch.

Melanie sieht sie überrascht an. Ihre Augenbrauen fahren in die Höhe. »Habe ich etwas Falsches gesagt?«

»Nein. Aber Sie vergessen, dass ich diesen Laden mehr als vierzig Jahre geführt habe.«

»Das vergesse ich nicht. Aber kleine Märkte haben es sehr schwer. Deshalb braucht es irgendetwas, was die Leute woanders nicht kriegen.« Sie macht sich eine Notiz. »Hier gibt es doch einen Biobauern in der Nähe? Ich komme immer an so einem Schild vorbei, wenn ich zur Autobahn fahre.«

»Der Angerbacher Hof«, sagt Kathi und denkt an Tom. »Aber das kommt nicht in Frage.«

»Ach? Warum denn nicht?«

»Weil ich es sage.«

»Aha.« Melanie zieht die Brauen nach oben und sieht sie fragend an.

»Tut mir leid.« Kathi murmelt etwas von *unüberbrückbaren Differenzen*, aber Melanie nimmt das kleine Heft und notiert: *Angerbacher Hof.* Als hätte es den Einwand gar nicht gegeben.

»Wir brauchen ein ausgewogenes Mischangebot. Das bedeutet eben auch etwas Besonderes«, sagt sie. »Etwas, wofür die Leute, die Geld haben, auch bereit sind, es auszugeben.« Sie schiebt sich das letzte Bananenstück in den Mund und betrachtet die Schale. »So wenig Plastik wie möglich zum Beispiel. Damit lässt sich gut werben. Für manche Produkte könnten die Kunden eigene Behälter mitbringen.«

Kathi zeigt zum Abfallbehälter und schüttelt gleichzeitig den Kopf. »Ich glaube, das ist keine gute Idee.«

»Warum denn nicht?«

»Wir sind hier in Solbach, nicht in New York.« Kathi starrt Melanie an, aber die hält ihrem Blick wortlos stand. Nach einer ewig langen Minute macht sie eine Vierteldrehung. »Vor der Theke ist noch Platz für zwei, drei Bistro-Tische. Man könnte Kaffee anbieten, ein paar Getränke, Kleinigkeiten zum Essen.«

»Das hier ist ein Einkaufsmarkt und kein Kiosk.«

»Wenn die Leute einen Kaffee bekommen, dazu vielleicht ein belegtes Brötchen und ein nettes Gespräch, dann bleiben sie auch länger. Das belebt das Geschäft.«

»Bio ist außerdem viel zu teuer. Was denken Sie, wie viele der Älteren hier von einer knappen Rente leben müssen?«

Melanie legt Heft und Stift zur Seite. »Na gut«, sagt sie. »Dann machen Sie einen Vorschlag. Was stellen Sie sich denn vor?«

»Ich stelle mir gar nichts vor. Ich will einfach den Laden wieder aufmachen, und ich brauche jemanden, der mir hier hilft.«

»Frau Bondorf. Ohne ein paar neue Ansätze wird das nicht funktionieren. Man muss die Leute mit etwas locken, was sie woanders nicht bekommen.«

»So etwas wie plastikfreies Biogemüse?«

»Zum Beispiel.«

Kathi schüttelt verächtlich den Kopf. Ihr geht es nicht um Plastik oder Bio. Ihr geht es um vertraute Abläufe. Um Traditionen. Um ihre Kundschaft, die zwar ein paar Jahre älter geworden sein mag, aber immer noch die gleiche ist. Bis auf die natürlich, von denen sie sich zwischenzeitlich verabschieden musste. »Wir sind hier auf dem Dorf. Da sind die Leute nicht so flexibel.«

»Das ist keine Frage von Flexibilität. Es ist einfach … ein

Prozess.« Melanie pustet sich eine Strähne aus dem Gesicht. »Außerdem: Ich bin auch in einem Dorf großgeworden.«

»Aber nicht in diesem.« Sie bleibt sperrig.

Melanie mustert sie, dann steckt sie Block und Stift in ihre Tasche. »Was wollen Sie eigentlich von mir? Ich meine, *Sie* haben doch *mich* angerufen und nicht umgekehrt.«

Kathi zuckt die Schultern. »Ich dachte …« Sie stockt. Was dachte sie eigentlich? Sie weiß es selbst nicht.

»Sie dachten, man könnte etwas Neues machen, ohne das Alte loszulassen?« Melanie reicht Kathi die Hand. »Ich wünsche Ihnen viel Erfolg.«

Ärgerlich sieht Kathi ihr hinterher und wählt Josies Nummer.

»Josie? Ich bin es.«

»Hallo Kathi.«

»Deine Freundin war gerade hier.«

»Meinst du Melanie?«

»Ja.«

»Und?«

»Es passt nicht.«

»Und warum nicht?«

»Wir haben … unterschiedliche Vorstellungen.«

»Vorstellungen von was denn?«, fragt Josie. Kathi hört einen gereizten Unterton.

»Ich brauche jemanden, der hier ein paar Schichten übernimmt. Keinen Unternehmensberater.«

»Aha.«

»Das ist kein Vorwurf«, lenkt Kathi ein. »Sie ist nur einfach nicht das, was ich suche.«

»Melanie hat früher im Marketing gearbeitet, ich bin sicher …«

»Denkst du, sie kann mir so ein Faltblatt machen? Für die Eröffnung?«

»Du meinst einen Flyer?«

»Ja, genau.«

»Warum hast du sie denn nicht gefragt?«

»Ich habe nicht daran gedacht.«

»Okay. Ich frage sie.«

»Danke.«

Sie verabschieden sich und beenden das Gespräch mit einem Hauch Resignation auf beiden Seiten. Kathi lässt sich auf einen Stuhl fallen. Bilder springen sie an, die ganze Chronik ihres Lebens. Die schwere Kindheit, der Tod des Großvaters, der Laden. Mit knapp fünfzehn hat sie angefangen, dort zu arbeiten, aber erst mit dem Tag der Volljährigkeit wurde es *ihr* Laden. Sie hat ihn vergrößert, das Sortiment erweitert, Verträge neu ausgehandelt. Gegen den Willen der Großmutter, die damals schon bettlägerig war. Später auch gegen den von Werner.

Jemand klopft an die Scheibe. Es ist Edgar. Er winkt, sie winkt zurück. Edgar war Werners bester Freund. Max' bester Freund war Tom. Tom Angerbach. So viele Jahre.

Die Sache mit Tom damals. Sie hat lange nicht mehr daran gedacht. Seine Eltern hatten danach nie wieder einen Fuß in ihren Laden gesetzt. Vielleicht hätte sie mit ihnen reden, die Sache klären sollen. Aber wie hätte sie etwas klären können, das sie nicht verstand? Außerdem hatte sie doch auch gar keine Zeit gehabt, sie hatte den Laden. Und am

Ende war es zu spät gewesen. Auch sie sind tot. Autounfall. Kathi seufzt. Sie war noch nicht einmal zur Beerdigung gegangen.

Plötzlich kommt ihr alles sinnlos vor. Ihre Pläne. Der Laden. *Nimm das Geld und mach dir ein schönes Leben*, hört sie Werner sagen.

Vielleicht hat er recht. Sie kann doch nicht da weitermachen, wo sie vor zwölf Jahren aufgehört hat. Die Welt ist nicht stehen geblieben, auch nicht ihr zuliebe. Gleichzeitig macht sich ein kleines rebellisches Gefühl in ihr bemerkbar. Lag es damals wirklich nur am neuen Supermarkt? An der mangelnden Auswahl und den höheren Preisen? Oder lag es nicht auch an Werner, der ihr immer wieder Steine in den Weg gelegt hatte? Der pünktlich sein Essen haben wollte? Und sie ganz für sich?

# VIERTER TEIL

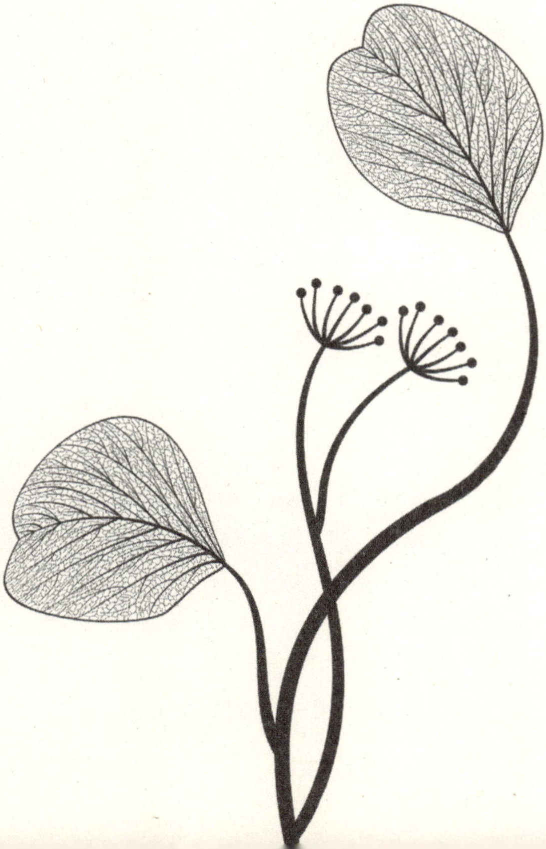

# *Josie*

*Unauffällig* verlasse ich die Praxis. Nur noch neuneinhalb Wochen bis zum Geburtstermin. Mein Bauch sieht allmählich aus wie ein Fremdkörper, und so fühlt er sich auch an.

Auf dem Weg zum Auto wähle ich Mamas Nummer, der dritte Versuch innerhalb der letzten drei Stunden. Ich überlege, sie am Wochenende zu besuchen, aber ich kann sie auch jetzt nicht erreichen. Allmählich mache ich mir Sorgen. Normalerweise ruft meine Mutter zurück, wenn sie sieht, dass ich es bei ihr versucht habe. Irgendetwas stimmt nicht, sie ist schon seit ein paar Tagen schlecht zu erreichen, ruft nicht zurück und ist, wenn ich sie endlich an der Strippe habe, noch wortkarger als sonst.

Ich setze mich in den Wagen und lege den Gurt an. Bevor ich losfahre, starte ich noch einen vierten Versuch. Dieses Mal hebt sie sofort ab.

»Ja?«

Ich bin so perplex, dass ich im ersten Moment gar nicht weiß, was ich sagen soll.

»Hallo?«

»Ich bin's.«

»Was ist los? Warum rufst du an?«

»Ich versuche seit Stunden, dich zu erreichen.«

»Ist was passiert?«

»Nein. Ich … ich wollte nur wissen, wie's dir geht. Hast du denn nicht gesehen, dass ich angerufen habe?«

»Ich habe nicht drauf geachtet. Ich war beim Friseur.«

Schräg hinter mir hält ein Auto, der Fahrer gestikuliert. Er will wissen, ob ich den Parkplatz räume. Ich schüttele den Kopf.

»Und? Wie geht's dir?«, frage ich.

»Gut.«

»Macht dich die Hitze nicht fertig?«

»Doch.«

»Mich auch«, stöhne ich. »Für morgen sind schon wieder 34 Grad …«

»Du, ich muss Schluss machen«, sagt Mama. »Ich war einkaufen, die Sachen müssen in den Kühlschrank.«

»Okay. Ich wollte nur fragen, was du … also, wenn du magst, ich könnte …«

Sie legt auf, ehe ich noch sagen kann, was ich könnte, wenn sie mag. Der Autofahrer hinter mir hupt jetzt.

»Ja, Arschloch!«, schimpfe ich und haue den Rückwärtsgang rein. Mama war ziemlich kurz angebunden. Es grenzte schon an unfreundlich. Solche Phasen hatten wir schon öfter, aber in letzter Zeit war eigentlich alles gut zwischen uns. Habe ich irgendwas gesagt oder getan? Ich zermartere mir das Hirn, aber mir fällt nichts ein.

Ein junges Mädchen kreuzt vor mir die Straße. Lange blonde Haare, schmale Hüften, federnder Gang. Kein Kind mehr, aber auch noch keine Frau. Ich versuche, mir meine Mutter in diesem Alter vorzustellen. Es klappt nicht. Ich habe keine Ahnung, wie sie war. Für mich hat sie keine Vergangenheit. Meine Mutter existiert ab dem Moment, ab dem *ich* angefangen habe, sie bewusst wahrzunehmen. Es gab bei uns keine Geschichten von früher. Auch keine wirklich alten Fotos. Nicht von ihr, nicht von meinem Vater und auch nicht von Babette. Nur ein paar Kleinkindbilder von Florian. Und von mir. Selbst auf den ältesten Aufnahmen, die ich von meinen Eltern kenne, bin ich schon mit drauf.

Ich mache mir Sorgen. Ich mache mir eigentlich immer Sorgen, und das schon mein ganzes Leben. Als ich noch klein war, habe ich mich gesorgt, dass unsere Eltern sich trennen (was sie dann ja auch getan haben), als ich etwas älter war, habe ich mich um Mama gesorgt, weil sie sich tagelang in ihrem Zimmer verbarrikadierte. In der Schule habe ich mir Sorgen um meine Noten gemacht, und während des Studiums hatte ich Sorge, den falschen Studiengang gewählt zu haben. Später hatte ich Bengt zum Sorgenmachen, und jetzt ist meine Mutter wieder dran. Dabei ändert es nicht das Geringste, sich immer zu sorgen. Aber das zu wissen ändert auch nichts, die Sorgen sind halt da. Und wenn ich gerade keine zur Hand habe, dann suche ich mir welche.

Ich steuere meinen Wagen in Richtung Solbach, fahre aber vorher noch an Florians Büro vorbei. Dort ist alles dunkel. Die Tür ist abgeschlossen. Die Büttner (Florians Sekretärin) ist auch nicht mehr da.

Als ich zu Hause bin, rufe ich bei Juliane an. »Flori kommt

erst heute Abend«, erklärt mir meine Schwägerin. »Er ist in Brüssel.«

»Dann sag ihm bitte, er soll sich bei mir melden. Ich mache mir Sorgen wegen Mama.«

»Jaja, ich sag ihm Bescheid.«

Ich höre einen gereizten Unterton. »Was ist los?«

»Nichts.«

»Komm, du hast doch was.«

»Schon gut.«

So etwas kann ich auf den Tod nicht leiden. »Jetzt sag's halt!«

»Ach. Mich nervt einfach, dass immer irgendjemand in eurer Familie Beistand braucht. Und dass immer Florian sich kümmern soll.«

»Das stimmt doch so gar nicht«, behaupte ich und will auch noch erklären, warum, aber da fallen mir die vielen Gespräche mit meinem Bruder ein, weil ich Beistand brauchte.

»Früher war es euer Vater, jetzt bist es entweder du oder eure Mutter. Eine von euch hat immer irgendein Problem«, redet Juliane da auch schon weiter. »Florian hat auch eine eigene Familie, weißt du. Und Kinder.«

»Okay, okay.« Ich fühle mich ertappt. »Dann sag ihm halt nichts.«

Sie seufzt. »Tut mir leid. Er wollte gegen sechs da sein.«

»Nein, du hast ja recht. Vergiss einfach, dass ich angerufen habe.«

Wir legen auf, und ich mache da weiter, wo ich vorher aufgehört habe: bei meinen Sorgen.

Am Abend ruft mich Florian natürlich trotzdem an. Er kann eben auch nicht aus seiner Haut. So wenig wie Juliane und ich.

»Josie, was ist los?«, fragt er.

»Du solltest mich nicht anrufen.«

»Aber Juliane hat gesagt …«

»Erst solltest du ja auch. Aber dann nicht mehr.«

Er überlegt einen Moment. »Okay. Und jetzt?«

»Ich mache mir Sorgen wegen Mama.«

»Warum?«

»Sie ist so komisch.«

»Was meinst du?«

»Na ja, unfreundlich, kurz angebunden, was weiß ich. Du weißt doch, wie sie manchmal sein kann. Ich verstehe es nur nicht. Es war doch alles gut.« Einen Moment bleibt es still in der Leitung. Ich höre ihn atmen. »Florian? Was ist los?«

Er beantwortet meine Frage mit einer Gegenfrage. »Wann hast du denn mit ihr gesprochen?«

»Heute Mittag.«

»Und was hat sie gesagt?«

»Dass sie beim Friseur war.« Das ist jetzt natürlich nichts Dramatisches, das merke ich selbst.

»Na ja.« Er seufzt. »Das gibt sich auch wieder. Du kennst sie doch.« Im Hintergrund höre ich Juliane nach ihm rufen. »Du, ich muss Schluss machen. Wir essen jetzt.«

»Ja, okay«, sage ich niedergeschlagen.

Er zögert. »Da … da ist noch was.«

»Was?«

Wieder ein Zögern.

»Flori?«

»Ach nichts.«

»Jetzt sag schon.«

»Als Babette starb …«

»Ja?«

»Florian!«, höre ich Juliane wieder rufen. »Kommst du?«

»Ich kann jetzt nicht. Das ist am Telefon auch schwierig.«

»Wann ist es denn nicht schwierig?«, frage ich und höre ihn im gleichen Augenblick seufzen.

»Okay«, meint er. »Was machst du morgen Abend?«

»Morgen Abend? Äh, nix Besonderes.«

»Magst du zum Essen kommen, sagen wir so gegen halb acht?«

»Oh. Was gibt's?«

»Das erzähle ich dir morgen, wenn du …«

»Ich meine, was gibt's zu essen.«

»Ach, so. Weiß ich noch nicht. Du darfst dir was wünschen.«

Florian kann richtig gut kochen. Und dabei ist es völlig egal, ob es um Rinderbraten geht oder ob er, wie heute Abend, meinen heißgeliebten Gemüseauflauf serviert. Das Fleisch wird immer saftig und zart, das Gemüse hat immer die richtige, knackige Konsistenz, sogar Kartoffeln schmecken bei ihm immer irgendwie besonders und nicht einfach nur wie Kartoffeln.

Ich nehme mir noch einen kleinen Nachschlag (es ist der

dritte, aber ich habe mich tagelang von Fertigpizza und Nudeln ernährt) und sehe ihn an.

»Also?«, sage ich sehr betont, damit auch jeder merkt, dass es von meiner Seite aus jetzt losgehen kann.

»Was also?«, fragt Lukas.

Sein Bruder Benny nimmt den Blick ausnahmsweise vom Handy und starrt dafür mich an.

»Also, ihr könnt jetzt aufstehen«, sagt Florian.

»Und den Tisch abräumen«, ergänzt Juliane.

»Wollt ihr einen Spieleabend machen oder so? Ohne uns?«

»Wir wollen Erwachsenengespräche führen. Gern auch mit euch.«

»Also mit mir auf keinen Fall«, sagt Benny und schnappt sich die gestapelten Teller. Lukas folgt ihm mit der Auflaufform. Am liebsten würde ich Juliane bitten, mir den Rest einzupacken.

Aus der Küche dringt leises Geschirrklappern, ich höre die Jungs reden und Witze machen und schaue mir meinen Bruder genauer an. Wir sehen uns ähnlich. Die Nase, die Augen, das Kinn, jetzt auch der Bauch, alles an uns ist irgendwie rund. Ganz früher hatte er einmal die gleichen dunklen Locken, aber die sind gänzlich verschwunden. Das, was an Haaren noch da ist, ist grau und ziemlich kurz. Er sieht müde aus. Alt. *Kummerfalten, Sorgenspalten.*

Er schenkt sich Wein nach und betrachtet die goldgelbe Flüssigkeit, als wäre es ein unverständliches Orakel.

»Also? Du wolltest mir etwas sagen?«, bringe ich das Gespräch schon mal in die richtige Richtung und mich in Position. Ich stütze meine Ellbogen auf den Tisch, lege die Hände übereinander und sehe ihn erwartungsvoll an.

Er nickt. »Mama war vorige Woche bei mir. Sie hat mitbekommen, dass du diesen Test nicht gemacht hast. Jetzt schau mich nicht so an, von mir weiß sie es nicht.« Er nimmt einen kräftigen Schluck. »Sie war jedenfalls ziemlich sauer deswegen.«

»Hm«, mache ich und überlege, woher sie diese Information hat. Mein Bruder fällt aus, Juliane erst recht. Meine Schwägerin würde das nie hinter meinem Rücken tun, dazu ist sie viel zu ehrlich. Bleibt eigentlich nicht mehr viel Auswahl. Und dann fällt mir etwas ein: Bei Mamas letztem Besuch waren auch Melanie und Nela da. Ich war zwischendurch kurz in der Küche, um das Kaffeegeschirr in die Spülmaschine zu räumen, und als ich zurückkam, war Mama schon im Aufbruch. Sie musste ganz plötzlich los.

»Egal«, meint Florian. »Am Ende ist es deine Entscheidung, die muss sie akzeptieren. Aber du hast sie angelogen, das ist keine gute Art.«

»Jaja«, sage ich und zerfetze meine Papierserviette. »Du hast gut reden, du hast sie nicht erlebt. Sie hat mich genötigt, sie hat mich zum Arzt geschleppt und … ach, scheiße.«

»Josie, du bist fast im achten Monat«, schaltet sich Juliane ein. »Was willst du ihr denn sagen, wenn sich herausstellt, dass …«

»Das spielt für mich doch überhaupt keine Rolle, versteht ihr das denn nicht?«

»Über so eine naive Haltung kann ich noch nicht einmal lachen«, meint Florian säuerlich.

»Es spielt eine Rolle«, sagt Juliane. »Natürlich tut es das. Spätestens, wenn du tatsächlich in der Situation bist. Aber das ist nicht der Punkt. Der Punkt ist, dass du dich verhältst wie ein Kind. Mensch, positionier dich doch mal. Du hast eine Entscheidung getroffen, jetzt steh halt auch dazu.«

Ich fixiere meine Schwägerin mit wütendem Blick. Juliane ist Lehrerin. Eine sehr typische. Sie tut immer, als wüsste sie alles. Dummerweise ist es meistens auch so.

»Als wenn das so einfach wäre. Ihr kennt sie doch. Ihr wisst ganz genau, wie sie sein kann«, maule ich und fixiere meinen Bruder. »Mal ehrlich? Was hättest du denn an meiner Stelle gemacht?«

Er grinst schief. »Schwer vorstellbar.«

Juliane legt ihre Hand auf meine. »Erklär ihr, was du fühlst. Deine Sicht. Dann wird sie …«

Ich seufze. »Dazu müsste sie aber erst einmal wieder mit mir reden.«

Florian tauscht einen Blick mit seiner Frau, dann richtet er ihn auf sein Weinglas. Seine Nasenflügel beben. »Da ist noch etwas.«

»Was denn?«

»Babette war mongoloid, und ich glaube, Mama hat Angst, das könnte sich wiederholen.«

Ich hebe überrascht den Kopf. »Was? Verdammte Scheiße. Warum weiß ich das nicht?«

»Jetzt weißt du's ja.«

»Ja, super. Nach einundvierzig Jahren.«

»Du hast nie danach gefragt.«

»Wie bitte? Wie soll ich denn nach etwas fragen, von dem ich überhaupt nichts weiß? Da könnte ich genauso gut fragen, warum Papa zweimal geschieden war.«

»Papa war doch nicht zweimal geschieden?«

»Eben«, sage ich.

Florian sieht mich irritiert an.

»Okay. Babette hatte also ein Down-Syndrom?«, versuche ich ihn wieder in die Spur zu bringen.

Er nickt.

»Und du meinst, dass Mama deswegen so komisch ist?«

Er nickt wieder. »Der Test war ihr sehr wichtig.«

»Hm.« Ich kaue auf meinem Daumennagel und versuche, die losen Enden zu verbinden. »Als sie mich das letzte Mal besucht hat, war eine Freundin mit ihrer Tochter da. Das Kind hat auch das Down-Syndrom. Ich schätze, sie haben über den Test gesprochen, als ich in der Küche war.«

Florian hebt die Schultern. »Möglich.«

»Nela ist ein ganz tolles Kind«, sage ich, als müsste ich etwas verteidigen, und fange an, kleine Papierkügelchen aus der Serviette zu formen. »Sie … also, ich mag sie total gern.«

»Ach Josie. Das eine hat mit dem anderen doch gar nichts zu tun. Ein Kind mit diesem Handicap hat natürlich schlechtere Chancen, und es braucht auch viel mehr Unterstützung. Das ist der Punkt. Traust du dir das denn zu?«

»Ja«, behaupte ich und bin in diesem Moment auch wirklich überzeugt.

Florian schnaubt kurz. »Tss. Dann ist ja alles bestens.«

»Ist es auch.«

Einen Moment sagt keiner etwas, dann unterbreche ich das Schweigen wieder. »Kannst du dich eigentlich noch an Babette erinnern?«

»Nicht sehr gut.«

»Aber ein bisschen schon?«

»Ein bisschen schon, ja.«

»Was genau ist damals eigentlich passiert? Ich meine, ich weiß, dass sie ertrunken ist, aber wie und warum?«

Ich sehe den Blick zwischen meinem Bruder und Juliane, sehe, wie sie ihm zunickt, und ärgere mich. Warum weiß Juliane lauter Dinge, die ich nicht weiß? Es geht hier schließlich um *unsere* Familie, und da gehört sie nur in zweiter Linie dazu. Gleich darauf schäme ich mich wieder für meine Gedanken, die hat sie nicht verdient.

Florian fährt mit einem Finger über den Rand seines Glases, so lange, bis ein heller Ton entsteht und Juliane ihre Hand auf seine legt.

»Unsere Eltern haben sich gestritten, und Mama ist weggefahren«, sagt er, als wäre das eine Erklärung.

»Aha«, erwidere ich und kapiere wieder einmal gar nichts.

Ich liege im Bett. Seit Stunden wälze ich mich von einer Seite auf die andere und kann nicht schlafen. Immer wieder resümiere ich den Abend und versuche, die neuen Erkenntnisse mit denen zu verknüpfen, die ich bereits hatte. Um zu verstehen, was vor Babettes Tod passiert ist. Dabei ist es eigentlich ganz offensichtlich: Unsere Eltern hatten Streit,

Mama ist weggefahren und Babette irgendwann in den Garten gelaufen, vermutlich, um sie zu suchen. Und dann ist sie in die Regentonne gefallen. Vielleicht wollte sie einen Käfer retten. Oder ihre kleinen Hände waschen. Man weiß es nicht. Sie lag einfach drin, mit den Füßen nach oben, und es hatte Stunden gedauert, bis man sie fand.

Papa war währenddessen in seiner Werkstatt gewesen und hatte nichts mitbekommen. Mama behauptete, sie habe ihm gesagt, er solle auf Babette aufpassen. Er sagte, er habe noch nicht einmal mitbekommen, dass sie weggefahren war. Aussage gegen Aussage, so nennt man das.

Florian selbst kann sich nicht mehr erinnern. Er war erst fünf Jahre alt, als es passierte. Ich kann mich auch kaum noch an meine frühe Kindheit erinnern, obwohl bestimmt noch alles da ist. Irgendwo abgespeichert in den Hemisphären meines Gehirns. Es lässt sich aber nicht mehr abrufen, höchstens vielleicht mit Hypnose.

Dass Babette ein Down-Syndrom hatte, berührt mich natürlich, aber Angst macht es mir nicht. Trisomie 21. Ein winziger Fehler in der DNA. Ich habe nie über dieses Thema nachgedacht, erst durch die Schwangerschaft wurde es überhaupt zu einem. Und dann habe ich auch schon Nela kennengelernt. Ich glaube, man fürchtet vor allem das, was man *nicht* kennt.

Wie hätte Mama sich entschieden, wenn sie es damals gewusst hätte? Hätte sie Babette trotzdem bekommen? Das würde ich sie gerne fragen, aber im Moment sind unsere Gespräche sehr einsilbig und kurz. Über Wetterprognosen kommen wir dabei kaum hinaus.

Ich versuche, mir Babette vorzustellen. Ein kleines Kind, drei Jahre alt. Aber es ist immer Nelas Gesicht, das ich sehe. Ich habe kein Bild von Babette, trotzdem fühle ich mich ihr verbunden. Man ist aus den unterschiedlichsten Gründen mit Menschen verbunden, ganz besonders mit denen aus der eigenen Familie. Und auch dann noch, wenn sie schon lange tot sind. Ich glaube, das hört nie auf.

Mama hatte nach Babettes Tod monatelang nicht mehr gesprochen, kein Wort, sagt Florian. Deshalb habe er damals eine Zeitlang bei unseren Großeltern gewohnt. Ich selbst war noch nicht geboren, aber an solche Schweigephasen kann ich mich auch später noch erinnern. Die gab es ab und zu. Jetzt gerade sind wir davon auch nicht weit entfernt. Und dann fällt mir noch etwas ein. Eine vage, verschwommene Erinnerung. Zwei Männer in roten Sanitäterjacken, die Mama aus dem Haus tragen. Oder habe ich das nur geträumt?

Ich drehe mich auf die andere Seite und schaue auf die Uhr. Halb eins. Die Nacht ist noch lange nicht vorbei. Mein Bauch wird ganz hart und tut weh, das macht mir Sorgen. Überhaupt habe ich überall so diffuse Schmerzen, ich kann gar nicht sagen, wo genau. Oder bilde ich mir die nur ein?

Schmerz ist eine subjektive Empfindung. Und er gehört immer nur dem, der ihn fühlt. Mama ist über Babettes Tod nie weggekommen. Sie hat ihre Erinnerungen und ihren Schmerz konserviert, luftdicht verschlossen in einer Dunkelkammer. Schmerz gepaart mit Schuld, das ist eine ungute Kombination. Weil das eine das andere noch potenziert.

Auch ich trage etwas von dieser Schuld in mir. Ich habe sie mit der Muttermilch eingesogen. Aber ich möchte sie nicht mehr mit meiner eigenen Muttermilch weitergeben.

# *Kathi*

Max hält ihr die Tür auf und holt den Aufzug. Die Wohnung ist in Frankfurt, mitten in der Stadt, in einem Hochhaus, im neunten und zehnten Stock. Eine Maisonette, so heißt das. Eine Wohnung über zwei Etagen.

Er lotst sie durch einen schmalen Flur in einen Raum, der Küche, Ess- und Wohnzimmer ist, alles in einem.

»Bin gleich bei euch«, ruft ein Mann, der neben der Spüle steht und gerade ein Stück Fleisch bearbeitet. Er reibt es mit Öl ein und Gewürzen.

Kathi schaut sich um. Schwarze Ledercouch, graue Stühle, weiß eingedeckter Tisch. Nichts Buntes. *Kein Schnickschnack*, würde Werner sagen. An der Frontseite bodentiefe Fenster. Eine Treppe führt nach oben.

»Oben sind das Schlafzimmer, das Arbeitszimmer und das Bad«, erklärt Max, der ihrem Blick gefolgt ist. »Willst du's sehen?«

Er hat sie abgeholt, wie versprochen, und jetzt zeigt er ihr sein neues Leben. Als wäre das ein besonderer Verdienst. Sie schüttelt den Kopf und lächelt gegen den Kloß, der ihr im Hals sitzt.

Max führt sie zum Tisch. »Setz dich doch.« Er zeigt aus einem der Fenster. »Schau mal. Von hier kannst du die Skyline von Frankfurt sehen.«

Die Skyline ist Kathi egal. Wenn sie zu Hause aus ihrem Dachflächenfenster im Speicher sieht, dann liegt ihr der Westerwald zu Füßen. Jedenfalls ein Teil davon. Der gefällt ihr besser.

»Schön«, sagt sie trotzdem.

Sein Freund kommt jetzt dazu. Braune Haare, offenes Lächeln. Er sieht nett aus, denkt Kathi. Und gar nicht … so. Aber das tut Max ja auch nicht. Er reibt sich die Hände im Gehen an einem Küchentuch trocken und wirft Max einen schnellen Blick zu. Ein Blick, der Kathi ausschließt.

»Adrian Hafenmeister«, stellt er sich vor. »Ich freue, mich, Sie kennenzulernen.«

»Katharina«, murmelt Kathi und räuspert sich. »Bondorf.«

»Setz dich doch«, sagt Max wieder. Er hatte schon immer ein Gespür für ihre Befindlichkeit. »Wein?«

Sie nickt. »Weißen, wenn du hast.« Eigentlich wollte sie keinen Alkohol trinken, aber jetzt weiß sie nicht, wie sie den Abend ohne überstehen soll.

»Es gibt Entrecôte. Mit Backofenkartoffeln und Gemüse, da würde ein roter eigentlich besser passen.«

»Ich mag aber keinen Rotwein, das weißt du doch.« Sie klingt schon wieder bockig. »Sonst trinke ich auch Wasser, kein Problem.«

»Schon gut.« Max nimmt eine Flasche aus dem Kühlschrank und entkorkt sie. Er wirft seinem Freund einen neuen Blick zu. Einen zärtlichen. Kathi schaut betreten zur Seite.

Während des Essens versucht sie, die Bockigkeit abzulegen. Die beiden haben sich viel Mühe gegeben, und es macht den Abend auch nicht erträglicher, wenn sie sich verweigert. *Höfliche Konversation*, denkt sie. Es wird schon gehen.

Sie fragt Max nach seiner Arbeit (»Viel zu tun, wie immer.«), und Max fragt sie nach der Ladeneröffnung. (»In drei Wochen, wenn alles klappt.«)

»Was ist eigentlich mit dieser Frau?«

»Welcher Frau?«

»Der Schwangeren.«

»Josie? Was soll denn mit ihr sein?«

»Triffst du sie noch?«

»Natürlich.«

»Ist sie eigentlich allein? Also, ohne Partner?«

»Sie hat sich getrennt.«

»Obwohl sie schwanger ist?«

»Josie schafft das schon, sie hat viel Energie. Und sie freut sich auf das Kind, das ist das Wichtigste. Warum interessierst du dich so für sie?«

Max lächelt schief. »Sicher nicht aus dem Grund, den du gerne hättest.«

Sie spürt, wie ihr das Blut in den Kopf steigt, und senkt ihn beschämt. Aus den Augenwinkeln sieht sie, wie Adrian den Kopf leicht schüttelt und eine Hand auf Max' Arm legt.

»Ich wundere mich nur«, sagt Max. »Und frage mich, was sie von dir will.«

»Sie will gar nichts von mir. Wir … wir mögen uns. Das ist alles.«

»Ich möchte nur, dass du vorsichtig bist.«

»Hast du Angst um dein Erbe?«

»Im Augenblick ist es *dein* Erbe. Und Angst habe ich, wenn überhaupt, nur um dich.«

»Das brauchst du nicht. Ich kann sehr gut auf mich aufpassen.«

Adrian hebt sein Glas. »Kommt. Lasst uns anstoßen. Auf einen schönen Abend.«

»Ich freue mich auch darauf«, sagt Kathi und greift zum Glas.

»Schön«, sagt Max.

»Ich meinte das Kind.«

»Du freust dich auf das Kind? Das Kind von …«

»Von Josie, ja.« Kathi nimmt das Besteck und schneidet ins Fleisch. Es ist butterzart. »Ein anderes, auf das ich mich freuen kann, gibt es ja nicht.«

»Ich mag Kinder auch sehr«, meint Adrian, der die Botschaft dahinter nicht versteht. »Die meisten meiner Schüler sind Kinder.«

Nach dem Essen steht Max gleich auf und beginnt, das Geschirr abzuräumen. Kathi will ihm helfen, aber er hält sie zurück. »Lass, ich mach das schon.«

»Ich kann dir doch rasch …«

»Bleib sitzen.«

Verlegen greift sie nach der gefalteten Serviette. »Ehm, wo ist denn die Toilette?« Sie tupft sich die Stirn.

»Da vorne links.« Adrian deutet mit dem Finger in Richtung Flur.

»Danke.«

Vor der Tür bleibt sie stehen und lauscht. Leises Gemurmel. »Man kann … eben nicht aussuchen.« Das war Max.

»Na komm. Sie gibt sich doch Mühe.«

Einen Moment ist es still. Dann wieder Adrian. »Was genau wirfst du ihr eigentlich vor?«

»Meine Mutter ist permanent enttäuscht. Sie ist es von mir, und sie war es von meinem Vater. Aber ich glaube, eigentlich ist sie es nur von sich selbst.«

In der Toilette stützt Kathi sich erschöpft am Waschbeckenrand ab. Der Spiegel zeigt ihr ungeschöntes Alter. *Siebzig ist kein Problem, da hat man noch ein relativ entspanntes Jahrzehnt vor sich.* Wer hatte das gesagt?

Einer, der keine Ahnung vom Leben hat. Jedenfalls nicht von ihrem.

# *Josie*

Auf meinem Schreibtisch türmt sich ein Aktenberg, davor sitzt meine Kollegin Britta. Akte für Akte versetzen wir den Berg von einer Seite auf die andere, während ich Britta die Situationen der Familien erkläre, für die ich zuständig bin. Britta wird mich während meiner Mutterschutzzeit vertreten. Genau genommen hat sie schon damit angefangen, weil ich seit einigen Wochen nur noch Innendienst mache. Pausenlos klingelt das Telefon. Fehlende Bescheinigungen, verschobene Termine, Ärger im Frauenhaus. Es gibt immer etwas, worum man sich schnell kümmern muss, oft fehlt die Zeit, noch öfter das Geld. Wie immer versuche ich zu helfen, wo ich kann, und wie immer gelingt es mir nur manchmal. Das gehört dazu. So wie es dazugehört, dass ich sehr viel arbeite und nur wenig verdiene.

Aber mir macht meine Arbeit Spaß. Ich könnte mir nicht vorstellen, als Buchhalterin den ganzen Tag in einem Büro zu sitzen und Zahlenkolonnen zu addieren. Oder als Stewardess in einem Flugzeug zu stehen und Häppchen zu offerieren. Schon diese paar Wochen ohne Außenkontakte fallen mir schwer.

Ich bin froh, dass Britta meine Familien übernimmt und nicht Simone. Über einen gesunden Menschenverstand verfügen sie beide, aber Simone ist nicht so empathisch wie Britta. Es ist in unserem Beruf natürlich auch nicht immer leicht, empathisch zu sein. Manchmal hat man es mit Vätern zu tun, die ihre Kinder schlagen, oder mit Müttern, denen das egal ist. Aber trotzdem darf man die Nöte, die dahinterstehen, nie außer Acht lassen. Man muss sich hineinversetzen, in das Dilemma der sozialen Missstände, muss fühlen, was jahrelange Arbeits- und Perspektivlosigkeit aus Menschen macht, sonst kann man keine Verbindung aufbauen. Und wenn man keine Verbindung aufbauen kann, dann vertrauen einem die Leute nicht. Und wenn einem die Leute nicht vertrauen, dann rennt man gegen Mauern und verändert nichts. Es gibt genug Kollegen, bei denen ich das erlebe.

Bei einer Familie steht die Inobhutnahme der Kinder bevor, eine Pflegefamilie wird gesucht. Wir seufzen beide. Das Telefon klingelt.

»Josie?«

»Melanie? Du, das ist jetzt ungünstig. Ich bin gerade …«

»Kein Problem. Kannst du nach der Arbeit kurz vorbeikommen?«

»Klar«, sage ich und lege auf.

»Ich kenne die Familie«, meint Britta. »Schwierig.«

»Er ist nicht der leibliche Vater.«

»Trotzdem scheinen die Kinder sehr an ihm zu hängen, mehr als an ihrer Mutter.«

»Sie wechselt oft ihre Partner. Es ist schon der vierte, seit ich sie kenne«, sage ich und überlege, wie oft man einen Vater verlieren kann, bis es aufhört weh zu tun.

Zwei Stunden später sitze ich mit Melanie vor deren Laptop und versuche, ihren Ausführungen zu folgen. Das Fenster ist auf, draußen jault ein Rasenmäher, irgendwo bellt ein Hund. Immer wieder zerfließen meine Gedanken in alle Richtungen.

»Und? Wie findest du's?«, fragt Melanie.

»Gut«, behaupte ich sofort und ohne nachzudenken. Aber dann schaue ich doch noch mal genauer hin. Weiße Schrift auf taubenblauem Grund. Es gefällt mir wirklich. »Echt schön.«

Melanie verschiebt einen Schriftzug etwas weiter nach links. »Besser so, oder?«

Ich nicke, obwohl ich nicht so richtig überzeugt bin. Ich finde, es macht keinen Unterschied. »Hat Kathi das schon gesehen?«

»Ja. Gestern.«

»Und? Was hat sie gesagt?«

»Wenig.« Melanie zuckt mit den Schultern. Sie weiß von meiner Zuneigung für Kathi, kann sie aber offenbar nicht teilen. »Ich glaube, Kathi ist eher der Typ, der sagt, wenn ihr etwas *nicht* gefällt. Aber ich denke, wenn es *dir* gefällt und du das entsprechend kommunizierst, dann gefällt es *ihr* wahrscheinlich auch. Deshalb wollte ich auch, dass du noch mal draufschaust.«

»Quatsch. Kathi hat ihre eigenen Vorstellungen. Sie braucht meine nicht.«

»Ich glaube, da täuschst du dich. Ich höre immer nur: Josie meint, Josie sagt, Josie macht.«

Ich schüttle den Kopf. »Kathi ist einfach in einer schwierigen Situation. Vor einem halben Jahr ist ihr Mann gestorben. Und jetzt noch die Sache mit ihrem Sohn.«

»Die *Sache*? Mannomann, der kann einem echt leidtun.«

»So meine ich das doch gar nicht. Ich versuche nur, mich in ihre Lage zu versetzen.«

Sie lehnt sich zurück und verschränkt die Arme. »Sag mal, was findest du eigentlich an ihr?«

»Wieso?«

»Ich finde, wenn es um Kathi geht, dann fehlt dir jede Objektivität.«

»Quatsch. Ich mag sie halt. Weil man sich auf sie verlassen kann und weil … was weiß ich. Sie hat einfach so etwas Stabiles und …«

Melanie winkt ab. »Jaja, schon gut.« Sie wendet sich wieder dem Entwurf zu. »Du darfst sie ja mögen. Also, was ist? Findest du's okay?«

»Ja«, nicke ich. »Deshalb ist ihr der Laden auch so wichtig, verstehst du? Sie braucht wieder eine Aufgabe«, mache ich noch einen Versuch.

»Josie, komm mal wieder runter. Ich habe ja nichts gegen sie. Ich finde diese Laden-Idee sogar super, das weißt du. Aber erstens hat das eine nichts mit dem anderen zu tun, und zweitens wird es nicht funktionieren, wenn sie nichts ändert. Und damit ist ihr dann auch nicht geholfen.« Mit einer zackigen Bewegung zieht Melanie das Blatt aus dem Drucker. »Hier. Bringst du ihr das vorbei?«

Kommentarlos falte ich das Papier und verstaue es in meiner Tasche.

»Dabei gibt es so tolle Projekte. Unverpackt-Läden, Bio-Läden, Dorfläden mit ganz eigenen Ideen«, sinniert Melanie. »Aber einfach nur ein Edeka-Schild über die Tür zu hängen und darauf zu warten, dass alles wieder so schön wird, wie es nie war, das wird nicht funktionieren.« Sie setzt sich auf die Fensterbank und zündet sich eine Zigarette an. »Das kann sie vergessen.«

»Ich kann ja noch mal mit ihr reden.«

»Ach, lass gut sein. Im Grunde ist es mir egal. Ist ja nicht mein Problem.« Sie hebt die Schultern, bläst den Rauch in die Luft und hält ihr Gesicht in die Sonne. »Puh. Diese Hitze macht mich echt fertig. Der ganze Scheißklimawandel.«

Ich wedele mit der Hand vor meinem Gesicht. Seit ich selbst nicht mehr rauche, stört es mich, wenn andere es tun. »Vom Rauchen wird's aber auch nicht besser.«

»Ich rauche nur eine einzige Zigarette pro Tag«, sagt sie und klingt plötzlich gereizt.

»Dann kannst du's doch auch genauso gut ganz sein lassen.«

»Ich lasse schon genug sein.«

»Was denn zum Beispiel?«

»Sex mit Fremden, Treffen mit Freunden, Alkohol.« Sie schnippt die Asche aus dem Fenster. »Außerdem ist es eh zu spät.«

»Wieso? Was meinst du?«, frage ich erschrocken. Ist sie etwa krank? Vielleicht Krebs?

»Wir können die Katastrophe doch sowieso nicht mehr aufhalten.«

»Oh Mann!«, stöhne ich mehr erleichtert als ärgerlich. »Also ich finde, es gibt schon eine Menge guter Ansätze. Und wir sind doch auch schon mit ganz anderen Problemen fertiggeworden.«

»Ach ja? Und zwar?«

»Pest und Cholera!«

»Dafür haben wir jetzt Welthunger.«

»Welthungerhilfe.«

»Mikroplastik.«

»Greenpeace.«

»Klimaerwärmung.«

»Fridays for Future.«

»Kapitalismus.«

Jetzt fällt mir nichts mehr ein. Ich knabbere an einem Fingernagel und fühle mich plötzlich sehr unzulänglich. Ich bin weder Mitglied bei Greenpeace, noch spende ich für UNICEF, noch habe ich mich jemals in einer Friedensbewegung engagiert. Ich kaufe auch nicht ausschließlich Biosachen ein oder mache mein Deo selber oder komme mit einem einzigen gelben Sack im Jahr aus. Das heißt aber nicht, dass ich gegen Umweltschutz bin. Ich bin sogar sehr dafür. Nur bisher war ich es eben eher passiv.

Melanie drückt die Kippe aus und schüttelt den Kopf. »Tut mir leid, ich schieße manchmal etwas übers Ziel hinaus«, sagt sie zerknirscht. »Aber mich macht das alles langsam wahnsinnig. Ich meine, wir steuern geradewegs auf eine Vollkatastrophe zu, ungebremst. Wir wissen, dass wir zu viel fliegen, zu dicke Autos fahren, zu viel Plastikmüll produzieren. Wir diskutieren seit Jahren über den Braunkohleausstieg und alternative Energien, und dann werden Windräder nicht gebaut, weil zwar alle *guten* Strom haben wollen, aber nicht vor der Haustür.«

»Na ja. Es kann eben nicht jeder dein Maß haben«, sage ich kleinlaut.

»Glaubst du, der Klimawandel wartet auf uns? Auf unser Maßhalten? Darauf, dass es uns endlich mal in den Kram passt, unser Verhalten zu ändern?«

»Aber alles immer nur schwarzzumalen bringt uns auch nicht weiter.«

»Und immer nur ans Geld zu denken und an alten Gewohnheiten festzuhalten, weil man den Arsch nicht hochkriegt, noch weniger.«

Ich reibe mir meine müde Stirn. Die letzte Nacht war fast schlaflos gewesen. Wegen meines mittlerweile ziemlich beachtlichen Bauchumfangs. Es geht nur noch Rückenlage. Dazu kommt der lange Tag im Büro. Und seit einer halben Stunde Diskussionen über zum Scheitern verurteilte Dorfladenstrategien, Grundsatzdebatten zum Klimawandel und Melanies schlechte Laune. Ich bin geschafft.

»Ich geh dann mal.«

Sie drückt ihre Zigarette aus und schließt das Fenster. »Tut mir leid.«

»Ach, schon gut. Du hast ja recht.«

»Nein, echt. Es tut mir wirklich leid. Du kannst ja nix dafür. Ich bin nur einfach so genervt, weil ich diese Hitze nicht vertrage. Und weil ich nie in Ruhe arbeiten kann. Und weil Jens seit drei Wochen mit seiner neuen Freundin auf der AIDA durch die Weltmeere schippert und sich einen Scheißdreck ums Klima kümmert. Oder um uns.«

»Tut mir leid«, entschuldige ich mich auch.

»Ach, Josie.« Sie setzt sich auf den Stuhl neben mich und legt ihren Kopf an meine Schulter. »Hör einfach nicht auf mich, ich bin ein Schaf.«

Sie hebt den Kopf wieder und betrachtet mich prüfend. »Und bei dir so? Alles klar?«

»Alles klar. Ich bin nur müde.«

Sie tätschelt meinen Bauch. »Tja. Irgendwann drücken einem diese kleinen Biester ganz schön auf das Innenleben.«

Ich nicke und tätschle mit. Der letzte Termin zum Ultraschall war wie immer: unauffällig. »Dem Baby geht's gut, das ist die Hauptsache.«

»Und dir?«

Ich zögere. »Auch. So weit.«

»Stress mit dem Kindsvater?«

Ich schüttle den Kopf.

»Deiner Familie?«

»Nein.«

»Mit Kathi?«

»Nein.«

»Im Büro?«

»Auch nicht. Ich bin wirklich nur müde.«

Sie schaut mich weiter an und nickt dabei, als habe sie gerade irgendetwas Wesentliches verstanden.

Mein Baby bewegt sich. Kleine rumpelnde Stöße von

innen. Winzige Hände oder Füße, die mir ins Gewebe boxen.

»Fühl mal«, sage ich und lege ihre Hand auf meinen Bauch. Wir lächeln beide.

»Ich hatte mal eine Schwester«, sage ich und erschrecke. Der Satz ist einfach so aus mir herausgerutscht, ehe ich darüber nachdenken konnte. Jetzt lässt er sich nicht wieder zurückholen.

»Du hattest?«

»Ja.« Es liegt vermutlich am Tätscheln. Wenn mich jemand tätschelt, dann werde ich immer ganz weich. »Babette. Ist aber schon vor meiner Geburt gestorben.«

»Oh.«

»Mama!« Nela steht plötzlich in der Tür. »Wann gehen wir auf den Spielplatz?«

»Gleich, Spätzchen«, sagt Melanie, ohne den Blick von mir abzuwenden.

Sie streicht sich die Haare zurück. »Wie ist sie denn gestorben?«, flüstert sie.

»Ertrunken«, flüstere ich zurück und hebe den Kopf. Melanie sieht so betroffen aus, dass ich mich fast schon wieder schäme. Es ist mehr als vierzig Jahre her, und ich habe Babette noch nicht einmal gekannt.

»Jetzt ist schon gleich«, bringt Nela sich wieder in Erinnerung.

Melanie dreht sich um. »Nela, ich rede gerade mit Josie. Und ich muss das hier noch fertig machen. Danach …«

»Ich will aber jetzt auf den Spielplatz! Du hast es mir versprochen.«

»Schon gut«, sage ich und schaue auf die Uhr. »Ich will euch nicht länger aufhalten.«

»Quatsch. Du hältst uns nicht auf.«

Nela streicht Bernd über den Kopf. »Gleich«, sagt sie und sieht ihn ganz ernst an. »Gleichgleichgleich.«

Ich stehe auf und ziehe mein knappes Schwangerschaftskleid so weit es geht nach unten. Auch Stretch hat seine Grenzen.

»Mama, ist jetzt gleich?«

Melanie wirft mir einen verzweifelten Blick zu. »Ich werde noch wahnsinnig«, stöhnt sie. Und leise: »Sicher, dass du nicht darüber reden willst?«

Ich nicke. Sie schenkt mir noch einen kurzen, intensiven Blick, bevor sie den Kopf in Nelas Richtung dreht. »Na gut, dann gehen wir jetzt auf den Spielplatz. Aber heute Abend lässt du mich in Ruhe arbeiten, versprochen?«

Nela befestigt ein Stück Schnur um Bernds Hals. Vermutlich die Leine.

»Versprochen?«, wiederholt Melanie.

»Jaaa«, sagt das Kind und hebt einen Zeigefinger. »Du sollst aber auch mitkommen.«

Es dauert einen Augenblick, bis ich begreife, dass nicht Bernd, sondern ich gemeint bin.

»Das hast du gesagt. Beim letzten Mal«, behauptet sie.

Melanie schiebt ihre Papiere zusammen. »Du musst nicht. Lass dich bloß nicht von meiner Tochter unter Druck setzen.«

»Na ja«, sage ich. »Eigentlich habe ich sowieso nichts Besseres vor.« Und dann kommt mir ein Gedanke. »Wir könnten auch ohne dich zum Spielplatz gehen. Dann könntest du hier noch in Ruhe etwas arbeiten.« Ich fange Nelas Blick ein. »Das macht uns doch nix, oder?«

»Das macht uns nix«, sagt Nela.

»Ehrlich?«, fragt Melanie.

»Ehrlich.«

»Ganz ehrlich?«, fragt sie noch einmal, als wäre nur ehrlich nicht ehrlich genug.

»Ganz, ganz ehrlich.«

»Eine Stunde? Wäre das okay?«

»Kein Problem.«

»Dann würde ich euch abholen, und wir könnten zusammen ein Eis essen?«

»Ich will Bananeneis«, stellt Nela fest.

Melanie sieht mich wieder an. »Sicher?«

»Klar«, nicke ich, obwohl ich plötzlich Angst vor meiner eigenen Courage habe. »Ganz, ganz sicher.«

Ich streife meine Sandalen von den Füßen, setze mich mit Bernd auf dem Schoß auf die Bank unter dem Kastanienbaum und schließe die Augen. Nela plappert, ein paar Spatzen tschilpen, eine leichte Brise lässt die Blätter rauschen. Für einen Moment vergesse ich alles, sogar meine Bedenken. Ich bin zwölf Jahre alt und im Wald, auf einer Lichtung, mit meinem Vater. Wir wollen grillen. Wir haben Holz gesammelt. Totes Holz, sagt er und will damit ein Feuer in Gang setzen. Ich habe zwei dünne Stöcke in der Hand, die Würste wollen wir damit aufspießen und über das Feuer halten. Es ist warm, die Blätter rauschen, die Vögel tschilpen, ich plappere. Papa hat die Streichhölzer vergessen, er versucht es mit zwei Steinen, aber es klappt nicht. Seine Miene wird finster, ich höre auf zu plappern. Und reiße die Augen auf. Keine Spur von Nela.

»Nela?«, rufe ich.

Nichts.

»Nelaaa?«

Immer noch nichts.

»NELA!« Jetzt schreie ich, Panik in der Stimme.

Endlich höre ich ein helles Lachen und entdecke sie auf der Rutsche. Sie hat sich hingelegt, ganz flach, damit ich sie nicht entdecke. »Ich bin doch hier«, kichert sie.

»Oh Mann. Das ist nicht witzig«, schimpfe ich, aber es ist kein richtiges Schimpfen. Sie lebt. Ich bin grenzenlos erleichtert.

»Pass nur auf, und mach nicht so wild.« Ich habe weder Gummibärchen noch Taschentücher dabei, ich habe nichts, außer die volle Verantwortung.

»Ich bin ein wilder Kerl«, schreit Nela und rutscht. »Ganz wild.«

Sie rennt zur Wippe. Es klappt nicht ohne Gegengewicht. Wir versuchen es zusammen. Ich bin natürlich zu schwer. Danach ist die Schaukel dran. Ich schubse und sehe zwischendurch auf die Uhr. Eine halbe Stunde haben wir schon überstanden, und es ist nichts passiert.

»Was sollen wir jetzt machen?«, fragt Nela.

Ich sehe mich um. »Ich weiß nicht. Vielleicht Verstecken spielen?«

Sie springt von der Schaukel, geht in die Hocke und legt ein Bild aus kleinen Steinen und Stöcken.

»Was ist das?«

Was das ist? Keine Ahnung. Ich muss raten. Ein Haus, ein Baum? »Ein Auto?«

»Kein Auto«, kräht sie. »Das ist doch ein Vogel.«

»Aha.« Mit viel Phantasie.

»Und das?«

Ein Mann? Ein Kind? »Eine Frau?«

»Ein Mensch.« Die Zunge klemmt ihr zwischen den Lippen, auf der Stirn hat sich eine kleine Denkerfalte gebildet. »Und das?«

Ich sehe den langen Stock zwischen Körper und Kopf. »Eine Giraffe?«, rate ich, und sie klatscht in die Hände.

Das nächste Gebilde ist wieder ein Tier, aber jetzt eines ohne rassespezifische Merkmale. Körper, Kopf, vier Beine.

»Hund, Katze, Maus«, sage ich.

»Es ist rosa.«

»Ach so, ein Schwein.«

»Der Papa vom Schwein.«

»Der Papa vom Schwein ist auch ein Schwein.«

»Aber der heißt nicht nur Schwein. Der heißt auch Eber«, sagt Nela.

»Okay. Also ein Eber.«

Sie nickt. Und in diesem Moment fällt es mir wieder ein. Plötzlich weiß ich wieder, wie das Dorf heißt, in dem mein Vater begraben ist. Es heißt Ebrach.

Sie nimmt ab, ohne sich zu melden.

»Mama?«, schreie ich in den Hörer. »Bist du da?«

»Ja. Schrei doch nicht so.«

»Entschuldigung. Ich dachte, du hörst mich nicht. Die Verbindung ist schlecht.«

»Was ist los? Warum rufst du so früh an?«

»Oh. Tut mir leid. Hast du noch geschlafen?« Es ist Sonntag und erst fünf vor neun. Darauf habe ich nicht geachtet.

»Nein. Natürlich nicht.«

»Wie geht's dir denn so?«

»Gut.«

»Und dir?«, flüstere ich an ihrer Stelle.

»Was?«

»Ach nix. Mir geht's auch gut.«

»Schön.«

»Ziemlich heiß. Die haben für heute 36 Grad gemeldet.«

»Ja.«

»Es ist auch noch kein Ende in Sicht.«

»Ich weiß.«

»Und alles so trocken.«

»Hmm.«

»Kommst du denn zurecht?«

»Was soll die Frage?«

»Na ja, ich dachte nur. Wegen der Hitze.«

»Josie, ich habe nicht mehr viel Zeit.«

»Jaja. Ich wollte nur … also wegen dem Test …« Ich höre sie leise stöhnen. »Ich meine, wegen des Tests. Florian hat mir gesagt …, also, es ist alles ganz unauffällig. Du musst dir keine Sorgen machen.«

Sie antwortet nicht.

»Ich gehe regelmäßig zur Untersuchung.«

Immer noch keine Reaktion.

»Wenn ich natürlich gewusst hätte, dass Babette …«

»Josie! Bitte!«

»Also, wenn ich es gewusst hätte …«

»Ich muss jetzt los. Ich bin verabredet.«

Meine Mutter ist nie verabredet. »Aha?«

»Ja. Zum Frühstück.«

»Mit wem?«

»Mit den Leuten von der örtlichen Stadtbibliothek. Die suchen Helfer.«

Sie legt auf, und ich bleibe mit dem Telefon in der Hand sitzen. Ich frage mich, was da schiefläuft zwischen uns. Wir reden uns immer weiter auseinander. Dabei möchte ich doch nur, dass sie sich für mich interessiert. Dass wir uns wieder so nahekommen, wie wir es an der Mosel einmal kurz waren. Und dass sie meine Entscheidung *akzeptiert* und nicht nur *toleriert*. Das auch. Toleranz erfordert nämlich keine innere Bereitschaft, sie ist nur Duldung.

So lange ich denken kann, war es mein Vater, dem ich die Schuld an allem gegeben habe. Er war ein wütender Versager, und es war seine Schuld, dass Mama so viel arbeiten musste. Er war auch schuld daran, dass sie sich oft eingeschlossen und sich später von ihm getrennt hat. Und dass ich mir als Teenager keine teuren Markenklamotten leisten konnte, daran war er auch schuld. Ich glaube, am Ende hat Mama ihn auch nur noch geduldet. Vielleicht war er deshalb oft so wütend.

Ich erinnere mich aber auch noch an einen anderen Vater.

An einen, der mich auf seine Schultern setzte, weil ich klein und müde war. Und der mir ein Geschenk mitbrachte, weil er eine tolle Erfindung gemacht hatte. Das meine Mutter allerdings am Ende bezahlen musste. Manchmal hatte sie drei Jobs gleichzeitig, damit wir über die Runden kamen. Sie hat es wirklich nicht leicht gehabt. Aber dann denke ich daran, wie sie mich schon als Kind immer wieder abblitzen ließ und wie sehr ich mich danach gesehnt hatte, von ihr geliebt und umarmt zu werden. Und schon wird aus dem ganzen Schwarz-Weiß wieder ein schmutziges Grau. Es ist zum Heulen.

Ich lasse mich auf mein ungemachtes Bett fallen und nehme mir vor, Papa bald einmal zu besuchen. Auch Babette. Selbst wenn ich nichts mehr von ihnen finde, jedenfalls nichts, das sich noch anfassen oder betrachten ließe, glaube ich, dass noch etwas da ist. Irgendeine Art von Antimaterie.

Den Gedanken, dass sie beide ganz allein und zwischen lauter Fremden begraben sind, fand ich schon immer schwierig. Früher hat man die Toten dort begraben, wo sie auch geboren und aufgewachsen waren, jedenfalls die allermeisten. Im Kreis der Familie. *Für immer.* Und dann lagen sie für die nächsten dreißig Jahre neben den Menschen, die sie ihr Leben lang gekannt und vielleicht auch geliebt haben. In Gräbern, auf denen Friedhofslichter standen und die mit Begonien bepflanzt waren. Sie bekamen Besuch und lagen nicht unter einem Stück Wiese im Nirgendwo, einem winzigen Fleckchen Erde, das man schnell wieder vergessen hatte. Und wenn ihre Seelen umherschwebten, dann sind sie sich begegnet. Vielleicht haben sie sich sogar verabredet. *Morgen Abend, gleiche Zeit.*

Mit wem bitte schön sollen sich Babette und Papa denn verabreden? Da, wo sie sind?

# *Kathi*

Der Tag der Eröffnung. Das ganze Dorf ist da, bis auf die Straße verteilen sich die Gäste. Wer drinnen ist, streicht durch die Regale und schielt unauffällig nach den Tabletts, wer draußen ist, versucht reinzukommen. Es gibt Sekt, Saft, kleine belegte Schnittchen. Und alles gratis.

»Wo ist denn das Mehl? Das war doch früher immer ganz vorne im ersten Gang.«

»Ja, Marlene, aber jetzt steht's hinten. Vorne ist der Kaffee«, ruft Kathi über die Köpfe, während sie kassiert.

Sie haben sich aufgeteilt. Josie kümmert sich um Sekt und Schnittchen, Ida packt Brot oder Kuchen ein, und sie selbst steht an der Kasse. Manchmal treffen sich ihre Blicke, und dann lächeln sie. *Natürlich helfe ich dir, Kathi*, hatte Ida am Telefon gesagt.

Kathi ist dankbar für die Hilfe. Aber sie versteht Ida nicht. *Max und ich sind kein Ehepaar mehr, aber wir sind immer noch Freunde, und das werden wir auch bleiben.* So löst man dieses Problem jedenfalls nicht.

»Haben wir noch irgendwo Sekt?«, fragt Josie im Vorbeigehen. »Ich habe im Lager keinen mehr gesehen.«

»Dann sollen die Leute Saft trinken. Oder Wasser.«

»Schnittchen sind auch alle. Ich stelle ein paar Schälchen mit Knabberzeug auf.«

»Mach das«, sagt Kathi und wirft Josie einen besorgten Blick zu. »Aber übernimm dich nicht.«

Josie winkt ab. Klein und zäh ist sie. *Zähes Luder*, so hatte ihre Großmutter sie früher genannt, wenn sie die Schläge einsteckte, ohne eine Miene zu verziehen. Geweint hat sie trotzdem, aber erst später. In der Werkstatt, beim Großvater. *Zähes Luder.* Ihre Großmutter war auch ein zähes Luder. Lag im Bett und wollte nicht sterben. Ließ sich füttern wie ein Baby und grinste mit ihrem zahnlosen Mund, wenn man ihr den Hintern abwischte. Den ihrer Enkelin hatte sie tausend Mal versohlt.

»Kathi, ziehst du mir die mal eben ab?« Eine Frau drängt sich nach vorn, eine Schachtel mit sechs Eiern in der Hand. »Ich habe das Essen auf dem Herd.« Das sagt sie zu den anderen, die vor ihr an der Kasse waren. Ein paar schütteln den Kopf, aber niemand beschwert sich.

»Eins neunundsiebzig.«

Die Ladentür steht nicht still. Es ist ein Kommen und Gehen, den ganzen Vormittag schon. Der Wind zerrt an dem Strauß Luftballons, den Josie an das Geländer gebunden hat. Rote, weiße und grüne.

Kathi wirft einen Blick auf die Uhr. Kurz vor zwölf. Gleich Halbzeit. Max ist noch nicht da. *Ich muss arbeiten, Mama. Danach komme ich.* Sie hat ihn nicht darum gebeten. Hoffentlich kommt er allein, schon wegen Ida.

Der Großvater steht hinter ihr und schaut ihr über die

Schulter. Breitbeinig, lächelnd, die großen Hände tief in die Taschen vergraben. Der Laden war sein Erbe, er hat ihn aufgebaut. Das hat sie nie vergessen.

*Gut gemacht, Katinka.*

Sie sieht ihn noch hinter seiner Werkbank stehen, die Ohren rot von der Sonne. Der Geruch von Metall und Maschinenöl dringt ihr in die Nase.

»Dass ich das noch erleben darf«, schreit Hilde von irgendwoher. »Dass ich das noch erleben darf.«

Kathi tippt Preise ein. Das Bild des Großvaters schwindet. 7 Euro 37, auf 10 Euro. Sie braucht mehr Kleingeld.

»Josie?«, ruft sie. »Kannst du mich mal eben für einen Moment vertreten?«

»Ja. Klar.«

»Bin gleich zurück.« Sie hastet durch den Gang.

»Hallo, Kathi. Schön, dass es deinen Laden wieder gibt.« Eine dunkle, kräftige Stimme und ein Blick aus grauen, freundlichen Augen.

»Hallo Tom.«

Neben ihm zwei Jungs. Unverkennbar seine. Er nickt ihr noch einmal zu und geht zur Kasse. Sie sieht, wie er seine Einkäufe auspackt. Kaffee, fertige Tomatensoße, zwei Päckchen Spaghetti. Sieht, wie Josie die Preise eintippt, sieht, wie sie lächelt. Tom lächelt auch. Er zeigt auf seine Kinder. Dann auf die Spaghetti.

Als sie zurückkommt, ist er schon fast zur Tür raus. Das bittere Gefühl einer Niederlage macht sich in ihr breit. Der Anruf von seinen Eltern damals, das Gerede. *Euer Sohn soll sich bloß von Tom fernhalten.*

Sie legt die Münzrollen ab. »Einen Moment noch«, sagt sie zu Josie und läuft ihm nach. »Tom?«, ruft sie. »Warte!«

Er bleibt stehen.

»Hast du noch zwei Minuten?«

»Ja. Natürlich«, sagt er und klingt freudig überrascht. »Schön, dass du mich ansprichst.«

Sie runzelt verwirrt die Stirn.

»Ich hatte auch schon die Idee, ich war mir nur nicht sicher, ob …«

»Wirklich?«

»Ja. Ich würde dich sehr gerne beliefern. Mit Kartoffeln, Eiern, Gemüse … vielleicht auch …«

»Ach so. Nein. Also, darüber können wir ein anderes Mal reden. Mir geht es jetzt um … um Max.«

»Ja?« Er öffnet die Wagentür und schiebt seine Kinder ins Auto. »Schnallt euch schon mal an.«

»Max hat sich von seiner Frau getrennt.«

»Hab ich schon gehört.«

Sie seufzt. »Weißt du auch, warum?«

»Na ja. So ungefähr.«

»Tom.« Sie sammelt sich und holt tief Luft. »Was war das damals zwischen euch? Hat er … ich meine, gab es …« Sie verheddert sich.

»Ach Kathi. Wir waren beide in der Pubertät und gerade dabei, uns selbst zu entdecken. Max war verunsichert, weil er gemerkt hat, dass er, na ja, dass er eben eher Interesse an Jungs hatte. Wir haben nicht so richtig darüber gesprochen, aber plötzlich war es eben da. Irgendwann hat er mir gesagt, dass er sich in mich verliebt hat. Da habe ich ihn ausgelacht.« Er lächelt bitter. »Dafür schäme ich mich bis heute.«

Kathi schluckt. »Er hat uns nie etwas gesagt.«

»Wie denn auch?«

»Deine Eltern …«

»Meine Eltern, ja. Die haben damals etwas mitbekommen und mir den Kontakt verboten.«

»Hast du denn mit Max einmal darüber gesprochen? Ich meine später?«

Er seufzt. »Nein. Zuerst war ich selbst völlig neben der Spur. Ich konnte überhaupt nicht mit dieser Sache umgehen. Und später … später war es eben zu spät. Ich habe es einmal versucht, aber er hat mich abblitzen lassen.«

»Ich … ich kann auch nicht damit umgehen. Ich meine, was soll denn daraus werden? Wenn vielleicht mal jemand mit ihm reden würde, also jemand anderes als ich. Wenn ihn jemand …« Sie verhakt sich wieder.

»Hör auf, Kathi. Dein Sohn hat sich sein ganzes bisheriges Leben nach anderen gerichtet. Er wollte euch nicht enttäuschen. Lass ihn jetzt bloß nicht hängen. So wie ich damals.«

# *Josie*

Die Luft ist feucht, aber noch mild, und ein leichter Wind streicht über mein Gesicht, während ich langsam durch die Reihen der Gräber gehe, Inschriften lese und die glühend rote Sonne ihre letzten Grüße verschickt. Wie immer spüre ich die zarte Anziehung derer, die dort liegen. Als wollten sie mir etwas sagen. Als wollten sie mir von ihren Fehlern oder von ihren Versäumnissen berichten und mich warnen: *Sei nicht dumm, mach es besser.* Manchmal ist es allerdings auch genau umgekehrt. Dann wollen sie nichts von mir wissen, drehen mir ihre längst kalt gewordene Schulter zu und lassen mich links liegen.

Ich höre Vogelgezwitscher, das Knirschen von Kies unter meinen Füßen, ab und zu ein leises Rascheln oder Knacken, sonst ist alles ruhig. Wie ein Film laufen die Bilder des Tages an mir vorbei. Der Moment der Eröffnung, Kathis Aufregung. Die vielen Leute. Tom und seine Kinder. Melanie und Nela.

Auf einer Grabtafel steht der Vorname meines Vaters: Alexander. Darunter: *Das Sichtbare geht, doch das Unsichtbare bleibt.* Das hätte auch gut zu ihm gepasst. Ich kann mich an ihn erinnern, ihn immer noch fühlen, aber mein Bild von ihm ist im Laufe der Jahre unscharf geworden. Welche Farbe hatten seine Augen? Grau? Oder grün? War sein Haar so kräftig wie mein eigenes? Und seine Stimme? Wie klang er, wenn er sich freute, wie, wenn er zornig war? Ich weiß es nicht mehr. Woran ich mich dafür noch sehr gut erinnere, ist seine unberechenbare Wut. Ich glaube, das ist es, was mir von ihm am meisten haften geblieben ist. Seinen letzten großen Anfall hatte er in der Nacht, bevor unsere Mutter auszog. Damals hatte er die halbe Wohnung zertrümmert. Danach lebte ich noch eine Weile allein mit ihm, zwischen kaputten Stuhlbeinen und einer Vitrine ohne Glas. Manchmal versuchte er, uns etwas zu kochen, aber das ging meistens schief, und dann gab es statt *Coq au vin* angebrannte Ravioli aus der Dose, die er mit übertriebenen Gesten servierte. Ich war jedenfalls froh, als meine Mutter mich nach ein paar Wochen zu sich holte. Vielleicht war es auch schon nach ein paar Tagen, ich bin mir nicht sicher. Als Kind hat man ein sehr eigenes Gefühl für Zeit, das habe ich schon oft festgestellt. Stunden oder Tage, Wochen oder Monate. Schwer zu sagen.

Ich laufe weiter und komme an Werners Grab vorbei. Kein Holzkreuz mehr, dafür ein Grabstein. Dunkel und schlicht. Mit goldenen Lettern. *In Liebe*, steht ganz oben. Und darunter:

WERNER BONDORF
12. 10. 1944
5. 3. 2019

Ich habe ihn nie gesehen und doch das Gefühl, ihn irgendwie zu kennen. Und ein bisschen ist das auch so. Aus Kathis Erzählungen und von den Fotos. »Kathi geht's gut. Sie hat den Laden wiedereröffnet«, flüstere ich. Von ihm kommt nichts. Wie kommuniziert man eigentlich am besten mit einem Toten? Ich habe keine Ahnung. Vielleicht reicht es ja, wenn man das, was man sagen will, einfach denkt?

»Es waren viele Leute da«, plappere ich weiter, weil ich auf Nummer sicher gehen will. »Halb Solbach.« Mit meinem Fuß schiebe ich einen Stein von der Grabeinfassung. »Sie vermisst dich natürlich, aber jetzt, mit dem Laden, wird es bestimmt leichter für sie.«

Er äußert sich nicht dazu, und ich hebe zum Abschied die Hand. »Also dann, man …« *Man sieht sich*, hätte ich beinah gesagt. »Mach's gut«, sage ich stattdessen.

Ein lautes Scheppern lässt mich erschrocken zusammenzucken. *Der Sensenmann schlägt mit den Knochen und lädt ein zum letzten Tanz.* Florian hat mir früher immer Gruselgeschichten erzählt, wenn ich abends nicht einschlafen konnte. (Danach lag ich dann die halbe Nacht wach!) Aber es ist nicht Werner, es ist ein Mann, der sich eine Reihe weiter an einem Grab zu schaffen macht. Er hat auch keine Sense, nur eine Gießkanne, die ihm aus der Hand gerutscht ist. Er winkt mir entschuldigend zu. Erst jetzt erkenne ich ihn. Es ist Tom. Ich winke zurück und gehe auf ihn zu.

»Hallo.«

»Hallo«, begrüßt er mich. »Tut mir leid. Ich wollte dich nicht erschrecken.«

»Hast du nicht«, behaupte ich und freue mich über das so selbstverständlich klingende *Du.*

»Besuchst du auch jemanden?«

»Nein. Ich bin … nur so hier.« Es ist mir etwas peinlich, aber mir fällt auf die Schnelle kein wirklich guter Grund ein.

Eine Weile sagen wir nichts und sehen uns nur an, während es um uns herum immer dunkler wird. Bis Tom sich räuspert. »Also«, sagt er. »Ich muss dann mal wieder.«

»Ja. Klar. Ich auch.« Ich trete einen Schritt zurück und sehe erst jetzt, wo ich stehe: Vor dem Grab seiner Frau. *Johanna Angerbach, gestorben am 14. September 2017.*

»Es tut mir leid«, murmele ich verlegen und wende mich zum Gehen. »Also dann.«

»Josie?« Tom hat eine ganz eigene Art, meinen Namen auszusprechen. Mit einem sehr weichen *Tsch* am Anfang. »Ich darf dich doch so nennen?«

Ich nicke.

»Und dich zum Essen einladen – darf ich das auch?«

»Was?«

»Bei mir zu Hause. Ich würde für uns kochen.«

Ich kann nichts dazu sagen. Nicht hier.

»Morgen?«, fragt er. »Um sieben?«

Ich nicke wieder.

Ich trage mein gelbes Schwangerschaftskleid, Stiefeletten und eine Jeansjacke, die sich schon lange nicht mehr zuknöpfen lässt. Ich bin im siebten Monat, aber ich habe ein Rendezvous. Man könnte auch sagen: Ich habe ein Rendezvous, aber ich bin im siebten Monat. So oder so: Es ist das erste Mal seit Bengt, und ich bin etwas aufgeregt, und das auf angenehme Weise. Kurz stelle ich mir das Leben mit Tom vor. Mit einer Patchworkfamilie. Zwei Jungs und ein Mädchen (wenn mein Gefühl mich nicht täuscht). Aber dann besinne ich mich wieder. Ich will mich nicht lächerlich machen.

Auf dem Weg zu Toms Hof summe ich *Küssen verboten* von den Prinzen und erstelle mir im Kopf einen Regelkatalog. Keine tiefen Blicke (ich habe auch auf einen tiefen Ausschnitt verzichtet, obwohl der sich jetzt wirklich lohnen würde) und keine zweideutigen Bemerkungen. Ich werde den Abend als das nehmen, was er ist: eine unverbindliche Einladung zum Essen. Ohne Verpflichtung und ohne Anspruch auf … was eigentlich? Setze ich da nicht etwas voraus, was für Tom vielleicht gar kein Thema ist. Und: Warum ist es eigentlich eins für mich?

Der Tisch ist gedeckt. Für zwei Personen. Schlicht, aber mit allem, was man zum Essen so braucht: Teller, Besteck, Gläser.

»Was ist mit deinen Kindern?«, frage ich.

»Die haben schon gegessen. Setz dich. Es gibt Gemüselasagne.«

»Bist du Vegetarier?«

»Nein, ich habe nur vergessen, das Hackfleisch rechtzeitig aus dem Gefrierschrank zu nehmen.« Ohne zu fragen, schenkt er mir Wasser und sich selbst Rotwein ein. »Ich esse nur ab und zu Fleisch, aber wenn, dann will ich wissen, wo es herkommt.«

»Von deinem Hof, nehme ich an.«

»In diesem Fall wäre es von Olaf gewesen.«

»Oh«, sage ich. »In diesem Fall freue ich mich über Gemüselasagne. Ich hab's lieber, wenn ich nicht so ganz genau weiß, wen ich da esse.«

Tom grinst, serviert die Lasagne und setzt sich mir gegenüber. »Alla salute.« Er hebt sein Glas.

»Prost.«

Die Lasagne schmeckt sehr gut. Würzig, cremig und gemüsig.

»Du ahnst vielleicht schon, weshalb ich dich eingeladen habe.«

Ich ahne es und senke verschämt den Blick. »Tom. Nur damit keine Missverständnisse entstehen, ich bin nicht interessiert an einer Beziehung. Ich habe gerade eine hinter mir, das Ergebnis siehst du ja.«

»Ist nicht zu übersehen«, antwortet er wenig charmant. »Aber keine Sorge. Nein, es ist wegen Katharina. Melanie meint, du hättest einen ganz guten Draht zu ihr, und deshalb dachten wir, du könntest vielleicht einmal mit ihr reden?«

Das hatte ich jetzt nicht erwartet. Ich ringe um Fassung und versuche, mir meine Enttäuschung nicht anmerken zu lassen. »Ach so? Und worüber?«

»Ich würde sie gerne beliefern.«

»Warum redest du denn nicht selbst mit ihr?«, frage ich und habe mich wieder im Griff.

»Das habe ich versucht. Ist aber … etwas schwierig.« Er klingt jetzt leicht resigniert.

»Hat es etwas mit Max zu tun? Keine Angst, ich weiß, was los ist. Kathi hat es mir gesagt.«

Er seufzt. »Ja. Es hat vermutlich mit Max zu tun. Aber das ist Jahre her. Wir waren noch Kinder.« Und dann erzählt Tom mir mit wenigen Worten, was damals passiert ist.

Ich versuche, ihm zu folgen, betrachte dabei sein kariertes Hemd (schätzungsweise acht Knöpfe, bis zur Tischkante sind es fünf) und drehe mein Wasserglas in der Hand.

»Magst du etwas anderes trinken? Ich habe auch Apfelsaft. Oder Milch.«

Ich schüttle den Kopf. »Was soll ich Kathi denn sagen?«

»Wir dachten, wenn du ihr vielleicht die Vorteile erklären würdest.« Er zählt auf: »Regional, bio, kurze Wege, wenig Verpackung, dann würde sie vielleicht noch mal drüber nachdenken. Ich würde ihr auch einen guten Preis machen.«

»Ich glaube nicht, dass ich da etwas ausrichten kann. Wenn sie bei dir *nein* gesagt hat, dann wird sie auch bei mir *nein* sagen.«

»Sie hat ja nicht direkt *nein* gesagt. Sie … sie weicht mir nur aus, verstehst du.« Tom fährt sich mit einer Hand durch die verstrubbelten Haare. »Ich glaube, ich habe mich damals ziemlich dämlich verhalten.«

»Du meinst, bei Max?«

»Ich konnte damit einfach nicht umgehen.«

»Weiß Kathi das? Dass du dich dämlich verhalten hast?«

Er nickt. »So ungefähr. Ich habe es ihr vor ein paar Tagen gesagt. Also, versucht zu sagen.«

»Dann verstehe ich erst recht nicht, warum du denkst, dass ich …«

»Sie hört auf dich.«

»Wer sagt das?«

»Melanie.«

»Aha.«

Er legt seine Hand auf meine. »Bitte.«

»Na gut. Ich kann's versuchen. Aber versprich dir nicht zu viel davon.«

»Danke.« Er lächelt und lässt seine Hand da, wo sie ist. »Darf ich dich noch etwas fragen?«

»Nur zu.«

»Dein Desinteresse an einer Beziehung… bezieht sich das nur auf mich? Oder meinst du das ganz allgemein?«

## *Kathi*

Mit einem jovialen »Tschüs dann« verlässt der Mann den Laden, und Kathi atmet auf. Die Trauben zu weich, die Eier nicht *bio* genug, das Käseangebot zu wenig alternativ. Am Ende hat er ein Päckchen Kaugummi gekauft, 99 Cent, ein Euro mit Trinkgeld, und mit einem Hundert-Euro-Schein bezahlt.

»Der kommt aus der Stadt, zugezogen … hat das alte Försterhaus gekauft … Architekt … die Frau ist Lehrerin«, flüstert Hilde im Stakkato-Ton. Das Wort *zugezogen* spuckt sie ihr so vor die Füße, dass es wie ein Schimpfwort klingt.

»Brauchst du noch was?«, fragt Kathi mit Blick auf den einsamen Beutel Milch in Hildes Einkaufskorb.

Die Frau verschränkt die Arme. »Man braucht nicht mehr viel, wenn man allein ist. Das weißt du doch.«

»Eins zwanzig.« Kathi öffnet die Kasse.

»Und die Nina hat schon das dritte Kind. Mit vierundzwanzig. Wenn das so weitergeht …«

»Hast du's passend?«

Hilde kramt die Münzen aus ihrem Portemonnaie. »Das letzte ist von einem anderen.«

»Danke. Brauchst du den Bon?«

Hilde schüttelt den Kopf. Kathi auch. Hilde kennt hier jeden. Sie weiß alles, ist bestens vernetzt, und das ganz ohne *Social Media.* Den Begriff kennt Kathi von Melanie. Sie solle sich auch mehr vernetzen, meint Melanie, aber Kathi hat keine Ahnung, wie das geht.

Die Ladentür geht auf, zwei junge, dunkelhäutige Männer betreten das Geschäft. Sie lächeln scheu, die Verständigung ist schwierig, es geht nur mit Händen und Füßen. Einer der beiden zeigt auf die Obstauslage, und Kathi nickt. Er nimmt einen Apfel, legt ihn aber gleich wieder zurück.

»Hallo?«, schimpft Hilde. »Ihr könnt doch hier nicht das ganze Obst begrapschen!«

»Schon gut«, meint Kathi. »Den schenke ich euch.« Der Apfel hat eine braune Stelle, das sieht sie von hier aus. Sie müsste ihn sowieso aussortieren.

Hilde beugt sich in Kathis Richtung. »Die wohnen in der alten Pension vom Schäfer. Eine Zumutung«, sagt sie hinter vorgehaltener Hand, aber nicht leise.

Der Mann kommt und legt zwei Äpfel und zwei Bananen neben die Kasse. Er will ihr einen Zehn-Euro-Schein geben. Kathi schüttelt den Kopf. »Nein«, sagt sie. »So geht das nicht. Ich muss das Obst zuerst wiegen.«

Er sieht sie aus dunklen Augen an, nichts als Verständnislosigkeit im Blick. Sie seufzt und legt den guten Apfel auf die Waage. »Siehst du? So. Jetzt kann ich ausrechnen, wie viel es kostet.«

»Ah.« Der Mann lächelt. Kathi nimmt den Zehn-Euro-Schein und gibt das Wechselgeld zurück.

»Dschuss«, sagt er.

»Tschüs.« Sie hat kein Problem mit Asylanten, die oft etwas scheu, aber meist ganz höflich sind. Wie kleine Kinder zählen sie ihr Geld genau ab und bedanken sich am Ende freundlich.

»Seit die da wohnen, schließe ich mich abends immer ein. Man fühlt sich ja nicht mehr sicher«, sagt Hilde und greift zu ihrem Korb. »Also dann.«

Kathi beugt sich über ihre Bestellkladde. »Mach's gut, Hilde.«

Der Kaugummikäufer kommt zurück und hält Hilde die Tür auf. »Habe ich meinen Schirm hier stehen lassen?«

Kathi seufzt. »Hier ist kein Schirm.«

»Hm.« Er reibt sich das Kinn. »Hatte ich denn einen dabei?«

»Das kann ich Ihnen auch nicht sagen.«

»Also, wenn er noch auftaucht. So ein großer, mit Holzgriff und grünen Karos …«

Kathi nickt und sieht ihm hinterher. Das ist auch so ein Flüchtling, denkt sie. Ein Stadtflüchtling. Seine Hochglanz-Eigentumswohnung hat er gegen eine alte, marode Bruchbude eingetauscht und sie mit viel Aufwand zu einem Hochglanz-Fachwerkhaus umgebaut. Und jetzt braust er mit seinem dicken Geländewagen durchs Dorf, als gäbe es hier keine geteerten Straßen, und tut dabei so, als hätte er die Natur erfunden.

Kathi schenkt sich Kaffee ein, koffeinfrei, sonst kann sie nachts nicht schlafen, und starrt aus dem Fenster. Sein Auto steht noch da. Vielleicht ist er nebenan, das Haus soll ja auch verkauft werden. Solche wie der sind immer auf der Suche nach rentablen Objekten. *Hier kann man noch Wohnträume verwirklichen.*

Neunundvierzig Jahre lang hat Elfriede nebenan gewohnt, ihre beste Freundin. Neunundvierzig Jahre, in denen sie sich gegenseitig geholfen haben, wenn Not am Mann war. Und zusammen gefeiert haben, wenn es etwas zu feiern gab. Die Männer haben sich auch gut verstanden. Jetzt ist außer ihr niemand mehr übrig. Hubert und Werner sind tot, und Elfriede ist im Heim. Sie erkennt noch nicht einmal mehr die eigene Tochter. *Muss ja alles bezahlt werden*, hat die gesagt, als sie das Haus inseriert hat.

Der Städter steigt in seinen Wagen, Kathi sieht, wie er etwas aufschreibt. Vielleicht die Telefonnummer des Maklers. Vor drei Jahren habe ihn der Zufall nach Solbach geführt, hat er ihr erzählt. *Hier kann man noch alternativ leben.* Das sei ihm wichtig. *Schon wegen der Kinder.*

*Bio, alternativ, plastikfrei.* Kathi schnaubt. Sie kann das alles nicht mehr hören. 42 Euro und 65 Cent. Das ist der ganze Umsatz. Dafür steht sie seit knapp vier Stunden im Geschäft. Dafür und für Hildes Gesellschaft, auf die sie schon damals lieber verzichtet hätte.

*Was habe ich dir gesagt?*, hört sie Werner raunen.

Sie vertreibt ihn mit einem Kopfschütteln. Das will sie jetzt nicht hören. Es geht ihr nicht ums Geld, darum ging es ihr nie. Aber das, worum es ihr geht, worum es ihr immer ging, das scheint es nicht mehr zu geben. Ihre Kunden von früher sind entweder tot oder zu alt, und die wenigen neuen finden hier nicht das, was sie suchen. Sie brauche etwas

Besonderes, hat Melanie gesagt. Etwas, wofür die Leute, die Geld haben, auch bereit sind, es auszugeben. Und der Pfarrer auf Werners Beerdigung hat gesagt: *Manchmal muss man Vertrautes loslassen und nach vorne schauen.*

# *Josie*

Kein Anruf in Anwesenheit, auch keine Nachrichten, nichts. Niemand, der mit mir reden oder auf sonst auf irgendeine Weise mit mir in Kontakt treten will. Mit dem Telefon in der Hand laufe ich barfuß durch die Wohnung und fühle mich, als wäre ich in einem Vakuum. Die letzten Wochen waren voll mit Aktivitäten (Ladeneröffnung, Kinderzimmer einrichten, Arbeitsplatz räumen), aber jetzt ist alles erledigt, ich habe jede Menge Zeit und keine Ahnung, was ich damit anfangen soll.

Der Versuchung, Florian anzurufen, widerstehe ich schweren Herzens. Das habe ich in letzter Zeit zu oft getan, er braucht mal eine Verschnaufpause. Und mit Mama wieder über das Wetter zu reden bringt mich auch nicht weiter. Sie genauso wenig. Kathi hat jetzt ihren Laden und Melanie ihre Kinder. Nur ich habe niemanden (das Baby in meinem Bauch jetzt mal vor lauter Selbstmitleid nicht mitgezählt). Früher hatte ich wenigstens Bengt. Auch wenn er meistens nicht da war, jedenfalls im physischen Sinne, war er doch irgendwie trotzdem da. Er war in meinem Kopf, er füllte meine Gedanken, und das gab meinem Leben einen gewissen Sinn. Ich konnte auf seinen Anruf warten oder auf irgendein Zeichen, und wenn nichts kam, dann hatte ich wenigstens einen Grund, mich am Abend mit einem Glas Weißwein zu trösten. Oder mit zwei. Und weiter zu warten. Auf Dienstagabend. Jetzt warte ich immer noch, ich weiß nur nicht so genau, worauf.

Ich schnappe mir mein Handy und die Tageszeitung, die ich gestern bei Kathi mitgenommen habe, und setze mich im Schneidersitz auf mein Bett.

*Betrugsfälle durch angebliche Anrufe von Geldinstituten*, lese ich auf der Titelseite und schüttle den Kopf. Den Opfern war mitgeteilt worden, es gäbe auffällige Abhebungen auf ihrem Konto, es befände sich daher im Minus und müsse gesperrt werden. Dann wären sie gefragt worden, ob sie genug Bargeld zu Hause hätten, um es auszugleichen. Ein paar haben den Betrügern tatsächlich geglaubt und so ihr ganzes Erspartes verloren.

Ich seufze und denke an Bengt. Dem habe ich auch geglaubt. Auch seine Ausreden, wenn er am Wochenende keine zehn Minuten Zeit hatte, um mit mir zu telefonieren. Ich habe ihm alles geglaubt, nur nicht, dass er seine Frau nicht für mich verlassen würde.

Das Sudoku ist ganz hinten. Ich fange mit der Eins an, so wie immer. Danach die Zwei. Und so weiter. Von links nach rechts und von oben nach unten. Zeile für Zeile, Zahl für Zahl. Bengt war mein persönlicher Gott. Über jeden Zweifel erhaben. Das hat mir das Glauben leicht gemacht, auch wenn es mir von der Sache her natürlich schwerfiel.

Ich bin bei der fünf, und es macht *Pling*. Fast erwarte ich eine Nachricht von ihm, aber sie ist von Florian. Er schickt mir ein Foto. Genauer: das Foto von einem Foto. Darauf stehe ich ganz allein unter einer Kastanie, den Blick auf etwas gerichtet, an das ich mich nicht mehr erinnere, während die Sonne sich durch die Blätter fächert und seltsame Muster auf den Boden wirft.

*Weißt du noch?*, schreibt er.

Ich schaue mir das Bild genauer an. Ich sehe schmal darauf aus. Und blass. Wie alt mag ich da gewesen sein? Dreißig? Eher jünger. Es war auf jeden Fall vor Bengt. Ich versuche, mich zu erinnern, wo es aufgenommen wurde, aber es fällt mir nicht mehr ein. Es berührt mich seltsam, mich so zu sehen. Es kommt mir vor, als wäre ich einmal jemand anderer gewesen. Als hätte die Josie von damals nichts mehr mit der von heute zu tun.

*Nein*, schreibe ich zurück. *Wo war das?*

*Vor dem Krankenhaus. Nach deiner Blinddarmoperation. Weißt du das nicht mehr?*

*Ach ja. Jetzt erinnere ich mich wieder*, behaupte ich. Aber es stimmt nicht, ich erinnere mich nicht. Jedenfalls nicht an den Moment, in dem das Foto entstand. Nur noch an die OP. Und an die Schmerzen. Davor und danach. Es war die Hölle.

*Habe ich gestern beim Aufräumen gefunden. 2003. Das war auch so ein heißer Sommer*, schreibt Florian.

*Stimmt*, behaupte ich wieder und schicke eine Sonne mit.

Weil von Florian nichts mehr kommt, widme ich mich wieder meinem Sudoku. Die Sechs passt in nahezu jedes Kästchen, aber die Sieben macht Probleme. Ich lasse die

Zeitung sinken, strecke mich gähnend auf dem Bett aus und streichle das Laken. Es fühlt sich gut an, schön glatt und kühl. Die meisten Menschen, die ich kenne, machen jedes Mal ein Riesending um den Sommer und können ihn kaum erwarten, aber ich bin nicht so. Ich mag eher die Jahreszeiten, in denen es nicht zu kalt und nicht zu heiß ist, also Frühling und Herbst.

Es gibt vor allem zwei Dinge, die ich mit Sommer verbinde: Erstens die schlaflosen Nächte meiner Kindheit, in denen meine Eltern endlose Streitgespräche im Garten oder auf der Terrasse führten, und zweitens den Geruch von heißem Asphalt, wenn ich mit dem Fahrrad unterwegs war. Ich war viel unterwegs, es gab immer etwas zu entdecken: einen Steinbruch, eine stillgelegte Zimmerei, ein verlassenes Gehöft. Oder auch einfach nur eine Schnecke, der ein Fühler fehlte, eine Eidechse ohne Schwanz, ein Stein mit einem Loch in der Mitte. Oft kam ich erst nach Hause, wenn es längst dunkel war. Damals hatte ich noch keine Angst. Mama offenbar auch nicht. Sie hat nie geschimpft, mich auch nie vor Gefahren gewarnt. Deshalb dachte ich lange, es gäbe keine.

Ich greife wieder zum Handy und schiebe das Foto, das Florian mir geschickt hat, in die Galerie zu den anderen. Bei der Gelegenheit schaue ich mir noch einige ältere Fotos an. Fotos von meinen beiden Neffen, von meinem schwangeren Bauch (bis vor kurzem sah er noch gar nicht *so* schwanger aus) und von Kathis Laden. Vorher und nachher. Auch das Bild eines besonders schönen Sonnenuntergangs. Den habe ich vor ein paar Wochen von meinem Balkon aus fotografiert. Ich gehe weiter zurück, immer weiter, bis ich auf ein Foto von Bengt stoße. Er sitzt auf meinem Sofa und lächelt gequält. Er hat es immer gehasst, von mir fotografiert zu werden.

Florian hat ihn vor kurzem mit einer Frau in einem Restaurant in Wiesbaden gesehen. Vielleicht mit seiner. Er hat es mir sehr behutsam erzählt, aber es hat mir nichts ausgemacht. Die Fronten sind geklärt. Bengt ist jetzt nur noch an meinem Wohlergehen interessiert (beziehungsweise an dem unseres Kindes), aber nicht mehr an mir. Und ich interessiere mich nur noch für seine hoffentlich regelmäßigen Unterhaltszahlungen, wenn das Kind dann da ist. Ich hätte niemals gedacht, dass ich jemals so denken oder empfinden könnte, aber genauso ist es. Bengt löst nichts mehr in mir aus.

Von Bengt ist es nur ein kurzer Weg zu Tom. Auch wenn das Ganze sich nach meiner souveränen Erklärung neulich Gott sei Dank wieder erledigt hat (*kein Interesse*, weder an ihm im Besonderen, noch an einer Beziehung im Allgemeinen), denke ich oft an ihn. Zu oft.

Ich lege das Handy weg und verändere meine Position wieder. (Das Laken ist immer nur da kühl, wo ich gerade nicht liege.) Seit meinem Besuch auf dem Hof habe ich nichts mehr von Tom gehört. Die Sache mit dem Beliefern hat sich auch erledigt. Kathi meint, ich solle mich da raushalten. Aber ich könnte ihn vielleicht um das Lasagne-Rezept bitten.

Es klingelt. Ich rapple mich auf und bin überrascht, Kathi vor meiner Tür zu sehen.

»Hallo?«

»Hallo Josie. Ich will dich nicht lange aufhalten«, sagt sie.

»Das tust du nicht.«

»Ich wollte nur, na ja, ich dachte mir, vielleicht rede ich doch noch mal mit dir. Also über den Laden. Ich brauche Beratung.«

Ich versuche, Tom zu erreichen, aber es meldet sich nur die Mailbox. Dafür nimmt Melanie sofort ab.

»Gute Nachrichten«, sage ich. »Kathi hat sich's noch mal überlegt. Sie ist bereit zu einem Gespräch.«

»Wirklich? Super«, freut Melanie sich. »Sie wäre ja auch dumm, wenn sie …«

»Kathi ist nicht dumm«, unterbreche ich sie gereizt. »Sie ist vielleicht stolz und …«

»… und ein bisschen stur und ziemlich dickköpfig?«, hilft Melanie mir weiter.

»Es ist *ihr* Laden. Sie muss sich da nicht rechtfertigen.«

»Schon gut, reg dich nicht auf.«

»Ich fahre nachher bei Tom vorbei. Er wird sich bestimmt freuen.«

»Brauchst du nicht. Ich treffe ihn gleich.«

Diese Ankündigung trifft mich wie ein Schlag und löst augenblicklich eine abgrundtiefe Enttäuschung in mir aus. Aber ich reiße mich zusammen, sage »Ach so« und lasse mir nichts anmerken. *Besser so*, tröste ich mich selbst. Lasagne für mich alleine, das lohnt sich sowieso nicht. Und wer weiß. Am Ende hätte ich mich nur wieder verliebt, und das will ich auf keinen Fall. Am Anfang schwebt man zwar noch auf rosa Wolken, aber irgendwann stürzt man ja doch wieder ab, und dann stellt man fest, dass man einen neuen Gott an seiner Seite hat, und an dem ist man auch noch selber schuld.

»Keine Angst«, lacht Melanie. »Ich helfe ihm nur bei seiner neuen Webseite.«

»Ich habe keine Angst«, behaupte ich. »Wovor denn auch?«

# *Kathi*

Sie sitzen in der Küche und rühren in ihren Kaffeetassen. Kathi seufzt. Vor ihr liegt die *Fernsehwoche*, daneben ein Kugelschreiber. Sie fängt an, kleine Kreise auf die Zeitschrift zu malen. »Ich habe schon die erste Ladung mit Weihnachtssüßigkeiten bekommen. Die werden immer zeitiger«, sagt sie, als das Schweigen unerträglich zu werden droht.

»Das hast du früher auch schon behauptet. Außerdem schicken die doch nur, was du bestellst«, erwidert Max.

»Ja, aber man wird schon im September mit Werbung bombardiert und …«

Er winkt ab. »Schon gut.«

Sie malt neue Kreise. »Weißt du noch, wie Papa den Weihnachtsbaum mal in Brand gesetzt hat?«

»Ja.«

»Und wie du deine Autorennbahn bekommen hast? Die elektrische?«

Er nickt.

»Ich habe jetzt alles aussortiert. Das meiste ist für den Sperrmüll. Du willst ja nichts mehr haben«, sagt sie, und es klingt anklagend.

»Ich habe auch gar keinen Platz dafür.«

»Musst du eigentlich nicht wieder ins Büro?«

»Heute nicht mehr. Ich arbeite jetzt manchmal von zu Hause aus.« Er hustet und räuspert sich.

»Und du? Wie läuft er denn so, dein Laden?«

»Gut. Ich muss um zwei wieder rüber.«

Von ihren schlechten Umsätzen sagt sie lieber nichts. Auch nichts von Laura, Ludgers Enkelin, die englische Literatur studiert, nebenbei bei ihr jobbt und sich immer verrechnet. »Aber, warte mal …« Sie steht auf und holt die bedruckten Blätter, die auf der Kommode im Flur liegen. »Vielleicht kannst du dir das mal anschauen.«

»Was ist das?«

»Ein Satzungsentwurf.«

Er überfliegt die erste Seite. »Du willst eine Genossenschaft gründen?«

»Das … das weiß ich noch nicht. Es ist nur eine Idee. Tom meint …«

»Tom? Tom Angerbach?«

»Ehm, ja. Er, also er meint, ich müsste dann nicht mehr alles alleine machen und bekäme sogar Miete, und er selbst könnte …«

»Ich wusste gar nicht, dass ihr wieder Kontakt habt«, sagt Max gepresst.

»Haben wir eigentlich auch gar nicht. Es geht nur um den Laden.«

»Für eine Genossenschaft braucht man mindestens drei Personen, soviel ich weiß.«

»Es gibt noch eine Frau, Melanie Fricke. Und Tom

meint, man könnte auch noch ein paar andere im Dorf fragen.«

»Melanie Fricke? Ist das Toms neue …?«

»Ich glaube nicht. Melanie ist eine Freundin von Josie.«

Max blättert sich durch die Seiten. Die Stirn voll konzentrierter Falten. Wie bei Werner, denkt Kathi zum tausendsten Mal.

»Also, ich kann da jetzt auf die Schnelle nichts dazu sagen«, meint er. »Ich könnte die Unterlagen aber mitnehmen und sie Adrian zeigen. Der kennt sich ganz gut aus.« Er macht eine kleine Pause. »Allerdings …«

»Allerdings?«

»Dieser ganze Aufwand. Denkst du denn, dass es sich lohnt? Ich meine, es hat vor zwanzig Jahren nicht funktioniert, ich kann mir nicht vorstellen, dass das heute anders ist. Ob mit oder ohne Genossenschaft.«

Sie starrt auf ihre Hände. Das Gleiche hätte Werner jetzt auch gesagt. »Ich habe dich nicht um deine Einschätzung gebeten, sondern darum, dir diesen Vertrag anzuschauen.« Sie will nach den Unterlagen greifen, aber er hält sie fest.

»Schon gut.«

»Möchtest du vielleicht noch einen Kaffee?«, sagt sie und kann nicht verhindern, dass ihre Stimme eine Spur gereizt klingt.

»Nein.« Er schüttelt den Kopf. »Ich fahr gleich los.«

Er spielt mit seiner Tasse. Sie seufzt. Es steht einfach zu viel zwischen ihnen.

»Max?«, gibt sie sich schließlich einen Ruck.

»Was?«

»Wegen Tom. Er hat mir erzählt, was damals …«

Er winkt ab. »Lass gut sein.«

»Er hat gemeint …«

»Hör auf, bitte. Das ist alles beinah dreißig Jahre her«, sagt er mürrisch.

»Schon gut«, murmelt sie.

Er lässt seine Augen über die leeren Wände schweifen. »Sag mal, was ist eigentlich mit Papas Bildern passiert? Und mit dem ganzen anderen Kram?«

»Ich habe doch gesagt, dass ich aufgeräumt habe.«

»Aussortiert, hast du gesagt. Nicht aufgeräumt.«

Sie zeigt auf die Schublade. »Die Bilder sind da drin.«

»Kann ich mir eins mitnehmen?«

»Natürlich.« Sie nickt und sieht ihm nach. Wie schmal er geworden ist. Und wie gebeugt seine Schultern.

»Hey? Was ist denn das?« Max hat einen braunen Umschlag in der Hand.

»Was?«, fragt sie irritiert. Der Umschlag. Den hatte sie ganz vergessen. »Ach so. Nichts. Leg das zurück.«

Er zieht ein paar Blätter daraus hervor. Vergilbtes A5-Papier, die Schrift zierlich und klar.

»Max, bitte. Das geht dich nichts an!«

»Immerzu sehe ich dein Lächeln«, zitiert er.

»Hast du denn gar keinen Respekt?«

Er liest weiter, aber jetzt nicht mehr laut.

»Max!«

»Warum regst du dich denn so auf? Das ist doch nichts Schlimmes. Die Briefe sind uralt. Da hast du Papa doch noch gar nicht gekannt, oder?«

»Ich habe den Umschlag bei seinen Sachen gefunden«, sagt sie ärgerlich. »Ich wollte ihn eigentlich wegwerfen, aber …«

»Aber?«

»Ich hab's vergessen.«

»Aha. Und sonst?«

»Was?«

»Hast du sonst nichts gefunden?«, fragt er. Seine Stimme hat plötzlich etwas Lauerndes.

»Nein. Warum? Was soll ich denn noch gefunden haben?«

Er schüttelt nachdenklich den Kopf.

»Max!« Wut kriecht in ihr hoch. »Wenn du etwas zu sagen hast, dann tu's.«

Stumm schiebt er die Blätter in den Umschlag zurück.

»Ich weiß, dass dein Vater …, dass da einmal etwas war. Mit einer Frau. Falls es das ist, was du mir sagen willst«, meint sie eine Spur resigniert.

Er sieht sie überrascht an. »Ach? Das weißt du?«

»Ja. Aber, mein Gott, das ist sechsunddreißig Jahre her.«

»Sechsunddreißig Jahre?«

Sein Tonfall irritiert sie. »Ja. Das weiß ich noch so genau, weil …«

Er unterbricht sie. »Ich bin ihm einmal nachgefahren.«

»Was? Wohin?«

»Das ist doch jetzt egal. Es ist auf jeden Fall keine sechsunddreißig Jahre her. Ich hatte schon den Führerschein.« Er hebt den Kopf, ihre Blicke treffen sich. »Papa hat sich mit einer Frau getroffen.«

»Mit einer Frau?«

Er nickt.

»Vielleicht eine Bekannte?«, fragt sie gepresst.

»*Ich* kannte sie nicht.«

Kathi richtet sich auf. Ihr Zorn richtet sich jetzt gegen Max. »Man muss nicht hinter allem etwas Schlechtes vermuten. Vielleicht war es eine Kollegin. Oder …«

»Du hast recht«, unterbricht er sie. »Man muss nicht hinter allem etwas Schlechtes vermuten.« Er lächelt jetzt, aber es ist kein gutes Lächeln. »Wahrscheinlich hat er die Frau nur aus Nächstenliebe geküsst.«

# *Josie*

Ich lege meine Entspannungs-CD ein, mich selbst auf die Yogamatte (Rückenlage, etwas anderes geht sowieso nicht), schließe die Augen und lausche konzentriert. Der Stimme, den Geräuschen (Musik, Blätterrascheln, Regentropfen) und meinem Atem. Es gibt atmen und atmen, aber nur wenn man richtig atmet, kann man auch richtig entspannen. Sagt die Stimme. Und: *Alles fließt.* Das sagt sie auch.

Ich atme natürlich falsch und entspanne nicht. Zu viele Gedanken in meinem Kopf, ich kann sie nicht abschalten. Auch nicht ignorieren. Heute Vormittag habe ich mit meiner Mutter telefoniert. Ich versuche immer wieder, mit ihr zu reden, aber es geht nicht. Sie hat eine Wand um sich herum errichtet, an der ich regelmäßig abpralle. Das Gespräch dauerte keine zwei Minuten. Vor lauter frustriertem Ärger habe ich am Ende, und mit einem *Übrigens*, gesagt, dass ich mein Kind vielleicht Babette nennen werde. *Übrigens.* Das war wirklich dumm von mir. Nie im Leben würde ich mein Kind Babette nennen, der Name gefällt mir noch nicht einmal, und ich würde damit auch gar nichts ändern. Jedenfalls nichts zum Guten. Aber ihr dauerndes Blockieren geht mir einfach auf die Nerven. Sie hat natürlich gleich aufgelegt, und danach war sie wieder unerreichbar.

Ich beende meine Atem-Yoga-Session und rolle die Matte zusammen. Der ganze Nachmittag liegt vor mir wie eine zu bewältigende Aufgabe. Meine Wohnung ist ungewohnt aufgeräumt, das Kinderzimmer picobello, Strampler und Windeln liegen parat. Das Baby könnte auf der Stelle kommen, aber es denkt gar nicht daran. Es hat ja auch noch mehr als drei Wochen Zeit.

Ich tausche meine fleckige Jogginghose gegen die einzige vorzeigbare Schwangerschaftshose, die mir (noch) passt, und führe dabei das Gespräch, das ich eigentlich mit meiner Mutter führen sollte.

»Okay, ich war nicht ganz ehrlich, was diesen Test angeht, aber irgendwann ist es auch mal gut«, beschwere ich mich bei mir selbst. »Und das mit Babette, das ist mir doch nur so rausgerutscht. Tut mir leid.« Tut mir leid, tut mir leid, tut mir leid. Diesen Satz könnte ich mir auf meinen inzwischen recht beachtlichen Hintern tätowieren lassen.

Ich setze Kaffeewasser auf (natürlich koffeinfrei) und sehne mich nach einem Stück Torte. Nichts im Haus, noch nicht einmal ein Stück Schokolade. Nur ein Päckchen Kaugummis. Und dann lasse ich den Gedanken zu, der schon die ganze Zeit in meinem Kopf herumgeistert.

Ich schalte den Wasserkocher wieder aus und setze mich auf einen Stuhl, um dem Gedanken Raum zu geben. Bis zu meiner Mutter sind es 75 Kilometer, gut die Hälfte davon Autobahn. Das ist in einer knappen Stunde locker zu schaffen.

Und dann?

Ich gehe ins Bad, putze mir die Zähne (sehr gründlich, in der Schwangerschaft besteht ein erhöhtes Kariesrisiko, wie mir Bengt neulich sehr ausführlich erklärt hat) und denke nach. Soll ich ihr nicht besser eine Nachricht schicken und mich ankündigen? Aber wenn ich das tue, erzählt sie mir nur wieder was vom Friseur oder von ihrem literarischen Quartett. Oder sie ist einfach nicht da. Besser, ich überrasche sie, damit sie keine Zeit mehr hat, weg zu sein, wenn ich komme. Und was soll ich ihr überhaupt sagen? Ich habe keine Ahnung. Juliane hat mir vor kurzem geraten, mich zu *positionieren.* Vielleicht ist das eine gute Gelegenheit.

Mit der Zahnbürste in der Hand wandere ich durch die Wohnung und führe imaginäre Gespräche.

Ich: *Wie geht's dir?*

Mama: *Gut, danke.*

Ich: *Ganz schön kalt geworden.*

Mama: *Ja.*

Das hat nichts mit *positionieren* zu tun. Noch mal von vorne.

Ich: *Mama, ich muss mit dir reden.*

Mama: *Worüber?*

Ich: *Über uns.*

Schon besser.

Aber jetzt sagt Mama: *Josie, bitte!*

Und schon entgleitet sie mir wieder. Ich versuche, mir vorzustellen, sie in den Arm zu nehmen. So wie ein störrisches Kind. Aber auch das geht nicht. So weit reicht meine Vorstellungskraft einfach nicht.

Unentschlossen spucke ich den Zahnpastaschaum aus und spüle die weißen Schlieren im Waschbecken weg. Dabei fällt mir der Kasten auf der Fensterbank ins Auge, den ich vor einigen Wochen so schön mit Kräutern bepflanzt habe. Am Anfang sahen sie noch sehr grün und appetitlich aus, aber das Bild hat sich sukzessive verändert. Mittlerweile sehen sie eher traurig, braun und matt aus. Petersilie und Basilikum sind bereits hoffnungslos verloren. Wann habe ich sie eigentlich zum letzten Mal gegossen? Ich kann mich nicht erinnern.

*Tut mir leid*, denke ich meinen Lieblingssatz und sehne mich plötzlich nach seelischem Beistand. Nach jemandem, der mich in den Arm nimmt und festhält. So wie ich es bei Mama gerne tun würde, es aber nicht kann. Florian fällt mir sofort ein, aber er muss arbeiten, und selbst wenn er nicht arbeiten müsste, kann ich das nicht immer wieder von ihm verlangen. Er hat noch eine andere Familie, seine Hauptfamilie sozusagen. Da gehöre ich zwar noch irgendwie dazu, und das sogar länger als alle anderen, aber eben nur am Rande.

Melanie kommt mir in den Sinn. Aber wo Melanie ist, da ist auch Nela nicht weit. Und deren einnehmende Präsenz macht Nähe oft schwierig. Außerdem ist Melanie viel zu engagiert. Sie ist nicht der Typ, der einen in den Arm nimmt, ohne etwas zu fordern. Sie will Lebensbeichten, Geständnisse, Diskussion.

Wieder schaue ich auf die Uhr. In zehn Minuten beginnt Kathis Mittagspause.

# *Kathi*

Melanie packt die Einkäufe in einen Korb und schaut noch einmal auf ihre Liste. »So, ich denke, das war's. Das Abendessen ist gesichert.« Sie lächelt.

»13 Euro 47«, sagt Kathi.

»Hast du dir den Ausdruck schon angeschaut?«

»Nein«, murmelt Kathi. Das *Du* ist noch ungewohnt, auch wenn sie es selbst angeboten hat. Bei Josie ist es ihr leichter gefallen. »Ich hatte noch keine Zeit dazu.« Die Satzung liegt auf ihrem Küchentisch. Seit Tagen schon. Seit Max' letztem Besuch.

»Also, wenn du noch Fragen hast …«

»Jaja, schon gut. Dann melde ich mich.«

»Okay. Bis dann.«

Kathi sieht ihr hinterher. Die hätte Werner auch gefallen, denkt sie. *Wahrscheinlich hat er diese Frau nur aus Nächstenliebe geküsst.* Der Satz hallt in ihrem Kopf wie ein Echo. Sie wird die Bilder nicht mehr los. Keine Gesichter, nur Münder. Spitze Münder, die geküsst werden wollen.

Am Ende hat es Max leidgetan. »Ich hätte dir das nicht sagen dürfen, das war ein Fehler.«

»Wenigstens war es eine Frau«, hat sie erwidert. Seitdem hat sie nichts mehr von ihm gehört.

Seufzend steht Kathi auf und klappt den Deckel des Pappkartons nach oben. Nikoläuse. Ob sie die schon auspacken soll? Es ist erst Ende Oktober. Und sie müsste auch zuerst das kleine Regal freiräumen. Aber im Supermarkt gab es schon letzte Woche Nikoläuse. Und Adventskalender. Das hat Hilde gesagt.

Als Kind hat Max ihr oft beim Einräumen der Weihnachtssachen geholfen. Sie musste immer aufpassen, dass er die dünnwandigen Figuren nicht vor lauter Eifer zerbrach. Manchmal hat er sogar mit ihnen geredet und ihnen Namen gegeben. Jetzt redet Max nicht mehr, jedenfalls nicht mit ihr. *Wenigstens war es eine Frau.* Ein dummer Satz, sie weiß es selbst.

Sie nimmt einen Nikolaus, er rutscht ihr aus der Hand und fällt auf den Boden. Jetzt ist er ein Scherbenhaufen, nur noch zusammengehalten von seiner glänzenden Aluminiumhaut. *Hochmut kommt vor dem Fall*, hat ihre Großmutter immer gesagt.

Als Max klein war, hat sie jedes Jahr pünktlich zum ersten Advent die Wohnung geschmückt. Da wurden Tannenzweige aufgestellt, selbstgebastelte Papiersterne an die Fenster geklebt, Kerzen angezündet. Und abends, wenn er im Bett lag, Plätzchen gebacken und Geschenke eingepackt. Dieses Klischee von leuchtenden Kinderaugen. Diese Erinnerungen. Max vorm Tannenbaum, seinen neuen Plüschesel im Arm. Max mit schokoladenverschmiertem Mund in der Küche. Max mit verstrubbeltem Haar und im Schlafanzug auf ihrem Schoß. Der Duft seines Kindernackens in ihrer Nase. Sein plappernder Mund, der niemals stillstand. *Jetzt gib doch mal fünf Minuten Ruhe!* Sie seufzt. Im ersten Jahr hat er viel geschrien. Wenn es gar zu schlimm war, hat sie die Türen geschlossen und sich die Ohren zugehalten. Mit zunehmendem Alter wurde es dann besser. Später saß er oft stundenlang zwischen den Regalen im Laden und spielte mit seinen Autos. Und ließ sich mit einem Bonbon vertrösten, wenn sie für mehr keine Zeit hatte.

Aber es gab auch noch einen anderen Max. Einen, der mit verheultem Gesicht von der Schule kam und sich mit dem Ärmel den Rotz wegwischte. Einen, der blass und unglücklich über seinen Hausaufgaben saß. Der sich einen Nagel in den Fuß rammte und heulend auf der Treppe hockte. *Jetzt stell dich doch nicht so an, du bist doch ein großer Junge.* Ihre Großmutter hatte zugeschlagen, wenn ihr etwas nicht in den Kram passte. Kathi hat ihren Sohn nie geschlagen. Kein einziges Mal.

Zwei Tage nach der Sache mit dem Nagel hatte Max Fieber bekommen. Der Fuß wurde ganz rot und schwoll an. Blutvergiftung. Er musste ins Krankenhaus. Zehn Tage. Sie besuchte ihn am Wochenende. An den anderen Tagen war sie im Geschäft.

Hätte sie mehr für ihn da sein, mehr auf ihn aufpassen müssen, fragt sie sich zum hundertsten Mal mit einem Gefühl von Schuld und Scham. Wäre dann alles anders gekommen? Wenn sie doch noch ein Kind gehabt hätten. Ein Geschwisterkind. Sie hatte sich immer eine Tochter gewünscht. Sie hatten es auch noch eine Weile versucht, trotz der schlechten Prognosen der Ärzte, aber irgendwann hatte Werner die Lust daran verloren. Wahrscheinlich, weil es immer weniger eine Frage von *Lust* war. *Wir haben ein gesundes Kind*, sagte er damals. *Sei dankbar.*

Als Max älter wurde, wurde er schwieriger. Seinem Vater ging er aus dem Weg, manchmal belog er ihn. Sie wusste es, hat ihn aber nie verraten. Dabei sahen sich die beiden so ähnlich. Aber Max fehlte Werners Selbstbewusstsein. Und Werner wiederum die sensible Art, damit umzugehen. »Der Junge hat keinen Mumm in den Knochen«, sagte er oft, wenn es Probleme gab. Nur Ida schien ihn zu verstehen. Sie versteht ihn auch jetzt. *Max ist so ein feiner Mensch*, sagt sie.

Josie sagt: »Stell dir vor, dein Sohn hätte einen Unfall gehabt und würde jetzt im Rollstuhl sitzen. Wäre dir das vielleicht lieber?«

Max ist nicht krank. Nur schwul. Vom anderen Ufer. Egal, wie man es nennt, es klingt schäbig. *Komm mich doch besuchen*, hat er so oft am Telefon gesagt. *Ich hole dich ab, Mama*, wenn sie vom Verkehr sprach. Die vielen Autos machen sie ganz verrückt. Jetzt ruft er nicht mehr an. Von Ida weiß sie, dass er seit ein paar Tagen auch nicht mehr bei Adrian in Frankfurt wohnt, sondern in Offenbach. In einer eigenen Wohnung. Er wolle es langsam angehen lassen, hatte er gemeint. Und dass er dankbar sei. Für sein neues Leben mit Adrian. Auch für ihre Freundschaft.

Kathi will auch dankbar sein. Dankbar, dass ihr Kind nicht im Rollstuhl sitzt. Dankbar dafür, ein gesundes Kind zu haben. Dankbar für ihren Laden. Dankbar.

Sie hebt den Kopf und begegnet Werners Blick. Dieses eine Foto, das nicht im Müll gelandet ist. Plötzlich hat sie es nicht mehr übers Herz gebracht. Es ist doch sowieso schon so leer ohne ihn.

*Was guckst du?*

In seinem Blick ist kein Vorwurf, nur Sehnsucht. Nach was? Nach wem? Nach Elke? Oder nach diesem Mädchen auf dem Foto? Oder nach einer der anderen Frauen?

*Mein Mädchen.*

Mein Mädchen. Zu wem hat er das noch gesagt? Ihr fällt ein, wie er manchmal stundenlang am kleinen Mühlbach saß und einfach hineinstarrte. Die gleiche Sehnsucht im Blick.

Sie hatten es doch auch schön zusammen. Was war es, was er bei ihr nicht finden konnte?

Sie schließt die Kasse, steckt sich eine Schokoladenscherbe in den Mund und kippt den Rest lauwarmen Kaffee in den Ausguss. Klebrige Süße im Mund und am Gaumen. Den Rest vom Nikolaus wirft sie kurzerhand in den Müll. Zu Werners Fotos und dem braunen Umschlag mit den Briefen. Vielleicht auch zu dem Bild, das sie von ihm hatte, und zu den Geheimnissen, die er mit ins Grab genommen hat.

Vor dem Schaufenster entdeckt sie Josie, die sich mit einer Hand den Bauch hält und mit der anderen ihr Gesicht abschirmt, das dicht vor der Scheibe schwebt.

Kathi öffnet die Tür. »Josie? Was ist los? Ist alles in Ordnung?«

Josie nickt und schüttelt gleichzeitig den Kopf. »Meine Mutter redet nicht mehr mit mir.«

Kathi denkt an Max und bleibt ratlos stehen.

»Ich weiß einfach nicht, was ich tun soll. Ich meine, es ist jetzt an sich nichts wirklich Neues, sie hat schon öfter nicht mit mir geredet, aber gerade jetzt und … es ist irgendwie auch so unfair, ich kann doch nichts dafür.«

»Wofür?«

»Ich glaube, es ist wegen Babette. Und wegen meiner Schwangerschaft, und weil ich den Test nicht gemacht habe.«

»Wegen Babette?«, fragt Kathi, bemüht, Josies verworrenen Ausführungen zu folgen und einen Sinn darin zu erkennen.

Josie nickt. »Sie hatte doch das Down-Syndrom. Und dann ist sie mit drei Jahren ertrunken, und Mama hat …« Ihre Augen werden feucht.

Kathi tritt einen Schritt zurück. »Jetzt komm erst mal rein. Und dann der Reihe nach. Eins nach dem andern.«

Josie stolpert über die letzte Stufe.

»Hey«, sagt Kathi und fängt sie auf. »Immer schön langsam mit …« Aber weiter kommt sie nicht, denn Josie klammert sich an ihr fest, als wäre sie selbst gerade am Ertrinken.

»Hey«, sagt Kathi wieder. Dann sagt sie nichts mehr. Sie nimmt Josie in den Arm und wiegt sie. Stumm und lange. Wie ein kleines Kind.

# FÜNFTER TEIL

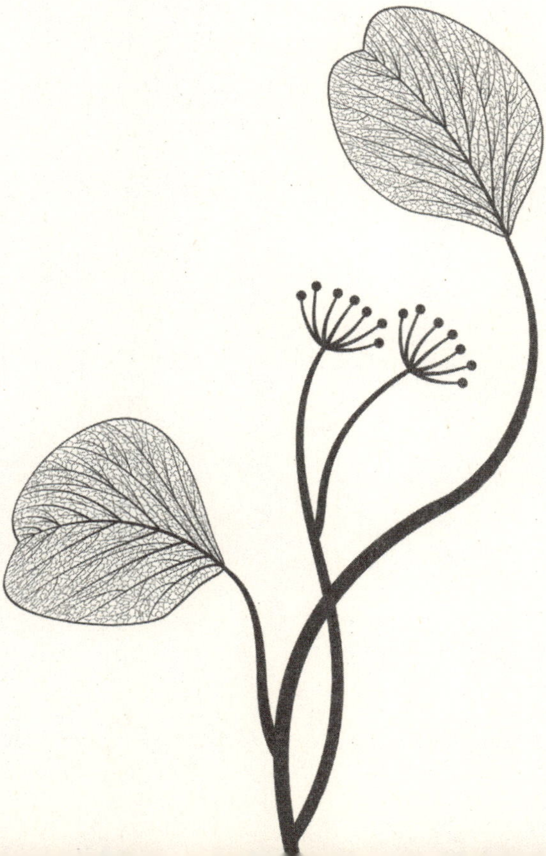

# *Josie*

Ella ist da. Dreizehn Tage zu früh, dafür ohne Komplikationen. Ich halte meine Tochter (meine Tochter!!!) im Arm und schwelge. Ich hatte mehrere Namen in petto, aber erst als sie da war, wusste ich, dass sie Ella heißt. Sie sieht einfach so aus. Auch jetzt. Die Stirn, der Mund, die Nase. Die kleinen, zu Fäustchen geballten Hände, die halbgeschlossenen Augen. Alles an ihr ist Ella. 2880 Gramm Leben. Dunkle Haare (zum Glück nicht Bengts Haarfarbe), winzige Grübchen, zehn kleine Finger, zehn kleine Zehen, ganz gesund. Das ist einerseits natürlich völlig normal, aber andererseits eben auch nicht. Solange das Baby im Bauch ist, kann man es sich nicht richtig vorstellen. Solange es im Bauch ist, kann es noch irgendwie aussehen. Wenn es dann aber da ist, nicht mehr. Dann sieht es genauso aus, wie es auch aussehen muss. Alles andere wäre falsch.

»Sie ist so süß«, sagt Melanie und spricht damit aus, was ich selber fühle. Währenddessen fährt Nela ihr mit ihrem kleinen Finger über die Stirn, so vorsichtig und zart, dass wir beiden Mütter uns gerührt anlächeln.

»Wann kann ich denn mit Ella spielen?«, will sie wissen.

»Spiel doch erst mal mit Bernd und seinem Bruder, denen ist auch langweilig«, schlägt Melanie vor.

Nela hat Ella ein Bernd-Double mitgebracht. Ellas erstes Geschenk. Später wird sie einen richtigen Hund bekommen. Falls sie einen möchte. Auf keinen Fall Fische.

»Ich will aber mit Ella …«

»Bald«, sage ich. »Du kannst bald mit ihr spielen.«

»Ist bald gleich?«

Ella gähnt.

»Ich glaube, gleich ist sie noch viel zu müde«, sage ich und gähne ebenfalls. Insgesamt sechs Stunden Geburtsschmerz, davon drei im Kreißsaal, und eine schlaflose Nacht. Das ist für eine Erstgebärende zwar keine schlechte Bilanz, noch dazu in meinem Alter, hat aber Spuren hinterlassen. Ich bin trotzdem hochzufrieden. Ich hatte vorher in der frei zugänglichen Literatur im Internet von Müttern gelesen, die ihr Kind bei einer Sturzgeburt im Auto oder nach zwanzig Stunden Qual mit einem Kaiserschnitt bekamen, und deshalb schon die schlimmsten Befürchtungen. (Ich habe ein Faible für schlimmste Befürchtungen, denn dann kann ich mich nachher entweder freuen, weil es doch nicht so schlimm geworden ist, oder aber mich bestätigt fühlen, weil ich es ja schon vorher gewusst habe. Aus ähnlichen Gründen habe ich übrigens auch sehr gerne nur geringe Erwartungen.)

Mein Telefon klingelt. Ich erkenne die Nummer meiner Schwägerin und sehe, wie Ellas kleiner feuchter Mund satt und zufrieden zuckt. Schon diese zarte Kleinigkeit überschwemmt meinen Körper sofort wieder mit Glückshormonen. Keine Spur einer Schwangerschaftsdepression.

»Hi, Juliane.«

»Hallo, Josie. Wie geht's dir? Wie war eure erste Nacht?«

»Okay, so weit.«

»Und die kleine Ella?«

»Ist schon einen halben Millimeter gewachsen.«

Juliane lacht. »Ich komme am Nachmittag vorbei, soll ich dir noch etwas mitbringen?«

»Nein, nicht nötig. Komm einfach«, sage ich ungeduldig. Ich kann es kaum erwarten, Juliane mein Baby zu zeigen. Ich bin jetzt im Club, bin Teil von etwas Großem, habe etwas zustande gebracht, ich ganz allein. Na ja, fast.

»Okay. Hat Verena sich bei dir gemeldet?«

Meine Mutter hat mich tatsächlich gestern Abend noch angerufen, gleich nachdem Florian sie auf Stand gebracht hatte. Ich konnte ihre Erleichterung durchs Telefon hören. *Ella, was für ein schöner Name.*

»Ja«, sage ich. »Sie kommt später auch.«

»Ah. Und wann?«

»Keine Ahnung. Sie hat nur gesagt heute Nachmittag.«

»Hm«, macht Juliane. Sie und Mama haben nicht gerade das allerbeste Verhältnis. Juliane nimmt, ausgenommen beim Thema Babette, kein Blatt vor den Mund, und damit kommt Mama nicht gut zurecht. »Gut«, sagt sie. »Dann versuche ich, früh da zu sein.«

»Okay. Bis gleich.«

»Bis gleich.«

Ich lasse mich wieder ins Kissen sinken. Mama hat mir sogar angeboten, die ersten Tage wieder bei mir zu wohnen und mir zu helfen, aber das wollte ich dann doch nicht. Ich bin erst mal nur froh, dass sie wieder mit mir redet.

Gestern sah das noch anders aus. Gestern wollte ich sie quasi zu unserem Glück zwingen. Ich wollte sie zur Rede stellen, wollte endlich wissen, wie genau das passiert ist, damals das mit Babette, und warum es bis heute so ein Tabuthema ist. Ich hatte dieses ganze Theater so satt, dieses Schleichen um den heißen Brei, dieses permanente Aufpassen, was man sagt und wie, aber als endlich der Entschluss gefasst war (nicht zuletzt dank Kathis Zureden) und ich mich auf den Weg gemacht habe, da ist nach nicht einmal zwei Kilometern meine Fruchtblase geplatzt. Einfach so. Eine ziemliche Sauerei, der Autositz war pitschnass. Ich habe Bengt angerufen (war schließlich ein Notfall) und bin zurückgefahren, um Handtücher und mein Köfferchen zu holen.

Jetzt habe ich immer noch nicht mit meiner Mutter geredet, jedenfalls nicht *so*, aber ich bin auch gar nicht mehr in der Stimmung. Meine ganze kämpferische Entschlossenheit ist schon wieder futsch. Lieber sehe ich mir mein Kind an, den kleinen Mund, der leise schmatzt. Ich will nichts anderes mehr vom Leben.

Die Tür wird schwungvoll aufgerissen. Eine dunkle Stimme fragt uns, ob auf Zimmer 28 denn alles noch im grünen Bereich sei. Die Stimme gehört zu einem blonden Wuschelkopf, der auf einem muskulösen Oberkörper sitzt und auf den Namen Sascha hört (wie ich seit etwa zwei Stunden weiß).

»Möchte noch jemand Tee?«, fragt Sascha.

»Gern«, sage ich.

»Brauchen Sie sonst noch was?«

Ich schüttle den Kopf.

»Soll ich mal eben durchlüften?«

Ich nicke.

»Achtung, Babys warm einpacken. Hier kommt frische Luft«, ruft er und reißt für zwanzig Sekunden das Fenster auf.

»Wow«, sagt Melanie, nachdem Sascha das Zimmer wieder verlassen hat, und spricht damit genau das aus, was ich selber fühle.

»Ist jetzt bald?«, fragt Nela, der sowohl Saschas Stimme als auch sein Oberkörper egal ist. Sie hat andere Prioritäten und diesen gewissen Unterton in ihrer Stimme, der uns signalisiert, dass ihre Geduld Grenzen hat. Im Gegensatz zu der ihrer Mutter. Melanies Geduld scheint grenzenlos.

»Bald ist in zwei bis drei Jahren«, erklärt sie ganz ruhig und nimmt mir mein Baby ab.

»Wenn Ella richtig wach ist?«, beharrt das Kind und schiebt das Bernd-Double auf meinen Bauch. Genau auf die warme Stelle, auf der eben noch Ella lag. Mein Bauch sieht so aus, als wäre noch ein Kind darin. Das sei völlig normal, hat mir die Hebamme versichert. Noch dazu in meinem Alter. (*Da ist das Gewebe nicht mehr so elastisch.*)

»Ich weiß auch, wie dein Baby richtig heißt«, meint Nela und klingt stolz. »Ella Genossenschaft, stimmt's?«

»Also Ella auf jeden Fall«, stimme ich zu. »Über den Zweitnamen müsste ich aber noch mal nachdenken.«

»Da hat sie wohl was von meinem Gespräch mit Tom aufgeschnappt«, erklärt Melanie und streicht ihrer Tochter über den Kopf. »Ich finde übrigens, Ella ist ein sehr hübscher Name. Klingt fast ein bisschen wie Nela.«

»Ja. Nela konnte ich sie ja nicht mehr nennen.«

»Weil ich schon so heiße«, bemerkt Nela ganz richtig.

»Genau.«

Sascha kommt zurück. Er stellt den Tee ab, zwinkert mir zu und dreht sich wieder um, bevor ich zurückzwinkern kann. Mein Großhirn ist einfach nicht schnell genug.

Melanie legt die schlafende Ella wieder auf meinen Bauch. Sie setzt sich auf den Bettrand und sieht Sascha nach. »Was schätzt du? Wie alt wird der sein?«

»Keine Ahnung. Vielleicht Anfang zwanzig?«

Sie seufzt. »Ich treffe mich übrigens nachher mit Tom. Wegen seiner neuen Webseite.«

»Hmm.«

»Hast du eigentlich schon mal mit Kathi über …«

»Ja. Schon letzte Woche«, sage ich mit einem Anflug von schlechtem Gewissen, weil ich gestern gar nicht daran gedacht habe, noch einmal nachzuhaken.

»Und?«

Ich hebe die Schultern. »Gib ihr noch etwas Zeit. Der Laden ist ja erst seit ein paar Wochen auf.«

»Von mir aus gerne. Ich weiß nur nicht, ob sie die noch hat.«

»Ich glaube, der Umsatz ist ihr relativ egal. Sie muss keine Miete zahlen, und sie hat kaum Personalkosten.«

»Kosten hat sie trotzdem. Und jede Menge Arbeit. Auf Dauer schafft sie das nicht. Und dann noch dieses Mädchen …«

»Laura?«

»Ja. Die ist eine totale Fehlbesetzung, wenn du mich fragst. Sie kann nicht gut mit den Kunden, und ich fürchte, sie ist auch nicht ganz ehrlich.«

»Meinst du echt?«

Melanie nickt. »Es ist nur eine Vermutung. Jeder kann sich mal verrechnen, aber irgendwie stimmt da was nicht.« Sie streicht mit einem Finger über die Bettdecke. »Tom hat mir übrigens erzählt, dass er selbst mal an einen Hofladen gedacht hat. Aber dann ist seine Frau krank geworden.«

»Was hatte sie eigentlich?«

»Krebs«, flüstert Melanie.

»Oh«, sage ich betroffen. Es ist immer schlimm, von Menschen zu sprechen, die an Krebs gestorben sind, aber jetzt hier, mit dem zarten, kleinen Leben auf meinem Bauch, fühlt es sich besonders schlimm an.

»Jedenfalls kommen wir bei Kathi so keinen Meter weiter«, meint Melanie. Mit gerunzelter Stirn flicht sie Nelas Zöpfe neu. »Die Frau sieht mich jedes Mal an, als hätte ich gerade einen Auffahrunfall verursacht, wenn ich ihr einen Vorschlag mache.«

»Ach, sie meint das nicht so«, sage ich versöhnlich. »Sie muss sich halt noch dran gewöhnen, dass die Zeit nicht stehengeblieben ist.«

»Die Zeit bleibt auch jetzt nicht stehen.«

»Kathi hat es in diesem Jahr ja auch nicht gerade leicht gehabt. Ihr Mann ist gestorben und … und überhaupt.«

Melanie sieht mich aufmerksam an. »Du hast recht. Jetzt machen wir erst mal langsam. Du ruhst dich aus und kommst in deinem neuen Leben an. Das ist sowieso erst einmal das Wichtigste.«

»Ich rede noch mal mit ihr.«

»Es eilt ja wirklich nicht.« Sie tätschelt meine Hand. »Du siehst ziemlich müde aus.«

»Ich bin auch müde«, sage ich und gähne, als müsste ich es unter Beweis stellen. Es ist natürlich auch kein Wunder. Gestern war ich den ganzen Tag damit beschäftigt, mein Kind zu bekommen, und in der Nacht damit, es auch zu behalten. Ella hat mich nicht schlafen lassen. Genau genommen war es ihr Atem, der mich nicht schlafen ließ. Und eigentlich auch nur dann, wenn ich ihn *nicht* gehört habe. Und seit heute Morgen sechs Uhr geht es hier zu wie in einem Taubenschlag. Ein ständiges Kommen und Gehen von Schwestern, Hebammen, Ärzten, Besuchern. Auch Bengt war schon wieder da. Bei der Geburt ist er nicht von meiner Seite gewichen und hat sich aufgespielt, als wäre das sein gutes väterliches Recht. Heute Morgen hat er sich auch gleich mit einem der Ärzte hier angelegt. Mit der Bemerkung, er sei selber Mediziner, hat er dem armen Mann dann den Rest gegeben. Dabei hatte der sich nur im Zimmer geirrt. Er wollte nach nebenan, zu den Kaiserschnitten.

»Am besten du schläfst gleich mal eine Runde«, meint Melanie.

»Schwierig«, sage ich und sehe zur Seite. Insgesamt dreizehn Menschen auf vielleicht zwanzig Quadratmetern Fläche, die Babys nicht mitgerechnet.

Melanie erkennt mein Dilemma und klatscht in die Hände wie eine Lehrerin. »So«, sagt sie laut und deutlich. »Die

Besuchszeit ist zu Ende. Dann gehen wir mal wieder, damit sich die jungen Mütter hier ausruhen können.«

Es nutzt natürlich nichts. Niemand am Nebenbett nimmt irgendeine Notiz davon, was auch an den fehlenden Sprachkenntnissen liegen mag. Die Familie kommt, soweit ich es verstanden habe, aus Afghanistan und ist erst seit etwa einem halben Jahr in Deutschland. Der Vater macht unentwegt Fotos, die er postet (Was heißt wohl *Es ist ein Sohn* auf afghanisch?). Eine ältere Frau (die Großmutter?) wandert mit dem Kind auf dem Arm im Zimmer hin und her und zwinkert Nela jedes Mal zu, wenn sie an ihr vorbeikommt. Der Rest tut so, als wäre das hier ein türkischer Basar. Die Einzige, die sich aus allem raushält und genauso fertig aussieht, wie ich mich fühle, ist die Kindsmutter. Sie scheint sehr jung zu sein, ich schätze sie auf höchstens zwanzig.

»Tja. Tut mir leid. Wir müssen tatsächlich los«, sagt Melanie, jetzt wieder in normaler Lautstärke. Sie küsst mich auf die Stirn. »Komm, Mäuschen. Dein Bruder wartet.« Mit einer entschlossenen Bewegung schiebt sie Nela Richtung Tür, dreht sich aber auf ungefähr halbem Weg noch einmal um. »Sag mal, wann kannst du eigentlich nach Hause? Weißt du das schon?«

»Übermorgen früh.«

»Soll ich dich abholen?«

»Du, das ist lieb, aber ich habe meinen Bruder schon …« Ich unterbreche mich. »Wäre dir das denn nicht zu viel?«

»Ach wo. Die Kinder sind ab halb acht aus dem Haus, danach bin ich flexibel. Wann soll ich denn hier sein?«

»Gegen neun? Ginge das?«

Sie nickt. »Kein Problem.«

»Ich will Ella auch abholen«, stellt Nela fest.

»Das geht nicht, Spätzchen. Du hast doch Schule.«

»Ich will Ella aber auch abholen!«

»Du kannst sie bald wieder besuchen«, sage ich.

»Wann? Morgen?«

Melanie seufzt. Ich drehe mich umständlich auf die Seite und lächle. »Also, morgen braucht sie noch ein bisschen Ruhe. Aber du kannst sie noch ganz, ganz oft besuchen. Du kannst ihre Freundin sein, wenn du willst.«

Auf Nelas Stirn bildet sich eine steile Denkerfalte. »Hat Ella auch noch andere Freundinnen?«

»Später bestimmt«, sage ich freundlich. »Aber jetzt hat sie nur dich. Du bist die erste.«

## *Kathi*

Im Flur der sperrige Kinderwagen, im Wohnzimmer Wäscheberge, in der Küche ein winziger Tisch am Fenster. Draußen will es gar nicht richtig hell werden heute. Der einzige Lichtblick ist die blinkende Weihnachtsbeleuchtung am Haus gegenüber. Schwerfällig lässt Kathi sich auf einen der beiden Stühle fallen und verzieht schmerzhaft das Gesicht. Sie hat schlecht gelegen letzte Nacht. Auch schlecht geschlafen.

Auch Josie hat Ringe unter den Augen. Ihre Bewegungen wirken schleppend. Ella hängt wie ein Affenjunges in einem Tragetuch vor ihrer Brust.

»Tee?«, fragt Josie und schaukelt das Baby sanft hin und her, während sie mit einer Hand den kleinen, runden Kopf stützt und mit der anderen zum Wasserkocher greift.

»Nein«, Kathi versucht, das Bein zu strecken, und stöhnt leise. »Nur ein Glas Wasser.« Sie schaut hoch. »Ich glaube, Ella ist schon wieder gewachsen.«

»Kein Wunder. Bei der Zufuhr.«

»Und was ist mit dir? Trinkst du auch genug?«

»Jetzt fang du bloß nicht auch noch an. Mir reicht schon

die ständige Gängelei von Bengt.« Sie schiebt sich eine Locke hinters Ohr und nimmt zwei Gläser aus dem Schrank

»Wir machen uns halt Sorgen«, sagt Kathi und lächelt nachsichtig. »Wie klappt's denn mit dem Schlafen?«

»Geht so. Mehr als drei, vier Stunden am Stück schafft Ella noch nicht.« Josie nimmt das Baby aus dem Tuch und gähnt. »Es ist die reinste Folter.« Sie vergräbt ihr Gesicht in Ellas speckiger Halsfalte. »Du folterst mich.«

»Ich nehme sie gleich mit auf einen Rundgang. Dann kannst du dich ein bisschen ausruhen«, sagt Kathi.

»Hm«, murmelt Josie. »Aber vielleicht sollten wir zuerst das hier erledigen.« Sie deutet auf die Papiere, die zwischen ihnen liegen. »Oder hast du noch Fragen?«

Kathi dreht das Glas zwischen ihren Fingern und schüttelt unschlüssig den Kopf.

»Was?«, fragt Josie.

»Es war immer mein Laden.«

»Na und? Das bleibt er doch auch. Du würdest nur die Arbeit teilen. Und das Risiko.« Josie wiegt Ella und bläst ihr sanft ins Gesicht. »Die Mitglieder zahlen eine Einlage, davon könnte man dann schon ein paar Ideen …«

»Mir geht es nicht ums Geld. Das habe ich dir schon einmal gesagt.«

»Ach Kathi«, meint Josie mit einem leisen Anflug von Ungeduld. »Wir diskutieren das seit Wochen. Keiner will dir etwas nehmen. Und was kann dir denn auch schon groß passieren? Im Moment steckst du mehr rein, als du rausholst, und schlimmstenfalls bleibt das so. Das haben wir doch alles schon besprochen. Ich finde jedenfalls Melanies

Vorschläge absolut brauchbar. So ein Treffpunkt im Dorf. Ich meine, was gibt es denn sonst hier? Insgesamt müsste auch gar nicht viel geändert werden, der Aufwand würde sich in Grenzen halten. Und du wärst am Ende entlastet.«

»Hm.«

»Max findet die Idee doch auch gut. Er wäre sogar beruhigt, wenn du nicht alles alleine stemmen musst, das hat er mir selbst gesagt.«

Ruckartig hebt Kathi den Kopf. »Ach ja? Wann?«

»Weiß ich nicht mehr. Letzte Woche, glaube ich.«

»War er hier?« Bei ihr hat Max sich seit Wochen nicht gemeldet. Von einem Besuch ganz zu schweigen.

»Er hat angerufen. Er findet's gut, dass ich dich unterstütze«, erklärt Josie lapidar.

»Das hat er gesagt?« Jetzt ist Kathi wirklich überrascht.

Im Flur klingelt das Telefon.

»Na ja, sinngemäß«, meint Josie und steht auf. »Er macht sich halt Sorgen. Auch wenn er sich wie ein kleines Kind verhält – genau wie du auch.« Sie drückt Kathi das Baby in den Arm und lächelt. »Er liebt dich. Das hat er mir zwar nicht gesagt, aber ich weiß es trotzdem.«

Kathi betrachtet das kleine Wesen mit Zuneigung und gerunzelter Stirn. »Hast du's gehört? Er macht sich Sorgen«, flüstert sie. Ella schaut sie mit einem wissenden Blick an, so, als verstünde sie genau, wie die Welt funktioniert. Hat Max sie damals auch so angesehen? Sie weiß es nicht mehr, sie kann sich nicht daran erinnern. Kathi atmet gegen den Druck auf ihrer Brust. Ein leiser, latenter Schmerz. Besser nicht daran rühren. Sie seufzt. In wenigen Wochen wird sie einundsiebzig. Ein stolzes Alter. Die durchschnittliche Lebenserwartung von Frauen liegt bei dreiundachtzig. Das sind noch zwölf, vielleicht auch fünfzehn Jahre.

*Komm mich doch besuchen*, hat Max noch vor ein paar Wochen gesagt. Jetzt sagt er nichts mehr. Er geht nicht ans Telefon, und er ruft auch nicht zurück, wenn sie eine Nachricht hinterlässt und ihn darum bittet. Sie selbst war auch immer gut im Schweigen. Wenn Werner ihren Hochzeitstag vergessen hatte, wenn er sich abends mit Vereinsfreunden traf und die Zeit dabei vergaß, wenn er nachts kam und sich versöhnen wollte. Schweigen. Stundenlang, tagelang, wochenlang. Es fiel ihr nicht einmal schwer. Am Tisch, vor dem Fernseher, im Bett. Jeder auf seiner Seite. Sie schwieg, bis sie vergessen hatte, warum. Und sogar noch darüber hinaus. Mühen, bemühen, sich abmühen. Ein ganzes Leben hat sie sich bemüht, aber keine Mühe lohnt sich auf Dauer, wenn nichts dabei herauskommt. Werner konnte an ihr zerren und sie bespringen, so viel er wollte, das was er suchte, konnte er bei ihr nicht finden. Das gab es nicht. Und was sie bei ihm suchte, das konnte er ihr nicht geben.

Und jetzt passiert das Gleiche mit Max. Nur umgekehrt. Er hat es von ihr gelernt, so wie sie es von der Großmutter gelernt hatte. Die sprach kein Wort zu viel und schon gar nicht mit ihrem Mann. Aushalten. Stillhalten. Mundhalten. Das Einzige, was die alte Frau ihr mitgegeben hat.

Das Baby bewegt sich. Sie spürt den Blick aus großen, runden Augen auf ihrem Gesicht. Josie kommt zurück und nimmt ihr den warmen Babykörper wieder ab.

»Das war meine Mutter«, sagt sie.

Kathi verschränkt die Arme vor ihrem Körper, auf diese Weise hofft sie, einen Teil von Ellas Wärme zu bewahren, und wirft Josie einen fragenden Blick zu.

»Sie kommt morgen.«

»Schön«, sagt sie und denkt dabei an das, was Josie ihr am Tag vor Ellas Geburt erzählt hat. Eine Schwester, die schon vor Josies Geburt gestorben ist. Und eine Mutter, die nicht darüber reden will. Kathi seufzt. Erst Kinder geben dem Leben einen tieferen Sinn. Das hat sie immer geglaubt. Oder hat sie Sinn mit Glück verwechselt? Was macht es für einen Sinn, wenn Kinder sich immer weiter entfernen? Oder, noch schlimmer, wenn sie sterben? Und was genau bedeutet Glück eigentlich? War sie nicht sogar manchmal glücklich und hat es gar nicht gemerkt? Oder es erst begriffen, wenn sie wieder unglücklich war? Sie blinzelt gegen die Tränen, die ihr plötzlich in die Augen schießen. *Heul doch.*

»Hey?«, sagt Josie. »Was ist los mit dir?«

»Nichts.« Sie schüttelt den Kopf und zieht ein Papiertuch aus ihrer Tasche. »Erkältung.« Mit einer steifen Bewegung tupft sie ihre Nase. All die vielen Verletzungen, die man sich in einer Familie gegenseitig zufügt.

»Mein Mann kam immer sehr gut an bei Frauen«, sagt sie mit einem leisen Seufzen.

»Kann ich mir gut vorstellen. Er sah ja auch nicht schlecht aus.«

Das stimmt. Er sah sogar ziemlich gut aus. Das war ihm auch lange Zeit sehr wichtig. Kathi denkt daran, wie viel Zeit er im Bad und vor dem Spiegel verbracht und wie oft sie ihn *Eitler Pfau* genannt hat. Erst, als er schon im Ruhestand war, wurde er nachlässiger. Und auch dicker.

*Für wen schälst du die ganzen Kartoffeln?*

*Für dich, mein Mädchen.*

Ärgerlich wischt sie sich die Augen. Was ist nur los mit ihr? Sie hat doch nie viel geweint. Noch nicht einmal an seinem Grab. Warum auch? Tränen ändern nichts, sie machen niemanden wieder lebendig.

»Sag mal, hättet ihr nicht im August goldene Hochzeit gehabt?«

»Ja«, Kathi nickt. »Hätten wir.«

»Oh Mann. Fünfzig Jahre.«

Die silberne Hochzeit hatten sie nur im ganz kleinen Kreis gefeiert. Max, ihre Cousine Brigitte, Elfriede, Hubert und sie beide. Aber die goldene sollte ein richtiges Fest werden. Das hatte Werner sich so gewünscht.

»Das werde ich wohl nicht mehr erleben«, meint Josie.

»Ich hab's ja auch nicht erlebt.«

*Zum Scheitern einer Beziehung gehören immer zwei*, hat Ida gesagt. Und dass es keine Frage von Schuld sei. Kathi reibt sich die Stirn. Schuld, Unschuld. Mitschuld. Menschen tun viel dafür, ihre Unschuld zu beweisen. Sie bemühen Rechtsanwälte, wenn sie betrunken einen Unfall verursachen, oder beschimpfen ihre Partner, wenn sie wichtige Termine vergessen. Immer sind andere schuld. Es fällt schwer, Schuld bei sich selbst zu suchen.

»Werner hat mich betrogen«, sagt sie und hört endlich auf, sich gegen die Tränen zu wehren.

»Oh?«

»Ja. Zweimal.« *Mindestens,* fügt sie in Gedanken hinzu. »Es ist aber schon sehr lange her.«

Josie ist trotzdem empört. »Mannomann. So ein …«

»Schon gut. Ich habe auch Fehler gemacht.«

»Ja und? Jeder macht Fehler. Das rechtfertigt noch lange keinen Ehebruch.«

»Ach?« Kathi hebt den Kopf und tupft sich die Augen. »Das sagst ausgerechnet du?«

»Das …, also, das kann man jetzt wirklich nicht vergleichen.« Josie windet sich. »Ich meine, Bengt hat damals nur geheiratet, weil seine Frau schwanger war. Diese Ehe wäre früher oder später sowieso gescheitert.«

»Sagt wer?«, fragt Kathi und muss trotz der Tränen lächeln.

Verlegen senkt Josie den Blick und pickt mit dem Finger ein paar Krümel vom Tisch.

»Schon gut. Es sollte kein Vorwurf sein. Am Ende lebt jeder sein eigenes Leben. So wie auch jeder seine eigenen Entscheidungen trifft.«

Josie pustet die Krümel auf den Boden. »Würdest du es denn wieder tun?«

»Was?«

»Deinen Mann heiraten?«

Kathi überlegt einen Moment, dann nickt sie. »Ja, ich denke schon.« Vielleicht würde sie mit dem Wissen von heute weniger Fehler machen, wahrscheinlich aber nur andere. Aber heiraten würde sie ihn immer wieder. Und mehr mit ihm reden, das würde sie auch. Auch über Max.

»Na ja«, sagt Josie. »Es ist schon so eine Sache mit den

Männern. Einerseits rauben sie einem den Schlaf und die Nerven, aber andererseits …« Sie hebt ihr Baby hoch über den Kopf. »Müssten wir auf ziemlich viel verzichten, wenn es sie nicht gäbe.«

Kathi nickt und denkt an Max. Der Gedanke an ihren Sohn rührt an ihrer Traurigkeit, aber gleichzeitig stimmt er sie auch versöhnlich. Eine Weile hängen sie beide ihren Gedanken nach.

»Das Leben ist schon seltsam«, spricht Kathi schließlich aus, was ihr durch den Kopf geht.

»Was ist denn daran seltsam?«

»Es besteht aus lauter Augenblicken, die sich unaufhörlich aneinanderreihen. Ohne Pause und ohne erkennbare Logik. Jeder Augenblick für sich genommen ist einmalig, aber wir sind so in uns gefangen, so damit beschäftigt, irgendwelchen Idealen hinterherzurennen, dass wir sie alle an uns vorbeiziehen lassen. Wir schenken ihnen keine Beachtung. Und irgendwann sind wir dann alt und stellen fest, dass wir unser ganzes Leben verpasst haben.« Sie holt Luft. Es war eine sehr lange Rede. Die längste seit Jahren.

»Ach komm«, sagt Josie. »Man kann doch nicht jeden Augenblick beachten. Wie soll das denn gehen?« Plötzlich fängt sie an zu grinsen.

»Was ist so lustig?«

»Ich stelle mir gerade vor, was Melanie jetzt sagen würde, wenn sie uns hören könnte.«

»Und?«

»Sie würde sagen, dass die Welt am Arsch ist und wir verdammt nochmal aufhören sollen, uns um uns selbst zu drehen.« Sie pustet sich einen Krümel vom Finger. »Dabei ist es doch ganz normal. Ich meine, wir sind nun mal unser eigener Mittelpunkt. Um was, in Gottes Namen, sollen wir uns denn sonst drehen?«

»Na ja, genau genommen ist das auch nichts anderes als das, was ich gerade gesagt habe«, meint Kathi. Entschlossen putzt sie sich die Nase und beugt sich über die Unterlagen. »Also. Wo soll ich jetzt unterschreiben?«

# *Josie*

Ich erwarte Besuch. Zuerst von Tom (er will mir frische Äpfel bringen, echte Bioäpfel von echten Solbacher Apfelbäumen), später von meiner Mutter. Seit Ellas Geburt bekomme ich beinah täglich Besuch. Kathi, Florian und Juliane, Melanie und Nela (meine Wohnung ist Nelas neuer Spielplatz), meine Arbeitskollegen, Mama. Alle meinen es gut mit mir, alle wollen mir helfen und bombardieren mich mit Ratschlägen, aber manchmal ist mir das alles zu viel. Manchmal komme ich mir vor wie ein Patient, jemand, der nach monatelanger Krankheit wieder eingegliedert werden muss. Nur Tom ist erfreulich anders. Er versorgt mich zuverlässig mit Äpfeln und Gemüse, kann sich aber ansonsten offenbar vorstellen, dass ich klarkomme. Keine Ratschläge, nur Vitamine.

Während ich warte, trage ich mein schreiendes Baby durch die Wohnung. Ella schreit oft und meistens sehr ausgiebig. Ich versuche zu ergründen, warum. Schreit sie jetzt, weil sie Hunger hat? Oder Bauchweh? Oder ist sie einfach nur müde? So wie ich? Meine Brust bringt uns beide nicht weiter, und gegen Fencheltee hat Ella eine verständliche

Abneigung. Die Windel ist frisch, und das Herumtragen macht vor allem mich müde. Wenn nichts anderes fruchtet, setze ich sie nachher in den Maxi-Cosi und drehe ein paar Runden mit dem Auto, das ist das zuverlässigste Mittel, um sie zum Einschlafen zu bringen.

Ella ist zwar erst wenige Wochen alt, aber sie hat mit einer solchen Selbstverständlichkeit ihren festen Platz in meinem Leben eingenommen, dass ich mir gar nicht mehr vorstellen kann, wie es ohne sie war. Oder irgendwann wieder sein wird. Irgendwann, wenn sie mich verlassen haben wird. Futur II, vollendete Zukunft. Eine Zukunft ohne Ella. Dabei ist schon die Vorstellung, dass sie größer wird – ein Kindergartenkind, ein Schulkind, ein pubertierender Teenager – völlig undenkbar. Undenkbar auch, dass sich jemals ein Keil zwischen uns schieben könnte, so wie bei Mama und mir. Oder wie bei Kathi und Max. Die Sache zwischen Mama und mir ist kompliziert, schon wegen Babette. Bei Kathi und Max ist es dagegen nahezu lächerlich einfach. Wenn die beiden nur nicht so stur wären.

Ella schreit noch immer. Ich singe ihr leise ins Ohr (*An Tagen wie diesen* von den Toten Hosen), aber allmählich geht mir die Puste aus. Ella nicht. Sie hat die kräftigere Lunge von uns beiden. *Wünscht man sich Unendlichkeit*, singe ich trotzdem weiter und bereue jede Zigarette meines früheren Lebens. Dabei betrachte ich das krebsrote kleine Gesicht, den zahnlosen Mund, die winzigen Fäuste und schließe vor Liebe und Erschöpfung kurz die Augen. Ein Leben mit Baby ist zwar erfüllend, aber auch sehr anstrengend. Früher habe ich mich mit Hingabe um mich selbst gedreht, jetzt dreht sich alles ums Kind. Für mich selbst fehlt mir dabei die Zeit. Obwohl ich eigentlich genug davon habe. Schließlich bin ich in Elternzeit. Ein Jahr mit Ella, nur sie und ich. Bengt unterstützt uns finanziell, und zwar mehr, als er müsste. Er ist vieles, aber kleinlich sicher nicht. Das sind wir beide nicht. Er kann seine Tochter jederzeit sehen. Manchmal kommt er schon morgens, bevor die Praxis öffnet, auf einen Sprung vorbei. Davon konnte ich früher nur träumen.

Ellas Schreien geht jetzt in ein sporadisches Wimmern über, und ich summe textlos weiter. Was fehlt ihr bloß? Ich tue doch wirklich alles, damit es ihr gut geht. Ich singe ihr Einschlaflieder vor, trinke literweise stilles Wasser, Tee und Hühnerbrühe. Ich rauche nicht, von Alkohol ganz zu schweigen. Dabei sehne ich mich heimlich nach einer fetten Pizza und einem Glas Wein, aber ich weiß natürlich, dass das nicht geht. Essen und Trinken ist keine selbstverständliche Sache mehr, sondern zur erklärten Wissenschaft geworden. Von zu vielen Zitrusfrüchten bekommt Ella einen wunden Hintern, Kohl verursacht Blähungen (bei uns beiden), Alkohol ist ein No-Go, von zu viel Fett werde nicht nur ich fett, und schlechter Zucker kommt sowieso gleich nach Alkohol.

Ich muss an tausend Dinge denken, hundert Dinge beachten. Hat Ella ihr Bäuerchen gemacht? Wie sieht der Stuhlgang aus? Wie viel Milliliter gute Muttermilch sind tatsächlich in ihrem Bauch gelandet? (Um das festzustellen, habe ich sie bis letzte Woche nach jeder Mahlzeit auf die Waage gelegt und das Gewicht aufgeschrieben, vor und nach dem Stillen.) Nebenbei muss ich dafür sorgen, dass sie von allem genug hat: genug Mutterliebe, genug frische Windeln, genug frische Luft. Für die Luft habe ich zum Glück Kathi. Wann immer sie es einrichten kann, holt sie Ella ab und geht mit ihr spazieren.

Während ich die jetzt nur noch wimmernde Ella durch die Wohnung trage, schaue ich immer wieder sporadisch aus dem Fenster. Es regnet, die Straße ist menschenleer. Irgendwann sehe ich Toms Auto, das um die Ecke biegt, und winke mit Ellas Hand. Sie hat endlich aufgehört zu wimmern und sieht mich voller Verwunderung an. Als könnte sie nicht glauben, was sie da sieht, und als hätte sie begriffen, dass ihr Klagen sie nicht weiterbringt.

Mit Ella auf meinem Arm, erwarte ich Tom an der Wohnungstür. Wie immer begrüßen wir uns nur flüchtig.

»Wo sollen die hin?«, fragt er und streckt mir die Kiste mit Äpfeln entgegen.

»In die Küche«, sage ich und folge ihm. Tom ist eigentlich nicht besonders groß, trotzdem strahlt er Größe und Stärke aus. Er hat breite Schultern und kräftige Arme. Ein Mann, der zupacken kann. Das mag ich. Aber mehr ist es nicht. *Mehr* kommt für mich nicht in Frage. Ich will keinen neuen Mann in meinem Leben. In meinem Bett dagegen schon. Jedenfalls irgendwann. Am besten eine Beziehung ganz ohne Liebestheater, mit jemandem, der sich ausschließlich und nur um mein körperliches Wohlergehen kümmert (für das seelische habe ich ja jetzt Ella). Aber auch das ist im Moment noch völlig utopisch, denn dazu müsste sich mein Bauch erst wieder in festes Gewebe verwandeln, und so wie er jetzt aussieht, habe ich, was das angeht, erhebliche Zweifel. Am besten suche ich mir einen Mann bei einem Begleitservice. Die wollen wirklich nichts anderes, und denen ist auch mein Bauch egal, solange, neben diversen Körperflüssigkeiten, genug Geld fließt. Aber dazu reicht wiederum mein Budget nicht aus, und ich kann mir beim besten Willen nicht vorstellen, wie ich Bengt vermitteln soll, es zu diesem Zweck aufzustocken. Aber eigentlich will ich noch nicht einmal das. Mir würde es schon genügen, jemanden zu haben, der mich ab und zu umarmt und streichelt. Bis Ella so weit ist, wird es wohl noch dauern. Nein. Es von ihr zu erwarten, kann auch nicht richtig sein. Da sind die Probleme ja schon gleich vorprogrammiert.

Tom hat die Kiste auf dem Küchentisch abgestellt und reibt sich die Hände. Er grinst. Hat er mich beobachtet?

»Äh, was bekommst du für die Äpfel?«, frage ich verlegen.

»Nichts. Die schenke ich dir.«

»Das brauchst du nicht.«

»Dann sieh es als Gegenleistung für deine Vermittlungsarbeit bei Kathi.«

»Gern geschehen. Wie läuft's denn?«

»Wir sind erst am Anfang, aber bis jetzt gut.« Er setzt sich auf einen Stuhl und streckt beide Beine aus. »Ich hätte noch Zeit für eine Tasse Kaffee …«

»Äh, ich glaube, ich habe im Moment gar keinen im Haus. Jedenfalls keinen mit Koffein.«

»Tee wäre auch okay.«

Ich nicke. »Kräuter oder Früchte?«

»Kräuter.«

Tom ist sehr unkompliziert. Das mag ich.

»Soll ich Ella solange übernehmen?«, fragt er, als ich mich dem Wasserkocher zuwenden will.

Meine Tochter maunzt leise. Der kleine Mund öffnet sich zum Gähnen, die Augen sind jetzt geschlossen. Sie ist satt, gerade frisch gewindelt, duftet wie der Frühling und ist endlich ruhig. Mein ohnehin schon weites Herz weitet sich noch mehr.

»Keine Angst. Ich lasse sie schon nicht fallen«, meint Tom leise.

»Das weiß ich doch«, flüstere ich zurück. »Aber sie ist gerade am Einschlafen. Ich glaube, ich lege sie besser in ihr Bett. Bin gleich wieder da.«

Als ich zurückkomme, hat Tom schon den Wasserkocher in Betrieb gesetzt. Ich nehme die Kiste mit den Teebeuteln vom Regal und untersuche den Inhalt. »Roibusch?«

Er nickt und steht plötzlich direkt neben mir, so dicht, dass unsere Arme sich berühren. »Du riechst nach Baby«, sagt er lächelnd. »So hat Johanna damals auch …« Er bricht ab.

»Tut mir leid«, murmele ich verlegen. »Ist bestimmt nicht leicht für dich.«

Er presst die Lippen zusammen und dreht sich etwas von mir weg. Augenblicklich fühle ich die Kälte an der Stelle, wo gerade noch sein Körper war, und mich schlecht. Habe ich etwas Falsches gesagt? Oder zu wenig? Ich weiß es nicht. Ich weiß nie, was das Richtige ist, ganz besonders nicht in Situationen wie diesen. All die vielen ungesagten und ungezählten Wörter, die mir auf der Zunge liegen: *Ich bin einund-*

*vierzig Jahre alt, fast zweiundvierzig, davon war ich neun Jahre mit dem falschen Mann liiert, ich habe eine Tochter, Ella, aber das weißt du ja schon, außerdem einen Bruder, Florian, der ist neun Jahre älter, und eigentlich hatte ich auch noch eine Schwester, aber die ist schon vor meiner Geburt gestorben, meine Eltern haben sich getrennt, als ich knapp zwölf war, ich will keine neue Beziehung mehr, aber wir können Freunde sein.*

Damit wäre er schon mal grob im Bild. Aber so funktioniert das nicht. Nur: Wie funktioniert es dann? Ich habe keine Ahnung. Damals, als ich Bengt kennenlernte, haben wir uns wochenlang Mails geschrieben, ohne uns zu kennen. Schriftlich habe ich mein halbes Leben vor ihm ausgebreitet und mich mit jeder Antwort mehr in ihn verliebt. Aber ich kann Tom doch nicht wegschicken und sagen: *Lass uns nicht reden, ich schreib dir lieber, was ich zu sagen habe.*

Das leise Klicken des Wasserkochers holt mich zurück. »Äh, also Roibusch«, murmele ich und hänge zwei Beutel in die Kanne. Tom hält mich mit einer Hand an der Schulter fest.

»Josie, ich …«

»Was?«, frage ich unfreundlich. Ich meine es gar nicht so, aber je unsicherer ich mich fühle, desto unfreundlicher klinge ich. Wir stehen immer noch ziemlich dicht zusammen. Zu dicht. Ich kann noch nicht einmal meine Arme verschränken.

Er lässt mich wieder los und schüttelt den Kopf. »Was machst du nur mit mir?«

Auch darauf habe ich keine Antwort. Die Frage kam zu unerwartet, und außerdem wäre es sowieso meine gewesen. Stattdessen stelle ich mich auf die Fußspitzen und küsse ihn. Ein sanfter Kuss, mit weichen, geschlossenen Lippen. Er bleibt regungslos stehen, genauso überrumpelt, wie ich es selbst von mir bin. Aber dann hebt er sanft mein Gesicht, und sein Mund streift über meine Lippen und meine Wangen. Seine Hände beginnen mich zu streicheln, zuerst über meinem Pullover, dann darunter. Seine Bewegungen sind für einen Landwirt überraschend weich und zart. Warme Hände auf nackter Haut. Meiner nackten Haut. Meiner welligen, nackten Haut. Ich erstarre und schiebe seine Arme weg. Er kann mich nicht ernsthaft begehren. Ich habe noch nicht einmal einen BH an, nichts, was er berührt, hat auch nur den Hauch einer Form. Außerdem sind meine Achseln seit Wochen nicht rasiert, an mir ist überhaupt nichts rasiert. Sein Kinn zwar auch nicht, aber er duftet wenigstens nach After Shave und nicht nach Muttermilch. Ich mache mich los.

»Josie?«, flüstert er.

Im ersten Moment kann ich gar nichts mehr sagen, nur den Kopf schütteln. Aber dann sehe ich in sein enttäuschtes Gesicht und spüre diese bleierne Enttäuschung auch in mir.

»Tut mir leid«, sage ich wieder einmal und erzähle ihm mit flacher Stimme und in wenigen Worten, wie ich mir meine Zukunft vorstelle. Mit Kind und ohne Mann, jedenfalls beinah. Bevor ich mich noch weiter um Kopf und Kragen reden kann, klingelt es an der Tür. Ella wird wieder wach und fängt an zu schreien, und ich sage noch mal: »Es tut mir leid.«

Die Begegnung zwischen meiner Mutter und Tom war kurz und nicht herzlich. Meine Mutter und Herzlichkeit, das ist wie ein Widerspruch in sich. Sie ist zwar freundlich, aber eben auch sehr distanziert. Wer sie nicht kennt, könnte sie für arrogant halten, aber das ist sie nicht. Ihr ist nur oft die Welt zu viel. Das ist mir in den letzten Monaten zunehmend klar geworden. Auch deshalb, so vermute ich, flüchtet sie sich am liebsten in ihre Buchgeschichten. Seit kurzem hilft sie in der Stadtbibliothek aus. Ehrenamtlich. Die Arbeit macht ihr viel Freude, wie sie sagt. Mama hatte schon immer ein Faible für Literatur. Ich erinnere mich, dass sie früher bei Effi Briest regelmäßig nasse Augen bekam und bei den Buddenbrocks nicht mehr ansprechbar war. Und sie hatte eine Schallplatte von Knut Kiesewetter, die sie nicht müde wurde zu hören, bis man vor lauter Kratzern den Text kaum mehr verstand. Mir hat sie zu Ellas Geburt auch ein Buch geschenkt. Es geht darin um eine junge, farbige Frau, die von ihrem Vater abgelehnt wird, weil er glaubt, sie sei ein Kuckuckskind. Ich hab's noch nicht gelesen. Mir fehlt die Zeit dazu. Und die Ruhe.

Ella schreit schon wieder, jetzt vor Hunger. Das bringt mich wieder zurück ins Hier und Jetzt. Ich reiße meine Bluse auf, kann ihr aber meinen Nippel nicht schnell genug in den Mund schieben. Wir sitzen im Wohnzimmer, ich auf der Couch, Mama mir gegenüber im einzigen Sessel, und das Gebrüll zerrt an unseren Nerven. Wir atmen erleichtert auf, als Ella endlich anfängt zu saugen.

»Ziemlich ungemütlich draußen«, sagt Mama nach einer Weile.

»Hm. Sehr windig.«

Wir tauschen uns mal wieder übers Wetter aus (*könnte mehr regnen, für die Jahreszeit ist es eigentlich zu warm*), das ist sicheres Terrain. Aber heute bin ich nicht ganz bei der Sache. Meine Gedanken schweifen ab. Zum einen muss ich an Tom denken (da ist vorhin etwas gehörig schiefgelaufen, ich habe ihm etwas von einem Begleitservice erzählt, konnte aber nicht mehr erklären, wie ich das meine, und jetzt hat er, fürchte ich, ein völlig falsches Bild von mir), zum anderen an Babette. So lange ich überhaupt denken kann, schwebt dieses Kind zwischen meiner Mutter und mir.

»Die Suppe wird jetzt heiß sein«, sagt Mama freundlich und steht auf. »Ich hol sie uns her.«

In den letzten Monaten meiner Schwangerschaft wollte sie nichts mehr von mir wissen. Erst seit Ellas Geburt hat sich das Blatt wieder gewendet. Sie ist auch jetzt nicht überschwänglich und offen, das war sie nie. Aber sie redet wieder mit mir. So wie vorher. Ella ist gesund, kein Down-Syndrom, keine Wiederholung der Geschichte. Babettes Schatten hat sich wieder verzogen. Und jetzt machen wir schön da weiter, wo wir vor ein paar Monaten unschön aufgehört haben: Wir essen ihre mitgebrachte Suppe (das Einzige, was sie mir freiwillig gibt), lächeln und philosophieren übers Wetter. Und wenn sie später geht, werde ich am Fenster stehen, ihr nachwinken und wieder lächeln.

»Vorsicht. Die Suppe ist sehr heiß«, sagt Mama und stellt die beiden Teller zwischen uns.

Ich nicke und betrachte mein Kind. Ellas Augen zucken,

sie ist beim Trinken eingeschlafen. Einen Moment sauge ich mich an ihrem Anblick fest. So ein Baby ist alles. Versprechen und Drohung zugleich. So viele Möglichkeiten. So viele Fehler, die man machen kann. Bengt wird seiner Tochter schöne Geschenke mitbringen und Ausflüge mit ihr machen, aber ich werde diejenige sein, die Verbote aussprechen und Grenzen aufzeigen muss. Mir wird sie Vorwürfe machen, genauso wie auch ich meiner Mutter Vorwürfe mache. Was ich ihr am meisten vorwerfe, sind ihre Stimmungsschwankungen, mit denen sie mich schon früh gezwungen hat, meine Antennen auszufahren. Auszuloten, Schwingungen rechtzeitig zu erkennen, Rücksicht zu nehmen. Immer hieß es *arme Mama*. Wenn Mama arm war, war es besser, sie in Ruhe zu lassen. Als meine Eltern noch zusammen waren, vor allem als Florian noch bei uns wohnte, war das nicht so schwierig. Erst später, als ich mit Mama allein war, wurde es das. An ihren schlechten Tagen durfte ich sie nicht ansprechen, und anfassen ging schon gar nicht. Aber es war niemand anderes mehr da, mit dem ich hätte reden oder den ich hätte anfassen können. Natürlich gab es auch gute Tage, aber manchmal lagen ganze Wochen dazwischen. Es gab in dieser Hinsicht nichts, worauf ich mich verlassen konnte. Ich musste einfach abwarten und *erspüren*, in welcher Verfassung sie gerade war.

»Josie?« Mama sieht mich fragend an.

»Hm?«

»Deine Suppe wird kalt.«

»Ach so, ja. ’tschuldige.« Vorsichtig lege ich Ella neben mich und greife zum Löffel. »Was ist das?«

»Süßkartoffelsuppe. Ein neues Rezept.« Sie schaut mich erwartungsvoll an. »Und? Schmeckt's dir?«

»Hmhm. Sehr lecker.«

Wir essen schweigend, und ich hänge wieder meinen Gedanken nach. Ich fühle mich dünnhäutig und schlecht gewappnet. Während der ganzen neun Monate meiner Schwangerschaft war ich noch einigermaßen zuversichtlich und optimistisch, aber jetzt scheint sich das zu ändern. Das mit der Zuversicht ist so eine Sache, jedenfalls in meinem Leben. Ich habe Angst vor allem Möglichen, am meisten vor der Aufgabe, die vor mir liegt. Wie kann ein so verkorkster Mensch, wie ich es bin, einem Kind das geben, was es braucht: Sicherheit, Halt und eben Zuversicht?

»Satt?«, fragt Mama, als ich meinen leeren Teller zur Seite schiebe.

»Ja. Ich war nicht so hungrig«, sage ich und wünschte, jede eingebrockte Suppe ließe sich genauso leicht auslöffeln wie die von Mama gekochte. Ich suche ihren Blick. Und wieder lächeln wir. Alles in allem bieten wir drei hier ein Bild des familiären Glücks. Mutter, Tochter, Enkeltochter, in Liebe vereint. Wir sitzen höchstens eineinhalb Meter auseinander, wir bräuchten nur die Hände auszustrecken, um uns zu berühren. Aber wie lässt sich dieser tiefe Graben überwinden, der zwischen uns liegt.

Meine Mutter steht auf. Sie stellt die Teller ineinander und will sie in die Küche bringen.

»Bitte, Mama, lass doch. Das mache ich später«, sage ich und merke selbst, wie gereizt ich schon wieder klinge.

Sie setzt sich wieder hin.

»Tut mir leid. War nicht böse gemeint«, nuschle ich.

»Schon gut.«

Ich sehe an ihrem Blick, dass sie auf etwas wartet, aber ich weiß nicht, worauf. Weiß nicht, was ich ihr sagen soll. Es ist wie ein Spiel, das ich nicht beherrsche.

»Was ist los mit dir?«, fragt sie endlich. »Gibt's Probleme?«

»Nein.«

»Ist was mit Ella?«

»Nein.«

Sie schaut auf ihre schmalen Hände und ballt sie zu Fäusten. Ihre Mundwinkel zeigen nach unten.

»Mama?«, zwinge ich mich endlich auszusprechen, was mir auf der Seele brennt.

»Ja?«

»Wie war, also warum …« Ich breche ab, weil ich nicht weiß, wie ich das, was ich sagen will, in Worte fassen kann.

»Was?«

»Warum … hast du eigentlich Kinder?«, frage ich endlich, und wir schütteln beide genervt den Kopf. Ich bin der Elefant im Porzellanladen, das Trampeltier im Gemüsebeet.

»Was ist das schon wieder für eine Frage?«, sagt sie ärgerlich.

»Bitte. Sag's mir doch einfach.«

»Was willst du denn jetzt hören?«

»War es eine bewusste Entscheidung?«

»Meine Güte.«

»War es?«

Plötzlich sieht sie müde aus. »Ich war knapp neunzehn,

als ich deinen Vater kennenlernte, und nach acht Monaten schwanger. Da hat man noch keine so konkreten Vorstellungen von dem, was man tatsächlich will.«

»Ja«, schnaube ich. »Und dann kann man's halt nicht mehr ändern.«

Ihre Stimmung wechselt von ärgerlich in beinahe wütend. »Jetzt komm mal wieder runter.«

»Warum? Stimmt doch. Damals konnte man nicht einfach zu pro familia rennen und sich so einen Schein abholen.«

Sie greift nach den leeren Tellern und seufzt hörbar.

»Wenn du heute noch mal in der Situation wärst, wenn du die Zeit zurückdrehen und dich neu entscheiden könntest, was würdest du …?«

»Hör auf damit«, fährt sie mich an.

»Was ist mit mir? War ich geplant?«

Sie steht auf.

»Okay, schon gut«, lenke ich ein. »Ich bin ja schon still.«

Jetzt nimmt sie ihre Tasche und geht zur Tür.

»Bitte, Mama. Ich sag nichts mehr.«

»Es ist wirklich immer dasselbe«, höre ich sie im Flur schimpfen und laufe hinterher.

»Warum ist es denn so schwierig, mit dir über früher zu reden? Was ist denn schon dabei?«, frage ich resigniert.

Sie zieht ihre Jacke an. »Hier ist gar nichts schwierig. Es gibt auch kein Drama. Nur das, was du dir selber machst«, sagt sie und knöpft die Jacke zu. »Weißt du was? Am besten suchst du dir einen Therapeuten. Ich kann dir da leider nicht helfen.«

»Bitte, Mama, bitte geh jetzt nicht«, flehe ich, ohne sie darüber aufzuklären, dass ich schon bei zwei Therapeuten war.

»Ich bin es leid. Immer willst du dir deine Kindheit schlimm reden und mir ein schlechtes Gewissen machen.«

»Das stimmt doch so gar nicht. Aber du … du willst …« Ich muss kurz überlegen. »Du willst alles ausblenden, was dir nicht passt«, fällt mir ein. »Bei dir muss man immer aufpassen, was man sagt. Und …« Ich zögere kurz und putze mir die Nase. »Und Babette ist schon gleich ganz tabu.«

Sie wird nicht böse. Nur blass. »Ach Josie.« Matt streicht sie mir über den Kopf und schüttelt dabei ihren eigenen. »Den Topf nehme ich beim nächsten Mal mit.«

Ich stelle mich mit Ella ans Fenster und warte, bis sie das Haus verlässt. Sie schaut hoch und lächelt. Immerhin. Ich lächle zurück. Aber unser Lächeln ist noch fragiler geworden, unsere Wortlosigkeit nur eine Offenbarung unserer Hilflosigkeit. Die vielen Wörter zwischen uns verschwinden doch nicht einfach in der Versenkung, nur weil wir sie nicht aussprechen. Ich reiße das Fenster auf.

»Bitte, Mama!«, schreie ich. »Bitte, bitte, fahr jetzt nicht weg!«

Wir sitzen wieder dort, wo wir schon vor einer Stunde gesessen haben. Die leeren Teller stehen immer noch zwischen uns, auch der Graben ist immer noch da, aber wir haben angefangen, eine Brücke zu bauen. Eine Brücke aus Worten, die alle zusammen die Geschichte meiner Mutter und damit auch einen Teil von meiner erzählen. Wie ein Bild aus vielen kleinen Bruchstücken. Ein Puzzle.

»Gleich geht's weiter«, sagt sie jetzt. Aber vorher braucht sie eine kurze Toilettenpause.

Sie geht aus dem Zimmer, und ich sehe ihr nach. Sehe ihren aufrechten Gang, die schmalen Schultern, und denke über das nach, was ich gerade gehört habe. Wie sie meinen Vater kennenlernte (sie hatte ihre erste Fahrstunde und hätte ihn beinah über den Haufen gefahren). Wie sie ihn sah und sich in ihn verliebte. Er sei ihre erste und einzige großen Liebe gewesen. Kein Mann zum Anlehnen, aber einer, mit dem man lachen konnte. Ein liebenswerter Spinner. Voller verrückter Ideen. Als sie schwanger wurde, habe sie sich gefreut, hat sie gesagt. Und Papa auch. »Wirklich!« Sie hat mich angeschaut, als sie das gesagt hat.

Es fällt mir trotzdem schwer, das alles mit dem in Einklang zu bringen, was ich selbst erlebt habe. Als ich ein Kind war, gab es bei uns nur selten einen Grund zum Lachen und noch seltener zur Freude.

Mama kommt zurück und setzt sich wieder auf ihren Platz. Die vom Waschen noch feuchten Hände gefaltet wie zum Gebet. »Also, wo waren wir?«, fragt sie mit überraschend fester Stimme.

»Du warst schwanger.«

Sie nickt. »Papa hat damals noch gearbeitet und Geld verdient, und zwar gar nicht mal schlecht.«

Sie sitzt auf der Kante des Sofas, ganz weit vorne, mit gespanntem Rücken. Auf dem Sprung, jederzeit bereit, wieder zu verschwinden und mich mit den Fragen, die mich quälen, alleine zu lassen.

»Dazu kam eine Erbschaft von seinen Eltern. Es waren

eigentlich gute Voraussetzungen«, sagt sie leise und mit einem angedeuteten Achselzucken. Ich frage mich, wofür. Geld ist kein Garant für ein glückliches Leben. Denn wenn es so wäre, dann müssten ja alle Menschen, die genug davon haben, automatisch glücklich sein. Kein Geld zu haben macht die Sache allerdings auch nicht leichter.

»Und dann habt ihr geheiratet, oder?«

Sie nickt wieder, und ich merke, wie ich erleichtert ausatme. Von mir aus könnte die Geschichte an dieser Stelle mit dem Satz *Und von nun an lebten sie glücklich bis an ihr Ende* ihr finales Happy End finden. Aber so war es natürlich nicht.

Warum lässt sich das Leben nur so schlecht planen? Wenn man jung ist, glaubt man noch, es müsse einem alles gelingen. Toller Beruf, große Liebe, wunderbares Leben. Und irgendwann wacht man morgens auf und stellt fest, dass nichts so ist, wie man es sich irgendwann einmal erträumt hat.

Eine knappe Stunde später stehe ich wieder am Fenster, sehe meiner Mutter nach und winke. Ich bin noch ganz durcheinander, von all dem, was ich erfahren habe. Von der Geschichte meiner Eltern, die auch meine ist. Eine Geschichte, in der es um Wut, Enttäuschung und Trauer geht. Aber auch um Liebe und Hoffnung. Und alles ist eingepflanzt in meine DNA.

Meine Eltern.

Sie haben das erlebt, was Millionen von Paaren auch schon erlebt haben und immer noch erleben: Erst kommt die Liebe, dann das Kind, dann der Alltag.

Als Florian geboren wurde, arbeitete mein Vater noch als Techniker in einer Fabrik. Und abends habe er stundenlang in seiner Werkstatt gestanden und an irgendwelchen Erfindungen getüftelt. Es sei trotzdem ein schönes Leben gewesen, fand Mama.

Das Ganze nahm eine ungünstige Wendung, als die Firma meines Vaters Interesse an einer seiner Erfindungen zeigte. Es sei so eine Art verstärkte Gangschaltung für Fahrräder gewesen, sagte Mama, sie wisse es aber nicht mehr so genau. Die Firma bezahlte ihm einen satten Vorschuss und das Patent, und Papa kündigte seinen Job.

Es war einfach Pech, dass die Erfindung dann doch nicht so funktionierte, wie alle gedacht hatten. Die Firma hatte ihr Interesse schnell wieder verloren. Auch an meinem Vater. Er durfte zwar den Vorschuss behalten, bekam aber seinen Job nicht zurück.

Papa blieb trotzdem optimistisch. Sie hatten das Geld der Firma und die Erbschaft seiner Eltern. Und er war ja schon wieder an einer anderen großen Sache dran. Es war alles nur eine Frage der Zeit. Als das Geldpolster immer mehr dahinschmolz, ohne dass etwas Entscheidendes geschah, suchte sich schließlich meine Mutter eine Arbeit. Sie radelte jetzt an jedem Abend in ein beliebtes Stadtlokal und bediente andere Leute. Es machte ihr sogar Spaß, sie bekam viel Trinkgeld, vor allem von Männern. Reich wurden sie so nicht, aber sie kamen über die Runden.

Und dann wurde Mama wieder schwanger.

Sie habe kurz über Abtreibung nachgedacht. Aber erstens war das zu dieser Zeit noch strafbar und wenn überhaupt, nur gegen Bezahlung im Ausland möglich, und zweitens hätte sie es auch gar nicht übers Herz gebracht. Bei allen Zweifeln und Ängsten habe sie sich eben auch auf das kleine Leben gefreut, das da in ihr wuchs.

Aber dann bekam sie ein Kind mit Trisomie. Mit Down-Syndrom. Bis dahin habe sie noch nicht einmal gewusst, was das war. Trotzdem hätte sie sich sofort in ihr kleines Mädchen verliebt, hat sie gesagt. Genauso wie Papa. Aber es reicht natürlich nicht, seine Kinder zu lieben. Kinder brauchen auch Essen und Kleidung und ein warmes Dach über dem Kopf.

Als Babette geboren wurde, war meine Mutter zweiundzwanzig Jahre alt, hatte einen dreijährigen Sohn, ein Baby mit Down-Syndrom und einen Mann, der in einer Traumwelt lebte. Ich versuche, mich zu erinnern, was ich mit zweiundzwanzig Jahren gemacht habe. Studiert und mich ansonsten um mich und meinen Spaß gekümmert, nehme ich an.

Nach einem halben Jahr sei das letzte Geld aufgebraucht gewesen. Aber Papa habe einfach weiter geträumt. Er habe sich ganz kurz vor einem großen Durchbruch geglaubt. (Das glaubte er sich immer, so lange ich denken kann.) Mama suchte sich also wieder Arbeit. Sie ging jetzt morgens in ein Büro und abends ins Lokal, während ihre Eltern einen Teil der Kinderbetreuung übernahmen und sie auch finanziell unterstützten. Jedenfalls soweit sie es konnten. Aber es reichte nicht. Es reichte nie.

Ich glaube, meine Mutter war sehr unglücklich in dieser Zeit. Sie hatte nur keine, um darüber nachzudenken. Auch keine, um etwas daran zu ändern. Und dann begegnete sie einem anderen Mann. Einer neuen Liebe.

Glück zu potenzieren ist nahezu unmöglich. Beim Unglück geht es dafür wie von selbst.

# *Kathi*

*Reden ist Silber, Schweigen ist Gold.* Dieser Spruch steht auf der kleinen Tafel, gleich neben der Tür. Nur sind die Wörter *Reden* und *Schweigen* durch Pfeile vertauscht. Das war Josie. *Ihr müsst euch endlich aussprechen*, sagt sie, *das kann doch so nicht bleiben.* Natürlich. Sie hat ja recht. So kann es nicht bleiben. Aber was soll sie tun, wenn Max sich nicht meldet. Wenn er nicht ans Telefon geht und nicht zurückruft, obwohl sie auf den Anrufbeantworter spricht und ihn darum bittet.

Josie meint, sie solle hinfahren, ihn konfrontieren, aber wie soll das gehen? Sie war noch nie alleine in Offenbach gewesen, nur ein paar Mal mit Werner in Frankfurt. Sie kennt sich nicht aus. Der Verkehr, die vielen Menschen. Und am Ende eine verschlossene Tür. Sie kann das nicht.

Verdrossen steht Kathi auf und wischt die Pfeile wieder weg. Eine halbe Rebellion. Zu mehr fehlt ihr die Kraft. Was davon noch übrig ist, das braucht sie, um den Tag zu überstehen. Die Nacht war schlaflos. Zu viele schlaflose Nächte, seit Werner nicht mehr da ist. Die Angst macht sie ganz hohl und wach. So wie früher, wenn sie im dunklen, kalten Keller saß, eingeschlossen und vergessen. Einen Tag, manchmal auch zwei.

Die Tür geht auf. Ein großer kräftiger Mann mit grauen Haaren und breiten Schultern betritt den Laden. Er nickt ihr zu, und sofort zieht ihr Herz sich schmerzhaft zusammen. Sie kennt ihn nicht, aber das Licht der Lampe lässt seine abstehenden Ohren rot leuchten. Wie bei ihrem Großvater früher.

Der Mann nimmt zwei Nikoläuse aus dem Regal, eine Zeitung vom Ständer und fragt freundlich nach einer Tankstelle.

»Da müssen Sie ein Dorf weiterfahren.«

»In welche Richtung?«

Sie zeigt nach links. »Wo wollen Sie denn hin?«

Er hebt die Schultern und sieht in die Dämmerung. »Gibt es da auch ein Hotel?«

»Nein, aber eine Pension. *Zur Waldesruh.* Gleich wenn Sie reinfahren, links an der Hauptstraße, können Sie nicht verfehlen. Und ungefähr in der Mitte eine Pizzeria.«

Er zieht sein Portemonnaie aus der Hosentasche. »Ich will nach Italien, meine Tochter lebt da mit ihrer Familie. Unterwegs schaue ich mir noch ein paar Städte an.« Er bezahlt. »Eigentlich wollten wir das zusammen machen, meine Frau und ich, aber wir konnten uns nicht einigen. Zuerst nicht über den Termin, dann nicht über die Route. Wir haben die ganze Zeit damit vergeudet, uns zu streiten, und dann ist sie krank geworden.« Er klemmt sich die Zeitung unter den Arm. »Vor sechs Wochen ist sie gestorben.«

»Das tut mir leid.«

»Mir erst«, sagt er und schlägt den Kragen seiner Jacke hoch. »Wiedersehen.«

Sie sieht ihm nach. So ein stattlicher und starker Mann. Genau wir ihr Großvater. Der war nur bei seiner Frau schwach.

*Lass mich nicht allein.*

*Ich bin doch da.*

*Versprochen ist versprochen und wird nicht gebrochen.*

Das Telefon klingelt. Es ist Tom.

»Ja?«

»Hallo Kathi. Alles in Ordnung?«

»Ja.«

»Ich habe eine Produktliste zusammengestellt, die würde ich gerne mit dir durchgehen. Kann ich morgen früh vorbeikommen? Ab wann bist du denn im Laden?«

»Ab halb sieben.«

»Okay. Dann bin ich so um Viertel vor acht bei dir. Da kann ich die Jungs vorher noch in die Schule bringen.«

Kathi legt auf und knöpft die Strickjacke zu. Im Winter ist es immer kalt hier. Früher hat ihr das nie etwas ausgemacht. Sie nimmt die letzte Tageszeitung vom Ständer. Ein Prospekt fällt ihr vor die Füße. Werbung von einem Autohaus. Vorne drauf ein kleiner roter Wagen, der ihr auf Anhieb gefällt. Modern, kompakt, mit vielen Extras. Sogar mit Navigationsgerät. Werner grinst spöttisch.

Sie tritt ans Regal und schließt die kleine Lücke wieder, die durch die fehlenden Nikoläuse entstanden ist. Daneben die Dominosteine. Nikoläuse, Dominosteine, Spekulatius, Marzipankugeln. In dieser Reihenfolge. So war es immer.

Aber so muss es nicht bleiben. Sie stellt alles um, bildet kleine Gruppen. Zu viele unnötige Regeln in ihrem Leben. Zu viele ungeschriebene Gesetze.

Im neuen Jahr wird hier vieles anders sein. Melanie wird ihr helfen, im Verkauf und auch sonst. Und Tom wird sie beliefern und das Lager verwalten. Josie hat ja recht: Sie wird immer noch ihren Laden haben, und so auch mehr Zeit für Ella.

*Kopf hoch, Katinka, das wird schon.*

*Ach Opa.* Sie faltet das Werbeblatt zusammen und steckt es in ihre Tasche.

*Du weißt doch*, hört sie ihn sagen. *Die Hoffnung stirbt immer zuletzt.*

# *Josie*

Ich will aufräumen. Reinen Tisch machen, alle Leichen aus dem Keller holen. Zum einen bei Mama (dieses Projekt ist am Laufen, wir sind zwar noch am Anfang, aber auf einem sehr guten Weg), zum anderen bei Tom.

Ich kann nicht schlafen, nicht essen (jedenfalls nicht so wie normalerweise) und an fast nichts anderes (oder niemand anderen) mehr denken als an ihn. Meine ganzen guten Vorsätze haben sich in Luft aufgelöst. Es hat mich total erwischt, ich will das volle Programm. Liebestheater vom Feinsten. Wenn's sein muss, auch mit Liebesschmerz, Hauptsache mit Liebe. Aber seit unserer letzten doofen Begegnung in meiner Wohnung hat Tom sich nicht mehr bei mir gemeldet. Und meine Bemühungen, ihn *zufällig* irgendwo zu treffen, um die Sache wieder in die richtigen Bahnen zu leiten, sind bravourös gescheitert.

Deshalb ziehe ich jetzt die Kapuze der Regenjacke über meinen Kopf, packe Ella unter die Abdeckplane und schiebe den Kinderwagen im Eilschritt Richtung Laden. Laut Kathi will Tom heute die erste Lieferung bringen. Gegen drei, hat sie gesagt. Ich schaue auf die Uhr. Es ist kurz nach. Wenn ich mich beeile, habe ich gute Chancen, ihn zu treffen. Was dann passiert, weiß ich nicht, weiter kann ich nicht denken.

Draußen ist es ungemütlich. Es regnet und schneit gleichzeitig, die Luft ist eiskalt. Die Abkürzung geht am Spielplatz vorbei, der Weg ist voller Pfützen, und einen Schirm habe ich auch nicht, weil ich beide Hände zum Kinderwagenschieben brauche. Das Wetter und die ungemütliche Stimmung passen zu meiner desolaten Verfassung. Ich bin voller Selbstzweifel. Die Angst, mich zu irren, die Angst, Signale falsch gedeutet oder Gesagtes falsch verstanden zu haben, macht mich ganz kirre.

Als ich endlich an Kathis Laden ankomme, bin ich völlig durchnässt und friere zum Gotterbarmen. Und meine Zweifel haben sich noch weiter potenziert. Aber wenigstens steht Toms Lieferwagen vor der Tür. Diese Rechnung ist also aufgegangen. Als er sieht, wie ich mich mit Ellas Kinderwagen abmühe, hilft er mir auch sofort wortlos über die Stufen.

»Danke«, murmele ich und versuche vergebens, seinen Blick einzufangen.

»Hallo, Josie«, begrüßt mich Kathi.

»Hallo.« Ich ziehe meine nasse Regenjacke aus und schäme mich. Zum einen wegen meines lädierten Aussehens, zum anderen wegen der vielen kleinen Pfützen unter mir und Ellas Wagen.

»Soll ich die Sachen ins Lager bringen?«, fragt Tom ruhig. Er scheint weder etwas von meiner Aufregung zu bemerken noch sich selbst in einer annähernd ähnlichen Verfassung zu befinden.

»Hmm«, meint Kathi, ohne den Blick von ihrem Notizheft zu heben. »Vielleicht könntest du mir schon einen Sack Äpfel hierlassen?«

»Kein Problem.«

Ich schiebe den Wagen an die Theke, sehr vorsichtig, um Ella nicht zu stören (mein Kind schläft, wie immer, wenn es eigentlich genauso gut wach sein könnte) und sehe mich um. Kathis Laden hat kein völlig neues, aber ein deutlich verändertes Gesicht bekommen. Neben der Theke stehen jetzt drei kleine Bistrotische mit je zwei Stühlen, und im Kühlregal ist Platz für die Produkte vom Angerbacher Hof, die hier ab nächster Woche verkauft werden sollen. Tom hat sogar extra eine Frau ausfindig gemacht, die das Käsemachen beherrscht. Hauseigener Biokäse, viele regionale Produkte, dazu Kathis selbstgemachte Marmeladen und eingelegten Früchte. Das soll der besondere Geheimtipp werden. Der Joker, der Trumpf im Geschäfts-Ärmel. Melanie bastelt schon an den entsprechenden Prospekten.

Während Tom ein paar Kisten ins Lager schleppt, klappt Kathi ihr Heft zu und stellt sich neben mich und den Kinderwagen. Sie schüttelt den Kopf.

»Das arme Kind«, schimpft sie und schiebt die Plastikhaube weg. »Das kriegt ja gar keine Luft.«

»Es regnet«, verteidige ich mich.

»Ja. Aber nur draußen.« Sie greift in ihre Kitteltasche und zieht ein gefaltetes Werbeblatt heraus. »Schau mal«, sagt sie. »Meinst du, das wäre was für mich?«

»Du willst dir ein neues Auto kaufen?«, frage ich überrascht.

»Vielleicht.«

Der alte schwere Kombi passt irgendwie zu ihr, finde ich. Aber er ist ziemlich unpraktisch. Außerdem teuer im Verbrauch.

»Hmm. Gute Wahl.«

»Was muss man denn machen, wenn man ein Auto kauft?«, fragt sie.

»Einfach ins Geschäft gehen. Die kümmern sich um alles und sagen dir, was du brauchst.«

Tom kommt zurück. Kathi steckt das Papier wieder weg. Er hat einen Sack Äpfel über der Schulter. »Wohin?«

Sie reibt sich die Hände und zeigt auf zwei Holzkisten.

»Die guten ins Töpfchen, die schlechten ins Kröpfchen«, sage ich und grinse verlegen. Ich klinge wie eine Idiotin.

Kathi wirft mir einen seltsamen Blick zu. »Tja«, meint sie. »Dann werde ich uns mal eine Kanne Tee kochen.«

»Für mich nicht«, ruft Tom, während er mit flinken Fingern ein paar Äpfel aussortiert. »Ich muss gleich weiter.«

Ich bin enttäuscht. Wir haben noch keine zwei Sätze miteinander gewechselt. Ich hatte nicht die geringste Chance, ihm zu sagen, was mir auf den Nägeln brennt. Ich weiß auch gar nicht, wie ich es sagen soll. Und was überhaupt. Heute Abend, wenn ich allein im Bett liege, werden mir wahrscheinlich die besten und klügsten Sätze einfallen. Aber jetzt und hier, wo es drauf ankommt, stehe ich nur da wie eine nutzlose Komparsin. Es ist immer das Gleiche mit mir. Ich habe immer nur dann gute Ideen, wenn ich überhaupt nichts damit anfangen kann.

Tom richtet sich wieder auf. Er greift nach dem leeren

Sack. Gleich wird er sich verabschieden, zur Tür gehen, sie öffnen, die Stufen zur Straße hinuntersteigen, den Bürgersteig überqueren, sich in sein Auto setzen …

Ich muss etwas sagen. Irgendetwas.

»Äh, Tom, warte mal …«, sage ich matt.

Er sieht mich fragend an.

»Ehm, schöne Äpfel. Meine sind schon alle.« An Dämlichkeit nicht zu überbieten.

»Kein Problem. Ich habe noch genug.« Er dreht sich um. Weg von mir.

Ohne darüber nachzudenken, dafür mit wild klopfendem Herzen, gehe ich an ihm vorbei und stelle mich direkt vor ihm auf. Er sieht mich fragend an.

»Ich … ich habe das Gefühl, du gehst mir aus dem Weg.« Ich ärgere mich über meine wacklige Stimme, bin aber froh, endlich so etwas wie ein Gespräch mit ihm zu führen.

»Dafür stehst du mir *im* Weg«, sagt er und stützt die Hände in die Hüften. »Das ist übrigens genau das, was *ich* versuche zu vermeiden.«

»Was?«

»Dir *im* Weg zu sein.«

»Aber das … das bist du doch gar nicht, im Gegenteil. Das, was ich da gesagt habe, das war …, ich wollte doch nur …«

Er sieht mich abwartend an.

»Ich wollte nur nicht, dass …, dass du …«, stammle ich.

Er schaut auf die Uhr. »Josie? Was willst du eigentlich?«

Jetzt geht mir endgültig die Luft aus. Ich mache den Weg frei. »'tschuldigung?«, murmle ich enttäuscht.

»Kannst du nicht einmal eine einfache Frage einfach beantworten?«

»Äh, was?«

»Was willst du?«

»Na ja, ich wollte dir nur sagen, also, ich habe noch nie … und ein Begleitservice, das käme doch sowieso gar nicht in Frage, das wäre viel zu teuer und ich …«

»Stopp!«

Ich höre auf zu reden.

»Was. Willst. Du?«

»Also, eigentlich …« Ich atme aus. »Ich weiß nur nicht, ob du …«

»Josie!«

»Dich«, bringe ich es endlich auf den Punkt. »Ich will dich.«

Er richtet sich auf und verschränkt die Arme. »Aha. Sicher?«

Ich nicke und rücke sehr mutig noch dichter an ihn heran. Ich habe einen BH an und eineinhalb Kilo abgenommen.

»Bist du wirklich ganz sicher?«, fragt er noch einmal.

Ich nicke wieder.

Und dann kommt Kathi zurück.

Und dann fängt Ella an zu schreien.

Und dann, endlich, Gott sei Dank, werde ich geküsst.

# EPILOG

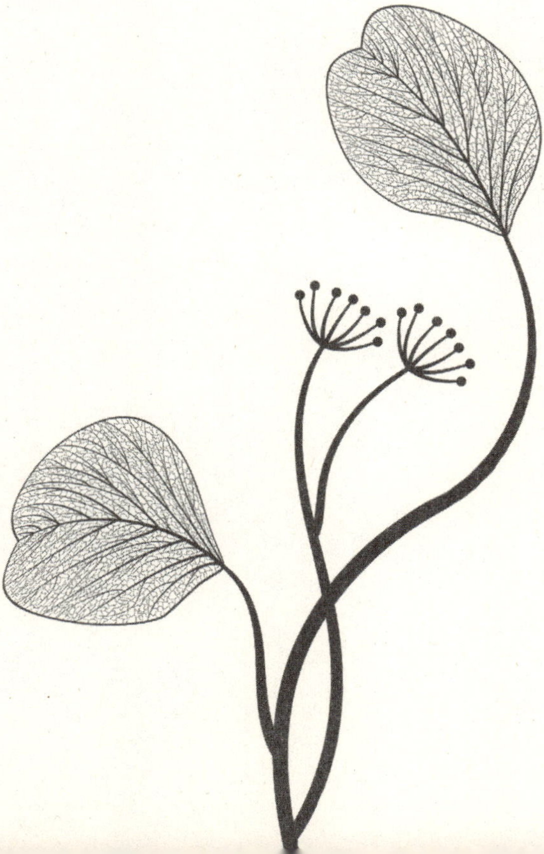

# *Josie*

Es ist ein Tag vor Weihnachten, und natürlich regnet es. An weiße Weihnachten kann ich mich persönlich überhaupt nicht mehr erinnern. Obwohl es die in meiner frühen Kindheit noch ab und zu gegeben haben soll. Wir haben nur einen Schirm und laufen eingehakt über den Friedhof. Nicht in Heidelberg, sondern in Velbert. (Ich habe keine Ahnung, wie ich auf Heidelberg gekommen bin, da muss ich etwas Falsches aufgeschnappt haben. Babette war nie in Heidelberg, nur in Velbert.)

»Irgendwo hier«, sagt Mama. »Genauer weiß ich es einfach nicht mehr.«

In den Reihen, durch die wir gehen, sind viele Kindergräber. Am Weg steht eine große Stele mit kleinen Sternen. Dort lege ich meine eigenen selbstgebastelten Papiersterne ab. Drei Stück, einen für jedes Jahr.

Wir reden nicht, es ist ja alles gesagt. Ich weiß jetzt, dass Mama Papa betrogen hat. Menschen betrügen sich andauernd. Sie lügen, leugnen, vertuschen und haben Geheimnisse – das ist die Wahrheit. Und manchmal wäre es vielleicht sogar besser, sie käme nie ans Licht.

Werner hat Kathi auch betrogen. Sie hat ihm posthum verziehen. Anders war es leider nicht mehr möglich. Max hat mit seiner Mutter gesprochen und ihr auch verziehen, aber erst nachdem sie ihn mit ihrem neuen Auto (nach einer ziemlich abenteuerlichen Fahrt) in Offenbach überrascht hat.

Max hängt an seiner Mutter, so wie ich auch an meiner hänge. Und Fehler machen wir schließlich alle. Es gäbe auch nie nur eine Wahrheit, nie nur eine Sichtweise, es sei immer alles eine Frage der Perspektive, hat Tom gesagt, als ich ihm die Geschichte meiner Eltern erzählt habe, die auch die Geschichte meiner Schwester ist – und damit auch meine.

Der Mann, mit dem Mama Papa betrogen hat, war aus Mannheim, zwei Jahre älter als sie selbst und ebenfalls verheiratet. Sein Name war Albert. So wie Albert Einstein oder Albert Schweitzer. Sie dachte, es sei ein gutes Omen. War es aber nicht.

Albert hatte ein Unternehmen, das die Firma belieferte, in der Mama damals arbeitete, und hin und wieder kam er vorbei, um geschäftliche Dinge zu besprechen. Vormittags servierte sie ihm Kaffee im Betrieb (er trank ihn immer schwarz) und abends blutige Steaks im Gasthaus. Als Albert irgendwann mehr von ihr wollte, servierte sie ihm auch das. Meine Mutter begann, von einem neuen Leben zu träumen. Sie dachte, er könne ihr dabei helfen, aus diesem Traum Wirklichkeit werden zu lassen. Konnte er aber nicht.

Der Tag, als sie ihn zum letzten Mal traf, war der 24. Mai 1974. Babettes Todestag. Das Ende der Geschichte. Oder der Anfang einer neuen.

Ertrinken ist grausam. Etwa eine Minute steht die Atmung still, der Herzschlag verlangsamt sich, und der Sauerstoffverbrauch wird reduziert. Dann muss man wieder atmen. Es soll sehr schmerzhaft sein, wenn sich die Lunge mit Wasser füllt. Meine Schwester ist also keinen schönen Tod gestorben. Ein schöner Tod. Das wäre für meine Begriffe einer, der keine Schmerzen bereitet und den man im allerbesten Fall gar nicht merkt. Ich finde, jeder sollte so sterben dürfen.

An diesem Tag, dem 24. Mai 1974, hatte sich alles gegen das kleine Leben meiner Schwester verschworen. Meine Mutter, die sonst immer auf ihr kleines Mädchen achtete, aber jetzt unbedingt ihren Liebhaber treffen wollte. Meine Großmutter, die immer einsprang, wenn Not am Mann war, aber genau an diesem Tag krank geworden war. Und mein Vater, der sich kümmern wollte, es gleich aber schon wieder vergessen hatte.

Ein schöner und sonniger Tag sei es gewesen, hat Mama gesagt. Und der Garten habe doch einen Zaun gehabt und eine abschließbare Pforte. Das sei ihr wichtig gewesen. Sie hatte immer Angst, Babette könne auf die Straße laufen und überfahren werden.

Zwei Stunden. Und die Tür zur Werkstatt war auf.

*Er hätte sie doch sehen müssen.*

Sie hat geweint, als sie mir das erzählte. Ich glaube, sie weint auch jetzt, ihr Gesicht ist ganz nass. Es kann aber auch am Regen liegen.

Der falsche Mann, der falsche Augenblick. Die falsche Entscheidung.

Ich schlinge die Arme um meinen eiskalten Körper. Mama steht einen halben Meter neben mir. Sie schluchzt leise. Ich komme mir hilflos vor.

Die Füße waren das Erste, was sie von Babette sahen. Sie schwammen nur knapp unter der Wasseroberfläche. So klein. Man konnte sie leicht übersehen.

*Arme Mama.*

*Armer Papa.*

Sie hat ihm alles erzählt. Von Albert und von ihren Träumen. Die ganze Schuld. Als sie fertig war, habe er sich ins Auto gesetzt und sei weggefahren. Eine Woche habe sie nichts von ihm gehört. Sie weiß bis heute nicht, was er in dieser Woche gemacht hat. Als er zurückgekommen war, hatte er noch immer dieselben Sachen an und sagte, dass er ohne sie nicht leben könne. Aber mit ihr konnte er es auch nicht.

Ich sehe nach oben in den Himmel. Sehe die Sterne. Keine Ahnung, ob Babette hier irgendwo ist, sie gibt mir kein Zeichen. Ich kann nichts fühlen.

Mama weint immer noch. Da hat sich viel aufgestaut in all den Jahren. Meine Schwester war drei Jahre alt, als sie starb. Aber sie starb nicht wegen ihres Gendefekts. Jedem Kind in diesem Alter hätte das Gleiche passieren können. Jedem.

Ich denke an Ella, die im Auto schläft und von meinem Bruder bewacht wird. Auch an Tom denke ich und an das, was ich mir immer gewünscht habe. Man muss gut aufpassen, damit man das, was man liebt, nicht wieder verliert. Nicht immer gelingt es, und manchmal ist es eben auch die

Liebe selbst, die verloren geht. So wie bei Mama und Papa. Oder bei Bengt und mir. Oder auch bei Kathi und Werner. Nein. Die beiden haben ihre Liebe nicht verloren, jedenfalls nicht ganz. Eher aus den Augen verloren. Es ist ein Jammer. Warum haben sie nicht danach gesucht? Sie hatten doch fast fünfzig Jahre Zeit dafür.

Ich habe keine Ahnung, ob es Tom und mir besser gelingen wird, auch wenn ich fast alles dafür geben würde. Ich hätte so schrecklich gerne ein Happy End.

Mama putzt sich die Nase.

Ich stelle mich ganz dicht neben sie. Unsere Arme berühren sich. Sie reagiert nicht. Ich lege einen Arm um ihre Schultern. Sie bleibt stehen und weint. Ich weine jetzt auch. Ich drücke sie an mich. Sie bleibt immer noch unbeweglich stehen.

Ich bin ein Versöhnungskind. Die Wiedergutmachung. Für wen? Für was? Ich weiß es nicht. Hätte meine Mutter Albert nicht kennengelernt, dann wäre Babette am Leben geblieben. Aber dann gäbe es mich nicht. Und Ella. Und ich hätte Tom nicht getroffen. Und Kathi. Und ich würde nicht mit Mama hier stehen, Arm in Arm.

Ich kann nicht behaupten, dass mir das lieber wäre.

ENDE

# NACHWORT

Josie, die Protagonistin dieses Romans, ist 41 und zum ersten Mal schwanger. Das Risiko einer Chromosomenstörung, am bekanntesten ist hier die Trisomie 21, erhöht sich nach offiziellen Studien ab 35 und steigt mit zunehmendem Alter einer Frau immer weiter an. Dieses Risiko und die damit verbundenen Ängste von Schwangeren sind ein wichtiges Thema in meinem Roman. Doch sind diese Ängste vor Kindern mit Behinderung natürlich auch zum Teil der Effekt einer behindertenfeindlichen Kultur und Gesellschaft, die Menschen mit Behinderungen und ihre Angehörigen im wahrsten Sinne des Wortes dabei behindert, nach ihren Möglichkeiten und Wünschen ihre Leben zu leben. Das wirft auch beim Schreiben für mich viele Fragen auf:

Soll ich Trisomie 21 schreiben oder Down-Syndrom? Dürfen äußerliche Merkmale aufgezeigt werden, oder verletze ich damit Betroffene? Und ist es überhaupt richtig, in diesem Zusammengang von Krankheit zu sprechen? Mit diesen und ähnlichen Gedanken habe ich mich während des Schreibprozesses sehr intensiv auseinandergesetzt.

Im Austausch mit meinen Lektorinnen habe ich alle

Momente, die dieses Thema berühren, noch einmal genau angeschaut. Mir war wichtig, dass im Text immer sichtbar bleibt, dass es sich um Josies individuelle Perspektive handelt. Emotional, reflektiert, dabei aber stets liebevoll. Ihre oft lakonischen Betrachtungen und Gedankengänge sind typisch für ihren Charakter. Sie bilden eine mögliche Perspektive auf das Themenfeld Behinderung ab. Aber weder der Text als Ganzes noch ich als Autorin heißen Stigmatisierung und Ausgrenzung von Menschen mit Behinderungen gut. Es geht und ging mir immer um ein lebendiges und gleichwertiges Miteinander.

Sollte der Text dennoch jemanden verletzen, bitte ich an dieser Stelle um Verzeihung. Es geschah nicht mit böser Absicht. Es zeigt jedoch, wie weit wir alle noch bis zu diesem gleichwertigen Miteinander gehen müssen und wie tief Behindertenfeindlichkeit auch in der Sprache steckt. Ich hoffe aber, dass das Buch auch zeigt: der Weg lohnt sich.

*Barbara Kunrath, im März 2021*

# DANKE

Mein Dank geht an alle, die mich in dem schwierigen Jahr des Entstehens begleitet und aufgebaut haben.

Allen voran danke ich meiner Familie für sehr viel Zuhören und konstruktiven Austausch. Ihr steht auf der Skala meiner Lieblingsmenschen ganz oben.

Meiner Freundin und Nachbarin Marlis bin ich dankbar für ihr sicheres Auge und die Fähigkeit, sehr schnell zu lesen.

Auch meinen Lektorinnen Carla Grosch und Silke Reutler danke ich für so viel kluge Inspiration und Scharfblick.

Und natürlich danke ich Sabine Langohr von der Agentur Keil & Keil. Ohne dich hätte ich dieses Buch nicht geschrieben. Du hast einen Platz in meinem Herzen.

LESEPROBE

Christiane
Wünsche
Heldinnen
werden
wir
dennoch
sein
Roman
Von der Autorin des
Bestsellers
KRÜGER

*»Die Träume unserer Jugend geistern auch dann noch durch unsere Köpfe, wenn wir längst erwachsen sind – genauso wie uns die Entscheidungen, die wir einst getroffen haben, ein Leben lang begleiten.«*

Susanne, Helma, Ellie, Ute, Marie: fünf Freundinnen, die seit ihrer Jugend eng verbunden sind – und ein Freund von damals, dessen plötzlicher Tod sie dazu bringt, nachzudenken: Über ihr Leben, ihre Entscheidungen, über Loyalität und ihre Erinnerungen, die ihre ganz eigenen Geschichten schreiben. Lange haben die Frauen nicht an Frankie gedacht und an den einen Abend, an dem er damals plötzlich verschwand …

*Über die Autorin:*

Christiane Wünsche wurde 1966 in Lengerich in Westfalen geboren, aber schon kurze Zeit später zog die Familie nach Kaarst am Niederrhein. Mit 20 begann Christiane Wünsche ihr Studium in der Großstadt, dennoch blieb sie der Heimat eng verbunden. Seit 1991 wohnt sie wieder in Kaarst, wo sie auch heute lebt und arbeitet. Sie hat eine erwachsene Tochter, der Familie genauso wichtig ist wie ihr. Mit ihrem Debüt-Roman »Aber Töcher sind wir für immer« gelang Christiane Wünsche auf Anhieb der Einstieg auf die Bestseller-Liste, »Heldinnen werden wir dennoch sein« ist ihr zweiter Roman, der ebenfalls am Niederrhein spielt.

*Erschienen bei FISCHER Krüger*



*Hedderichstr. 114, D-60596 Frankfurt am Main*

*ISBN 978-3-8105-0053-3*

# *Prolog*

*Wer bin ich? Das habe ich mich zeit meines Lebens gefragt. Und: Wer will ich sein?*

*Bin ich der eher oberflächliche Sohn eines sanften, freundlichen Buchhändlers, welcher den Kopf voller Zitate von berühmten deutschen Schriftstellern und Philosophen hatte, in dem sich aber auch über die Jahrzehnte der Staub angesammelt hatte von all den alten Schinken? Schichten aus Staub, die seinen Schmerz verdeckten, eine jüdische Mutter gehabt zu haben, die sich ein Jahr nach der Machtergreifung Hitlers das Leben nahm? Bin ich der laute Sohn einer eher stillen, zurückhaltenden Mutter, die als kaufmännische Angestellte den Buchladen immer wieder gekonnt auf Vordermann gebracht und gleichzeitig ihre Kinder mit ihrer verschwenderischen Liebe umsorgt hat? Der der Krieg auch nach fünfundsiebzig Jahren noch in den Knochen steckt, weil er ihr bei einem Bombenangriff alle drei Geschwister und die Großmutter nahm?*

*Bin ich der alberne kleine Bruder eines Draufgängers und Erfolgsmenschen, der seine Manneskraft zweifellos durch seine Karriere und die Zeugung von drei Kindern unter Beweis gestellt hat?*

*Bin ich ein Frauenversteher, wie alle immer sagen?*

*Als Kind habe ich es mir großartig vorgestellt, ein Mädchen zu* sein. Nicht wie ein Transgender, der das Gefühl hat, im falschen Körper zu stecken. Nein, das war es nicht. Aber ich fand, dass es Mädchen leichter haben, zu sich zu finden. Einfach die zu sein, die sie sind. Von einem Mädchen wird nicht erwartet, dass es kämpferisch, erfolgreich oder rücksichtslos ist. So dachte ich in meiner Naivität.

Und dann lernte ich Helma kennen, das tapferste Mädchen, das man sich vorstellen kann, und Susi, die pausenlos auf der Suche nach der ganz großen Liebe war und alles dafür getan hätte. Und Ellie, die für ihren Bruder zur Löwin wurde, Ute, die mit ihrem Intellekt sämtliche Jungs in die Tasche gesteckt hat, und Marie, die stärker und selbstloser war, als alle anderen ahnten.

Und rücksichtslos können sie alle sein. Das musste ich bitter erfahren. Ich weiß nicht, ob ich es ihnen verübeln kann, denn ihr Kampf im Leben ist ein anderer als der von uns Männern.

Nein, es ist nicht leichter, ein Mädchen zu sein. Ganz im Gegenteil.

Bin ich ein Weichei? Auch das habe ich mich wieder und wieder gefragt.

Wir Babyboomer sind eine Weicheigeneration, das ist unumstritten. Unsere Eltern und Großeltern haben das Land, als es in Schutt und Asche lag, mit bloßen Händen wiederaufgebaut und eine schöne neue Welt erschaffen. Für uns, ihre Nachkommen.

Wir sind ohne Krieg und Hunger aufgewachsen, ohne Revolution und ohne Studentenbewegung. Okay, wir haben die Bedrohung des Kalten Krieges ertragen müssen, sahen in den Nachrichten brutale Bilder von RAF-Attentaten, wurden mit der Katastrophe von Tschernobyl, dem Waldsterben, Aids und dem Ozonloch konfrontiert. Doch was haben wir getan? Einige von uns haben sich immerhin aufgerafft, sind zu Friedensdemos gegangen oder zum Kirchentag gefahren, ein paar engagierten sich bei Greenpeace oder Amnesty International. Aber die allermeisten haben Karottenjeans, Netzhemden und Schulterpolster getragen, Neue Deutsche Welle gehört, sich auf die Sonnenbank gelegt, einen Walkman gekauft, mit achtzehn den Führerschein gemacht und geglaubt, Glück sei ein Grundrecht. Wir sind die Generation, die einen VW Golf fuhr und das immens wichtig fand. Belangloser geht es doch gar nicht.

Wer bin ich? Das habe ich mich gefragt, und allein, dass ich mir diese Frage stellen durfte, ist ein Luxus. Es bedeutet, dass ich die Muße dazu hatte.

Es gab viele Leute, meistens männlichen Geschlechts, die mich eine Schwuchtel genannt haben. Als Teenager hat mich das fertiggemacht, denn ich wusste eben nicht, wer und was ich bin. Ich war schlichtweg ratlos und völlig durcheinander.

Wenn ich ein Mädchen gewesen wäre, hätte ich mir die Frage vielleicht nie stellen müssen. Die Frauen halten die Welt zusammen und die Zügel in der Hand. Sie sorgen dafür, dass es weitergeht, dass es immer weitergeht.

Und wir Männer? Keine Ahnung! Ich wollte stets ein Künstler sein, und das ist mir irgendwie auch gelungen. Es ist wohl das Einzige, was ich im Leben als Erfolg verbuchen kann. Aber es ist zu wenig, leider viel zu wenig, denn ich habe einen Fehler begangen, den ich damit nicht ausbügeln kann, einen verhängnisvollen Fehler auf der Suche nach mir selbst.

LESEPROBE

# Susi

Das Café war erfüllt von Stimmengewirr und dem Klappern von Besteck auf Geschirr, warme Heizungsluft mischte sich mit den Ausdünstungen der Gäste zu wahrhaft tropischer Hitze, und es kam Susanne Wienand, von allen Susi genannt, so vor, als ließen die Topfpflanzen auf den Fenstersimsen vor lauter Ermattung die Blätter hängen. Sie lechzte nach frischer Winterluft und fragte sich gleichzeitig, ob vielleicht nur sie die Temperaturen als unangenehm empfand, weil ihr die Wechseljahre wieder einmal einen Streich spielten.

Doch was es auch war, inzwischen schwitzte sie mächtig und hoffte inständig, dass ihr Deo nicht versagte. Zudem fühlte sie sich in dem figurbetonten Wollkleid, das sie sich für diesen Anlass gekauft hatte und dessen blassrosa Farbe nach Aussage der Verkäuferin mit ihrem Hauttyp harmonierte, von Minute zu Minute unwohler, da es nach dem üppigen Frühstück am Bauch und unter der Brust zwickte. Sie fächerte sich mit der Frühstückskarte Luft zu und schwor sich im Stillen, bis Ostern mindestens fünf Kilo abzunehmen.

Es war nicht der erste Vorsatz seiner Art, und Susi schalt sich eine alberne Gans, weil sie doch genau wusste, dass sie es wieder nicht schaffen würde. Sie aß einfach viel zu gern, und Essen war Balsam für die Seele.

Nun freute sie sich über die kühle Brise, die der behelfsmäßige Fächer erzeugte. Währenddessen plauderte sie mit ihren Gästen, lächelte mal hierhin, mal dorthin und nippte abwechselnd an ihrem Sekt und dem Latte macchiato.

Es war Susi Wienands vierundfünfzigster Geburtstag, und sie hatte an diesem Sonntag im Januar ihre Mutter, ihre Schwester Melanie, ihre einundzwanzigjährige Tochter Sarah und ihre drei Freundinnen Ute, Helma und Ellie ins derzeit in Kaarst sehr beliebte Café Apfelblüte zum Frühstück eingeladen. Lisa Mancini, die knapp dreißigjährige Tochter ihrer verstorbenen Freundin Marie, hatte für heute leider absagen müssen. Als Museumspädagogin musste sie manchmal am Wochenende arbeiten.

Seit langem feierte Susi ihre Geburtstage im Kreis der Frauen, die ihr nahestanden. Männer wurden bei diesen Feiern außen vorgelassen. Begonnen hatte sie damit an ihrem zweiundzwanzigsten Geburtstag aus einer Laune heraus, damals in Form eines Tequilabesäufnisses, nur mit den Freundinnen. Als sich die ausgesaugten Zitronenscheiben in der Mitte des Tisches häuften, auf dem überall Salzkristalle glitzerten, weil die Freundinnen es nicht mehr hinkriegten, mit dem Streuer auf ihre angefeuchteten Handrücken zu zielen, und alle mehr oder minder hinüber waren, hatte Susi geschworen, sie alle jedes Jahr einzuladen.

»Nur euch Mädels«, hatte sie getönt, die Gläschen neu gefüllt, und alle waren begeistert gewesen. »Auf uns!«

Inzwischen war aus der spleenigen Idee von damals eine mehr oder minder lästige Tradition geworden.

Eigentlich hatte Susi in diesem Jahr der Sinn überhaupt nicht nach Feiern gestanden. Viel lieber wäre sie mit Martin und Sarah am Abend zum Griechen um die Ecke gegangen, hätte einen gut gewürzten Grillteller verspeist – und gut. Ihr Mann musste in letzter Zeit viel und lange arbeiten, die gemeinsame Zeit mit ihm war rarer und kostbarer geworden. Und Sarah studierte seit eineinhalb Jahren in Münster Jura. Sie wohnte dort mit zwei Kommilitoninnen in einer WG und kam nur selten nach Hause an den Niederrhein, um in ihrem alten Kinderzimmer zu übernachten.

Susi genoss es, wenn sie ihr einziges Kind um sich hatte, und vermisste Sarah schmerzlich, sobald sie wieder abgereist war. Seit ihrem Auszug fühlte Susi sich ihrer Mutterrolle beraubt, obwohl sie doch wusste, wie albern das war. Hatte sie sich nicht eher stolz und glücklich zu fühlen, eine dermaßen selbstbewusste und starke Tochter großgezogen zu haben, die unbeirrt ihren Weg ging? Und es war schließlich völlig normal und richtig, wenn die Kinder flügge wurden. Dass sie auf ewig zu Hause hocken blieben und sich von Mama bedienen ließen, war sicher keine Alternative.

Dennoch: Sarah zu umsorgen, zu unterstützen und zu verwöhnen und später, als sie volljährig wurde, immerhin noch als Beobachterin und Ratgeberin an ihrem Leben teilzuhaben hatte Susi Bedeutung und Stabilität verliehen. Was und wer war sie ohne all das? Noch immer hatte Susi die Lücke nicht mit anderen sinnvollen Beschäftigungen füllen können, was in erster Linie Martin zu spüren bekam, den sie deutlich mehr beanspruchte als zuvor.

Martin Wienand war als Anwalt in einer der führenden Großkanzleien Deutschlands ein vielbeschäftigter und -gefragter Mann, der fast rund um die Uhr arbeitete. Demzufolge reagierte er eher genervt als erfreut auf Susis verstärkten Wunsch nach Zweisamkeit und gemeinsamen Unternehmungen, so dass Susi sich noch mehr in Frage stellte.

Sie beschloss, sich an ihrem Geburtstag nicht weiter in Selbstmitleid zu ergehen, ordnete mit den Fingern ihren gestuften blondierten Bob, der den Ansatz ihres Doppelkinns verbergen sollte, kippte ihren Sekt herunter und widmete sich wieder Ute zu ihrer Linken.

Immerhin hatte sie noch ihre Freundinnen, und das seit ihrer gemeinsamen Jugend. Die Freundschaft zu ihnen stellte für Susi einen Schatz dar, der nach Kräften zu hüten war.

»Ich begreife einfach nicht, warum Tim sein Studium unbedingt abbrechen will«, meinte Ute gerade stirnrunzelnd, während sie an ihrer Papierserviette herumfingerte. »Er war schon immer ein Sprachengenie und mehr der intellektuelle Typ, aber plötzlich will er nichts mehr davon wissen und Schreiner werden. Schreiner! Das stelle man sich mal vor!«

Susi nickte geistesabwesend und kam nicht umhin festzustellen, wie sehr ihre Jugendfreundin in den letzten Jahren gealtert war. Zwar war ihre Figur immer noch top in Form, aber ihre Haut wirkte bleich und zerknittert, und das teils ergraute Haar hätte dringend einen neuen Schnitt nötig gehabt. Letzteres passte überhaupt nicht zu ihr. Normalerweise war Ute stets pingelig um ihr Äußeres bemüht und pflegte sich akribisch. War bei ihr etwa noch etwas im Argen, außer dass sie sich um Tims Zukunft sorgte? Susi erwog, die Freundin darauf anzusprechen. Andererseits war Ute ein sehr verschlossener Mensch. Man musste behutsam vorgehen, damit sie sich öffnete, sonst kriegte man lediglich eine abwehrende Antwort …

»Deine Sarah ist sehr zielstrebig, nicht wahr? Du hast echt Glück!«, unterbrach Ute Susis Gedanken.

»Stimmt.« Susi nickte und strahlte, wie sie es stets automatisch tat, wenn es um ihr heißgeliebtes Kind ging. Ihr Blick flog zu Sarah hinüber, die rechter Hand am anderen Ende des Tisches saß und sich angeregt mit Susis Mutter unterhielt. Großmutter und Enkeltochter waren sich immer nahe gewesen, wohl auch, weil Sarah in der unmittelbaren Nachbarschaft ihrer Großeltern aufgewachsen war, und Susi hatte von jeher ein enges Verhältnis zu ihren Eltern gehabt. Sie schneite gern auf einen Kaffee bei ihnen herein. In den letzten Monaten hatte sich die Frequenz aufgrund der sich verschlimmernden Demenz ihres Vaters sogar noch erhöht, so dass sie die beiden inzwischen fast täglich besuchte.

Susi empfand es als ein großes Glück, dass sie Martin vor zwanzig Jahren dazu hatte überreden können, im Kaarster Stadtteil Büttgen das brachliegende Grundstück neben ihrem Elternhaus zu erstehen, um dort ihr Eigenheim zu bauen. Seitdem lebten die Wienands in dem freistehenden Haus, und Susi liebte nicht nur die lichtdurchfluteten Räume mit dem warmen Parkettboden und die offene, moderne Wohnküche, sondern auch den großen Garten mit seiner weitläufigen Rasenfläche und den Beeten, die mit allerlei heimischen Sträuchern und Blumen bepflanzt waren. Für die Gartengestaltung war sie zuständig. Sie besaß einen dieser kleinen Mähroboter und sorgte dafür, dass die Gehölze regelmäßig von einem Gärtner gestutzt wurden. Um ihre Rosen und die anderen Blumen, die dem Garten je nach Jahreszeit ein anderes Farbspiel verliehen, kümmerte sie sich liebevoll selbst und fragte ab und an Helma, die Floristin unter ihren Freundinnen, um Rat.

Susi dachte daran zurück, dass vor dem Hausbau inmitten von Brombeerranken, Brennnesseln und hüfthohem Unkraut ein verfallenes Backsteinhaus gestanden hatte, in dem sie sich in den Achtzigern mit der Clique trafen.

Wer sagte eigentlich heute noch Clique zu seinem Freundeskreis, überlegte sie. Sarah jedenfalls nicht. Verblüfft ging ihr auf, dass die Bezeichnung unversehens zu einem Jugendwort ihrer Generation geworden war und heute altmodisch anmutete. Und wie häufig Susi sich dabei ertappte, von »früher« zu sprechen! Untrügliche Anzeichen des Alterns, dachte sie, schluckte und zwang sich dazu, sich auf Sarahs erfreulichen Anblick und damit auf die Gegenwart von 2020 zu konzentrieren.

Ihre Tochter saß kerzengerade auf ihrem Bistrostuhl, die schmalen Schultern durchgedrückt, den Schwanenhals, der von langen lässigen Beach Waves umspielt wurde, graziös gereckt. Sie lächelte ihrer Großmutter zu. Ihre Lippen glänzten, die blauen Augen unter zu perfekten Bögen gezupften Augenbrauen strahlten. Sarah war so wunderhübsch, dass Susi darüber nur staunen konnte und es sie ganz unvernünftig stolz machte. Ihr Herz quoll über vor Mutterliebe. Und sie fand es wieder einmal unglaublich, dass sie dieses makellose Geschöpf geboren haben sollte, sie, die ewig mollige Susi, deren Figur mit zunehmendem Alter immer mehr aus dem Leim ging.

Mit halbem Ohr hörte sie Ute zu, die weiter über ihren wankelmütigen Sohn herzog, als sei er ein ungeliebtes Kuckuckskind. Dabei war Tim ihr Augenstern, anders als ihre vier Jahre jüngere Tochter Lea, zu der Ute wenig Draht zu haben schien. Lea war extrem selbständig und tough, und Ute hätte allen Grund gehabt, sich im Glanz ihrer Leistungen zu sonnen. Vor zweieinhalb Jahren hatte sie an der internationalen Schule in Neuss ein tadelloses Abitur abgelegt, um anschließend in England International Business zu studieren.

Bald war Susi es überdrüssig, Utes Beschwerden zu lauschen und ab und an ein paar passende Kommentare einzustreuen. Klammheimlich fand sie es sympathisch, dass Tim sein Studium hinschmeißen wollte, um ein Handwerk zu erlernen. Junge Menschen mussten ihren Weg manchmal über Umwege finden, glaubte sie, und Tim war nach ihrem Dafürhalten schon immer eher handfest als hochgeistig gewesen. Er kam in der Hinsicht ganz nach seinem Vater. Dass er studieren sollte, hatte Ute ihm eingeredet, und er hatte sich ihrem Wunsch anfangs wohl nur gebeugt, weil es bequemer war, als sich über eigene Wünsche und Ziele den Kopf zu zerbrechen und selbständig Entscheidungen zu treffen.

Sarah indes hatte schon mit vierzehn Jahren gewusst, dass sie in die Fußstapfen ihres Vaters treten wollte. Sie studierte mit einem so zielstrebigen Ehrgeiz Jura, dass es Susi als Mutter geradezu unheimlich war. Für die große Liebe oder einen Freund an ihrer Seite schien sie überhaupt keine Zeit zu haben. Oder zumindest erwähnte sie nie einen jungen Mann, der ihr gefiel oder mit dem sie sich traf. Und Susi bekam auf ihr Nachbohren lediglich knappe, abwiegelnde Antworten. Auch konnte Susi sich nicht erinnern, dass sich ihre Tochter, als sie noch zu Hause gewohnt hatte, je vor Sehnsucht nach einem Jungen verzehrt hätte oder von Liebeskummer gebeutelt wurde.

Susis Jugend war dagegen ein einziges Wechselbad der Gefühle gewesen. Sich zu verlieben und den Richtigen zu finden hatte auf ihrer Prioritätenliste ganz oben gestanden. Eine Zeitlang waren die Jungs verrückt nach ihr gewesen, denn mit ihrem üppigen Busen, den weiblichen Kurven und dem blonden Wallehaar hatte sie sich zunächst ziemlich von den meisten Mädchen ihres Alters unterschieden, deren körperliche Entwicklung langsamer voranschritt und die mit ihren knospenden Brüsten und den dünnen, langen Gliedmaßen eher jungen Trieben und nicht wie Susi einer voll erblühten Blume glichen.

Susi seufzte, denn den Vorsprung hatte sie nicht lange halten können und war bald weit hinter den schlanken, grazilen Schönheiten zurückgeblieben. Ihre Sehnsucht nach Liebe und Zärtlichkeit war jedoch nicht gewichen. Sie erschauderte, als sie daran dachte, dass sie sogar einmal all ihre Hoffnungen in Jürgen gesetzt hatte, diesen Macho und Großkotz, der Teil ihrer Clique gewesen war und jetzt ein Autohaus in Neuss besaß. Aus dem coolen, muskulösen und blendend aussehenden Jürgen mit der Affinität zu motorisierten Fahrzeugen aller Art war über die Jahrzehnte ein behäbiger, fetter Spießer geworden, der sich neben seiner Firma und seinen Luxuskarossen nur für Borussia Mönchengladbach interessierte. Wie gut, dass er letzten Endes nichts von ihr hatte wissen wollen!

Soweit sie sich erinnern konnte, war es auch bei den anderen Mädchen ständig darum gegangen, wer mit wem ging, welcher Junge toll und cool und welcher es nicht wert war, auch nur einen Gedanken an ihn zu verschwenden.

Sarah schien ihr in der Hinsicht eher kühl und abgeklärt. Energie und Leidenschaft steckte ihre schöne Tochter allein in ihre berufliche Karriere, ähnlich wie Utes Tochter Lea. War dieses Verhalten eventuell typisch für deren Generation und den immer neuen Anforderungen in einer sich rasant wandelnden Gesellschaft geschuldet?

Ute plapperte weiter, und Susi langweilte sich.

Wie froh war sie, als der Kellner kam, um die leeren Käse- und Aufschnittplatten sowie Teller und Gläser abzuräumen, und sich ihr damit die Chance bot, sich ihrer Freundin zur Rechten zuzuwenden.

Sie kannte Helma exakt so lange wie Ute, nämlich seit dreiundvierzig Jahren, nur war Helma ein völlig anderer Typ. Groß, hager, mit raspelkurzem graumeliertem Haar, runder Metallbrille auf langer Höckernase, schwarzer hautenger Jeans zu klobigen Boots, knallrotem Oversizepulli und dicken Silberringen an den dürren Fingern wirkte sie wie eine Exzentrikerin inmitten dieser doch eher konservativen Runde. Dabei kam Helma Küllen vom Bauernhof und betrieb in Vorst einen Blumenladen. Sie war so bodenständig, wie man nur sein konnte, und gleichzeitig der toleranteste und weltoffenste Mensch, der Susi je untergekommen war. Helma hatte keine Kinder, lebte allein, und es hatte auch nie einen Mann an ihrer Seite gegeben, soweit Susi wusste. Als junge Frau hatte sie dieser Umstand traurig gemacht, heute war sie damit wohl im Reinen.

»Ich bin ein Topf, auf den kein Deckel passt«, pflegte Helma achselzuckend zu sagen, wenn man sie auf ihr Singledasein ansprach. »Vielleicht bin ich ein Milchtopf. Der kommt ohne Deckel aus.«

Susi mochte Helma sehr. In ihrer Gegenwart fühlte sie sich stets geborgen, und trotz Helmas dünner Statur kam sie sich neben ihr nie fett oder gar unförmig vor, anders als bei Ellie Meyerhoff, der dritten Freundin, die mit am Tisch saß und die mit ihren knapp ein Meter sechzig irritierenderweise immer noch Größe vierunddreißig trug.

Jetzt legte Susi Helma eine Hand auf die knochige Schulter. »Sag mal, gibt es bei dir im Laden eigentlich schon Traubenhyazinthen, oder ist es zu früh dafür? Ich bräuchte ein paar für meine Beete.«

»Na, warte noch ein bisschen, dann kann ich dir eine Palette vom Großmarkt mitbringen. Anfang Februar dürfte es so weit sein. Der Winter war ja bislang extrem mild. Es geht alles etwas schneller als sonst.«

Susi nickte zufrieden. Sie liebte Perlblümchen. Für sie symbolisierten sie wie nichts anderes das beginnende Frühjahr. Was für andere Menschen wahrscheinlich Narzissen oder Primeln darstellten, waren für Susi die zarten Pflanzen mit den blauen kerzenförmigen Blütenständen. Aber noch war natürlich tiefster Winter. Das Jahr war jung, das Wetter trüb, regnerisch und grau.

Susi machte eine Bewegung neben Sarah aus. Mama war aufgestanden, drückte Sarah ein Küsschen auf die Wange und schulterte ihre Handtasche. Susi fand, dass ihre Mutter mit dem adretten Kurzhaarschnitt und der drahtigen Figur immer noch sehr gut aussah. Sie wirkte, obschon längst ergraut, deutlich jünger als zweiundachtzig Jahre.

»Kind, nimm es mir nicht übel, ich habe keine Ruhe und fahre nach Hause. Ich mag Franz nicht so lange allein lassen«, sagte sie bedauernd.

Susi erhob sich mit einem Kloß im Hals von dem Stuhl mit den viel zu eng beieinanderstehenden Armlehnen und verabschiedete sich mit einer festen Umarmung von ihrer Mutter.

Sie konnte verstehen, dass Mama unruhig war und nach Hause wollte. Papa wusste manchmal nicht mehr, in welcher Zeit sie sich befanden. Dann wähnte er sich beispielsweise in Pommern, wo er seine Kindheit verbracht hatte, und fragte nach seinen Eltern, die seit über zwanzig Jahren unter der Erde lagen, oder er glaubte, mit Susis Mutter frisch verheiratet in ihrer kleinen Dachwohnung in Essen zu wohnen. Keiner konnte absehen, auf welche Ideen Papa in solchen Phasen der Desorientierung kam. Es tat Susi weh, ihren einstmals vitalen und geistig regen Vater so zu erleben. Es kam ihr vor, als sei seine markante Persönlichkeit in Auflösung begriffen. Außerdem tat ihr ihre Mutter unendlich leid. Aus ihrem Ehemann und Partner, auf den sie sich immer hatte stützen können, wurde schleichend eine Art unvernünftiges Kind. Nicht auszudenken, dass Martin einmal so enden könnte. Oder gar sie selbst.

»Danke, Mama, dass du gekommen bist. Ich besuche euch morgen, ja? Richtest du Papa meine Grüße aus?«

»Von mir bitte auch.« Das kam von Melanie.

Susi fragte sich, warum ihre drei Jahre jüngere Schwester nicht angeboten hatte, zwischendurch nach Papa zu schauen, damit Mama etwas länger beim Geburtstag ihrer Ältesten bleiben konnte. Sie hätte damit zwei Fliegen mit einer Klappe schlagen können und nach Monaten endlich einmal ihren hinfälligen Vater wiedergesehen. Andererseits war es typisch für Melanie, dass ihr der Gedanke überhaupt nicht gekommen war. Sie war kein Familienmensch, lebte völlig ungebunden in Düsseldorf, wo sie als Geschäftsführerin in einer Marketingagentur arbeitete, besuchte nach Feierabend ein Fitnessstudio, um ihren ohnehin gertenschlanken Körper zu stählen, und liebte ihre Fernreisen mit ständig wechselnden Männern. Mit Kindern hatte sie sich nie belastet; und bei ihren Eltern oder Susi kam sie nur alle paar Monate auf eine Stippvisite vorbei.

Obwohl Susi all das seit langem bekannt war, ärgerte sie sich darüber. Das Leben war kein Ponyhof, und jeder hatte Verantwortung für seine Lieben zu tragen.